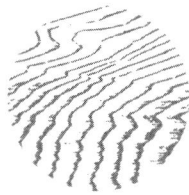

为人类文化
开前途

梁漱溟文选

梁漱溟 / 著

张建安 / 编

中国文史出版社

图书在版编目（CIP）数据

为人类文化开前途：梁漱溟文选 / 梁漱溟著；张
建安编. -- 北京：中国文史出版社，2025.5

（现代新儒家文选 / 张建安主编）

ISBN 978-7-5205-3938-8

Ⅰ. ①为… Ⅱ. ①梁… ②张… Ⅲ. ①散文集–中国
–当代 Ⅳ. ①I267

中国版本图书馆 CIP 数据核字（2022）第 212001 号

责任编辑：薛未未

出版发行：**中国文史出版社**

社　　址：北京市海淀区西八里庄路 69 号院　　邮编：100142

电　　话：010-81136606　81136602　81136603（发行部）

传　　真：010-81136655

印　　装：北京联兴盛业印刷股份有限公司

经　　销：全国新华书店

开　　本：720×1020　1/16

印　　张：21　　　　　字数：220 千字

版　　次：2025 年 5 月第 1 版

印　　次：2025 年 5 月第 1 次印刷

定　　价：68.00 元

导言：梁漱溟对人类文化的探究

梁漱溟是什么人？世人给过他很多名号——思想家、哲学家、学问家、社会活动家、最后的大儒等等。他对自己却有别样而清晰的定义，称："外间对于我个人，往往有许多不同之猜测，以为我为一学问家、哲学家、国学家或其他专家，仿佛看我为学问中人，其实我并无学问。我省思再三，我自己认识我，我实在不是学问中人，我可算是'问题中人'。"

那么，这个"问题中人"所关注的问题主要有哪些？归纳一下，大体分为两个方面：一方面是关于人生与人心的根本问题、重要问题，一方面是中国问题、人类问题。而这两方面的问题又总是融合而为一体的。

人类学家费孝通曾评价梁漱溟："梁先生的确是一位一生从事思考人类基本问题的学者，我们称他为思想家是最恰当不过的。"又说："梁先生是一生中身体力行地用心思，这正是人之异于禽兽的特点，是人之所以为人的属性。人原是宇宙万物中的一部分，依我们现有的知识而言，还只有人类有此自觉的能力。所以也可以说，宇宙万物是通过人而自觉到的，那正是宇宙进化过程本身的表现。进化无止境，自觉也无止境。思想家就是用心思来对那些尚属不自觉的存在，误打误撞，把人类的境界逐步升华，促使宇宙不断进化。"

梁漱溟的著作曾受到世人极大的青睐，也有一段时间无法出版，但之后又恢复了强大的生命力，很多书都是一版再版，甚至达到十几版之多，直到今日仍不断印行。这些书既包括他自己命名撰写的原著，例如其主要著作《东西文化及其哲学》《乡村建设理论》《中国文化要义》《人心与人生》《朝话》等等；也包括梁培宽、梁培恕等人为他所编的图书，例如《忆往谈旧录》《我生有涯愿无尽》《我的人生哲学》《中国文化的命运》

等等。不同的书名，大致可以看出各书的倾向与主题。而我现在新编《为人类文化开前途——梁漱溟文选》，则着重于梁先生对人类文化的探究。之所以如此，不只是因为在梁先生众多图书中还没有一本专以人类文化命名的图书，而且因为我常常意识到，到了人类命运共同体愈发明显的今天，到了大数据、高科技、智能化飞速改变人类社会的当下，梁先生对人类文化问题的许多认知和预言反而更有其价值。

一　成长过程中，对人类三种文化的切身体会

梁漱溟生于光绪十九年（1893）。他所处的时代是被称为封建王朝的清朝晚期，但他从小所接受的并非以"四书""五经"为教材的中国传统教育，而是以《地球韵言》《启蒙画报》等为媒介的放眼看世界的启蒙。他的父亲梁济虽读儒书，服膺孔孟，但在中国积贫积弱、备受外强欺辱的现实面前，认为中国之所以如此都是为专务虚文的文人所误，其思想和行为均以"务实"二字为出发点，并以接近于墨家和西方实用主义的言行深刻地影响着梁漱溟。八岁时，梁漱溟被送到父亲至交彭翼仲所办的新式学堂，一边学中文，一边学英文。彭翼仲所办、梁济鼎力支持的《启蒙画报》《京话日报》开风气之先，启发民智，深受梁漱溟的喜爱，并以小小年龄加入散发推广《启蒙画报》的活动当中。可以说，在同代人当中，梁漱溟是罕见的从小便开眼看世界的中国人。不仅成长于中国的书香世家，而且从小对西方文化相当熟悉，这为他终生探究人类文化提供了独特的土壤。

梁漱溟还深受梁济、彭翼仲等人报国、救国情怀的熏陶，从小就将中国问题、人类问题放在心上，养成强烈的社会责任感。一度，他的思想与父亲的思想是接近的，属于墨家或西方近代实用功利思想，双眼只是向前看，并勇于付诸行动。辛亥革命前，尚在中学读书的梁漱溟即参加革命活动。中学毕业后，梁漱溟不愿升学，而是致力于宣传革命，撰写了《社会主义粹言》，参加中国革命同盟会京津支部，在支部主办的天津《民国报》任编辑及外勤记者……只是在这个过程中，污浊的政治环境使他对社会产生极度的失望心理，甚至想要自杀。自杀未果，他转而觉悟到欲望给人生

带来种种苦痛而留恋于出世的佛典和印度文化。

1913 年，二十岁的梁漱溟采取极其彻底的方式，离开报馆，脱离国民党，完全进入佛教领域，把自己的屋子摆置得像一个寺庙，整日诵习研究佛典，素食寡欲，并决意一辈子不结婚，打算出家当和尚。这样，他便由肯定欲望、双眼向前看的近代西洋实用主义，转入到消除一切欲望、向后看的印度式寂灭修行，时间长达三年之久（开始阅读大部头佛书则在更早的 1907 年）。1916 年，袁世凯复辟"帝制"失败，恢复民国法统。在亲戚张耀曾的邀请下，梁漱溟担任司法部机要秘书。不过，他的身体虽然再次入世，而其思想仍为佛家。不久之后，他有感于著名记者黄远生之死，撰写并发表《究元决疑论》，在人类诸多文化的比较中，倡导佛家救世思想，引起学界广泛关注。北京大学校长蔡元培正是因为阅读过《究元决疑论》，遂聘请梁漱溟到北大讲授印度哲学。

1917 年，梁漱溟正式到北京大学哲学系任教。当时的北京大学，在蔡元培兼容并包的办学理念下，各种思想互争长短，激发了梁漱溟的好胜心，这种好胜心以及生命自然成长产生的情欲，与他的佛家寡欲生活形成激烈的交锋，甚至使他出现思虑呆滞、极端难受的状态。种种内在外在的刺激，促使梁漱溟翻阅以前根本不愿去看的孔孟之书。而一翻开《论语》，梁漱溟便发现了孔子的真价值："特使我思想上有新感受者是在《论语》。全部《论语》通体不见一苦字。相反地，劈头就出现悦乐字样。其后，乐之一字随在而见，语气自然，神情和易，缕指难计其数，不能不引起我的思寻研味。卒之，纠正了过去对于人生某些错误看法，而逐渐有其正确认识。"梁漱溟之前极端认同"人生本苦"的佛家观念，但看了儒家经典后，身心为之大变，其生命也进入了崭新的阶段。此后，他开始深入研究儒家经典，并重新审视新派人物菲薄孔孟的言论，在发现很多可取之处的同时，也发现了不少毛病："科学派说反科学派所持见解不过如何如何，其实并不如此。因为他们自己头脑简单，却说人家头脑简单；人家并不如此粗浅，如此不通，而他看成人家是这样。他以为你们总不出乎此。于是他就从这里来下批评攻击。可以说是有意无意的栽赃。"这样的毛病，我们现在的社会仍然很多。自己还没有认真阅读别人的著作，不了解别人在说什么，就敢贸然写文章做长篇大论，学风的浮躁可想而知。而梁漱溟发现这些普遍存在的弊病后，就下定决心，要深入研究东西方文化及其哲学，并与中国问题、人类问题联系在一起。

这是一个非常大的课题，尤其在当时，没有人这么研究，甚至根本不敢这么去想。因此涉及的内容太多，不要说有一家之言，就是能有一些清晰的了解便已是很不错了。可是，刚刚二十多岁的梁漱溟不仅将这件事视为自己的使命，而且因为自己已对西洋、印度、中国三种文化皆有切身的体会，故而能够紧紧抓住其与生命相连的根本问题与关键问题，在多方对比、深入思考中，产生自己的真知灼见，诞生了探究人类文化问题的第一本经典名著《东西文化及其哲学》。

二 《东西文化及其哲学》中的人类文化研究

"在新文化运动时期，中国思想界的趋势是无选择地介绍西方的思想学术，并勇猛地攻击传统的文化和礼教。……在当时大家热烈批评中西文化的大潮流中，比较有系统、有独到的见解，自成一家言，代表儒家，代表东方文化说话的，要推梁漱溟先生在 1921 年所发表的《东西文化及其哲学》一书。"这是著名哲学家贺麟的评价，可谓公允。不过，说来颇有意味的是，梁漱溟这位代表东方文化说话的思想家，他首先深层剖析的是西方文化。

为什么要这样？因为近现代以来，随着西方列强对中国的侵略，西方文化对中国文化也是步步紧逼，将中国文化、东方文化逼迫到濒于死亡的危急关头。中国掀起了一波又一波向西方学习的浪潮，直至很多中国知识界的精英要完全抛弃东方文化，而将西方化视为拯救中国的唯一途径。可是，西方文化究竟是怎样的？现代西方文化是如何产生的？其优点在何处？缺点在何处？其发展方向是怎样的？它与东方文化究竟各有什么特点？诸如此类的问题，几乎无人能说清楚。即便说出一些，也总是枝枝叶叶的，远未讲清西方文化的来龙去脉。这显然是不够的，梁漱溟要做的就是，在讲清东方文化之前，首先讲清西方文化。而在选择某种文化之前，首先对各种文化有整体性和根本性的理解。

新的问题随之产生——我们究竟应该如何探究文化？如果连"文化"

两个字的含义都不清晰，能探究清楚文化吗？很多人大谈特谈文化，自己却从未想过这个最基本的问题。梁漱溟不做这样的人。他相当简明扼要地阐述："文化是什么东西呢？不过是那一民族生活的样法罢了。"紧接着继续设问："生活又是什么呢？"然后回答："生活就是没尽的意欲（Will）……和那不断的满足与不满足罢了。"

梁漱溟正是从人生态度和人的意欲为出发点，找到了探究人类各种文化的金钥匙。

由此，梁漱溟将人类的生活概括为三个路径：（一）向前面要求；（二）对于自己的意思变换、调和、持中；（三）转身向后要求。并强调："这三个不同的路向，非常重要，所有我们观察文化的说法都以此为根据。"

接着，他联系之前所求得的西方文化的三大特点（征服自然之异彩、科学方法的异彩、德谟克拉西的异彩），点出西方化是以意欲向前要求为根本精神的。

然后又点出：中国文化是以意欲自为调和、持中为其根本精神的；这种文化主要是指以孔子为代表的儒家文化。

印度文化是以意欲反身向后要求为其根本精神的。这种文化主要是指以释迦牟尼为代表的佛家文化。

这便是梁漱溟在《东西文化及其哲学》中对人类文化的基本观点。对于这一年轻时便得出的基本观点，梁漱溟不仅终身没有改变，而且不断充实、不断丰富。

《东西文化及其哲学》提出的另外一大创见，是世界文化三期重现说。

梁漱溟认为世界未来文化就是中国文化的复兴，有似希腊文化在近世的复兴那样。为什么这么说呢？因为人类文化之初，无论古希腊文化还是中国文化、印度文化，都不能不走向前面要求的第一路。可是，之后三者便走向了不同的道路。西方文化虽在中世纪折入以宗教为核心的第三路，而经文艺复兴后又重新走回到第一路上，随之而有征服自然、科学、民主这样的特色与成功。可是，等这第一路走到世界大战发生、病痛日出、世人都想抛弃它的时候，这条路也将走到尽头，而走向第二路。中国文化则不待第一路走完，便直接走向了人生态度以调和、持中为精神的第二路，由此成为一种早熟的文化，耽误了第一路的路程，所以在近现代出现了很大的失败。然而，等人类文化在第一路走到头的时候，便必然是中国文化的复兴。至于梁漱溟所讲的印度文化，实际上就是出世的佛教文化，他认为印度文化是从第一路直接走到第三路，与中国文化一样，是早熟的文化，这种文化将在人类文化走完第二路后复兴，但这是遥远未来的事情，现在则不能提倡。

在阐述"人类文化三期重现说"之后，梁漱溟对当时的中国人提出自己的三条建议：第一，要排斥印度的态度，丝毫不能容留；第二，对于西方文化是全盘承受，而根本改过，就是对其态度要改一改；第三，批评地把中国原来态度重新拿出来。他认为孔子的"刚"的人生态度，便是适宜的第二路人生，所以大力提倡孔子的"刚"，"提倡一种奋往向前的风气，而同时排斥那向外逐物的颓流"。

值得注意的是，在《东西文化及其哲学》中，梁漱溟的主要目的是在近代以来西方化压迫中国越来越严重、无从闪避的时候，从根本上解决东西文化的问题，从而为苦难深重的中国民族打出一条活路来，但他又胸怀全人类，不只是要解决中国人的人生问题，还要解决西方人的人生问题。正如内文所说："我又看着西洋人可怜，他们当此物质的疲敝（当时正是第一次世界大战之后），要想得精神的恢复，而他们所谓精神又不过是希伯来那点东西，左冲右突，不出此圈，真是所谓未闻大道，我不应当导他们于孔子这一条路来吗？我又看见中国人蹈袭西方的浅薄，或乱七八糟，弄那不对的佛学，粗恶的同善社，以及到处流行种种怪秘的东西，东觅西求，都可见其人生的无着落，我不应当导他们于至好至美的孔子路上来吗！无论西洋人从来生活的猥琐狭劣，东方人的荒谬糊涂，都一言以蔽之，可以说他们都未曾尝过人生的真味，我不应当把我看到的孔子人生贡献给他们吗！"

三 《中国民族自救运动之最后觉悟》
中的人类文化使命

梁漱溟有一个特点，就是非常认真，尤其对一些基本问题、关键问题，一辈子紧抓不放，反复研究。这些问题中，很重要的一部分就是关于人类文化最基本的问题。他对自己的重要著作和重要观点也是不断地反观，对那些经过重新思考、验证认为不对的，要公开申明；对那些经过岁月的洗礼仍然坚信不疑的，则继续深入研究，得出更为清晰、更为根本的认识。

例如他在《东西文化及其哲学》第三版自序中，便明确地指出了自己有许多悔悟。其中一个重要的悔悟，就是他在本书提出的"西洋生活是直觉运用理智，中国生活是理智运用直觉，印度生活是理智运用现量"。声称"这一段的意思我虽至今没有改动，但这一段的话不曾说妥当。……而由这一段不妥当的说话竟致许多人也跟着把'直觉''理智'一些名词滥用误用，贻误非浅；这是我书出版后，自己最歉疚难安的事。现在更郑重声明，所有这一段话我今愿意一概取消，请大家不要引用它或讨论它"。第八版中，梁漱溟仍然指出原书的见解错误与不当之处。不过，他还是非常自信地声称："我尝于自己所见甚的，不免自赞自许的时候，有两句话说：'百世以俟，不易吾言。'这本书中关于东西文化的核论与推测有其不可毁灭之点，纵有许多错误、偏颇、缺失，而大端已立，后人可资以作进一步的研究。即上面之所谓根本不对的，其实亦自经过甘苦，不同浮泛；留以示人，正非无谓。"

《东西文化及其哲学》首次出版十年左右，梁漱溟的又一重要著作问世。它就是《中国民族自救运动之最后觉悟》。此作品1930年连载于《村治月刊》，1933年以图书形式出版印行。从书名看，《中国民族自救运动之最后觉悟》似乎完全在讲中国问题的解决方案。但实际上，该书仍将西方文化与中国文化相比较，并将中国民族自救运动的最后觉悟与人类文化使命紧密结合在一起，这些都是与《东西文化及其哲学》一脉相连的。正如梁漱溟所说："我在《东西文化及其哲学》上，说明中国、西洋、印度三方文化之不同，是由于他们人生态度的各异。近世的西洋人，舍弃他中世纪禁欲清修求升天国的心理，而重新认取古希腊人于现世求满足的态度，向前要求去；于是就产出近世的西洋文化。此我十年前之所认识的，至今没变，而历久愈新，愈益深刻。"

《中国民族自救运动之最后觉悟》对中西方文化都有概括性的文字。

对于西方文化，梁漱溟请读者注意三点："一、西洋人是新兴的民族；西洋文化是从近代开出来的新玩意儿；二、西洋文化是以如飞的进步，于很短期间开发出来的；三、西洋文化具有如是特异的强霸征服力及虎狼吞噬性。"对于中国文化，梁漱溟则提出两大古怪点："一是那历久不变的社会，停滞不进的文化；一是那几乎没有宗教的人生。"对于这些观点的深入阐述，集中体现在与《东西文化及其哲学》一脉相承的人类生活三期划分说的承继与发扬中。梁漱溟将其形象地比喻为一把钥匙，称：

> 我这把钥匙还是在《东西文化及其哲学》所提出的：
>
> 人类生活中，所遇到的问题有三不同；人类生活中，所秉持的态度（即所以应付问题者）有三不同；因而人类文化有三期次第不同。
>
> 第一问题是人对于"物"的问题，为当前之碍者即眼前面之自然界；——此其性质上为我所可得到满足者。
>
> 第二问题是人对于"人"的问题，为当前之碍者在所谓"他心"；——此其性质上为得到满足与否不由我决定者。
>
> 第三问题是人对于"自己"的问题，为当前之碍者乃还在自己生命本身；——此其性质上为绝对不能满足者。
>
> 第一态度是两眼常向前看，笔直向前要求去，从对方下手改造客观境地以解决问题，而得满足于外者。
>
> 第二态度是两眼常转回来看自家这里，反求诸己，尽其在我，调和融洽我与对方之间，或超越彼此之对待，以变换主观自适于这种境地为问题之解决，而得满足于内者。
>
> 第三态度——此态度绝异于前二者；它是以取消问题为问题之解决，以根本不生要求为最上之满足。
>
> 问题及态度，各有浅深前后之序；又在什么问题之下，有其最适相当的什么态度。虽人之感触问题，采取态度，初不必依其次第，亦不必适相当；而依其次第适当以进者，实为合乎天然顺序，得其常理。人类当第一问题之下，持第一态度走去，即成就

得其第一期文化；而自然引入第二问题，转到第二态度，成就其第二期文化；又自然引入第三问题，转到第三态度，成就其第三期文化。

此其所由树立，盖从人类过去历史文化反复参证而得。古希腊人之人生盖类属第一态度，其文化即发于此；古中国人之人生盖属第二态度，其文化即发于此；古印度人之人生盖属第三态度，其文化即发于此。总之，所谓世界三大系文化者，盖皆有其三不同之人生态度为根本。然综观人类文化至于今日，实尚在第一问题之下；而古之人唯希腊态度适相当，又不久中断；中国印度则均失序不合，其所成就既别有在。近世之西洋人乃重新认取第一态度而固持之，遂开人类文化新纪元，大有成就；讫于最近未来，殆将完成所谓第一期文化。在最近未来第一期文化完成；第二个问题自然引入。人类必将重新认取第二态度。而完成所谓第二期文化。如是第三期问题又自然引入；第三态度又将重新认取；而完成所谓第三期文化……

历史上的中国社会为什么不需要宗教？我的回答是：中国因为走入人生第二态度故不需要宗教了！既没有一个大宗教，则其一大社会之人生所由安慰而劬勉，所由维持而进行，又靠什么？我的回答是：它所靠的是代表人生第二态度所谓孔子一派的思想学问礼俗制度。

近二三百年来西洋人为什么飞？而近千余年来中国人为什么停？我的回答是：从中古欧洲史看去，它既郁蕴有非冲决奔放不可之势，一旦得人生思想之新解放，恰不啻由代表第一态度之人生观使这冲决奔放得一根据，得一公认；而恰好在人生第一问题下正需切这第一态度，以开发其第一期文化，种种恰好凑合，集全力以奔注于一点，如鱼得水，如虎生翼，安得不飞跃起来！中国文化的所以停滞，因其不持第一态度，就根本地冷怠了在第一问题上之进展；而处于第一问题尚未解决之下，以基础条件之不备，环境之不合，其发于第二态度之文化亦只能达于可能的最高度而止，这样交相牵掣，就陷于绝境，苟外缘之不变，则永无新机杼之可开出；不停滞，又何待？其历久不变的社会，即此中重要现象之一，尽其社会构造之特殊，虽出于第二态度之认为调制，而究必以其在第一个问题上所得几许成就为下层基础，今在第一个问题上既无复进展，则社会其何由变？

孔子就因为把握得人类生命更深处作根据，而开出无穷无尽可发挥的前途，所以不必对付人，而人自对付了，——人类自要归了他的辙。

由是，梁漱溟认定人类文化的未来将迈入中国文化复兴的时代，并以富有激情的口吻宣称：

吾民族实富有开辟世界未来文化之使命，亦为历史所决定；所谓民族自觉者，觉此也。

以吾民族精神早超过一般生物之自我保存性，而进于人类所有之宝爱理义过于宝爱生命之性；吾人今日正当宝爱此民族精神，而不以宝爱民族生命者易之；不然者，苟为生命之保存而不惜吾民族固有精神委于尘土，则顽钝无耻，岂复得为中国人哉！所谓民族自觉者，觉此也。

中国人其果如此而不知耻也，则是其生机已绝矣！复向何处有前途？中国人其果知耻而至死不易吾精神也，则是其所以生者方劲然以在，何忧前途无活命？中国人其果审于世界文化转变之机已届，正有待吾人之开其先路，而毅然负起其历史的使命，则民族前途之恢张，固又于此日之志气卜之矣。所谓民族自觉者，觉此也。

如我向者之所测，世界未来文化正是中国文化之复兴。

四 "有对"与"无对"——人类文化关键词

"有对"与"无对"，是梁漱溟研究人类文化时提出的关键词，不仅昭示着他从生物进化这一更为广阔的视野研究人类文化，更昭示着他能够更加深入地揭示西方文化与中国文化的根本不同处，从而更有力地论证人类文化的未来将由第一期"有对"的西方文化转向第二期"无对"的中国文化。这两个关键词的研究，最早出现在《中国民族自救运动之最后觉悟》，1949年出版的《中国文化要义》则有全面而深入的阐述。

那么，何为"有对"？梁漱溟解释为："辗转不出利用与反抗，是曰'有对'。""人类本于其生物之要求（个体生存及传种），其一切活动恒不出乎有所利用与有所反抗；而利用之中每含反抗，反抗之中每含利用，利用反抗正自难分。此即所谓'有对'。"

何为"无对"？梁漱溟解释为："'无对'则超于利用与反抗，而恍若其为一体也。此一体之情，发乎理性；不可与高等动物之情爱视同一例。"

也就是说：一切生物均限于"有对"之中，只有人类以"有对"超进于"无对"。

显然，"有对"是"矛盾"的，只重物竞天择、优胜劣汰；"无对"则是"善于调和"的，超越了生物界一般的丛林法则。

"无对"一词，曾出现于南宋儒者杨时"仁者与物无对"的文字中，反映的是中国传统文化中的核心观念与人生态度，其意义非常重大。对此，梁漱溟将"无对"与"有对"相对比，进行了多层次的阐述，认为：

> 生物进化到人类，实开一异境。一切生物，均限于"有对"之中，而人类则以"有对"超进于"无对"。——他一面还是站脚在"有对"，而实又已超"有对"而入"无对"了。
>
> 这就是说，一切生物，无法超离其"个体对外性"，——或简云"对外性"，因有时或为个体之集团故。他总要一面有所利用凭借，一面有所对待反抗，这是他辗转逃不出之局；而人类则可以超乎此。
>
> 人类唯以超有对，故能有超利害的是非心，故有道德。人类唯以超有对，故能有真的自得，故生活非定靠希望来维持，更不必靠宗教来维持希望。人类唯以超有对，故能洞开重门，融释物我，通乎宇宙万物为一体。我们今日乃深有味乎中国人之言：

"仁者人也","仁者与物无对"。

除非中国人数千年白活了，于人类文化无所发明，无所贡献则已，如其有之，则我敢断言，便是他首先认识了人类之所以为人，——认识了人的无对。有此认识者非唯孔子，然孔子实承前而启后，凡数千年中国人生中国文化所为与西洋大异其趣者，要唯以中国古人有此一点认识，前后相承，勉力趋赴，影响所被演成前所谓人生第二态度之所致耳。人生第二态度之于"无对"或即之，或违之，"虽不能至，心向往之"，百变不离其宗。然人生第一态度则正是人之"有对性"所表现发挥。

中国人之精神与西洋人之精神，各有其在人性上之根据；然西洋人盖自人与一切生物所同具之点出发；中国人则自人性中所以异乎一切生物之点出发。

原来，西方文化的主要内容，是从其他生物所具有的"有对"，一路走下来的。这是人类文化的第一路；而中国文化的主要内容，则从"有对"转向"无对"，由此"把握得人类生命更深处作根据，而开出无穷无尽可发挥的前途"。这样也就更能证明："世界文化的未来将是中国文化的复兴"——其深层道理在此！

五　理性是人类的特征

梁漱溟曾一再提到"理性"一词，但直到 1949 年出版的《中国文化要义》中才对"理性"做专题研究，揭示出"理性"之于人类的重大意义，认为"理性实为人类的特征，同时亦是中国文化特征之所寄。它将是本书一最重要的观念"。

在此之前，一般的看法是人类的特征在理智。而梁漱溟也说："除人类而外，大致看去，各高等动物依然是本能生活"，"人类是从本能生活中解放出来的"，"唯独人类算得完成了理智之路"，"从生活方法上看，人类的特征无疑是在理智"。可是，为什么梁漱溟还要说"理性是人类的特征"？理智和理性有什么区别呢？

"理性、理智为心思作用之两面：知的一面曰理智，情的一面曰理性，二者本来密切相联不离。譬如计算数目，计算之心是理智，而求正确之心理是理性。数目算错了，不容自昧，就是一极有力的感情，这一感情是无私的，不是为了什么生活问题。分析、计算、假设、推理……理智之用无穷，而独不作主张，作主张的是理性。"这便是梁漱溟对"理性"与"理智"的区别。如此我们便好理解了：理智超越了本能，使得人类有别于其他生物，故而，认为理智是人类的特征这一看法，能被很多人接受。但梁漱溟的研究更为深入，他看到了人类的理智虽然妙用无穷，但能做主张的却是理性。这就像科学能制造工具，而支配科学的首先是人的主张。这种主张来源于理性。

为了让大家更加明白二者的区别与含义，梁漱溟还在后面换一个角度阐述："前者（理性）为人情上的理，不妨简称'情理'，后者（理智）为物观上的理，不妨简称'物理'。此二者，在认识上本是有分别的。现时流行有'正义感'一句话。正义感是一种感情，对于正义便欣然接受拥护，对于不合正义的便厌恶拒绝。正义感，即是正义之认识力；离开此感情，正义就不可得。一切是非善恶之理，皆同此例。点头即是，摇头即不是。善，即存乎悦服崇敬赞叹的心情上；恶，即存乎嫌恶愤嫉不平的心情上。但在情理之理虽则如此；物理之理，恰好不然。情理，离却主观好恶即无从认识；物理，则不离主观好恶即无从认识。物理得自物观观测；观测靠人的感觉和推理；人的感觉和推理，原是人类超脱于本能而冷静下来的产物，亦必要屏除一切感情而后乃能尽其用。因此科学家都以冷静著称。但相反之中，仍有相同之点。即情理虽著见在感情上，却必是无私的感情。无私的感情，同样地是人类超脱于本能而冷静下来的产物。""须屏除感情而后其认识乃锐入者，是之谓理智；其不欺好恶而判别自然明切者，是之谓理性。"

梁漱溟还以"理智"与"理性"来区分中西文化的本质不同，即："心思作用为人类特长，人类文化即于此发生。文化明盛如古代中国、近代西洋者，都各曾把这种特长发挥到很可观地步。但似不免各有所偏，就是，西洋偏长于理智而短于理性，中国偏长于理性而短于理智。"这也同样印证了人类文化将由第一期转向第二期，从而得出世界文化的未来是中国文化的复兴。

"理性"的提出与研究，是梁漱溟在人类文化研究领域的又一重大成果。1967年，已经75岁的梁漱溟再次拿起笔来，开始撰写《中国——理性之国》。1970年，这本17多万字的图书最终完成。

六　人类文化的预言家

梁漱溟还是人类文化史上一位重要的预言家。从1916年发表《究元决疑论》开始，梁漱溟便一直在人类文化历史的长河中，时而用望远镜，时而用显微镜，以宏观与微观等多种方式，探究人类文化的主要脉络，追溯其源头，回顾其历史，总结其规律，判断其走向，预言其未来。尤其在人类文化的未来与人类精神的出路方面，梁漱溟有着独特而深刻的见解。

谈到人类文化，有几件事影响重大，不能不提。它们分别是希腊思想、希伯来的宗教、文艺复兴、佛教的产生与传播、中国的周孔教化。

希腊思想是西方文化的一大渊源，以苏格拉底、柏拉图、亚里士多德等文化巨人的思想为核心，产生了哲学、几何、美术、文艺等无与伦比的伟大成就。之后，罗马继希腊思想而发展，又在政治、法律上成就突出。这就是人类文化史上突出的古希腊罗马时代，他们所走的是梁漱溟所称之人类生活的第一条路向，即以现世幸福为目标，双眼向前，努力奋斗。不过，即便古希腊罗马文化如此璀璨绝伦，却仍然在末期出现了无法解决的问题，乃至于利己、肉欲的思想达于极端，风俗大弊。按照梁漱溟的描述，就是"简直淫纵、骄奢、残忍、纷乱得不成样子"！西方世界陷入毁灭的危机当中。

在这样的情况下，必得有解决毁灭危机的良药与利器。希伯来宗教——基督教应运而生，西方世界得以挽救。不过，基督教虽然在补偏救弊上产生了很好的效果，功劳实在很大，然而，时间一长，其流弊也不断严重。梁漱溟曾这样阐述西方的中世纪："一千多年中因为人们都是系心天国不重现世，所以奄奄无生气，一切的文化都归并到宗教里去了。于是哲学成了宗教的奴隶；文艺、美术只须为宗教而存；科学被摈，迷信充塞，乃至也没有政治，也没有法律。这还不要紧，因为教权太盛的缘故，教皇教会横恣无忌，腐败不堪，所以历史称为中古之黑暗时代！"

当中世纪的宗教禁锢、腐朽得令人窒息的时候，新的文化在长期被极度抑制后，如炸雷一般横空出世，这就是对近代以来的人类世界有着划时代影响的文艺复兴。对此，梁漱溟曾以饱蘸激情的笔墨描述："好了！炸弹爆发了！那北方森林中的野蛮民族，一副精强的体力，新鲜的血轮，将出得山来，就遇着闭智塞聪禁欲藏精的宗教，紧紧地圈收锢蔽，一直郁蕴积蓄到千年之久，现在迸裂发作起来了！而文艺复兴便是它的导火线。这一发就不可收。什么'宗教改革''工业革命''民主革命'、非美亚澳四大洲的侵略、地球上有色人种的征服、世界大战、'社会革命'，所谓近世西洋文化的怪剧，就是这样以奔放式而演出来的。而同时亦就是因这要求现世人生幸福的态度之确立，一世之人心思才力都集于这方向而用去；于是一切为人生利用的学术器物制度，才日新而月异，月异而岁不同，令人目眩地开辟出来。你问他为什么忽地一转而为世界顶文明的民族？就是为此。你问他为什么忽地有这么多成就出来？就是为此。"

可以说，文艺复兴是非常伟大的，其影响所及，关乎整个人类的命运。由它开启的人的解放、科学与民主等内容，直到现在，仍是人类世界中的核心内容。然而，诚如梁漱溟多次引用的蒋百里的阐述："要之，文艺复兴实为人类精神之春雷。一震之下，万卉齐开。佳谷生矣，莨稗亦随之以出。一方则感情理智极其崇高；一方则嗜欲机诈极其狞恶，此固不必为历史讳者也。"这样就见出，文艺复兴也有极大的问题。当人类极大地摆脱宗教的笼罩与桎梏后，除了出现人性的解放、科学的进步等积极因素外，还出现了信仰的缺失、贪欲的放纵等种种弊端，当这些弊端不断积累而激化，出现世界大战之类的危机时，再进一步，人类同样可能面临灭顶之灾。在这样的情况下，宗教的优点便再次显示出来。

谈到人类文化，不能不提宗教。那么，什么是宗教？宗教究竟是怎么一回事？梁漱溟曾这样定义："所谓宗教，可以说就是思想之具一种特别态度的。什么态度？超越现实世界的信仰。思想而不含一种信仰态度的不能算，信仰而不是超越现实世界的也不能算。""所谓宗教的，都是以超绝于知识的事物，谋情志方面之安慰勖勉的。"如此分析出宗教的两个必要条件：一、宗教必以对于人的情志方面之安慰勖勉，为它的事务；二、宗教必以对于人的知识之超外背反，立它的根据，由此大家一说到宗教就离不开"超绝""神秘"两个意思。这两个必要条件，不只是适用于西方的宗教，也适用于印度的佛教等所有的宗教。人类历史的客观事实已经告诉我们，宗教曾在人类的生活中发挥极其重要的作用，可是，经过文艺复兴、科学革命，许多"超绝""神秘"被一次次地打破后，宗教由盛而衰。即便其仍能以安慰勖勉人类的情志而存在，但作用已大打折扣。那么，伴随人性解放、觉醒、自由所同时产生的贪欲、膨胀、暴戾等方面的负面因素不断增强时，人类的情志与精神的出路何在？在试图解决这样的人类难题时，梁漱溟发现中国文化向来淡于宗教，而中国却是全世界最为长久且绵延不断的文明古国。在中国文化中，究竟是什么，不是宗教却起到了宗教的作用？在试图解决这个问题的过程中，梁漱溟强烈意识到支配中国人达两三千年之久的孔子教化是何等伟大，由此深深赞美孔子以礼乐代宗教的种种妙用，并预言人类未来文化将是中国文化的复兴。

那么，孔子教化有哪些主要内容呢？为什么人类未来文化将是中国文化的复兴？这是梁漱溟从二十多岁到晚年一直思考和阐述的重要话题。

《东西文化及其哲学》中，梁漱溟称孔子的话、孔子这派的人生哲学，始终所讲的意思就是：调和就好，极端或偏向一边就要失败。"双、调和、平衡、中，都是孔家的根本思想。"又分别阐述了孔子对于生之赞美、孔子之不认定的态度、孔子之一任直觉、孔子所谓仁是什么、孔子性善的理、孔子之不计较利害的态度、孔子生活之乐等内容。

在"孔子之宗教"一节内容中，梁漱溟一方面称孔子"与其他大宗教对于人生有同样伟大作用"，"一是孝弟的提倡，一是礼乐的实施；二者合起来就是他的宗教"；另一方面又称："孔子实在是很反对宗教的。宗教多少必带出世意味，由此倾向总要有许多古怪神秘；而孔子由他的道理非反对这出世意味、古怪地方不可。""孔子第一不要人胡思乱想，而一般宗教皆是胡思乱想。宗教总要问什么人生以前怎样，人死以后怎样，世界以外怎样……思前虑后，在孔子通通谓之出位之思；与孔子那仁的生活——只认当下的直觉生活，大大不合。所以子路以鬼神生死为问，孔子说'未能事人焉能事鬼……未知生焉知死'；这是孔子的态度，不可不注意。"这便点出了孔子教化既有宗教作用又不是宗教的特点。

有了孔子的教化，"中国人以其与自然融洽游乐的态度，有一点就享受一点，而西洋人风驰电掣地向前追求，以致精神沦丧苦闷，所得虽多，实在未曾从容享受"。"中国的文化，既非西洋，亦非印度，而自成其为第二路向。不过在这条路向中，数千年中国人的生活，除孔家外都没有走到其恰好的线上。所谓第二路向固是不向前不向后，然并非没有自己积极的精神，而只为容忍与敷衍者。中国殆不免于容忍敷衍而已，唯孔子的态度全然不是什么容忍敷衍，他是无入而不自得。唯其自得而后第二条路乃有其积极的面目。"

孔子的教化在人类文化中的意义非常重大。它使得两三千年的中国人走上了人类生活的第二路，虽然因为早熟而导致了近代以来西方文化的压制，然而当西方文化在双眼紧盯向前、向外的第一条路上走得越来越不对劲之时，当人类的精神世界出现越来越多无法解决的难题时，则人类生活必然走向第二条路——以孔子精神为代表的善于调和持中、善于勖勉情志、善于解决人与人之间问题的道路。这正是中国文化复兴的时候。其意义和作用，当不亚于文艺复兴。

这正是梁漱溟在人类文化研究中产生的定见，终身笃信。他不仅在《东西文化及其哲学》中有很多的阐述，而且在以后的重要著作中均加入新鲜的血液，并做出深入浅出的阐述。郭齐勇教授曾回忆："上世纪80年代中期，我到北京参加第一届中国文化讲习班，聆听了梁先生的第一讲。他一上台就说，'我60年前就说过，未来的世界文化很可能是孔子与儒家文化的复兴，我今天仍然坚持这一看法。'当时把我们的心弦震得直响。"可见其内在力量之深远与对外影响之广大。

也许有人提出这样的疑问：梁漱溟在二十多岁时就预言人类文化的未来将是中国文化的复兴，七八十岁时仍持这样的观点，可是他的预言始终没有实现。那么，梁漱溟能称得上靠谱的预言家吗？我的回答是：几十年、上百年乃至二三百年，对于一个人的寿命而言，可以说是很长的时间；可是，如果放在人类文化的历史长河中，二三百年是多么短暂。梁漱溟是在预言人类文化的未来走向，那么，判断他的预言是否靠谱，也当放在人类文化的历史长度进行考量。在我看来，即便梁漱溟的预言无法完全实现，他对人类文化脉络的把握和梳理也是人类文化史中的重要财富，值得我们高度关注。

七 本书主要特点

本书的主要特点如下：

第一，汇集了梁漱溟关于人类文化的各方面的文字，全方位展现了这位思想家、实践家对人类文化过去、现在、未来的探讨及预言。

第二，对其重要著作的核心内容均有展现。

第三，原拟收录梁漱溟的代表作《东西文化及其哲学》，但由于篇幅所限，且此书的单行本已多有发行，故没有编入。依照梁培恕先生的意见，收入了《中国民族自救运动之最后觉悟》，此书前承《东西文化及其哲学》，后接《中国文化要义》，对于东西方文化及中国文化讲得极为精炼透彻。

第四，收入了单行本中很少见到的内容，例如梁漱溟阐述"道家"的文字。

第五，编者一向认为，如要深入理解一个人的文章，最好同时了解一下写文章的这个人。按照此意，本书编入了梁漱溟的一些自述文章，并编写了《梁漱溟先生年谱简编》。

第六，此书与《融宇宙人生于体用——熊十力文选》《负起民族复兴之使命——马一浮文选》同时选编，意在使读者对"现代新儒家三圣"有一个全面的了解。故而，本书将梁漱溟所写的与熊十力、马一浮有关的部分文字收入进来（因篇幅所限，还有四万多文字没有收入）。其他二书也有这样的选编原则，读者不妨将三本书互相参看。

张建安

目　　录

第一辑　人类心理与世界文化

第二辑　中国民族自救运动之最后觉悟

第三辑　人类理性与东方学术

第一辑

人类心理与世界文化

我对人类心理认识前后转变不同[①]

　　人们总认为我是个学者，或说我是个哲学家，是国学家，是佛学家等等。其实我全不是。我一向拒绝承认这些。我从来无意讲学问，我只是爱用心思于某些问题上而已。

　　我常常说我一生受两大问题的支配：一个是中国问题，再一个是人生问题。我一生几十年在这两大问题支配下而思想而活动——这就是我整整的一生。

　　当我用心思于人生问题时，不知不觉走入哲学，实则曾没有想要去学哲学的。我的学问都是这样误打误撞出来的。对于心理学亦复如是。初非有意研究心理学，但卒于有了我的一套心理学。

　　我最早的心理学见解，是随着我早期的思想来的。我早期的思想，是受中国问题的刺激，在先父和父执彭翼仲先生的影响下而形成的。

　　先父和彭先生是距今六十年前的爱国维新主义者。在近百年，中国受到帝国主义的侵略，就激起许多有心人的维新运动。在北京办小学、办报纸，彭先生实为首创。小学和报纸在一处，走一个大门。我就是那小学的学生，还曾随着大人们在大街上散发传单，抵制美货。——因那时美国排斥华工，虐待华工。

　　先父当时认为中国积弱，全为文人——读书人——所误。文人专讲虚文，不讲实学。他常说，会做文章的人，就是会说假话的人。诗词歌赋以至八股和古文等等，其中多是粉饰门面的假话，全无实用。而全国读书人

①　1961 年 11 月 21 日为同人谈其概略。——著者
　　选自《梁漱溟全集·第七卷》（山东人民出版社 2005 年第 2 版）。——编者

都把全副精力用在其间，这是他最反对的。我所以没有读过旧经书，至今亦不会作韵文诗词即为此。先父因为崇尚实用，一切评价——包含是非善恶——皆以有无实用为准。其极端便成了实利主义，与墨子思想相近。墨子主张"节葬""非乐"等等，实太狭隘。把是非善恶隶属于利害得失之下，亦即近代西洋——特别是英国——功利派的思想。我常常说我一生思想转变大致可分三期，其第一期恰是近代西洋这一路。从西洋功利派的人生思想，折返到印度的出世思想是第二期。从印度思想转归到中国儒家思想，便是第三期了。不待多言，此第一期——早期的思想来历就是如此。

随着功利主义的人生思想，自然带来了一种对人类心理的看法。那即是看人们的行动都是有意识的，都是趋利避害的，去苦就乐的。西洋经济学家从"欲望"出发以讲经济学，提倡"开明的利己心"，要皆本于此。以此眼光，抱此见解，去看世间人们的活动行事，确实也很说得通，解释得过去。既然处处通得过，于是就相信人类果真是这样的了。——此即我对人类心理最初的一种认识。

这种对人心的粗浅看法，自己慢慢发现很多疑问，终于被自己否定了。其实若不深究，世上不正有许多人都停留在此粗浅看法上吗？爱用心思的我，不停止地在观察、在思考，终于觉得它不合事实。事实不这样简单。人们许多行事虽表面上无不通过意识而来——不通过意识的行动是例外，是病态，是精神不健全——但实际上大都为感情冲动所左右所支配，而置利害得失于不管不顾。当其通过意识之时，不过假借一番说辞以自欺而欺人。是感情冲动支配意识，不是意识支配感情冲动。须知人类心理的根本重要所在，不在意识上，而宁在其隐藏于意识背后深处的。研究人类心理，正应当向人们不自觉、不自禁、不容己……那些地方去注意才行。西洋心理学过去一向看重意识，几乎以意识概括人心，以为心理学就是意识之学。后来他们乃转而注意到"本能""冲动""潜意识"（或"下意识"）、"无意识"种种，这实为学术上一大进步。我自己恰同样地亦经过这一转变。此即我在人类心理的认识上第一次的翻案。亦即对人类心理较为后来的一种认识，但还不是最后的。

这里应当说明一句话：第一期的人生思想与第一期的人类心理观固相关联，但如上所说的心理观之转入第二期，却与第二期人生思想没有关联，而是与第三期人生思想密切相关的。——下面讲明。

第一期功利思想以为明于利害即明于是非，那就是肯定欲望，而要人生顺着欲望走。第二期出世思想则是根本否定人生，而要人消除一切欲望，达于无欲之境。因为觉悟到人生所有种种之苦皆从欲望来，必须没有欲望，才没有苦。这在人生态度上虽然前后大相反，却同样从欲望来理解人类心理。不过前者以欲望为正当，后者以欲望为迷妄耳。其详，这里不谈。

虽说前后同样从欲望来理解人类心理，却对人类心理认识的变动已经隐伏于此时，渐渐识得人类之高过动物，虽在其理智胜过本能，本能总像是要通过意识这一道门才行。但理智之发达，不外发达了一种分别计算的能力，而核心动力固不在此。核心动力还在本能冲动上。所谓欲望不是别的，恰是从意识这道门出来的本能冲动。这样，就不再重视意识，而重视隐于意识背后的本能冲动。

刚好，当我深进一步认识到此的时候，看见欧美学者新出各书亦复有悟及此。英国哲学家罗素在第一次世界大战后所写的《社会改造原理》有余家菊译本，民国九年出版。他开宗明义第一章第一节就说他"从大战所获得的见解，就是什么是人类行为的源泉……"，他指出这源泉就在冲动（impulse）。战争就是毁灭，不论胜者败者对谁也没有好处。然而冲动起来，世界千千万万的人如疯似狂，甘遭毁灭，拦阻不住。他说以往人们总看欲望是行为的源泉，其实欲望不过是较开明的，亦即有意识的那一部分而已。他这里是把欲望和冲动分别而对待着说，其实欲望的核心仍然是冲动，只不过表面上文明一些。罗素把人们的冲动总分为两种。一种他名为"占有冲动"，例如追求名利美色之类。另一种他名为"创造冲动"。这与占有相反。占有是要从外面有所取得。创造则是从自己这里的劲头、才能、力气要使用出去。科学家、艺术家往往为了发明创造而忘寝废食，革命家为了革命而舍生命，以至人们一切好的行为皆出于创造冲动。他认为资本主义社会鼓励人们的占有冲动。资本主义社会之必须改造在此。改造的方向，或其如何改造的原理，就在让人们的创造冲动得以发挥发展而使占有冲动减退。

再如美国心理学家麦独孤所著《社会心理学绪论》一书，亦是一最好之例。他在自序中首先指出社会科学家在讲经济、政治、教育、伦理等等学问时，从来没有认真研究人类心理，而径直在他们各自的粗浅看法那种假设上，去讲经济，讲政治，讲教育，讲伦理等等。现在这种假设站不住了，那些学问亦将被推翻，重新来过。他的书就意在为社会科学试着先做些基础工作。他在这里说的粗浅看法，即指一般只留意人有意识那一面，亦就是欲望方面。而他则认为人类行为的动力在本能。本能好比钟表的发条。假如把发条抽去，钟表就不走了。人无本能亦将不会动。本能著见于动物生活中，原是生物进化、生存、竞争、发展而来的。本能在人，或者比动物还复杂，还多。每一种本能皆有与它相应的一种情绪。例如斗争，就是一种本能，与之相应的情绪就是愤怒。愤怒与斗争相关联。动物在觅食求偶之时，都免不了争夺。怒气盛、斗争强的自然胜利。这样就从优胜劣败，而将那不善斗的淘汰去，发展了斗争的本能。又其父母抚养幼子，亦是一种本能（parental instinct）。与之相应的情绪，就是慈柔之情。富于这种本能的动物，自然在生存竞争中亦得到优胜传种而发达起来。诸如此类，各种本能皆在生物进化史上有其来历。

我从罗素与麦独孤两家的言论主张得到印证，增加了我的自信。特别是看到他们所认为顶新鲜的道理，我已经掌握而高兴。两家之外，可举之例还很多很多，如心理学界后起的"精神分析"学派，以弗洛伊德为首，特别强调下意识或云潜意识，极注意人的感情方面。还有许多学者提出"社会本能"，这一说法，给予我思想上很大助力，其中如克鲁泡特金的《互助论》一书，从鸟兽虫豸生活中罗列其群居互助的许多事实，证明互助实为一种本能，人类社会之所由成正亦基于此。西洋旧说，人们所以结成社会是由自利心的算计要交相利才行。讲到伦理上的利他心，总说为自利心经过理性而推广出来。所有这些总由只看到人有意识的一面，而没有认识到本能和感情的强有力。现在心理学上新见解出来，旧说悉成过去。虽东欧、西欧、北美各学者之为说不尽相同，着意所在种种不一，然其为西洋人的眼光从有意识一面转移到其另一面则无不同。

为何说我在心理学上所抱见解这一转变，却与我第三期宗尚儒家的思想相联呢？因为我发现孔子和墨子恰好不同。墨子所忽视的人类情感反面恰为孔子重视之所在；而墨子所斤斤较量的实利，恰为孔子所少谈。此其不同，正是代表着两家对人性认识之不同而来。近代西洋社会人生，是从其中古宗教禁欲主义之反动来的，可说是"欲望本位的文化"。其盛行的功利主义于墨子为近，于孔子则相远。同时，在儒书中，你既嗅不出一点欲望气味，亦看不见一毫宗教禁欲痕迹。这证明它既超出西洋近代，又超出西洋中古，不落于禁欲与欲望之任何一边。像前面说过的，我因觉悟到欲望给人生带来种种苦痛而倾心印度佛家的出世。但我一讽诵儒书，就感染一种冲和、恬淡、欣乐情味，顿然忘苦，亦忘欲望。当然亦就忘了出世，于是我看出来儒家正是从其认识人性而走顺着人性的路，总求其自然顺畅，避免任何矫揉造作。这样，我就由倾心佛法一转而宗尚儒家了。距今四十五年前（1921年）《东西文化及其哲学》一书就是从这里写成出版的。书中贬低墨子而推崇孔子，是完全基于人类心理认识之深入的，同时，看清楚近代西洋和古中国和古印度三种不同的人生态度，实代表着人类文化发展的三阶段；断言：在世界最近未来，继欧美征服自然利用自然的近代西洋文化之后，将是中国文化的复兴。并指出其转折点即在社会经济从资本主义转入社会主义之时。所有这些见地主张从何而来？一句话：要无非认识了人类心理在社会发展前途上将必有的转变而已。

这话说起来很长，非此所及详。姑举其一点而言之。社会发展的前途，是要从阶级统治的国家，转到阶级消灭而国家消亡的。国家的消亡是什么呢？那即是代表强力统治的法律、法庭、警察、军队的消亡而已。简单说，那亦就是刑罚的废除。此时社会秩序的维持，人们协作共营生活的实现，全要靠社会成员之自觉自律，不再靠另外的强制力。教育势必成了首要之事。但教育只在思想意识一面吗？你必须从根本上调理好人的本能情感才行。质言之，必须以情感上的融合忘我取代了分别计较之心才行。那将莫妙于儒家倡导的礼乐了。未来的文化必将以礼乐代刑罚（或刑赏），是可以断言的。刑罚（或刑赏）不外利用人的计较利害得失心理来统驭人。这一老套子在新社会不唯不中用，而且它会破坏和乐忘我的心理，破坏协作共营生活的。当时孔子并不晓得社会发展前途的需要，但他却深切认识人类心理而极不愿伤损人类那可贵的感情。

关于我在人类心理的认识上第一次翻案的话不再多谈。以下谈其第二次翻案，亦即是最后的认识。

我在《东西文化及其哲学》中曾说:"世界上只有两个先觉:佛是走逆着去解脱本能路的先觉;孔是走顺着调理本能路的先觉。"这句话代表我当时(四十五年前)把一般心理学上说的本能当作人类的本性看待了。这是错误的。那本书在人生思想上归宗儒家,而在为儒家道理做说明时,援引了时下许多不同的心理学派所用术语,类如"本能""直觉""感情""冲动""下意识"等等,杂七杂八地来说话,实在不对。不但弄错了儒家对人类心理的认识,也混乱了外国那些学派。

这实在因我当时过分地看重了意识的那另一面,而限于理智、本能的二分法之故了。特别是误信了社会本能之说,在解释人类道德所从来上,同意于克鲁泡特金的说法,而不同意于罗素。罗素在其《社会改造原理》一书中把人类心理分成本能、理智、灵性(其原文为 spirit,译本以"灵性"一词译之)三方面,而说人类宗教和道德即基于灵性而来。克鲁泡特金在其《无政府主义者的道德观》一书中,却直截了当说人类的道德出于生来的一种感觉,如同嗅觉、味觉、触觉一样,绝似儒家孟子书中"口之于味""目之于色"的比喻。他因而主张"性善论",亦同孟子一样。于是我在旧著中就批评罗素于本能外抬出一个灵性,作为宗教上道德上无私的感情(原文为 impersonal feeling)之所本,未免有高不可攀的神秘味,实不如克鲁泡特金所说之平易近情,合理可信(见《东西文化及其哲学》第183—185页)。这恰恰错了,后来全推翻了。我对人类心理的最后认识,即在后来明白了一般心理学上所谓本能,不相当于人类本性;人类所具有"无私的感情",不属于本能范畴,承认了罗素的三分法确有所见,未可菲薄。

此盖为1921年《东西文化及其哲学》出版后,爱用心思的我,仍然不停地在观察,在思考,慢慢发觉把本能当作人类本性(或本心)极不妥当。事实上有许多说不通之处。像孟子所说"孩提之童无不知爱其亲敬其兄"的话,按之事实亦不尽合。任何学说都必根据事实,不能强迫事实俯就学理。原书错误甚多,特别在援引时下心理学的话来讲儒家的那些地方。为了纠正这些错误,1923—1924年的一学年在北京大学开讲"儒家思想"一课,只是口说,无讲义,由同学们笔记下来。外间有传抄油印本,未经我阅正。我自己打算把它分为两部分,写成两本书。一部分讲解儒书

（主要是《论语》，附以《孟子》）的题名《孔学绎旨》，另一部分专讲人类心理的题名《人心与人生》，但两本书至今均未写成。《孔学绎旨》不想再写了。《人心与人生》则必定要写，四十年来未尝一日忘之，今年已开始着笔，约得出十之三，正在继续写。

以下略讲第二次翻案后，亦即现在最后认识的大意。达尔文的进化论泯除了人类与动物的鸿沟，有助于认识人类者甚大。人类生命的特征之认识，只有在其与动物生命根本相通，却又有分异处来认识，才得正确。从有形的机体构造来看，人与其他高等动物几乎百分之九十几相同，所差极其有限，此即证明在生命上根本相通。心理学上所说的本能，附于机体而见，是其生命活动浑整地表现于外者，原从机体内部生理机能之延展而来，不可分离。就动物说，其生命活动种种表现，总不外围绕着个体生存和种族繁衍两大问题。这实从其机体内部生理上饮食消化、新陈代谢以及生殖等机能延展下来，而浑整地表现于外的就为本能了。生理学上的机能和心理学上的本能，一脉贯通，是一事，非两事。从机体到机能到本能，一贯地为生命解决其两大问题的工具，或方法手段。前面亦曾说过，本能是动物在生存竞争自然选择中发展起来的极有用的手段。人类生命从其与动物生命相通处说，这方面（从机体到本能）基本相类似，若问其分异何在呢，那就是对照起来，只见其有所削弱而不是加强，有所减退而不是增进。例如鼻子嗅觉人不如狗，眼睛视力人不如鸟，脚力奔驰人不如马，爪牙劲强锐利人不如虎豹。机体的耐寒耐饥人亦远不如动物。在食色两大问题上的本能冲动亦显得从容缓和，不像是有利于争夺取胜的。总结一句话，相形比较之下，人在这方面简直是无能的。

然而世界终究是人的世界，不是动物的世界；那么，人之所以优胜究竟在何处呢？这就在作为生命的工具、方法手段方面，他虽不见优长，却在运用工具方法手段的主体方面，亦即生命本身大大升高了。在机体构造上，各专一职的感官器官不见其增多，亦不见其强利，反而见其地位降低，让权于大脑中枢神经，大大发达了心思作用。他不再依靠天生来有限的工具手段，却能以多方利用身外的一切东西，制出其无限的工具手段。这就是说，他在生物进化途程中走了另外一个方向。

生物进化本来有着几种不同方向的：首先植物和动物是两大不同方

9

向；其次动物界中节肢动物和脊椎动物又是两大不同方向。不同的方向皆于其机体构造上见之。说人类走了"另外一个方向"，即是指的脊椎动物这一条路向。脊椎动物这一路，趋向于发达头脑，以人类大脑之出现而造其高峰。为什么说"另外"呢？对于生活方法依靠先天本能生活上所需工具就生长在机体上，对那旧有方向而说，这是后起的新方向。从心理学上看，旧有的即是本能之路，后起的为理智之路。理智对于本能来说，恰是一种反本能的倾向。倾向是倾斜的，初起只见其稍微不同，慢慢越发展越见其背道而驰。节肢动物走的本能之路，以蜂蚁造其极。那些与人类相类近的许多高等动物，原属脊椎动物，其倾向即在理智。在它们身上露出了有别于本能的端绪，本能却依然为其生活之所依赖。必到人类，理智大开展，方取代了本能，而人类生活乃依赖学习。理智本能此消彼长，相反而不相离。在人类生命中，本能被大大削弱、冲淡、缓和、减退，却仍然有它的地位。此在食（个体生存）色（种族繁衍）两大问题上不难见出。

从食色两大问题上不难见出本能仍然在人类身上有其势力。不过对照动物来看，在动物身上毕生如是，代代如是，机械性很大，好像刻板文章的本能，但在人类却像是柔软易变的素材，任凭塑造，任凭锻铸，甚至可以变为禁欲主义如某些宗教，还可以逆转生殖能力，向着生命本身的提高而发展，如中国道家"顺则生人，逆则成仙"的功夫。这些话我们不暇谈它，扼要点出其不同如下：

（一）本能在动物是与生俱来的，为着解决两大问题而配备好的种种方法手段。动物之一生，仿佛陷入其中而出不来，于是其整个生命亦就随着方法而手段化，成为两大问题的工具，失掉了自己。本能在动物生活中，直然是当家做主的。

（二）感情兴致与本能相应不离，虽有种种复杂变化，要不出乎好与恶之两大方向。此两异之方向，显然是为利害得失之有异而来，而其为得为失为利为害则一从两大问题上看。

（三）由于反本能的理智大发展之结果，人类生命乃从动物式本能中解放出来，不再落于两大问题的工具地位，而开始有了自己。从而其感情兴致乃非一从两大问题的利害得失以为决定者。

（四）方法手段总是有所为的。与动物式本能相应不离的感情，不能廓然一无所为，不是为了个体，便是为了种族的利害得失。因而无私的感情，动物没有，唯人有之。人类求真之心好善之心都是一种廓然无所为而为。例如核算数字，必求正确，算得不对，心难自昧。这就是一极有力的感情。这感情是无私的，不是为了什么。求真之心，好善之心，亦或总括称之为是非之心，当在大是大非之前，是不计利害得失的。必不能把求真好善当作营求生活的一种方法手段来看。

（五）无私的感情发乎人心。人心是当人类生命从动物式本能解放出来，其本能退归工具地位而后得以透露的。唯此超居本能、理智之上而为之主的是人心，其他都不是。

说到这里，旧著错误便自显然。旧著笼统地讲所谓"本能"，动物本能人类本能混而不分，是第一错误。直以此混而不分的本能当作人心来认识，就错上加错了。

还有旧著误信欧美一些学者"社会本能"的说法，亦须待指明其如何是错误的。

人类夙有"社会性动物"之称，因其他任何高等动物都没有像人这样总是依赖着社会过活。虽然节肢动物的蜂和蚁，倒是过着社会生活，但它们不属高等动物。蜂蚁之成其社会出于本能，那是不错的。因为其社会内部组织秩序，早从其社会成员在机体构造上种种不同，而被规定下来。人类走着反本能之路，本能大见削弱，岂得相比。近代初期的西欧人士便倡为"民约论"之说，说社会国家之组成起源于契约，不免是发乎民主理想的臆说，于历史事实无征。但从有意识地结约之反面，一转而归因什么"社会本能"，又岂有当？特别是顺沿着动物的本能来谈人类的本能，混而不分，把人类社会的成因归落到这混而不分的本能之上，错误太大，不容不辨。

人类特见优良之所在有二：一是其特见发达的心思作用，这是无形迹可见的一面；又一面是其随时随地而形式变化万千的社会。此二者乍看似乎是两件事，实则两事密切相关，直同一事。心思作用完全是人（个体）生活在社会中随着社会发展而发达起来的，直不妨说为社会生活的产物，而同时任何一形式的社会亦即建筑在其时其地人们心理作用之上。形式一成不变的蜂蚁社会，当然是由本能而来的，却怎能说形式发展变化不定的

11

人类社会亦是出于本能呢？且以人类之优于社会生活归因于人类所短绌的本能，显然不近理，倒不如归因于其所优长的心思作用，亦即意识作用还来得近理些。然而以意识作用来说明人类社会起源之不对头，却又已说在前了。

如此，两无所可，便见出理智、本能两分法之穷，而不得不舍弃我初时所信的克鲁泡特金之说，转有取于我前所不取的罗素的三分法。罗素在理智、本能之外，提出以无私感情为中心的灵性来，自是有所见。可惜他的三分像是平列的三分，则未妥。应当如我上面说的那样：无私的感情发乎人心；人心是当人类生命从动物式本能解放出来，其本能退归工具地位而后得以透露的。正不必别用"灵性"一词，直说是"人心"好了。说"人心"，既有统括着理智、本能在内，亦可别指其居于理智、本能之上而为之主的而说。这样，乃恰得其分。

对于人类心理有此认识之后，亦即认识得人类社会成因。人类社会之所由成，可从其社会生活的必要性和可能性两面来看。所谓必要性，首先是因其缺乏本能而儿童期极长，一般动物依本能为活者，一生下后（或在短期内）即有自营生活的能力。而依靠后天学习的人类，生下来完全是无能的，需要很长时期（十数年）在双亲长辈的抚育教导下，乃得成长起来。人不能离开社会而存活是其所以成社会。所谓可能性，指超脱于动物式本能的人心乃能不落于无意识地或有意识地各顾其私，而为人们共同生活提供了基础。在共同生活中，从人身说，彼此是分隔着的（我进食你不饱）；但在人心则是通而不隔的。不隔者，谓痛痒好恶彼此可以相喻且相关切也。这就是所谓"恕"。人世有公道实本于恕道。恕道、公道为社会生活之所攸赖。虽则"天下为公"，还是社会发展未来之远景，但此恕道、公道从最早原始人群即必存于其间。乃至奴隶社会，在某一范围内（譬如奴隶主之间），某种程度上亦必存在的。否则此不恕不公之奴隶社会亦将必不能成功。在范围上，在程度上，恕道、公道是要随着历史不断发展的，直至末后共产社会的世界出现而大行其道。总结一句：蜂蚁社会的成因即在蜂蚁之身；人类社会的成因却是在人心。

从上所谈，可知克鲁泡特金以道德为出于本能的不对。然而如麦独孤在其《社会心理学绪论》中对此类见解力加非难者亦复未是。他对那些抱持道德直觉或道德本能一类见解者致其诘难说：人们的行动原起于许多冲动，这些冲动乃从生物进化自然选择而发展出来，在进化中并没想到人们将来文明社会里应该怎样生活的，所以人们行动反乎道理是常情，合乎道理乃非其常。今天有待解说的，是为什么人们发乎冲动的行事亦竟然有时合乎理性？在生物进化中并没有发展出一种道德本能来呀？我们可以回答说：作为生活方法手段的那样道德本能确乎没有的。但从方法手段性质的本能（动物式本能）解放出来的人心，却不期而透露出给道德做根据的无私感情。理性不从增多一种能力来，却从有所减少而来，麦独孤固见不及此也。

1965 年 12 月 9 日写完

我们所要求的答案[①]

我们现在平静地对于东西文化下一种观察，究竟什么是东方化，什么是西方化呢？纯以好知的心理去研究他们各自的样子。

这其间第一先来考究西方化：如何是西方化？

我们假如拿此问题问人，大家仓促之间一定答不出来；或者答的时候列举许多西方的政治制度、社会风尚、学术思想等等。无奈此种列举很难周备；即使周备，而所举的愈多，愈没有一个明了正确的"西方化"观念。因为我们所问的，要求把许多说不尽的西方化归缩到一句两句话，可以表得出它来。**使那许多东西成了一个很有意思的东西，跃然于我们的心目中**，才算是将我们的问题答对了。像这一种的答对固然很难，但是不如此答对，即不能算数。凡是能照这样答对的，我们都可以拿来看。此种答案求其合格很难，但是无论什么人的心目中，总都有他自己的意思。

我记得王壬秋先生在《中国学报》的序里批评西方化说："工商之为耳。"我们姑且不论他的话对不对，而在他是用一句话表出以为西方化不过如此。同光之间，曾文正、李文忠等对于西方化所看到的，他们虽然没说出口来，而他们心目中的西方化观念，即在坚甲利兵之一点。光宣间的一般人，心目中专认得政治制度一点，以为即是西方化。他们这些观察无论眼光对不对，而都算是对于我们问题的答案。大体说来自然不周洽不明白确切，而各人的意思都有一点对，可以供我们参考；**无论如何不对，都是我们最合格、最对的西方化观念的一个影子**。我们不要笑他们的不对，

---

① 选自1921年首次出版的《东西文化及其哲学》。本辑后面的内容均选自此书。——编者按

14

我们试翻过来看的时候，究竟有哪一个人说得对呢？我实在没有看见哪一个人说得对呢！

照我看来，东西的学者、教授，对于西方化的观察，实在也不见得怎么样高明，也同王壬秋先生差不到哪里去！我现在将我所看见他们对于西方化的答案一一加以批评，因为我们指明别人的不对，才能看见我们自己的答案之所以对！

西方化问题的答案一

前两年中国在日本的留学生所组织的丙辰学会，请早稻田哲学教授金子马治来讲演。他讲演的题目就是"东西文明之比较"，我们且看他对于此问题的意思是怎样呢，他有扼要的一句答案："西洋文明是势能（Power）之文明。"这话怎么讲呢？原文说：

> 余在十年前有欧洲之行，其时亦得有兴味之经验。欧游以前，予足迹未尝出国门一步，至是登程西航，渐离祖国。途中小泊香港，登陆游览，乃大惊骇。盖所见之物，几无不与在祖国所习者异也。据在座之贵国某君言，香港本一碛确之小岛，贵国人以废物视之，及入英人之手，辛苦经营遂成良港。予至香港时，所见者已非濯濯之石山，而为人工所成之良港。予之所惊骇不置者，盖在于是。日本诸港大都因天然之形势略施人工所成，香港则异是，观其全体几于绝出人工，非复自然之原物。此余所不得不叹服者。试观某市街所谓石山者已草木丛生欣欣向荣，皆英人所种也。初虽历次失败，然英人以不屈不挠之精神利用科学之方法，竭力经营，卒成今日青春之观。予在国内时所驯习之自然，此处杳不可见，所接于目者，独有人力之迹。……知所谓欧人征服自然，而东洋人放任自然之说果然不妄也。

他次段又寻这西方文明的来源说：

> 若谓今日欧洲之文明为征服自然之文明，而征服自然所用之

16

武器为自然科学者，当知此自然科学渊源实在于希腊……盖希腊国小山多，土地硗瘠，食物不丰，故多行商小亚细亚以勤劳求生活。欧式文明之源实肇于此。

此外还有许多话，无非专明征服自然之一义，又把征服自然的原因归到地理的关系上去，发明出各科学"以为利用厚生之资"，所以叫它作势能（Power）之文明。金子君这个说法，错是不错。征服自然诚然是西方化的特色。还有北聆吉教授的议论，差不多也是这个意思。我留心看去大家说这样的话很多很多，恐怕早已是众人公认的了。英国的历史家巴克尔（Buckle）所作著名的《英国文明史》（History of Civilization in England）上说："欧洲地理的形势是适宜于人的控制天然，这是欧洲文明发展的主因。"就是金子君自己也说这是欧洲人原有的话，他实地看去，相信他果然不妄。可见这原有定论的，在欧美是一种很普遍的见解。

民国八年杜威先生到北京，北京大学哲学研究会有一天晚间为杜威先生开欢迎会，杜威先生的演说也只说西方人是征服自然，东方人是与自然融洽，此即两方文化不同之所在。在金子马治持这种见解的时候，曾去请教他的先辈米久博士，米久博士对于他的见解也很同意。所以我们对于这些话不能否认，因为明明是不可掩的事实，只是他们说得太简单了！对于西方化实在有很大的忽略，不配作我们所要求的答案。我们且举最容易看见的那西方社会上特异的彩色，如所谓"自由""平等"——"德谟克拉西"的倾向——**也是征服自然可以包括了的吗？如果单去看它那物质上的灿烂，而蔑视社会生活的方面，又与同光间"坚甲利兵"的见解有何高下呢？**况且我们要去表明西方化须要表出它那特别精神来，这"征服自然"一件事原是一切文化的通性，把野草乱长的荒地开垦了去种五谷；把树林砍了盖房屋，做桌椅；山没有路走便开山；河不能过去便造船；但有这一点文化已经就是征服自然。何况东方文化又何止此呢？然则东西两方面的征服自然不过是程度之差，这"征服自然"四字，哪里就能表出西方文化特别的精神呢？如此种种说来，显见得金子教授的说法不值得采用，我们还须别觅周全正确的答案。至于他议论中错误之点亦尚多，随后再去批评。

西方化问题的答案二

北聆吉氏"东西文化之融合"的说法也是说西方化"征服自然"，似乎不必再费一番评论，但他实与金子有大不相同的地方不能不说。金子君说"日本诸港略施人工""香港全体几于绝出人工"，显然说这征服自然是程度有等差罢了，北聆吉氏却能说明他们是两异的精神。他的原文录在书后，读者可以去参看。他那文共分五段，段段都表示两异对待的说法。如：

第一段："西洋文化——征服自然——不能融和其自我于自然之中以与自然共相游乐。"

第二段："凡东洋诸民族皆有一共同与西洋民族不同之点，即不欲制御自然征服自然，而欲与自然融合与自然游乐是也。"

第三段："东西文化之差别可云一为积极的、一为消极的。"

第四段："自然之制服，境遇之改造，为西洋人努力所向之方。与自然融和，对于所与之境遇之满足，为东洋人优游之境地。此二者皆为人间文化意志所向之标的。"

第五段："吾人一面努力于境遇之制服与改造，一面亦须……于自己精神之修养，单向前者以为努力，则人类将成一劳动机关，仅以后者为能事，则亦不能自立于生存竞争之场中。"

他这话里虽然也有错误之点，如把东洋民族统归到"与自然融合与游乐"而不留意最重要的印度民族并不如此。然却把两异的精神总算表白得很明了。金子君只说"以言东洋文明欲求其与势能对待之特质则亦曰顺自然爱和平而已"。这"顺自然"三字哪里表得出"对待之特质"？况且与文化的本义不符，哪里有所谓顺自然的文化呢？北聆吉的眼光很留意到两

18

方思想的不同，谈一谈哲学主义伦理观念，不专去看那物质方面，所以这征服自然说到他手里，果然是西方化的特异处了。只是仍旧有那很大的忽略，还是不周全正确。

西方化问题的答案三

我民国七年（1918）夏间在北京大学提倡研究东方化，就先存了西方化的观察而后才发的。因为不晓得自己的意思对不对，约我的朋友张崧年君一天晚上在茶楼谈谈。张君看西洋书看得很多，故此每事请教他。我当时叙说我的意见，就是我观察西方化有两样特长，所有西方化的特长都尽于此。我对这两样东西完全承认，所以我的提倡东方化与旧头脑的拒绝西方化不同。所谓两样东西是什么呢？**一个便是科学的方法，一个便是人的个性伸展，社会性发达。前一个是西方学术上特别的精神，后一个是西方社会上特别的精神。**张君听着似乎不甚注意，但我自信很坚，并且反觉得是独有的见解了。

过些日子李君守常借一本《东洋文明论》与我看。是日本人若宫卯之助译的美国人闹克斯（George William Knox）的书，原名"The spirit of the Orient"。这书虽说是论东方文明的，却寻不着一句中肯的话。所谓东方的精神（Spirit）全然没有。但最末一章题目是"东西文明之融合"，也是主张融合论的。他那里边有一大段却大谈论西洋的精神，一个是科学，一个是自由。他先说近世文明发达到今天这样，他们欧美人的进步，实在是因为这两样东西。后又说日本人的胜利——指战胜俄国说——也都是因为这两样东西。乃知道我的观察原也是早有人说过的。到民国九年看见《新青年》六卷一号陈独秀君的《本志罪案之答辩书》说他们杂志同人所有的罪案不过是拥护德、赛两位先生——Democracy、Science——罢了。西洋能从黑暗到光明世界的，就是这两位先生，他们认定可以救治中国政治、道德、学术、思想一切黑暗的也只有这两位先生。我常说中国讲维新讲西学几十年乃至于革命共和其实都是些不中不西的人，说许多不中不西的话，做许多不中不西的事。他们只有枝枝节节的西方化，零零碎碎的西方东西，并没把这些东西看通窍，领会到那一贯的精神。只有近年《新青年》一班人才算主张西方化主张到家。现在陈君这个话就是把他们看通了的窍指示给大家了。记得过几天的《时事新报》某君，对陈君这话有段批评，仿佛是说以德、赛两先生括举西方潮流，所见很对，但是近年的势力还有一位斐先生——斐络索斐（Philosophy）云云。某君这个话不很对，因为这里所说的赛先生是指科学思想，亦可说是科学主义的哲学，正指哲学耳。然则我们如果问如何是西方化，就答作"西方化即是赛恩斯、德谟克拉西两精神的文化"对不对呢？这个答法很对，很好，比那"征服自然"说精彩得多，把征服自然说所忽略的都切实表明出来，毫无遗憾了。但只仍有两个很重要的不称心的地方：

第一个是我们前头证明西方化与东方化对看，"征服自然"实在是它一个特异处，而现在我们这答法没有能表示出来。虽然说到科学，但所表的是科学方法的精神现于学术思想上的，不是表它那征服自然的特彩见诸物质生活的。所以很是一个缺点。

第二个是我们现在答作"赛恩斯""德谟克拉西"两精神的文化，这两种精神有彼此相属的关系没有呢？把它算作一种精神成不成呢？我们想了许久讲不出那相属的关系，不能算作一种精神。但我们说话时候非双举两种不可，很像没考究到家的样子。究竟这两种东西有它那共同一本的源泉可得没有呢？必要得着它那共同的源泉作一个更深彻更明醒的答案，方始满意。

如此说来我们还得再去寻求圆满的说法。

西方化问题的答案四

我们试看李守常君的说法如何呢？他的说法没有这双举两精神的毛病，却是括举一个精神的。他文内通以西洋文明为动的文明，与东洋静的文明对称，这动的文明就是他的答法了。所以，他原文开口头一句就说：

> 东西文明有根本不同之点，即东洋文明主静西洋文明主动
> 是也。

李君这话真可谓"一语破的"了。我们细想去东西文明果然是这个样子。"动的文明"四字当真有笼罩一切的手段。那么，就采用这个答案好吗？虽然好，但只看上去未免太浑括了。所以李君于根本异点之外又列举了许多异点去补明：

> 一为自然的，一为人为的；一为安息的，一为战争的；一为消极的，一为积极的；一为依赖的，一为独立的；一为苟安的，一为突进的；一为因袭的，一为创造的；一为保守的，一为进步的；一为直觉的，一为理智的；一为空想的，一为体验的；一为艺术的，一为科学的；一为精神的，一为物质的；一为灵的，一为肉的；一为向天的，一为立地的；一为自然支配人间的，一为人间征服自然的。

李君又于此外枚举许多饮食、嗜好之不同，起居什物之不同，又去观于思想，观于宗教，观于伦理，观于政治，一样一样都数到。**我们统观他**

的说法，是一种平列的开示，不是一种因果相属的讲明。有显豁的指点，没有深刻的探讨。这个可以证出"动的文明"的说法，不克当我们所求西方种种精神的共同源泉之任。李君列举那些异点前七样可以说是出于"动"的精神，若如直觉与理智，空想与体验，艺术与科学，精神与物质，灵与肉，向天与立地，似很难以"动""静"两个字作分判，彼此间像没甚联属关系。我们所求贯串统率的共同源泉，一个更深彻更明醒的说法，李君还没能给我们。

我求答案的方法

这时候不必再批评别人了。不批评看不出长短，多批评也浪费笔墨。我以为我们去求一家文化的根本或源泉有个方法。

你且看文化是什么东西呢？不过是那一民族生活的样法罢了。

生活又是什么呢？生活就是没尽的意欲（Will）——此所谓"意欲"与叔本华所谓"意欲"略相近——和那不断的满足与不满足罢了。

通是个民族，通是个生活，何以他那表现出来的生活样法成了两异的彩色？不过是他那为生活样法最初本因的意欲分出两异的方向，所以发挥出来的便两样罢了。然则你要去求一家文化的根本或源泉，你只要去看文化的根源的意欲，这家的方向如何与他家的不同。你要去寻这方向怎样不同，你只要从他已知的特异彩色推他那原出发点，不难一目了解。

我对于西方化问题的答案

以上的话自须加上说明，并辩白我这观察文化的方法为何与人不同，然后再适用到实际上去答我们的问题，才得明白。但现在为行文的方便，且留到次章解说东方化的时候一堆比较着去说。此处只单举一个对于西方化的答案专讲讲西方化。

如何是西方化？**西方化是以意欲向前要求为其根本精神的。**

或说：**西方化是由意欲向前要求的精神产生"赛恩斯"与"德谟克拉西"两大异彩的文化。**

一家民族的文化原是有趋往的活东西，不是摆在那里的死东西。所以，我的说法是要表出它那种活形势来，而李君那个"动的""静的"字样却是把没来由没趋向一副呆板的面目加到那种文化上去。——静固是呆面目而动也是，譬如时辰表便是呆面目的动。一家民族的文化不是孤立绝缘的，是处于一个总关系中的。譬如一幅画里面的一山一石，是在全画上占一个位置的，不是四无关系的。从已往到未来，人类全体的文化是一个整东西，现在一家民族的文化，便是这全文化中占一个位置的。所以我的说法在一句很简单的答案中已经把一家文化在文化中的地位、关系、前途、希望统通表定了。而李君那一动一静的说法，只表出东西两家是各别的东西，却没有替他们于总关系中求个位置所在，这些话请看完我的全书自明。

现在且来讲明我的答案。我们可以用四步的讲法。先从西方各种文物抽出它那共同的特异彩色，是为一步；复从这些特异的彩色寻出它那一本的源泉，这便是二步；然后以这一本的精神揽总去看西方化的来历是不是如此，是为三步；复分别按之各种事物是不是如此，这便是四步。前二步是一往，后两步是一反。

答案讲明的第一步

我们为什么要举出那"精神""异彩"来作答呢？因为我们所要知道某家文化是如何的，就是要知道它那异于别家的地方。必要知道它那异处，方是知道某家文化。倘若认不出它那特异处，那何所谓某家文化呢？某家的异点，他自己或不觉，对面人却很容易觉得。所以我们东方人看西方东西，那异点便刺目而来，原是容易知道的。譬如最初惹人注目的枪炮、铁甲舰、望远镜、显微镜、轮船、火车、电报、电话、电灯，同后来的无线电、飞行机以及洋货输入后的日常起居服御的东西，与我们本土的走内河还要翻的民船、一天走上数十里的骡车，以及油灯、蜡烛等等一切旧日东西比较真是异样得很！使我们眼光缭乱不知所云。然沉下心去一看，虽然形形色色种种不同，却有个同的所在。

西方化的科学彩色

就是样样东西都带着征服自然的威风，为我们所不及。举凡一切物质方面的事物，无不如此。然则这征服自然便是他们的共同异彩了。再去看他这些东西是怎样制作的，与我们向来制作东西的法子比比看。我们虽然也会打铁，炼钢，做火药，做木活，做石活，建筑房屋、桥梁，以及种种的制作工程，**但是我们的制作工程都专靠那工匠心心传授的"手艺"。西方却一切要根据科学——用一种方法把许多零碎的经验、不全的知识，经营成学问，往前探讨，与"手艺"全然分开，而应付一切、解决一切都凭科学，不在"手艺"。**工业如此，农业也如此，不但讲究种地有许多分门别类的学问，不是单靠老农老圃的心传；甚至养鸡牧羊，我们看着极容易做的小事，也要入科学的范围，绝不仅凭个人的智慧去做。总而言之，两方比较，处处是科学与手艺对待。

即如讲到医药，中国说是有医学，其实还是手艺。西医处方，一定的病有一定的药，无大出入；而中医的高手，他那运才施巧的地方都在开单用药上了。十个医生有十样不同的药方，并且可以十分悬殊。因为所治的病同能治的药，都是没有客观的凭准的。究竟病是什么？"病灶"在哪里？并不定要考定，只凭主观的病情观测罢了！（在中国医学书里始终没有讲到"病"这样东西）。某药是如何成分？起如何作用？并不追问。只拿温凉等字样去品定，究竟为温为凉，意见也参差得很。他那看病用药，哪能不十人十样呢？**这种一定要求一个客观共认的确实知识的，便是科学的精神；这种全然蔑视客观准程规矩，而专要崇尚天才的，便是艺术的精神。大约在西方便是艺术也是科学化；而在东方便是科学也是艺术化。**大家试去体验，自不难见，盖彼此各走一条路，极其所至必致如此。

27

科学求公例原则，要大家共认证实的；所以前人所有的今人都有得，其所贵便在新发明，而一步一步脚踏实地，逐步前进，当然今胜于古。艺术在乎天才秘巧，是个人独得的，前人的造诣，后人每觉赶不上，其所贵便在祖传秘诀，而自然要叹今不如古。既由师弟心传，结果必分立门户，学术上总不得建个共认的准则。第一步既没踏实，第二步何从前进，况且即这点师弟心传的东西有时还要失传，今不如古，也是必至的实情了。明白这种学艺术的分途，西方人之所以喜新，而事实日新月异；东方人之所以好古，而事事几千年不见进步，自无足怪。我们前章中说西方的文物须要看它最新的而说为今化，东方的文物要求之往古而说为古化，**也就是因为西方的文明是成就于科学之上，而东方则为艺术式的成就也**。

西方人走上了科学的道，便事事都成了科学的。起首只是自然界的东西，其后种种的人事，上自国家大政，下至社会上琐碎问题，都有许多许多专门的学问，为先事的研究。因为他总要去求客观公认的知识、因果必至的道理、多分可靠的规矩，而绝不听凭个人的聪明小慧到临时去瞎碰。所以拿着一副科学方法，一样一样地都去组织成了学问。那一门一门学问的名目，中国人从来都不曾听见说过。而在中国是无论大事小事，没有专讲他的科学，凡是读过四书五经的人，便什么理财司法都可做得，但凭你个人的心思手腕去对付就是了。虽然书史上边有许多关于某项事情——例如经济——的思想道理，但都是不成片段，没有组织的。而且这些思想道理多是为着应用而发，不谈应用的纯粹知识，简直没有。**这句句都带应用意味的道理，只是术，算不得是学**。凡是中国的学问大半是术非学，或说**学术不分**，离开园艺没有植物学，离开治病的方书没有病理学，更没有什么生理学解剖学。与西方把学独立于术之外而有学有术的，全然两个样子。**虽直接说中国全然没有学问这样东西亦无不可，因为唯有有方法的乃可为学，虽然不限定必是科学方法而后可为学问的方法，但是说到方法，就是科学之流风而非艺术的味趣**。西方既秉科学的精神，当然产生无数无边的学问。中国既秉艺术的精神，当然产不出一门一样的学问来。而这个结果，学固然是不会有，术也同着不得发达，因为术都是从学产生出来的。生理学、病理学固非直接去治病的方书，而内科书外科书里治病的法子都根据于它而来。单讲治病的法子不讲根本的学问，何从讲出法子来呢？就是临床经验积累些个诀窍道理，无学为本，也是完全不中用的。中国一切的学术都是这样单讲法子的，其结果恰可借用古语是"不学无术"。**既无学术可以准据，所以遇到问题只好取决自己那一时现于心上的见解罢了**。从寻常小事到很大的事，都是如此。中国政治的尚人治，西方政治的尚法治，虽尚有别的来路，也就可以说是从这里流演出来的，申言之还是艺术化与科学化。

我们试再就知识本身去看，西方人的知识是与我们何等的不同。同一个病，在中医说是中风，西医说是脑出血。中医说是伤寒，西医说是肠室扶斯。为什么这样相左？因为他们两家的话来历不同，或说他们同去观察一桩事而所操的方法不同。西医是解剖开脑袋肠子得到病灶所在而后说的，他的方法他的来历，就在检察实验。中医中风伤寒的话，窥其意，大约就是为风所中、为寒所伤之谓。但他操何方法由何来历而知其是为风所中、为寒所伤呢？因从外表望着像是如此。这种方法加以恶谥就是"猜想"，美其名亦可叫"直观"。这种要去检查实验的，便是科学的方法。这种只是猜想直观的，且就叫它作玄学的方法。（从古来讲玄学的总多是这样，玄学是不是应当用这种方法，另一问题。）这其间很多不同，而头一桩可注意的：**玄学总是不变更现状的看法，囫囵着看，整个着看，就拿那个东西当那个东西看；科学总是变更现状的看法，试换个样子来看，解析了看，不拿那个东西当那个东西看，却拿别的东西来作它看**。譬如那个病人，中国只就着那个现状看。西方以为就着那个样看，看不出什么来的，要变更现状打开来看看，这就是怎样？这就是不拿他当整个人、不可分的人看，却看他是由别的东西——血肉筋骨所成的种种器官——合起来的。**所以中医不要去求病灶，因他是认这整个的人病了。西医定要去求病灶，因他是认合成这人的某器官某部分病了**。这两家不同的态度是无论什么时候总是秉持一贯的。且看中国药品总是自然界的原物，人参、白术、当归、红花……那一样药的性质怎样？作用怎样？都很难辨认，很难剖说，像是奥秘不测为用无尽的样子。因为他看他是整个的囫囵的一个东西，那性质效用都在那整个的药上，不认他是什么化学成分成功的东西，而去分析有效成分来用。所以性质就难分明，作用就不简单了。西药便多是把天然物分析检定来用，与此恰相反。因为这态度不同的缘故，中国人虽然于

29

医药上很用过一番心，讲医药的书比讲别的书——如农工政法——都多，而其间可认为确实知识的依旧很少很少。用心用差了路，即是方法不对。**由玄学的方法去求知识而说出来的话，与由科学的方法去求知识而说出来的话，全然不能做同等看待。科学的方法所得的是知识，玄学的方法天然地不能得到知识，顶多算它是主观的意见而已。**

我们再去看中国人无论讲什么总喜欢拿阴阳消长五行生克去说。医家对于病理药性的说明，尤其是这样。这种说法又是玄学的味道。他拿金、木、水、火、土来与五脏相配属，心属火，肝属木，脾属土，肺属金，肾属水。据《灵枢》《素问》还有东西南北中五方，青黄赤白黑五色，酸甘苦辣咸五味，宫商角徵羽五音，以及什么五声、五谷、五数、五畜等等相配合。虽看着是谈资文料，实际似乎用不着，而不料也竟自拿来用。譬如这个人面色白润就说他肺经没病，因为肺属金，金应当是白色，现在肺现他的本色就无病。又姜若泡黑了用，就说可以入肾，因为肾属水其色黑。诸如此类，很多很多。这种奇绝的推理，异样的逻辑，西方绝对不能容，中国偏行之千多年！西方人讲学说理全都要步步踏实，于论理一毫不敢苟。**中国人讲学说理必要讲到神乎其神，诡秘不可以理论，才算能事。若与西方比看，固是论理的缺乏而实在不只是论理的缺乏，竟是"非论理的精神"太发达了。**非论理的精神是玄学的精神，而论理者便是科学所由成**就。**从论理来的是确实的知识，科学的知识；从非论理来的全不是知识，且尊称它是玄学的玄谈。**但是他们的根本差异，且莫单看在东拉西扯联想比附与论理乖违，要晓得他所说话里的名辞（term）、思想中的观念、概念，本来同西方是全然两个样子的。**

西医说血就是循环的血罢了，说气就是呼吸的气罢了，说痰就是气管分支里分泌的痰罢了。老老实实地指那一件东西，不疑不惑。而中医说的血不是血，说的气不是气，说的痰不是痰。乃至他所说的心肝脾肺，你若当它是循环器的心，呼吸器的肺……那就大错了，他都别有所指。**所指的非复具体的东西，乃是某种意义的现象，而且不能给界说的。**譬如他说这病在痰，其实非真就是痰，而别具一种意义；又如他说肝经有病，也非真是肝病了，乃别指一种现象为肝病耳。你想他把固定的具体的观念，变化**到如此的流动抽象，能够说他只是头脑错乱而不是出乎一种特别精神吗**？

30

因为他是以阴阳消长五行生克为他根本的道理，而"阴""阳""金""木""水""火""土"都是玄学的流动抽象的表号，所以把一切别的观念也都跟着变化了。为什么玄学必要用如此的观念？**因为玄学所讲的，与科学所讲的全非一事。科学所讲的是多而且固定的现象**（科学自以为是讲现象变化，其实不然，科学只讲固定不讲变化），**玄学所讲的是一而变化、变化而一的本体**。我们人素来所用的都是由前一项来的观念，或说观念的本性就是为表前一项用的。照他那样，一就不可以变化，变化就不可以一，所以非破除这种成规，不能挪到玄学上来用。**破除观念的成规，与观念的制作不精纯，极相似而不同。大家却把中国学术，单看成制作不精纯一面了。当知中国人所用的有所指而无定实的观念，是玄学的态度，西方人所用的观念要明白而确定，是科学的方法。**

中国人既然无论讲什么，都喜欢拿阴阳等等来讲，其结果一切成了玄学化，有玄学而无科学。（其玄学如何，另论。）西方自然科学大兴以来，一切都成了科学化，其结果有科学而无玄学，除最近柏格森一流才来大大排斥科学的观念。中西两方在知识上面的不同，大约如此。

我们试再就两方思想上去看看。思想是什么？思想是知识的进一步，就着已知对于所未及知的宇宙或人生大小问题而抱的意见同态度。思想没有不具态度的，并且直以态度为中心。但我们现在所要去看的只在意见上，不在态度上。态度是情感，是意志，现在则要观察理性一面。思想既然跟着知识来，而照前边所说中国人于知识上面特别的无成就，西方人则特别的有成就。他们两方的"已知"很是相差，那所抱的思想自大大两样不待言了。中国人看见打雷就想有"雷公"，刮风就想有"风姨"，山有山神，河有河神，宇宙间一件一件的事物，天、地、日、月……都想有主宰的神祇。婚姻、子嗣、寿夭，一切的祸福都想有前定的，冥冥中有主持的。生是投胎来的，死后有鬼，还要投生去。扰乱世界的人是恶魔降生。世乱是应当遭劫。在西方人他晓得风是怎样会起的，雷是怎样会响的，乃至种种，他便不抱这般思想而想是没有神了。长寿是卫生得宜，死是病没治好。无子定是身体有毛病。生非投胎，死亦无鬼。世乱是政治不得法，恶人不过是时会造成。前者因为知识既缺乏不明白这些现象的所以然，不免为初民思想之遗留，又加以他的夙养，总爱于尚未检验得实的予以十分之肯定，于是就进一步而为有神有鬼等等思想了。后者因为知识既有成就，看出因果必至的事理，对于初民思想鄙薄得很，又加以他的习惯，不能与人以共见共闻的通不相信，于是就进一步而为无神无鬼等等思想了。什么叫知识缺乏？就是无科学。不检验得实而就肯定的，是何夙养？就是"非科学"的夙养。然则中国的思想如是，其原因都在无科学与"非科学"了。什么叫知识有成就？就是有科学。不与人以共见就不相信，是何习惯？就是"科学"的习惯。然则西方思想如是，其原因都在有科学与"科学"了。（此处所说于两方思想尚未加是定，读者幸勿误会。）

所谓宗教，可以说就是思想之具一种特别态度的。什么态度？超越现实世界的信仰。思想而不含一种信仰态度的不能算，信仰而不是超越现实世界的也不能算。宗教既是如此的，则其势在西方人必致为宗教的反抗——不仅反对某一宗教而反对宗教本身——因为从科学的看法，要反对现实世界的超越，于是一面就有宗教终且废灭的推想，一面就有"非宗教"的宗教之创作，例如赫克尔（Haeckel）一元教之类。孔德（Comte）实兼有这两面的意思。可巧他们素来的基督教，又是一个很呆笨的宗教，奉那人格的上帝，如何站得住？只为人不单是理性，所以事实上不见就倒下来，而从西方人的理性方面去看，上帝却已不容于西方了。在虔诚信奉上帝一神几千年的西方人是如此，而在中国人从来并未奉上帝的。但他何曾有一点不是信奉上帝的意思呢？你问他为什么长一个鼻子两个眼睛两个耳朵，他说这是天所给人的。五谷丰熟得有饱饭吃，他感谢这是天赐的。有了大灾变，他说这是"天意"。上帝的思想反在中国了。可见有科学无科学的分别有多么大！

所谓哲学可以说就是思想之首尾衔贯自成一家言的。杜威先生在北京大学哲学研究会演说说：西方哲学家总要想把哲学做到科学的哲学。怎样才是"科学的哲学"自不易说，若宽泛着讲，现在西方无论哪一家哲学简直都是的。纯乎科学性格的罗素（Russell）固然是，即反科学派的柏格森也的的确确从科学来，不能说他不是因科学而成的哲学。我们对于哲学在后面别为一章，此处且不说了。

思想之关于社会生活的（从家人父子到国家世界）即是伦理思想，在西方也受科学影响很大。因其还现露一种别的重要异彩，故我们于次段去说。

从上以来因为讲"如何是西方化"的缘故，比对着也把东方化或中国化略讲了些。但是我们现在说到此处，仍于西方化做一小结道：

西方的学术思想，处处看去，都表现一种特别的彩色，与我们截然两样，就是所谓"科学的精神"。

我曾翻到杜威先生的教育哲学讲演，谈到科学进步的影响之大。他就说："……所以我们可以说东方文化西方文化的区别即在于此。"虽然我还不以为"即在于此"，然而亦可见"科学"为区别东西化的重要条件是不错的了。以下再去看西方化之别一种特别彩色。

西方化的德谟克拉西精神

这西方学术思想上的特别，固已特别得很了。还有在吾人生活上一种更古怪的样法，叫中国人看了定要惊诧，舌挢不下的，只是最近十多年来已经同他相习，不十分惊怪了。我们试把我们假作个十多年前的"醇正中国人"来看，这大的国家竟可没有皇帝，竟可不要皇帝，这是何等怪事！假使非现在眼前，他简直不相信天地间会有这样事的。就是现在行之好几年了，而真正相信这件事是可能的，还未必有几个。**他总想天下定要有个做主的人才成，否则岂有不闹哄的？闹哄起来谁能管呢？怎的竟自可不闹哄，这是他不能想象的，闹哄怎的可不必要有个人管，这也是他未从想象的**。因此他对于这个闹哄无已的中国，总想非仍旧抬出个皇帝来，天下不会太平。中国人始终记念着要复辟，要帝制，复辟帝制并非少数党人的意思，是大家心理所同，**他实在于他向来所走的路之外，想不出个别的路来**。他向来所走的路是什么路？**是一个人拿主意，并要拿无制限的主意，大家伙都听他的话，并要绝对地听话**，如此地往前走，原也可以安然无事地走去，原也是一条路。所谓别的是什么路？**是大家伙同拿主意，只拿有制限的主意；大家伙同要听话，只听这有制限的话**。如此地往前走，可以从从容容地走去，也是一条路。凡是大家伙一同往前过活，总不外这两路，而这两条路的意向恰相背反。前者便是所谓独裁，所谓专制，而为我们向所走的路；后者便是所谓共和，所谓立宪，而为西方人所走的路，而我们方要学步，一时尚未得走上去的。就为这两方恰相背反的缘故，所以看了要惊怪，并且直不得其解，以夙习于此的人，走如彼精神的路，全不合辙，八九年也不曾走得上去。

中国人看见西方的办法没有一个做主的人，是很惊怪了，还有看见个

34

个人一般大小，全没个尊卑上下之分，也是顶可惊怪的。这固由于他相信天地间自然的秩序是分尊卑上下大小的，人事也当按照着这秩序来，但其实一个人间适用的道理的真根据还在他那切合应用上，不在看着可信。或者说：凡相信是一条道理的，必是用着合用。其所以相信尊卑上下是真理而以无尊卑上下为怪的，**实为疑惑如果没个尊卑上下，这些人怎得安生**？这种疑怪的意思与前头是一贯的。不过前头是疑没一个管人的人，即在上的人不成，后者是疑一切的人不安守等差不成，即是不安于卑下而受管不成。**如果谁也不卑而平等一般起来，那便谁也不能管谁，谁也不管于谁，天下未有不乱的。如此而竟不乱，非他所能想象**。几千年来维持中国社会安宁的就是"尊卑大小"四字。没有尊卑大小的社会，是他从来所没看见过的。原来照前所说，中国的办法，拿主意的与听话的，全然分开两事，而西方则拿主意的即是听话的，听话的即是拿主意的。因此，中国"治人者"与"治于人者"划然为两阶级，就生出所谓尊卑来了，也必要严尊卑而后那条路才走得下去；西方一个个人通是"治人者"，也通是"治于人者"，自无所谓尊卑上下而平等一般了。于是这严尊卑与尚平等遂为中西间之两异的精神。

尊卑是个名分而以权利不平等为其内容，而所谓平等的也不外权利的平等。所以所争实在权利。权利的有无，若自大家彼此间比对着看，便有平等不平等的问题，若自一个个人本身看，便有自由不自由的问题。照中国所走那条路，其结果是大家不平等，同时在个人也不得自由。因为照那样，**虽然原意只是把大家伙一同往前过活的事，由一个人去做主拿主意，但其势必致一个个人的私生活，也由他做主而不由个个人自主了**。非只公众的事交给他，我们无过问的权，就是个人的言论行动，也无自由处理的权了，这就叫不自由。虽然事实上尽可自由得很，那是他没管，并非我有权。**本来那条路拿主意的若非拿无制限的主意，听话的若非绝对的听话，就要走不下去的**，我们前边说的时候已经缀及，所以大家要注意看的：

第一层**便是有权、无权打成两截**；

第二层**便是有权的无限有权，无权的无限无权**。

这"无限"两个字很要紧，中国人是全然不理会这"限"的。"权利""自由"这种观念不但是他心目中从来所没有的，并且是至今看了不得其解的。他所谓权的，通是威权的权。对于人能怎样怎样的权，正是同"权利"相刺谬的权。西方所谓"权利"、所谓"自由"原是要严"限"的，他却当作出限与不限了。于是他对于西方人的要求自由，总怀两种态度：**一种是淡漠得很，不懂要这个做什么；一种是吃惊得很，以为这岂不乱天下！**本来他经过的生活不觉有这需要，而这个也实足以破坏他走的路。在西方人那条路便不然了。他那条路本来因要求权利，护持自由，而后才辟出来的，而即走那条路也必可以尊重个人自由。因为这个时候大权本在大家伙自身，即是个个人，个个人不愿人干犯自家，还有什么问题？所以这可注意的也要分两层：

第一层**便是公众的事大家都有参与做主的权；**

第二层**便是个人的事大家都无过问的权。**

我们前边说的时候，拿主意要缀以只拿有制限的主意，听话要缀以只听这有制限的话，就是为此了。西方人来看中国人**这般的不想要权利，这般的不拿自由当回事，也大诧怪的，**也是不得其解，这也为他的生活离了这个就不成的，故此看得异常亲切要紧。于是这放弃人权与爱重自由又为中西间两异的一端了。

原来中国人所以如此，西方人所以如彼的，都有他的根本，就是他们心里所有的观念。中国人不当他是一个立身天地的人。他当他是皇帝的臣民。他自己一身尚非己有，哪里还有什么自由可说呢？皇帝有生杀予夺之权，要他死他不敢不死，要他所有的东西，他不敢不拿出来。民间的女儿，皇帝随意选择成千的关在宫里。他们本不是一个"人"，原是皇帝所有的东西，他们是没有"自己"的。**必要有了"人"的观念，必要有了"自己"的观念，才有所谓"自由"的。**而西方人便是有了这个观念的，所以他要求自由，得到自由。**大家彼此通是一个个的人，谁也不是谁所属有的东西；大家的事便大家一同来做主办，个人的事便自己来做主办，别人不得妨害。所谓"共和""平等""自由"不过如此而已，别无深解。**他们本也同中国人一样屈伏在君主底下的，后来才觉醒，逐渐抬起头来，把君主不要了，或者虽还有，也同没有差不多，成功现在这个样子，而中国也来跟着学了。**这种倾向我们叫它："人的个性伸展"。**因为以前的人通没有"自己"，不成"个"，现在的人方觉知有自己，渐成一个个的起来。

然则两方所以一则如此一则如彼的，其根本是在人的个性伸展没伸展。

人的个性伸展没伸展，前边所说，不过是在社会生活最重要的一面——国家——表现出来的。其实从这一个根本点，种种方面都要表现出来。例如中国人除一面为皇帝的臣民之外，在亲子之间便是他父母的儿女，他父母所属有的东西。他父亲如果打死他，卖掉他都可以的。他的妻子是他父母配给他的，也差不多是他父母所属有的东西，夫妇之间做妻子的又是她丈夫所属有的东西，打她、饿她、卖掉她，很不算事。她自己没有自己的生活，只伺候她丈夫而已。乃至师徒之间学徒也差不多要为他师父所属有的东西，他师父都具有很大的权。这都是举其最著的地方，在这地方差不多对他都是无限有权，或无限无权。至其余的地方，也处处是要一方陵过，一方屈伏，只不致像这般无止境罢了。在西方全然不是这个样子。成年的儿子有他自己的志愿，做他自己的生活，不以孝养老子为事业。在法律上权利都是平等的，并不以老子儿子而异。父母不能加儿女以刑罚，至于婆婆打儿媳妇，更是他闻所未闻的了。儿女的婚姻由他们自己做主，因为是他们自己的事。夫妇之间各有各的财产，丈夫用了妻子的钱，要还的。妻子出门做什么事，丈夫并不能过问。一言不合，就要离婚，哪里可以打得？诸如此类，不须多数。总而言之，处处彼此相遇，总是同等。纵不同等两个人的自由必不能冒犯的。中国自从接触西化，向在屈伏地位的也一个个伸展起来，老辈人看了惊诧，心里头非常的不得宁帖。这就为这是西方化极特别的地方，或者比科学精神还惹人注意，因为切在我们生活上。

但是我们还要留意：西方的社会不可单看人的个性伸展一面，还有人的社会性发达一面。虽然个性伸展最足刺目而社会性发达的重要也不减。且可以说个性伸展与社会性发达并非两桩事，而要算一桩事的两面。一桩事是说什么？**是说人类之社会生活的变动，这种变动从组织的分子上看便为个性伸展，从分子的组织上看便为社会性发达。**变动的大关键要算在国家政治这层上——就是指从前的政治是帝制独裁现在变为立宪共和，由此而人的个性伸展社会性发达起来，至今还在进行未已。我们试来看，从前人都屈伏在一个威权底下，听他指挥的，现在却起来自己出头做主，自然是个性伸展了，但所谓改建"共和"的，岂就是不听指挥，亦岂就是自己出头做主？还要大家来组织国家，共谋往前过活才行。这种组织的能力、共谋的方法，实是从前所没有的，现在有了，我们就谓之人的社会性的发达。粗着说，似可把破坏时期说作个性伸展，把建设时期说作社会性发达，其实是不然的。我们生活不能停顿的，新路能走上去就走新路，新路走不上去必然仍走旧路。不能说不走的。**个性伸展的时候，如果非同时社会性发达，新路就走不下去；新路走不上去，即刻又循旧路走，所谓个性伸展的又不见了。个性、社会性要同时发展才成，如说个性伸展然后社会性发达，实在没有这样的事。所谓个性伸展即指社会组织的不失个性，而所谓社会性发达亦即指个性不失的社会组织。怎么讲呢？要知所谓组织不是并合为一，是要虽合而不失掉自己的个性，也非是许多个合拢来，是要虽个性不失而协调若一。** 从前大家像是并合为一，在大范围里便失掉自己，又像是许多个合拢来，没有意思的协调，只是凑到了一处，实在是没有组织的。必到现在才算是大家来组织国家了。凡要往前走必须一个意向，从前的国家不容人人有他的意思而只就一个意思为意向走下去，那很简易的。现在人人要拿出他的意思来，所向不一，便走不得而要散伙的，所以非大家能来组织不可，由这组织而后各人的意思尽有而协调若一，可以走得下去。故而，社会性的发达正要从个性不失的社会组织来看的。这时候实在是新滋长了一种能力，新换过了一副性格，不容忽略过去。但是此外还有极昭著的事实可为佐证，因为从这么一变，社会上全然改观，就以中国而论：自从西方化进门，所有这些什么会，什么社，什么俱乐部，什么公司，什么团，什么党，东一个，西一个，或常设，或临时，大大小小，随处皆是，可是从前有的吗？这一桩一桩都所谓"要大家来组织"的，不是社会性质发达的表现吗？现在差不多不论什么目的，但是大家所共的总是集合起来协调着往前。在今日一个个人彼此相需极切，全然不是从前各自在家里非亲非故不相往来的样子。中国人或者还不甚觉得，正为中国人不过才将开社会性发达的端，还没做到能力的长成性格的换过，所以这种生活总是做不来，一个会成立不几天就散伙，否则就是有名无实，或者内容腐败全不具备这种生活的精神，以致不但不觉相需，有时还深以有团体为痛苦了。这些事都可使我们把"社会性发达"这桩事看得更真切。

但还有一种重要的现象：就是这时候的人固然好集合，而家族反倒有解散的倾向。聚族而居的事要没有了。就是父子昆弟都不同住，所谓家的只是夫妇同他们的未成年的子女。这种现象自有种种因由，但今就目前所要说的去说。原来好多人聚在一起，但凡多少有点共同生活的关系，这其间关系的维持就不容易，若真是不析产更难了，于是有族长家长的制度，把家族很作成一个范围，而个人就埋没消失在里边。那大家做主大家听话的法治，在家人父子之间是行不去的，所以个性伸展起来，只有拆散一途，没法维持。从前实是拿家里行的制度推到国，国就成了大的家，君主就是大家长，可以行得去的；现在回过来拿组织国家的法子推到家，却不行了。虽是拆散而却要算社会性发达的表现。因为非组织的集合都将绝迹，以后凡有集合，总是自己意思组织的了。而且这时候以一个个人直接作组成国家、社会的单位，与从前"积家而成国"的不同，小范围（家）的打破，适以为大组织的密合，所以说为社会性发达应有的现象。现在的人似又倾向到更大之组织，因为国还是个小范围恐怕不免破除呢。虽然这种大组织要算是把近世人的生活样法又调换过，不是顺着个性伸展走出来的，而像是翻转的样子，其实照我的解释，我还是认为个性伸展社会性发达，所以前边说为还在进行未已。此容后再谈。

因此西方人的伦理思想道德观念就与我们很不同了。最昭著的有两点：一则西方人极重对于社会的道德，就是公德，而中国人差不多不讲，所讲的都是这人对那人的道德，就是私德。譬如西方人所说对于家庭怎样，对社会怎样，对国家怎样，对世界怎样，都为他的生活不单是这人对那人的关系而重在个人对社会大家的关系。中国人讲五伦，君臣怎样，父子怎样，夫妇怎样，兄弟怎样，朋友怎样，都是他的生活单是这人对那人的关系，没有什么个人对社会大家的关系。（例如臣是对君有关系的，臣对国家实在没有直接关系。）这虽看不出冲突来却很重要，中国人只为没有那种的道德所以不会组织国家。一则中国人以服从事奉一个人为道德，臣对君，子对父，妇对夫，都是如此，所谓教忠教孝是也。而西方人简直不讲，并有相反的样子，君竟可不要。大约只有对多数人的服从没有对某个人的服从，去事奉人则更无其事。这便两方大相冲突起来，也还都为他们生活的路径不同的缘故。

总而言之，据我看西方社会与我们不同所在，这"个性伸展社会性发达"几字足以尽之，不能复外，这样新异的色彩，给它个简单的名称便是"德谟克拉西"（democracy）。我心目中的德谟克拉西就是这般意思，不晓得有什么出入没有。倘然不差，那么我们就说：

西方人的社会生活处处看去都表现一种特别色彩，与我们截然两样的就是所谓"德谟克拉西的精神"。

所有的西方化通是这"德谟克拉西"与前头所说"科学"两精神的结晶。分着说，自然是一则表见于社会生活上，一则表见于学术思想上，但其实学术思想、社会生活何能各别存在呢？所以这两种精神也就不相离的了。西方随便一桩事件常都寓有这两种精神。他的政治是德谟克拉西的政治，也是科学的政治；他的法律是德谟克拉西的法律，也是科学的法律；他的教育是德谟克拉西的教育，……诸如此类。又譬如宗教这样东西（指通常地说）固为科学精神所不容，也为德谟克拉西精神所不容。西方人的反宗教思想是出于科学的精神还是德谟克拉西的精神，是不能剖别的了。关于这两精神的话，细说起来没有完，我们就暂止于此。

这两样东西是西方化的特别所在，亦即西方化的长处所在，是人人看到的，并非我特有的见地。自这两年来新思想家所反复而道、不厌求详的总不过是这个，也并非我今天才说的。所可惜的，大家虽然比以前为能寻出条贯，认明面目，而只是在这点东西上说了又说，讲了又讲，却总不进一步去发问：

它——西方化——怎么会成功这个样子？这样东西——赛恩斯与德谟克拉西——是怎么被他得到的？

我们何可以竟不是这个样子？这样东西为什么中国不能产出来？

结果西方化的面目如此

而只是想把这两样东西引进来便了，以致弄得全不得法，贻误很大。**要知道这只是西方化逐渐开发出来的面目，还非它所从来的路向。我们要去学它，虽然不一定照它原路走一遍，但却定要持它那路向走才行，否则单学它的面目绝学不来的。并且要知道西方化之所以为西方化在彼不在此。不能以如此的面目为西方化，要以如彼的路向为西方化的。**况也必要探索到底，把西方化兜根翻出，豁露眼前，明察不惑，然后方好商量怎样取舍。这时候不但学不来，也不能这般模模糊糊就去学的。我们将于次章中试去探索探索看。

答案讲明的第二步

我们预定讲明西方化的四步，此刻已算把第一步就许多西方文物求其特异彩色的事做到了。现在要进而作第二步更求诸特异彩色之一本源泉。

若问"科学"与"德谟克拉西"是怎么被西方人得到的，或西方化怎么会成功这个样子？据我所闻大家总是持客观说法的多。例如巴克尔（Buckle）说的："欧洲地理的形势是适宜于人的控制天然。这是欧洲文明发展的主因。"又金子马治说的："尝试考之，自然科学独成于欧洲人之手者何故？何以不兴于东方？……据予所见希腊人虽为天才之民族，其发明自然科学应尚别有一原因。盖希腊国小山多，土地硗瘠，食物不丰，……以勤劳为生活，欧式文明之源实肇于此。"他又去请问米久博士，米久也说中国地大物博，无发明自然科学之必要，所以卒不能产生自然科学。又如持马克思唯物史观的以为一切文物制度思想道德都随着经济状态而变迁。近来的陈启修胡汉民几位大唱其说。因此吾友李守常很恳切地忠告我讨论东西文化应当留意它客观的原因，诸如茅原山人的《人间生活史》等书可以去看看，因那书多是客观的说法。他自己的《东西文明之根本异点》便是如此的，后来又作了一篇《由经济上解释中国近代思想变动的原因》。胡适之君也有同样的告诫于我。他们的好意我极心领，只是我已经有成竹在胸。

客观说法的未是

这客观的说法，我们并不是全不承认的，我们固然是释迦慈氏之徒，不认客观，却不像诸君所想象的那种不认客观。只是像巴克尔、金子那种人文地理的说法未免太简易了。陈启修先生所述的那种唯物史观，似亦未妥。**他们都当人类只是被动的，人类的文化只被动于环境的反射，全不认创造的活动，意志的趋往。**其实文化这样东西点点俱是天才的创作，偶然的奇想，只有前前后后的"缘"，并没有"因"的。这个话在凤习于科学的人，自然不敢说。他们守着科学讲求因果的凤习，总要求因的，而其所谓因的就是客观的因，如云只有主观的因更无他因，便不合他的意思，所以其结果必定持客观的说法了。但照他们所谓的因，原是没有，岂能硬去派定，恐怕真正的科学还要慎重些，实不如此呢！我们的意思只认主观的因，其余都是缘，就是诸君所指为因的。却是因无可讲，所可讲的只在缘，所以我们求缘的心，正不减于诸君的留意客观，不过把诸君的观念变变罢了。听说后来持唯物史观的人已经变过了，顾孟余先生所作《马克思学说》，其中批评唯物史观道：

> 但是他所说的"旧社会秩序必要自己废除"，这"必要"究竟是什么意思呢？马克思自己说这个"必要"是论理的必要。因为社会的冲突是社会全体里头的一个"否认"（negation），这个"否认"一定又要产出另一个"否认"来。这是与黑格尔所说"人类历史之思辨性质"相称的。
>
> 但是马氏以后唯物史观的代表却不用这种黑格尔的名词了，他们也不说"论理的必要"了。他们只说这个必要是一种天然现

象的因果关系。

以上两种意见都未认清社会科学的认识条件。社会科学里所研究的社会现象不是别的，乃是一种秩序之下的共同动作。这种共同动作是有组织的，有纪律的，有意志的。所以"唯物的历史观"所说的"旧社会秩序必要废除"，这必要既不是论理的必要，又不是天然现象因果的必要，乃是宗旨的必要，因为社会秩序是方法，社会生活是宗旨。如果社会秩序与社会生活有冲突的时候，它的宗旨全失了。人要达到这个宗旨，所以起来改革社会秩序。**换一句话说改革与否，并如何改革这是视人的意见而定的，并不是机械的被动的。**（《新青年》第六卷第五号）

这意思不是很同我们相近了吗？

在金子教授、米久博士以什么"食物不丰，勤劳为活，所以要发明自然科学，征服自然"去说明科学的产生，觉得很合科学家说话的模样，**其实是不衷于事实、极粗浅的臆说**。我也没去研究科学史，然当初科学兴起并不是什么图谋生活、切在日需的学问，而是几何、天文、算术等抽象科学（abstract science），不是人所共见的吗？此不独古希腊人为然，就是文艺复兴科学再起，也还是天文、算学、力学等等。这与"食物不丰，勤劳为活"连缀得上吗？据文明史专家马尔文（Marvin）说："科学之前进，是由数目形体抽象的概念进到具体的物象，如物理学等的。"王星拱君的《科学方法论》上说："希腊的古科学所以中绝的缘故，是因为他们单在他们所叫作理性的（rational）非功利的（disinterested）学术上做工夫，于人类生活太不相关（按金子君的说话恰好与此相反）。至于我们现在所享受所研究的科学，是在文艺复兴时代重行出世的。……那个时代的科学，完全以求正确的知识为目的。自文艺复兴算起，一直到好几百年，科学在应用方面都没有若何的关系。所以有人说科学之发生原于求知而不原于应用。"照王君的下文所说，大意科学初起，全非为应用，而后来之日益发皇却要应用与理论并进的。王君又有《科学之起源和效果》一文大意不远。后又见某君所作讲科学的一文把这个意思颠倒过来，谓科学初起是为用，其后乃有求知的好尚。现在也无暇细论，但就我的意见简单说两句：迫促的境遇不是适于产生科学的缘法，倒要从容一点才行，单为用而不含求知的意思，其结果只能产生"手艺""技术"而不能产生"科学"。——中国即其好例。王君所论科学之起源原是泛论人类心理上之科学的基础，也不能答欧洲人何以独能创出科学的缘故。若问这缘故，待我后方去答。

若拿唯物史观来说明西方政治上社会上之"德谟克拉西"精神所从来，我并不十分反对，然却不是杜威先生的折中说第三派（见社会哲学与政治哲学讲演）。我只要问：如中国，如印度，有像欧洲那样不断变迁的经济现象吗？如承认是没有的，而照经济现象变迁由于生产力发展的理，那么一定是两方面的发展大有钝利的不同了。可见还有个使生产力发展可钝可利的东西，而生产力不是什么最高的动因了。——马克思主义说生产力为最高动因。这所以使生产力发展可钝可利的在哪里呢？还在人类的精神方面。

所谓"精神"与所谓"意识"其范围，大小差得很远。意识是很没力量的，精神是很有力量的，并且有完全的力量。唯物史观家以为意识是被决定的而无力决定别的，是我们承认的，但精神却非意识之比，讲唯物史观的把两名词混同着用，实在不对。这些话且不去细谈，直接说本题。原来生产力的发展是由于人的物质生活的欲求，而物质生活的欲求是人所不能自已的，由此而生产力的发展，经济现象的变迁，都非人的意识所能自由主张自由指挥的了。而在某种经济现象底下，人的意识倒不由得随着造作某种法律制度道德思想去应付它，于是唯物史观家就说人的意识不能把经济现象怎样，而它却能左右人的意识了。但其实这物质生活的欲求，难道不是出在精神上吗？只为它像是没有问题——一定不易——所以不理会它，不以它为能决定生产力之发展罢了。但其实何尝全没问题呢？它也可有变动，由这变动至少也能决定生产力发展的钝利、经济现象变迁的缓促。我敢说：如果欧亚的交通不打开，中国人的精神还照千年来的样子不变，那中国社会的经济现象断不会有什么变迁，欧洲所谓"工业革新"

（Industrial Revolution）**的，断不会发生**。又如果回族①同欧人不去侵入印度，听着印度人去专作他那种精神生活，我们能想象他那经济现象怎样进步吗？所以我以为人的精神是能决定经济现象的，但却非意识能去处置它。这个意思于唯物史观家初无冲突，不过加以补订而已。然就因此，我觉得西方社会上"德谟克拉西"精神所从来，还非单纯唯物史观家的说法所能说明，而待要寻它精神方面的原因。据我所见是欧洲人精神上有与我们不同的地方，由这个地方既直接地有产生"德谟克拉西"之道，而间接地使经济现象变迁以产生出如彼的制度似更有力。其故待后面去说。

现在我要说明自己的意见了。但且不去答对西方化的特别处所从来，现在先要说明我观察文化的方法，然后再解释适用这方法得的答案，则科学与"德谟克拉西"的所从来自尔答对了。我这个人未尝学问，种种都是妄谈，都不免"强不知以为知"，心里所有只是一点佛家的意思，我只是本着一点佛家的意思裁量一切，这观察文化的方法，也别无所本，完全是出于佛家思想。试且说来。

---

① 指穆斯林。

生活的说明

照我的意思——我为慎重起见，还不愿意说就是佛家或唯识家的意思，只说是我所得到的佛家的意思，——去说说生活是什么。

生活就是"相续"，唯识把"有情"——就是现在所谓生物——叫作"相续"。生活与"生活者"并不是两件事，要晓得离开生活没有生活者，或说只有生活没有生活者——生物。再明白地说，**只有生活这件事，没有生活这件东西，所谓生物，只是生活**。生活、生物非二，所以都可以叫作"相续"。**生物或生活实不只以他的"根身"——"正报"——为范围，应统包他的"根身""器界"——"正报""依报"——为一整个的宇宙——唯识上所谓"真异熟果"——而没有范围的。这一个宇宙就是他的宇宙。盖各有各自的宇宙——我宇宙与他宇宙非一。抑此宇宙即是他——他与宇宙非二。照我们的意思，尽宇宙是一生活，只是生活，初无宇宙。**由生活相续，故而宇宙似乎恒在，其实宇宙是多的相续，不似一的宛在。宇宙实成于生活之上，托乎生活而存者也。这样大的生活是生活的真相，生活的真解。但如此解释的生活非几句话说得清的，我们为我们的必需及省事起见，姑说至此处为止。

我们为我们的必需及省事起见，我们缩小了生活的范围，单就着生活的表层去说。那么，生活即是在某范围内的"事的相续"。**这个"事"是什么？照我们的意思，一问一答即唯识家所谓一"见分"，一"相分"——是为一"事"。一"事"，一"事"，又一"事"**……如是涌出不已，是为"相续"。为什么这样连续地涌出不已？因为我们问之不已——追寻不已。一问即有一答——自己所为的答。问不已答不已，所以"事"之涌出不已。因此生活就成了无已的"相续"。这探问或追寻的工具其数有六，即眼、耳、鼻、舌、身、意。凡刹那间之一感觉或一念皆为一问一答的一"事"。在这些工具之后则有为此等工具所自产出而操之以事寻问者，我们叫它大潜力、或大要求、或大意欲——没尽的意欲。当乎这些工具之前的，则有殆成定局，在一期内——人的一生——不变更，虽还是要相续而转，而貌似坚顽重滞之宇宙——"真异熟果"。**现在所谓小范围的生活——表层生活——就是这"大意欲"对于这"殆成定局之宇宙"的努力，用这六样工具居间活动所连续而发一问一答的"事"是也**。所以，我们把生活叫作"事的相续"。

这个差不多成定局的宇宙——真异熟果——是由我们前此的自己而成功这样的；这个东西可以叫作"前此的我"或"已成的我"，而现在的意欲就是"现在的我"。所以我们所说小范围生活的解释即是"现在的我"对于"前此的我"之一种奋斗努力。所谓"前此的我"或"已成的我"就是物质世界能为我们所得到的，如白色、声响、坚硬等皆感觉对它现出来的影子呈露我们之前者。而这时有一种看不见、听不到、摸不着的非物质的东西，就是所谓"现在的我"，这个"现在的我"大家或谓之"心"或"精神"，就是当下向前的一活动，是与"已成的我"——物质——相对待的。

从讲生活那段起，似乎偏于叙述及抽象，不像批评具体的问题有趣味，而却是很重要，是我们全书的中心。我们批评的方法即因此对于生活的见解而来。

我们现在将奋斗的意思再解释一下。照我们以前的解释，所谓生活就是用"现在的我"对于"前此的我"之奋斗，那么，什么叫作奋斗呢？因为凡是"现在的我"要求向前活动，都有"前此的我"为我当前的"碍"，譬如我前面有块石头，挡着我过不去，我须用力将它搬开固然算是碍，就是我要走路，我要喝茶，这时我的肢体同茶碗都算是碍；因为我的肢体或茶碗都是所谓"器世间"——"前此的我"——是很笨重的东西，我如果要求如我的愿，使我肢体运动或将茶碗端到嘴边，**必须努力变换这种"前此的我"的局面，否则是绝不会满意的；这种努力去改变"前此的我"的局面而结果有所取得，就是所谓奋斗**。所以凡是一个用力都算是奋斗；我们的生活无时不用力，即是无时不奋斗，当前为碍的东西是我的一

48

个难题；所谓奋斗就是应付困难，解决问题的。差不多一切"有情"——生物——的生活都是如此，并不单单是人类为然。即如苍蝇所以长成六个足，许多眼睛，全都因为应付困难，所以逐渐将它已成的我变成这个模样，以求适应环境的。不过这种应付都是在意识以前的，是本能的生活。人的生活大部分也都是本能的生活，譬如小儿生下来就会吃乳、睡觉……这些都是用他"不学而能"的本能，去应付困难解决问题的。虽然具有意识的人类，固然半是用意识来支配自己，但与许多别的生物有的意识很微，有的简直没有意识的，其本能生活仍一般重要。总之无论为本能的或为有意识的向前努力，都谓之奋斗。

以上解释生活的话是很亲切真确的说法。但是这话还要有几层的修订才能妥帖。其应修订之点有三层：

（一）为碍的不单是物质世界——已成的我——就是，不仅是我自己的真异熟果。还有另外一个东西——就是其他有情。譬如我将打猎所得的禽兽食肉剥皮。这时虽是对于其他有情的根身之一种改变局面，其实还是对于"已成的我"的奋斗；因为其他有情的根身实在就是我的器界——已成的我；所以这时为碍的并非另外的有情，仍是我自己的"真异熟果"。**真正为碍的是在其他有情的"他心"而不在其根身。譬如我要求他人之见爱，或提出一种意见要求旁人同我一致，这时为碍的即是"他心"；这才是真正的其他有情并非我的"已成的我"，而是彼之"现在的我"**；这时他究竟对我同意与否尚不可知，我如果要求大家与我同意，就须陈诉我意，改造"他心"的局面，始能如我的愿，这亦即是奋斗。此应修订者一。

（二）为碍的不仅物质世界与"他心"，还有一种比较很深隐为人所不留意，而却亦时常遇见的，就是宇宙间一定的因果法则。这个法则是必须遵循而不能避免的，有如此的因，一定会有如彼的果；譬如吃砒霜的糖一定要死乃是因果必至之势，我爱吃砒霜糖而不愿意死，这时为碍的就是必至的自然律，是我所不能避免的。又如凡人皆愿生活而不愿老死，这时为碍的即在"凡生活皆须老死"之律也。此应修订者二。

（三）人类的生活细看起来还不能一律视为奋斗。自然由很细微的事情一直到很大的事情——如从抬手动脚一直到改造国家——无一不是奋斗，但有时也有例外，如乐极而歌，兴来而舞，乃至一切游戏、音乐、歌舞、诗文、绘画等等情感的活动，游艺的作品，差不多都是潜力之抒写，全非应付困难或解决问题，所以亦全非奋斗。我们说这些事与奋斗不同，不单单因为它们是自然的流露而非浮现于意识之上的活动，——不先浮现于意识之上而去活动的也有算奋斗的。——也因为其本性和态度上全然不同。此应修订者三。

人生三种问题

这样一个根本的说法，加以三层修订，大体上可以说是妥帖的了。我们对于三方面文化的观察，以及世界未来文化的推测，亦皆出于此。

这时我们再来看，虽然每一"事"中的问都有一答，而所答的不一定使我们的要求满足。大约满足与否可分为下列四条来看：

（一）可满足者：此即对于物质世界——已成的我——之奋斗；这时只有知识力量来不及的时候暂不能满足，而却本是可以解决的问题。譬如当初的人要求上天，因为当时的知识力量不及所以不能满足，而自发明轻气球、飞行机之后也可以满足，可见这种性质上可以解决的要求终究是有法子想的。

（二）满足与否不可定者：如我意欲向前要求时为碍的在有情的"他心"，这全在我的宇宙范围之外，能予我满足与否是没有把握的。例如我要求旁人不要恨我，固然有时因为我表白诚恳可以变更旁人的"他心"，而有时无论如何表白，他仍旧恨我，或者口口声声说不恨而心里照旧地恨。这时我的要求能满足与否是毫无一定，不能由我做主的，**因为我只能制服他的身体而不能制服他的"他心"；只能听他来定这结果**。

（三）绝对不能满足者：此即必须遵循的因果必至之势，是完全无法可想的。譬如生活要求永远不老死，花开要求永远不凋谢，这是无论如何做不到的，绝对不可能的，所以这种要求当然不能满足。

（四）此条与以上三条都不同，是无所谓满足与否，做到与否的。这种生活是很特异的，如歌舞音乐以及种种自然的情感发挥，全是无所谓满足与否，或做到做不到的。

人类的生活大致如此。而我们现在所研究的问题就是：文化并非别的，乃是人类生活的样法。那么，我们观察这个问题，如果将生活看透，对于生活的样法即文化，自然可以有分晓了。但是在这里还要有一句声明：文化与文明有别。所谓文明是我们在生活中的成绩品——譬如中国所制造的器皿和中国的政治制度等都是中国文明的一部分。**生活中呆实的制作品算是文明，生活上抽象的样法是文化**。不过文化与文明也可以说是一个东西的两方面，如一种政治制度亦可说是一民族的制作品——文明，亦可以说一民族生活的样法——文化。

人生的三路向

以上已将生活的内容解释清楚，那么，生活即是一样的，为什么生活的样法不同呢？这时要晓得文明的不同就是成绩品的不同，而成绩品之不同则由其用力之所在不同，换言之就是某一民族对于某方面成功的多少不同。至于文化的不同纯乎是抽象样法的，**进一步说就是生活中解决问题方法之不同**。此种解决问题的方法——或生活的样法——有下列三种：

（一）本来的路向：就是奋力取得所要求的东西，设法满足他的要求。换一句话说就是奋斗的态度。**遇到问题都是对于前面去下手，这种下手的结果就是改造局面，使其可以满足我们的要求**，这是生活本来的路向。

（二）**遇到问题不去要求解决，改造局面，就在这种境地上求我自己的满足**。譬如屋小而漏，假使照本来的路向一定要求另换一间房屋，而持第二种路向的遇到这种问题，他并不要求另换一间房屋，而就在此种境地之下变换自己的意思而满足，并且一般的有兴趣。这时下手的地方并不在前面，眼睛并不望前看而向旁边看。**他并不想奋斗的改造局面，而是回想的随遇而安**。他所持应付问题的方法，只是自己意欲的调和罢了。

（三）走这条路向的人，其解决问题的方法与前两条路向都不同。**遇到问题他就想根本取消这种问题或要求**。这时他既不像第一条路向的改造局面，也不像第二条路向的变更自己的意思，只想根本上将此问题取消。这也是应付困难的一个方法，但是最违背生活本性。因为生活的本性是向前要求的。凡对于种种欲望都持禁欲态度的都归于这条路。

所有人类的生活大约不出这三个路径样法：（一）**向前面要求**；（二）**对于自己的意思变换**、调和、持中；（三）**转身向后去要求**。这是三个不同的路向。这三个不同的路向，非常重要，所有我们观察文化的说法都以此为根据。

说到此地，我们当初所说观察文化的方法那些话可以明白了。生活的根本在意欲而文化不过是生活之样法，那么，文化之所以不同由于意欲之所向不同是很明的。要求这个根本的方向，你只要从这一家文化的特异彩色，推求它的原出发点，自可一目了然。现在我们从第一步所求得的西方文化的三大特异彩色，去推看它所从来之意欲方向，**即可一望而知他们所走是第一条路向——向前的路向：**

（一）征服自然之异彩。西方文化之物质生活方面现出征服自然之彩色，不就是对于自然向前奋斗的态度吗？所谓灿烂的物质文明，不是对于环境要求改造的结果吗？

（二）科学方法的异彩。科学方法要变更现状，打碎、分析来观察，不又是向前面下手克服对面的东西的态度吗？科学精神于种种观念、信仰之怀疑而打破扫荡，不是锐利迈往的结果吗？

（三）德谟克拉西的异彩。德谟克拉西不是对于种种威权势力反抗奋斗争持出来的吗？这不是由人们对人们持向前要求的态度吗？

这西方化为向前的路向真是显明得很，我们在所下的西方化答案："西方化是以意欲向前要求为根本精神的。"就是由这样观察得到的。我们至此算是将预定四步讲法之第二步做到，点明西方化各种异彩之一本源泉是在"向前要求"的态度了。

中国文化问题印度文化问题之答案的提出

我们就此机会，把我们对于"如何是东方化"的答案提出如下：

中国文化是以意欲自为调和、持中为其根本精神的。

印度文化是以意欲反身向后要求为其根本精神的。

质而言之，我观察的中国人是走第二条路向；印度人是走第三条路向。写在此处为的是好同西方的路向态度对照着看。至于这两个答案说明，还容说明西方化后再去讲。

答案讲明的第三步

现在我们总揽着西方文化来看它在事实上是不是由如我所观测那一条路向而来的。不错的。**现在的西方文化，谁都知道其开辟来历是在"文艺复兴"，而所谓"文艺复兴"者更无其他解释，即是西方人从那时代采用我们所说"第一条路向"之谓也**。原来西方人的生活，当古希腊罗马时代可以说是走"第一条路向"，到中世纪一千多年则转入"第三条路向"，比及"文艺复兴"乃又明白确定地归到第一条路上来，继续前人未尽之功，于是产生西洋近代之文明。其关键全在路向态度之明白确定，其改变路向之波折很为重要。我们要叙说一下。

西洋文化的渊源所自，世称"二希"——希腊（Hellenism）、希伯来（Hebrewism）。罗伯特生（Frederick Robertson）论希腊思想有数点甚为重要：（一）无间的奋斗；（二）现世主义；（三）美之崇拜；（四）人神之崇拜。**可见他们是以现世幸福为人类之标的，所以就努力往前去求它。这不是我们所说的"第一条路向"是什么。**而希伯来思想是出于东方的——窃疑它还与印度有关系。他们与前叙希腊人的态度恰好相反，是不以现实幸福为标的——几乎专反对现世幸福，即所谓禁欲主义。他们是倾向于别一世界的——上帝、天国；**全想出离这个世界而入那个世界。他们不顺着生活的路往前走，而翻身向后了。——即是我们所谓"第三条路"。**西方自希腊人走第一条路就有许多科学、哲学、美术、文艺发生出来，成就的真是非常之大！接连着罗马顺此路向往下走，则又于政治、法律有所成就，却是到后来流为利己、肉欲的思想，风欲大敝，简直淫纵、骄奢、残忍、纷乱得不成样子！那么，才借着这种希伯来的宗教——基督教——

来收拾挽救。这自然于补偏救弊上也有很好的效果，虽然不能使那个文明进益发展，却是维系保持之功实在也是很大。然而到后来它的流弊又见出来了。一千多年中因为人们都是系心天国不重现世，所以奄奄无生气，一切的文化都归并到宗教里去了。于是哲学成了宗教的奴隶；文艺、美术只须为宗教而存；科学被摈，迷信充塞，乃至也没有政治，也没有法律。这还不要紧，因为教权太盛的缘故，教皇教会横恣无忌，腐败不堪，所以历史称为中古之黑暗时代！于是有"文艺复兴""宗教改革"的新潮流发生出来，所谓"文艺复兴"便是当时的人因为借着研究古希腊的文艺，引起希腊的思想、人生态度，**把一副向天的面孔又回转到人类世界来了。**而所谓"宗教改革"，虽在当时去改革的人意思或在恢复初时宗教之旧，但其结果不能为希伯来的路向助势，却为第一条路向帮忙，与希腊潮流相表里。**因为它是人们的觉醒，对于无理的教训，它要自己判断；对于腐败的威权，它要反抗不受，这实在是同于第一路向的。**它不知不觉中也把厌绝现世倾向来世的格调改去了不少。譬如在以前布教的人不得婚娶，而现在改了可以婚娶。**差不多后来的耶稣教性质逐渐变化，简直全成了第一路向的好帮手，无复第三路向之意味。**勉励鼓舞人们的生活，使他们将希腊文明的旧绪，往前开展创造起来，成功今日的样子；而一面教权封建权之倒，复开发近世国家政治、社会组织之局面。总而言之，自文艺复兴起，人生之路向态度一变，才产生我们今日所谓西方文化。**考究西方文化的人，不要单看那西方文化的征服自然、科学、德谟克拉西的面目，而须着眼在这人生态度、生活路向。**要引进西方化到中国来，不能单搬运、摹取它的面目，必须根本从它的路向、态度入手。但是四五年来，大家只把科学方法、德谟克拉西的精神说来说去，总少提到此处。只有浙江的二蒋——蒋梦麟、蒋百里——先生先后出来说这个话。蒋梦麟先生在《新教育》第一卷第五号发表《改变人生的态度》一文，盖本于霍夫丁氏（Hoffding）《近代哲学史》的意思而来。他这篇文章内有几段很警策的话：

> 我生在这个世界，对于我的生活，必有一个态度。我的能力就从那方面用。人类有自觉心后就生这个态度。这个态度变迁，人类用力的方向也变迁。

罗马帝国灭亡，中古世起一千年中，欧洲在黑暗里边，那时候人民对于生活的态度是在空中求天国，这个世界是忘却了。所以这千年中这世界毫无进步。十五世纪之初文运复兴，这态度大变，中古世人的态度是神学的，是他世界的，文运复兴时代人的态度是这世界的，是承认这活泼泼的个人的，丹麦哲学家霍夫丁氏（Hoffding）著《近代哲学史》对于文运复兴说道："文运复兴是一个时代，在这时代内中古世狭窄生活的观念是打破了。新天新地生出来，新能力发展起来。凡新时代必含两时期：（一）从旧势力里面解放出来；（二）新生活发展起来。……（Vol. 1, P. 3. ）"

"文运复兴的起始是要求人类本性的权利，后来引到发展自然界的新观念和研究的新方法。（P. 9. ）"

这个人类的新态度，把做人的方向从基本上改变了成一个新人生观。这新人生观生出一个宇宙观；有这新人生观，所以这许多美术、哲学、文学蓬蓬勃勃地开放出来。有这新宇宙观，所以自然科学就讲究起来。人类生活的态度因为生了基本的变迁，所以酿成文运复兴时代。

西洋人民自文运复兴时代改变生活的态度以后，一向从那方面走——从发展人类的本性和自然科学的方面走——愈演愈大，酿成十六世纪的"大改革"，十八世纪的"大光明"，十九世纪的"科学时代"，二十世纪的"平民主义"。

这回五四运动就是这解放的起点，改变你做人的态度，造成中国的文运复兴；解放感情，解放思想，要求人类本性的权利。这样做去我心目中见那活泼泼的青年，具丰富的红血轮，优美和乐的感情，敏捷锋利的思想，勇往直前把中国萎靡不振的社会，糊糊涂涂的思想，畏畏缩缩的感情，都一一扫除。凡此等等若非从基本上改变生活的态度做起，东补烂壁，西糊破窗，愈补愈烂，愈糊愈破，怎么得了？

蒋百里先生的话发表较晚二年，即现在出版的《欧洲文艺复兴史》，其所作导言一篇，在他书中为最精彩，我们也采他一段：

　　要之，文艺复兴实为人类精神之春雷。一震之下，万卉齐开。佳谷生矣，莨莠亦随之以出。一方则感情理知极其崇高；一方则嗜欲机诈极其狞恶，此固不必为历史讳者也。惟综合其繁变纷纭之结果，则有二事可以扼其纲：一曰人之发见；一曰世界之发见（The great achievement of the renaissance were the discovery of the world and the discovery of man）。人之发见云者即人类自觉之谓。中世教权时代，则人与世界之间，间之以神；而人与神之间，间之以教会；此即教皇所以藏身之固也！有文艺复兴而人与世界乃直接交涉。有宗教改革，而人与神乃直接交涉。人也者，非神之罪人，尤非教会之奴隶，**我有耳目，不能绝聪明；我有头脑，不能绝思想；我有良心，不能绝判断。此当时复古派所以名为人文派**（Humanism）**也**。

　　世界之发见云者，一为自然之享乐，动诸情者也。中世教会，以现世之快乐为魔，故有旅行瑞士，以其山水之美，而不敢仰视者；而不知此不敢仰视之故，即爱好之本能；无论何时何地，均可发展者也。一为自然之研究，则动诸知者也。中古宗教教义，以地球为中心，有异说则力破之；然事实不可诬也！有哥白尼之太阳学说，有哥伦布美洲之发见，于是世界之奇迹，在在足以启发人之好奇心；而旧教义之蔽智塞聪者益无以自存矣。

此"人"与"世界"的发现说，真是明醒极了！然西洋人说这类话的亦既多矣。

答案讲明的第四步

以上算是证明西洋文化的总体，出于第一条路向，适如我们所观测，即是第三步的讲明做到了。以下去做第四步。

征服自然这件事，明明是第一条的态度，直可以不必说，然我们还不妨说一说。征服自然是借着科学才做到的，尤重于经验科学。这经验科学是从英岛开发出来的，但是若不先有希腊传到大陆的抽象科学——为自然科学之母的科学——也不成功的。那么，希腊人之所以能产生科学是由爱美、爱秩序，以优游现世的态度，研究自然，来经营这种数理、几何、天文之类，差不多拿它作一种玩意儿的。那么，到文艺复兴的时候，南欧大陆随伴着其他文艺又来接续弄这种科学，也因其有希腊人同样的态度才得成的。所以，我们可以说这种科学之创兴与再起而完成，都是基于第一条态度之上。到英国人——培根他们——一面凭借这个基础，一面又增进一个新意，不单以知识为一盘静的东西，而以知识为我们一种能力（Knowledge is power），于是制驭自然、利用自然种种的实验科学就兴起来。此其向前改造环境的气派，岂不更是第一条的态度吗？而这征服自然的成功，物质文明的灿烂，其来历又有旁边一绝大力量助成它，就是经济现象的变迁，以"工业革新"为其大关键。所有种种的发现发明、制造创作因此而风涌蓬兴。科学知识与经济状况互为因果，奋汛澎湃以有今日之局。而求其生产力之进，经济现象之变，则又人类要求现世享用物质幸福为其本也。所以从种种方面看，皆适如我们所观测。

科学产生和完成的次第，才已说过，不必再提。这科学的方法和其精神又是从两种科学来的，尤其重要的是在英岛的这种科学。这种经验派实在对于以前的——希腊及大陆——方法，有绝大的补足和修订。所有旧相传习的种种观念、信仰，实借英人——洛克他们——来摧破打翻的。英国人的态度精神刚已说过，所以科学方法、科学精神又是出于第一条的态度，如我们所观测。

"德谟克拉西"又是怎样来的呢？这是由人类的觉醒——觉醒人类的本性——不埋没在宗教教会、罗马法皇、封建诸侯底下而解放出来。这个就是我们所说的"人的个性伸展，社会性发达"。他们是由觉醒人类的本性，来要求人类本性的权利；要做现世人的生活，不梦想他世神的生活。那么，自然在他眼前为他生活之碍的，要反抗排斥，得到他本性的权利而后已。次第逐渐地往前开展，如17世纪的英国革命、18世纪的美国的独立运动、法国的大革命。英国的民权自由思想实在开得最早，进步也稳健，在13世纪就要求得"大宪章"（Magna Carta），到这回17世纪又跟宗教改革相关，即是清教徒克林威尔率国会军打败王军，威廉三世即位后裁可"权利法案"。英国这种奉新教的人也是为受王家旧教的压迫，才走出到美洲自谋生活的。那么，后来不堪英国的苛敛才起了独立运动卒以奋斗成功。这时候法国因为王权太大，人民的思想虽变而王与贵族与僧侣的横暴压迫、骄淫苛虐，不稍松缓，看见美国的例，革命就骤然勃发起来。所谓在事前思想之变则卢梭、福禄特尔自由平等之说是也。这种思想的说法即近世政法上社会上"德谟克拉西"之源，而他们的大革命，又是实际上使这种精神实现之大事件。这种政治、法律及其他社会生活样法之变迁自然得力于同时经济现象之变迁的很大；像经济史观家所说的很详细，我们不去叙说。**但是这直接的动力、间接的动力，不都是由第一条态度来的吗**？

西方人精神的剖看

现在我们的第四步又做到，所有讲明西方化的四步都做完了。我们的观测，我们的答案，总算一点没有错，并且说得很明白清楚。而在最后收束处，还要指点大家去看一回，看什么呢？就是看这时候的人——开辟产出现在西方化的人——他的精神上心理上是怎么一回事。就是去解剖这重走第一条路的人精神、心理，而认清他：

第一，要注意重新提出这态度的"重"字。这态度原来从前曾经走过的，现在又重新拿出来，实在与从前大有不同了！头一次是无意中走上去的；而这时——从黑暗觉醒时——是有意选择取舍而走的。他撇弃第三条路而取第一条路是经过批评判断的心理而来的。在头一次走上去的人因为未经批评判别，可以无意中得之，亦可以无意中失之！而重新采取这条路的人，他是要一直走下去不放手的，除非把这一条路走到尽头不能再走，才可以转弯。本来希腊人——第一次走这条路的人的理性方面就非常发达，头脑明睿清晰，而此刻重新有意走这条路的人，于所谓批评、选择更看出他心理方面理智的活动。

第二，要注意这时的人从头起就先认识了"自己"，认识了"我"，而自为肯定；如昏蒙模糊中开眼看看自己站身所在一般，所谓人类觉醒，其根本就在这点地方。这对于"自己""我"的认识肯定。这个清醒，又是理智的活动。

第三，要注意这时的人有了"我"就要为"我"而向前要求，向前要求都是由为"我"而来，一面又认识了他眼前面的自然界。所谓向前要求，就是向着自然界要求种种东西以自奉享。这时候他心理方面又是理智的活动。在直觉中"我"与其所处的宇宙自然是混然不分的，而在这时节被他打成两截，再也合拢不来，一直到而今，皆理智的活动为之也。

第四，要注意这时的人因为"我"，对于自然宇宙固是取对待、利用、要求、征服的态度，而对于对面旁边的人也差不多是如此的态度。虽然"自由""平等""德谟克拉西"，是从此才得到的，然而在情感中是不分的我与人，此刻又被分别"我""他"的理智的活动打断了！

总而言之，近世西方人的心理方面，**理智的活动太强太盛，实为显著之特点**。在他所成就的文明上，辟创科学哲学，为人类其他任何民族于知识、思想二事所不能及其万一者。不但知识思想的量数上无人及他，精细深奥上也无人及他。**然而他们精神上也因此受了伤，生活上吃了苦，这是19世纪以来暴露不可掩的事实**！这个话，待末尾批评各方文化时再说。

我们讲西方化讲到此处也就可以止了，如何是西方化其事已明。回过头来一看我们所批评为不对的那些答案，也未尝不各有所见，竟不妨都可以说是对的了。以下我们来说一说东方文化。

我们来看东方文化的时节，第一就先发觉中国文化印度文化太两样。所谓东方文化的不能混东方诸民族之文化而概括称之，至少，亦是至多，要分中国、印度两文化而各别称之。世以欧洲、中国、印度为文化三大系是不错的。我想我们讲这两支文化，不用各别去做那四步讲法了，只需拿西方化同他们比较着看，又拿他们自己互为比较着看，就也可以看得很明的。

中国文化的概说

我们先来拿西方化的面目同中国化的面目比较着看：

第一项，西方化物质生活方面的征服自然，中国是没有的，不及的；

第二项，西方化学术思想方面的科学方法，中国又是没有的；

第三项，西方化社会生活方面的"德谟克拉西"，中国又是没有的。

几乎就着三方面看去中国都是不济，只露出消极的面目，很难寻着积极的面目。

于是我们就要问：中国文化之根本路向，还是与西方化同路，而因走得慢没得西方的成绩呢，还是与西方各走一路，别有成就，非只这消极的面目而自有其积极的面目呢？

有人——大多数的人——就以为中国是单纯的不及西方，西方人进化得快，路走出去得远，而中国人迟钝不进化，比人家少走了一大半。我起初看时也是这样想。例如，征服自然一事；在人类未进化时，知识未开，不能征服自然，愈未进化的愈不会征服自然，愈进化的也愈能征服自然；中国人的征服自然还不及西方化，不是中国人在文化的路线上比西方人差一大半是什么？科学方法是人类知识走出个眉目产生的，要既进化后，才从宗教玄学里解放出来的。虽然孔德（Comte）分宗教、玄学、科学三期的话不很对，受人的指摘，而科学之发生在后，是不诬的。中国既尚未出宗教、玄学的圈，显然是比科学大盛的西方又少走一大段路。人的个性伸展又是从各种威权底下解放出来的，那么，又是西方人已走到地点，中国人没有走到。差不多人类文化可以看作一条路线，西方人走了八九十里，中国人只到二三十里，这不是很明的吗？

但其实不然。**我可以断言假使西方化不同我们接触，中国是完全闭关**

与外间不通风的，就是再走三百年、五百年、一千年也断不会有这些轮船、火车、飞行艇、科学方法和"德谟克拉西"精神产生出来。这句话就是说：中国人不是同西方人走一条路线。因为走得慢，比人家慢了几十里路。若是同一路线而少走些路，那么，慢慢地走终究有一天赶得上；若是各自走到别的路线上去，别一方向上去，那么，无论走多久，也不会走到那西方人所达到的地点上去的！中国实在是如后一说，质而言之，中国人另有他的路向态度与西方人不同的，就是他所走并非第一条向前要求的路向态度。

中国人的思想是安分、知足、寡欲、摄生，而绝没有提倡要求物质享乐的；却亦没有印度的禁欲思想（和尚道士的不娶妻、尚苦行是印度文化的模仿，非中国原有的）。不论境遇如何他都可以满足安受，并不定要求改造一个局面，像我们前面所叙东西人士所观察，东方文化无征服自然态度而为与自然融洽游乐的，实在不差。这就是什么？**即所谓人类生活的第二条路向态度是也**。他持这种态度，当然不能有什么征服自然的魄力，那轮船、火车、飞行艇就无论如何不会产生。他持这种态度，对于积重的威权把持者，要容忍礼让，哪里能奋斗争持而从其中得个解放呢？那德谟克拉西实在无论如何不会在中国出现！他持这种态度，对于自然，根本不为解析打碎的观察，而走入玄学直观的路；又不为制驭自然之想，当然无论如何产生不出科学来。凡此种种都是消极地证明中国文化不是西方一路，而确是第二条路向态度。若问中国人走这条路有何成就，这要等待后面去说，到那时才能指出中国文化的精神及其优长所在。

印度文化的略说

我们再看印度文化，与中国文化同样的没有西方文化的成就，这是很明的。那么，要问：他是与西方同走一条路而迟钝不及呢，抑另有他的路向态度与西方人不同呢？又要问：他如果与西方人不同其路向，那么与中国人同其路向不同呢？

我们就来看他一看：其物质文明之无成就，与社会生活之不进化，不但不及西方且直不如中国。他的文化中俱无甚可说，唯一独盛的只有宗教之一物。而哲学、文学、科学、艺术附属之。**于生活三方面成了精神生活的畸形发展，而于精神生活各方面又为宗教的畸形发达，这实在特别古怪之至！所以他与西方人非一条线而自有其所趋之方向不待说，而与中国亦绝非一路。**世界民族盖未有渴热于宗教如印度人者，世界宗教之奇盛与最进步未有过于印度之土者；而世界民族亦未有冷淡于宗教如中国人者，中国既不自产宗教，而外来宗教也必变其面目，或于精神上不生若何关系；（佛教则变其面目，耶教则始终未打入中国精神之中心，与其哲学文学发生影响。）又科学方法在中国简直没有，而在印度，那"因明学""唯识学"秉一种严刻的理智态度，走科学的路，这个不同绝不容轻忽看过，所以印度与中国实非一路而是大两样的。原来**印度人既不像西方人的要求幸福，也不像中国人的安遇知足，他是努力于解脱这个生活的；既非向前，又非持中，乃是翻转向后，即我们所谓第三条路向。**这个态度是别地方所没有，或不盛的，而在印度这个地方差不多是好多的家数，不同的派别之所共同一致。从邃古的时候，这种出世的意思，就发生而普遍，其宗计流别多不可数，而从高的佛法一直到下愚的牛狗外道莫不如此。他们要求解脱种种方法都用到了，在印度古代典籍所载的：自饿不食，投入寒渊，赴火炙灼，赤身裸露，学着牛狗，龁草吃粪，在道上等车来轧死，上山去找老虎，如是种种离奇可笑；但也可见他们的那种精神了！由此后来，印度人的出世人生态度甚为显明实在不容否认的。而中国康长素、谭嗣同、梁任公一班人都只发挥佛教慈悲勇猛的精神而不谈出世，这实在不对。因为印度的人生态度既明明是出世一途，我们现在就不能替古人隐讳，因为自己不愿意，就不承认他！此外还有现在谈印度文明的人，因为西洋人很崇拜印度的诗人泰戈尔（Tagore），推他为印度文明的代表，于是也随声附和起来；其实泰戈尔的态度虽不能说他无所本，而他实与印度人本来的面目不同，实在不能做印度文明之代表。去年我的朋友许季上先生到印度去，看见他们还是做那出世的生活，可见印度的人生态度不待寻求，明明白白是走第三条路向，我们不可讳言。

对世界未来文化的推测

以下将试为推测世界未来文化大约是什么样子。于此，我们自先去推测最近未来的文化，然后乃论及其后又将怎样。在这里，我们自又先去总揽着大体指定最近未来文化的根本态度，然后略分物质生活、社会生活、精神生活三方面去说一说。

说到最近未来所要持的态度，我们又不能不有个分别，就是：世界最近未来文化的根本态度是一个样子；从此刻到最近未来文化的开幕其态度又是一个样子。我们已经说过事实的变迁于文化变迁上最关重要，而现在的事实则在经济（附注：以后不在经济）；在经济未得改正时，第二路态度是难容于其下的，而且必待社会大改造成功向前改造环境的路子始算是走到尽头处，否则，就尚未走完。所以虽然现在西方态度的变端已见，然其变出的态度仍旧含有西方彩色在内，并不能为斩截的中国态度（倭铿似属斩截）。这就是说：他们虽然已经很要改过那种算账逐物有所为而为的态度，但自己见不到，事实又不容，倾向所在仍旧是含那彩色，不能斩截改掉。大约他们现在态度的变化不过从单着眼个体而为我的变转到也着眼他人而为社会；从单着眼物质幸福的变转到也着眼精神真趣；从单着眼现在的变转到也着眼未来，如颉德所说，如罗素所说，如陈仲甫先生在他最近代思想与近代思想对照表内所列，一致的都是这般模样。这样把目标拓展到大处远处，自然比那只看个人现实福利的较为合理而且安稳——照以前那样最易致失望、空虚之感、厌烦、人生动摇溃裂。罗素在他论结婚问题时说得很好：

两个人的互相亲爱未免太狭，未免太与社会无关，所以不能把爱情的自身当作人生的主要目的。只靠爱他，不能获得活动力的充实源泉，不能得有充分的先见之明，所以不能使人生成为究竟满足的人生。爱情有时很为浓厚，不过不久就归于淡薄，因为淡薄所以不能令人满足，他迟早必成为反顾的，成为死的欢乐之墓，而不能成为新的生活之源泉。无论何种目的，只要是单在一种感情中实现的，就免不了这种弊害。唯一的精当目的，只是向着将来的目的，只是永远不能圆满实现的目的，只是时常继长增高的目的，只是依缘人类的无限势力而成为无限的目的，再且爱情必须与这种无限的目的结合起来，才有了它所能有的真挚意味。

我也赞成这为社会为未来的态度，可以使人生继续有勇气；**但它实在只是过渡时间——从西洋旧路过渡到未来路上——的一种态度。西洋的路在此刻本没走完，然即如西洋旧路而不变，则亦不能开辟未来文化之新局，所以这样变化变化真是很恰好，很必要。却是这全不出物我辗转相寻之私，而人生的重心始终倾欹在外。在未来文化中的人生态度，固无所谓为个人，也无所谓为社会；固无所谓为现在，也无所谓为未来；完全超脱了这些而无所为；固然不着眼在小处近处，也不着眼在大处远处；无论什么也不在他眼里，而是全然不看的——也就全然无所倾欹。**有人以为这恐怕是理想；其实不然，这是趋势所必至。

我记得胡适之先生本着他们实际主义的老话，说：旁人不是乐天主义，便是厌世主义；我们既不乐天，也不厌世，乃是改良主义或淑世主义。其实这三种主义就分别代表了三方——中国、印度、西洋——的态度；西洋人自始就是淑世派——所谓改造环境的路子，并不待今日詹姆斯、杜威之出头提倡。不过詹姆斯、杜威是圆成了西洋人这条路的，犹如佛家之于印度的路，孔家之于中国的路；这话并非特别恭维杜威他们，因为**他们实在把那条路做到很深稳、很圆满、很恰好的地步**。却是等他们出来把这条路讲究到好处，这条路也就快完了。**无论如何，它再也不是解救现在西洋人沉疴的药。在未来世界完全是乐天派的天下，淑世主义过去不提。**这情势具在，你已不必辩，辩也无益。我并不是说，到那时什么事从此不再改良，或从此人将不再做改造环境的事；我是说那时人将不复持那样人生态度。向外逐物，分别目的与手段，有所为而为，行为多受知识的支配，都与改造派态度不相离的（试看詹姆斯、杜威书便知）；然俱为今人所厌绝了。只有与此相反的新风气如倭铿、罗素、泰戈尔之所倡导，方兴未艾，**为乐天派第一高手的孔子开其先。乐天是那时人生的根本态度；在这根本态度之下依旧可以做改造环境的事，并不相妨**；乃至去分别目的与手段有所为而为也都不相妨。

就生活三方面推说未来文化

以下分就文化的物质生活、社会生活、精神生活三方面简单着一为推说：

（一）**物质生活一面**　今日不合理的经济根本改正是不须说的；此外则不敢随便想设。我于这上也毫无研究，所以说不出什么来；只不过基尔特一派的主张好多惹我注意之处，使我很倾向于他。大约那时人对于物质生活比今人（指西洋人）一定恬淡许多而且从容不迫，很像中国人从来的样子；因此那时社会上，物质生活的事业也就退处于从属地位，不同现在之成为最主要的；那么，便又是中国的模样。在生产上，必想法增进工作的兴趣，向着艺术的创造这一路上走；那么，又与中国尚个人天才艺术的彩色相合。这些都是现在大家意向所同，似无甚疑问；还有基尔特派中一部人有恢复手工业的意思，这就不敢妄测，恐事实上很难的。假使当真恢复手工业而废置大机械，那么，又太像中国从来不用机械用手工的样子了。

（二）**社会生活一面**　在这一面，如今日不合理的办法也不能不改变。不论是往时的专制独裁或近世的共和立宪，虽然已很不同，而其内容有不合理之一点则无异。这就是说他们对大家所用统驭式的办法，有似统驭动物一般。现在要问，人同人如何才能安安生生地共同过活？仗着什么去维持？不用寻思，现前哪一事不仗着法律。现在这种法律下的共同过活是很用一个力量统合大家督迫着去做的，还是要人算账的，人的心中都还是计较利害的，**法律之所凭借而树立的，全都是利用大家的计较心去统驭大家**。关于社会组织制度等问题，因我于这一面的学术也毫无研究，绝不敢轻易有所主张；但我敢说，**这样统驭式的法律在未来文化中根本不能存**

71

在。如果这样统驭式的法律没有废掉之可能，那改正经济而为协作共营的生活也就没有成功之可能。**因为在统驭下的社会生活中人的心理，根本破坏了那个在协作共营生活之所须的心理**。所以倘然没有所理想的未来文化则已，如其有之，统驭式的法律就必定没有了。

仿佛记得陈仲甫先生在《新青年》某文中说那时偷懒的人如何要责罚，污秽的工作或即令受罚人去做，或令污秽工作的人就工作轻减些。其言大概如此，记不清楚，总之他还是藉刑赏来**统驭大众的老办法**。殊不知像这类偷懒和嫌恶污秽无人肯做等事，都出于分别人我而计较算账的心理，假使这种心理不能根本祛除，则何待有这些事而后生问题，将触处都是问题而协作共营成为不可能；现在不从怎样泯化改变这种心理处下手，却反而走刑赏统驭的旧路，让这种心理益发相引继增，岂非荒谬糊涂之至。以后只有提高了人格，靠着人类之社会的本能，靠着情感，靠着不分别人我，不计较算账的心理，去做如彼的生活，而后如彼的生活才有可能。

近世的人是从理智的活动，认识了自己。走为我向前的路而走到现在的，从现在再往下走，**就变成好像要翻过来的样子。从情感的活动，融合了人我，走尚情谊尚礼让不计较的路——这便是从来的中国人之风**。刑赏是根本摧残人格的，是导诱恶劣心理的，在以前或不得不用，在以后则不得不废，——这又合了从来孔家之理想。从前儒家法家尚德尚刑久成争论，我当初也以为儒家太迂腐了，为什么不用法家那样简捷容易的办法？瞎唱许多无补事实的滥调做什么？到今日才晓得孔子是一意地要保持人格，一意地要莫破坏那好的心理，他所见的真是与浅人不同。以后既不用统驭式的法律而靠着尚情无我的心理了，那么，废法之外更如何进一步去陶养性情，自是很要紧的问题。近来谈社会问题的人如陈仲甫、俞颂华诸君忽然觉悟到宗教的必要。本来人的情志方面就是这宗教与美术两样东西，而从来宗教的力量大于美术，不着重这面则已，但着重这面总容易倾在宗教而觉美术不济事。实亦从来未有舍开宗教利用美术而做到非常伟大功效如一个大宗教者，有之，就是孔子的礼乐。

以后世界是要以礼乐换过法律的，全符合了孔家宗旨而后已。因为舍掉礼乐绝无第二个办法，宗教初不相宜，寻常这些美术也不中用。宗教所培养的心理并不适合我们做这生活之所须，而况宗教在这期文化中将为从来未有之衰微，其详如后段讲精神生活所说。脱开宗教气息的美术较为合宜，但如果没有一整统的哲学来运用它而做成一套整的东西，则不但不济事，且也许就不合宜。这不是随便借着一种事物（宗教或美术）提起了感情，沉下去计较，可以行的；这样也许很危险，都不一定。最微渺复杂难知的莫过于人的心理，没有彻见人性的学问不能措置到好处。礼乐的制作恐怕是天下第一难事。只有孔子在这上边用过一番心，是个先觉。世界上只有两个先觉：**佛是走逆着去解脱本能路的先觉；孔子是走顺着调理本能路的先觉。**以后局面不能不走以理智调理本能的路，已经是铁案如山，那就不得不请教这先觉的孔子。我虽不敢说以后就整盘地把孔子的礼乐搬出来用，却大体旨趣就是那个样子，你想避开也不成的。还有我们说过在这时期男女恋爱是顶大问题，并且是顶烦难没法对付的，如果不是礼乐把心理调理到恰好，那直不得了；余如后说。

（三）**精神生活一面**　我们已说过在这时，人类便从物质的不满足时代转到精神不安宁的时代，而尤其是男女恋爱问题容易引起情志的动摇，当然就很富于走入宗教的动机。在人类情感未得充达时节，精神的不宁也就不著；在男女问题缺乏高等情意的时节也不致动摇到根本；但此际情感必得充达和男女问题必进于高等情意都是很明的，那么，予人生以勘慰的宗教便应兴起。但是不能。这些动机和问题大半还不是非成功宗教不可的——另有非成功宗教不可的动机与问题；并且顺成宗教的缘法不具，逆阻宗教的形势绝重。宗教就是人类的出世倾向之表现，从这种倾向要将求超绝与神秘。神秘是这时必很时尚的——我指那一种趣味，因为是时尚直觉的时代。**但超绝则绝对说不通，而且感情上也十分排距；因为知识发展的步骤还不到，感情解放活动之初亦正违乎这种意向。**宗教的根本要件全在超越现前之一点是既经说过的，所以我敢断言一切所有的宗教不论高低都要失势，在甚于今；宗教这条路定然还是走不通。

但是宗教既走不通，将走哪条路呢？这些动机将发展成什么东西，或这些问题将由怎样而得应付？**这只有辟出一条特殊的路来：同宗教一般的具奠定人生勘慰情志的大力，却无藉乎超绝观念，而成功一种不含出世倾向的宗教；同哲学一般的解决疑难，却不仅为知的一边事，而成功一种不**

单是予人以新观念并实予人以新生命的哲学。这便是什么路？这便是孔子的路，而倭铿、泰戈尔一流亦概属之。这时艺术的盛兴自为一定之事，是我们可以推想的；礼乐的复兴也是我们已经推定的；虽然这也都能安顿了大部分的人生，**但吃紧的还仗着这一路的哲学做主脑**。孔子那求仁的学问将为大家所讲究，中国的宝藏将于是宣露。

而这一路哲学之兴，收拾了一般人心，**宗教将益浸微，要成了从来所未有的大衰歇**。说到这里，又恰与中国的旧样子相合；世界上宗教最微弱的地方就是中国，最淡于宗教的人是中国人，而此时宗教最式微，此时人最淡于宗教；中国偶有宗教多出于低等动机，其高等动机不成功宗教而别走一路，而此时便是这样别走一路，其路还即是中国走过的那路；中国的哲学几以研究人生占它的全部，而此时的哲学亦大有此形势；诸如此类，不必细数。除了科学的研究此时不致衰替为与中国不同外，以及哲学艺术当然以进化之久总有胜过中国之点外，那时这精神生活一面大致是中国从来派头，必不容否认。

一般对未来文化的误看

以上对于世界文化大致推定是那个样子。以他对近世西洋文化而看，是确然截然为根本的改换。所改换过的全然就是中国的路子，无论如何不能否认。但是一般人的议论——其实是毫无准据的想象——异口同声说世界未来文化必是融合了东西两方文化产生的；两方文化各有所偏，而此则得其调和适中的。这全因为他们心思里有根本两谬点，试为剖说：

一、他们只去看文化的呆面目而不留意其活形势——根本精神，不晓得一派文化之所以为一派文化者固在此而不在彼；由有此谬误，就想着未来文化的成分总于这两方文化各有所取，所以说是二者融合产生的了。其实这一派根本精神和那一派根本精神何从融合起呢？**未来文化只可斩截地改换，而照现在形势推去，亦实将斩截地改换，所改换的又确为独属于中国一派；这不但你不信，就如我在未加推勘时亦万万不信。**

二、他们感于两方文化各有各的弊害，都不很合用；就从他心里的愿望，想着得一个尽善恰好的，从此便可以长久适用他。不晓得一文化原是一态度或一方向；态度和方向没有不偏的，就都有其好的地方，都有其不好地方；**无所谓哪个文化就是好的文化、合用的文化，哪个文化就是不好的文化、不合用的文化。**由有此谬误，就想着未来文化总当要调和两偏而得其适中，成一个新的好文化了。其实一态度其初都好，沿着走下来才见出弊害，或遇到它不合用的时际，就得变过一态度方行；而又沿着走下去，还得要再变一态度。**想要这次把它调和适中，弄到恰好，那安得而有此事呢？**未来文化只可明确地为一个态度，而从现在形势推去，亦实将明确地换过一个态度，所换过的又确乎偏为从前中国人的那一个态度；此诚无论什么人所想不到的。

75

世界文化三期重现说

质而言之，世界未来文化就是中国文化的复兴，有似希腊文化在近世的复兴那样。

人类生活只有三大根本态度，如我在第三章中所说：由三大根本态度演为各别不同的三大系文化，世界的三大系文化实出于此。论起来，这三态度都因人类生活中的三大项问题而各有其必要与不适用，如我前面历段所说，最妙是随问题的转移而变其态度——问题问到哪里，就持哪种态度；却人类自己在未尝试经验过时，无从看得这般清楚而警醒自己留心这个分际。于是古希腊人、古中国人、古印度人，各以其种种关系因缘凑合不觉就单自走上了一路，以其聪明才力成功三大派的文明——迥然不同的三样成绩。这自其成绩论，无所谓谁家的好坏，都是对人类有很伟大的贡献。却自其态度论，则有个合宜不合宜；希腊人态度要对些，因为人类原处在第一项问题之下；中国人态度和印度人态度就嫌拿出得太早了些，因为问题还不到。不过希腊人也并非看清必要而为适当之应付，所以西洋中世纪折入第三路一千多年。到文艺复兴乃始拣择批评地重新去走第一路，把希腊人的态度又拿出来。他这一次当真来走这条路，便逼直地走下去不放手，于是人类文化上所应有的成功如征服自科、科学、德谟克拉西都由此成就出来，即所谓近世的西洋文化。**西洋文化的胜利，只在其适应人类目前的问题，而中国文化、印度文化在今日的失败，也非其本身有什么好坏可言，不过就在不合时宜罢了。人类文化之初，都不能不走第一路，中国人自也这样，却他不待把这条路走完，便中途拐弯到第二路上来；把以后方要走到的提前走了，成为人类文化的早熟。但是明明还处在第一问题未了之下，第一路不能不走，哪里能容你顺当去走第二路？所以就只能委**

委曲曲表出一种暧昧不明的文化——不如西洋化那样鲜明；并且耽误了第一路的路程，在第一问题之下的世界现出很大的失败。不料虽然在以前为不合时宜而此刻则机运到来。盖第一路走到今日，病痛日出，今世人都想抛弃他，而走这第二路，大有往者中世纪人要抛弃他所走的路而走第一路的神情。尤其是第一路走完，第二问题移进，不合时宜的中国态度遂达其真必要之会，于是照样也拣择批评地重新把中国人态度拿出来。印度文化也是所谓人类文化的早熟；他是不待第一路、第二路走完而径直拐到第三路上去的。他的行径过于奇怪，所以其文化之价值始终不能为世人所认识（无识的人之恭维不算数）；既看不出有什么好，却又不敢菲薄。一种文化都没有价值，除非到了他的必要时；即有价值也不为人所认识，除非晓得了他所以必要的问题，他的问题是第三问题，前曾略说。而最近未来文化之兴，实足以引进了第三问题，所以中国化复兴之后将继之以印度化复兴。于是古文明之希腊、中国、印度三派竟于三期间次第重现一遭。我并非有意把他们弄得这般齐整好玩，无奈人类生活中的问题实有这么三层次，其文化的路径就有这么三转折，而古人又恰好把这三路都已各别走过，所以事实上没法要他不重现一遭。吾自有见而为此说，今人或未必见谅，然吾亦岂求谅于今人者。

在最近未来第二态度复兴；以后顺着走下去，怎样便引进了第三问题，这还要说一两句。我们已经看清现在将以直觉的情趣解救理智的严酷，乃至处处可以见出理智与直觉的消长，都是不得不然的。这样，就从理智的计虑移入直觉的真情，未来人心理上实在比现在人逼紧了一步，如果没有问题则已，如有问题，那么，这个问题就对他压迫得非常之紧。从孔家的路子更是引到真实的心理，那么，就是紧凑。当初借以解救痛苦的是他，后来贻人以痛苦的亦即是他；前人之于理智，后人之于直觉，都是这样。在人类是时时那里自救，也果然得救，却是皆适以自杀，第三问题是天天接触今人的眼睑而今人若无所见的，到那情感益臻真实之后，就成了满怀唯一问题。而这问题本是不得解决的，一边非要求不可，一边绝对不予满足，弄得左右无丝毫回旋余地！此其痛苦为何如？第三期的文化也就于是产生；所谓印度人的路是也。从孔子的路原是扫空一切问题的，因为一切问题总皆私欲；却是出乎真情实感的则不能。出乎这真情实感的问

77

题在今日也能扫空，却是在那将来则不能。像这类出乎真情实感的第三问题在今日则随感而应，过而不留，很可以不成为问题；如果执着不舍必是私欲，绝非天理之自然。在将来那时别无可成为问题的，不必你去认定一个问题而念念不忘，他早已自然而然地把这一个问题摆在你的眼前，所以就没有法子扫空了。关于第三期文化的开发，可说的话还很多；但我不必多说了，就此为止。本来印度人的那种特别生活差不多是一种贵族的生活，非可遍及于平民，只能让社会上少数居优越地位，生计有安顿的人，把他心思才力用在这个上边。唯有在以后的世界大家的生计都有安顿，才得容人人来做，于自己于社会均没妨碍。这也是印度化在人类以前文化中为不自然的，而要在某文化步段以后才顺理之证。

我们现在应持的态度

我们推测的世界未来文化既如上说，那么我们中国人现在应持的态度是怎样才对呢？对于这三态度何取何舍呢？我可以说：

第一，**要排斥印度的态度，丝毫不能容留；**

第二，**对于西方文化是全盘承受，而根本改过，就是对其态度要改一改；**

第三，**批评地把中国原来态度重新拿出来。**

第三条是我这些年来研究这个问题之最后结论，几经审慎而后决定，并非偶然的感想；必须把我以上一章一章通通看过记清，然后听我以下的说明，才得明白。或请大家试取前所录李超女士追悼会演说词，和民国八年出版的《唯识述义》序文里一段，与现在这三条参照对看，也可寻出我用意之深密而且决之于心者已久。《唯识述义》序文一段录后：

> 印度民族所以到印度民族那个地步的是印度化的结果，你曾留意吗？如上海刘仁航先生同好多的佛学家，都说佛化大兴可以救济现在的人心，可以使中国太平不乱。我敢告诉大家，假使佛化大兴，中国之乱便无已；且慢胡讲者，且细细商量商量看！

现在我们要去说明这结论，不外指点一向致误所由，和所受病痛，眼前需要，和四外情势，并略批评旁人的意见，则我的用意也就都透出了。照我们历次所说，我们东方文化其本身都没有什么是非好坏可说，或什么不及西方之处；**所有的不好不对，所有的不及人家之点，就在步骤凌乱，成熟太早，不合时宜。**并非这态度不对，是这态度拿出太早不对，这是我

79

们唯一致误所由。我们不待抵抗得天行，就不去走征服自然的路，所以至今还每要见厄于自然。我们不待有我就去讲无我。不待个性伸展就去讲屈己让人，所以至今也未曾得从种种威权底下解放出来。我们不待理智条达，就去崇尚那非论理的精神，就专好用直觉，所以至今思想也不得清明，学术也都无眉目。并且从这种态度就根本停顿了进步，自其文化开发之初到他数千年之后，也没有什么两样。他再也不能回头补走第一路，也不能往下去走第三路；假使没有外力进门，环境不变，他会要长此终古！譬如西洋人那样，他可以沿着第一路走去，自然就转入第二路；再走去，转入第三路；即无中国文明或印度文明的输入，他自己也能开辟它们出来。若中国则绝不能，因为他态度殆无由生变动，别样文化即无由发生也。从此简直就没有办法；不痛不痒真是一个无可指名的大病。及至变局骤至，就大受其苦，剧痛起来。他处在第一问题之下的世界，而于第一路没有走得几步，凡所应成就者都没有成就出来；一旦世界交通，和旁人接触，哪得不相形见绌？而况碰到的西洋人偏是个专走第一路大有成就的，自然更禁不起他的威棱，只有节节失败，忍辱茹痛，听其蹂躏，仅得不死。国际上受这种种欺凌已经痛苦不堪，而尤其危险的，西洋人从这条路上大获成功的是物质的财，他若挟着他大资本和他经济的手段，从经济上永远制服了中国人，为他服役，不能翻身，都不一定。至于自己眼前身受的国内军阀之蹂躏，生命财产无半点保障，遑论什么自由；生计更穷得要死，试去一看下层社会简直地狱不如；而水旱频仍，天灾一来，全没对付，甘受其虐；这是顶惨切的三端。其余种种太多不须细数。然试就所有这些病痛而推原其故，何莫非的的明明自己文化所贻害；只缘一步走错，弄到这般天地！还有一般无识的人硬要抵赖不认，说不是自己文化不好，只被后人弄糟了，而叹惜致恨于古圣人的道理未得畅行其道。其实一民族之有今日结果的情景，全由他自己以往文化使然：西洋人之有今日全由于他的文化，印度人之有今日全由于他的文化，中国人之有今日全由于我们自己的文化，而莫从抵赖；也正为古圣人的道理行得几分，所以才致这样，倒不必恨惜。但我们绝不后悔绝无怨尤；以往的事不用回顾；我们只爽爽快快打主意现在怎样再往下走就是了。

我们致误之由和所受痛苦略如上说，现在应持何态度差不多已可推见；然还须把眼前我们之所需要和四外情势说一说。我们需要的很多，用不着一样一样去数，**但怎样能让个人权利稳固社会秩序安宁，是比无论什么都急需的。这不但比无论什么都可宝贵，并且一切我们所需的，假使能得到时，一定要从此而后可得**。我们非如此不能巩固国基，在国际上成一个国家；我们非如此不能让社会上一切事业得以顺着进行。若此，那么将从如何态度使我们可以看到，不即可想了吗？再看外面情势，西洋人也从他的文化而受莫大之痛苦，若近若远，将有影响于世界的大变革而开辟了第二路文化。从前我们有亡国灭种的忧虑，此刻似乎情势不是那样，而旧时富强的思想也可不作。那么，如何要鉴于西洋化弊害而知所戒，并预备促进世界第二路文化之实现，就是我们决定应持态度所宜加意的了。以下我们要略批评现在许多的人意向是否同我们现在所审度的相适合。

现在普通谈话有所谓新派旧派之称：新派差不多就是倡导西洋化的；旧派差不多就是反对这种倡导的——因他很少积极有所倡导；但我想着现在社会上还有隐然成一势力的佛化派。我们先看新派何如？新派所倡导的总不外乎陈仲甫先生所谓"赛恩斯"与"德谟克拉西"和胡适之先生所谓"批评的精神"（似见胡先生有此文，但记不清）；这我们都赞成。但我觉得若只这样都没给人以根本人生态度；无根的水不能成河，枝节的做法，未免不切。所以蒋梦麟先生《改变人生态度》一文，极动我眼目；却是我不敢无批评无条件地赞成。又《新青年》前几卷原也有几篇倡导一种人生的文章，陈仲甫先生并有其《人生真义》一文；又倡导赛恩斯、德谟克拉西、批评的精神之结果也会要随着引出一种人生。但我对此都不敢无条件赞成。因为那西洋人从来的人生态度到现在已经见出好多弊病，受了严重的批评，而他们还略不知拣择地要原盘拿过来。虽然这种态度于今日的西洋人为更益其痛苦，而于从来的中国人则适可以救其偏，却是必要修正过才好。况且为预备及促进世界第二路文化之开辟，也要把从来的西洋态度变化变化才行，这个修正的变化的西洋态度待我后面去说。

旧派只是新派的一种反动，他并没有倡导旧化。陈仲甫先生是攻击旧文化的领袖；他的文章，有好多人看了大怒大骂，有些人写信和他争论。但是怒骂的止于怒骂，争论的止于争论，他们只是心理有一种反感而不服，并没有一种很高兴去倡导旧化的积极冲动。尤其是他们自己思想的内

81

容异常空乏，并不曾认识了旧化的根本精神所在，怎样禁得起陈先生那明晰的头脑、锐利的笔锋，而陈先生自然就横扫直摧，所向无敌了。记得陈先生在《每周评论》上作《孔教研究》曾一再发问：

> 既然承认孔教在法律上、政治上、经济上都和现代社会人心不合；不知道我们还要尊崇孔教的理由在哪里？
>
> 除了君臣父子夫妇之道及其他关于一般道德之说明，孔子的精神真相真意究竟是什么？

他原文大意，是说：孔子的话不外一种就当时社会打算而说的，和一种泛常讲道德的话；前一种只适用于当时社会，不合于现代社会，既不必提；而后一种如教人信实、教人仁爱、教人勤俭之类，则无论哪地方的道德家谁都会说，何必孔子？于此之外孔子的真精神，特别价值究竟在哪点？请你们替孔教抱不平地说给我听一听。这样锋利逼问，只问得旧派先生张口结舌——他实在说不上来。

前年北京大学学生出版一种《新潮》，一种《国故》，仿佛代表新旧两派；那《新潮》却能表出一种西方精神，而那《国故》只堆积一些陈旧古董而已。其实真的国故便是中国故化的那一种精神——故人生态度。那些死板板烂货也配和人家对垒吗？到现在谈及中国旧化便羞于出口，孔子的道理成了不敢见人的东西，只为旧派无人，何消说得！因为旧派并没有倡导旧化，我自无从表示赞成；而他们的反对新化，我只能表示不赞成，他们的反对新化并不彻底：他们也觉得社会一面不能不改革，现在的制度也只好承认，学术一面太缺欠，西洋科学似乎是好的；却总像是要德谟克拉西精神科学精神为折半的通融。莫处处都一贯到底。**其实这两种精神完全是对的；只能为无批评无条件地承认；即我所谓对西方化"全盘承受"**。怎样引进这两种精神实在是当今所急的；否则，我们将永此不配谈人格，我们将永此不配谈学术。你只要细审从来所受病痛是怎样，就知道我这话非激。所以我尝叹这两年杜威、罗素先到中国来，而柏格森、倭铿不曾来，是我们学术思想界的大幸；如果杜威、罗素不曾来，而柏格森、倭铿先来了，你试想于自己从来的痼疾对症否？

在今日欧化蒙罩的中国，中国式的思想虽寂无声响，而印度产的思想却居然可以出头露面。现在除掉西洋化是一种风尚之外，佛化也是范围较小的一种风尚；并且实际上好多人都已倾向于第三路的人生。所谓倾向第三路人生的就是指着不注意图谋此世界的生活而意别有所注的人而说；如奉行吃斋、念佛、唪经、参禅、打坐等生活的人和扶乩、拜神、炼丹、修仙等样人，不论他为佛教徒，或佛教以外的信者，或类此者，都统括在内。十年来这样态度的人日有增加，滔滔皆是：大约连年变乱和生计太促，人不能乐其生，是最有力的外缘，而数百年来固有人生思想久已空乏，何堪近年复为西洋潮流之所残破，旧基骤失，新基不立，惶惑烦闷，实为其主因。至于真正是发大心的佛教徒，确乎也很有其人，但百不得一。我对于这种态度——无论其为佛教的发大心或萌乎其他鄙念——绝对不敢赞成；这是我全书推论到现在应有的结论。

我先有几句声明，再申论我的意思。我要声明，我现在所说的话是替大家设想，不是离开大家而为单独的某一个人设想。一个人可以有为顾虑大家而牺牲他所愿意的生活之好意，但他却非负有此义务，他不管大家而从其自己所愿是不能非议的。所以我为某一个人打算也许赞成他做佛家的生活亦未可定。如果划一定格而责人以必做这样人生，无论如何是一个不应该。以下我略说如何替大家设想即绝对不赞成第三态度之几个意思：

一、第三态度的提出，此刻还早得很，是极显明的。而我们以前只为一步走错，以致贻误到那个天地（试回头看上文），此刻难道还要一误再误不知鉴戒吗？你一个人去走，我不能管；但如你以此倡导社会，那我便不能不反对。

二、我们因未走第一路便走第二路而受的病痛，从第三态度将有所补救呢，还是要病上加病？我们没有抵抗天行的能力，甘受水旱天灾之虐，是将从学佛而得补救，还是将从学佛而益荒事功？我们学术思想的不清明，是将从学佛而得药治，还是将从学佛而益没有头绪？国际所受的欺凌，国内武人的横暴，以及生计的穷促等等我都不必再数。一言总括，这都是因不像西洋那样持向前图谋此世界生活之态度而吃的亏，你若再倡导印度那样不注意图谋此世界生活之态度，岂非要更把这般人害到底？

三、我们眼前之所急需的是宁息国内的纷乱，让我们的生命财产和其他个人权利稳固些；但这将从何种态度而得做到？有一般人——如刘仁航先生等——就以为大家不要争权夺利就平息了纷乱，而从佛教给人一服清凉散，就不复争权夺利，可以太平。这实在是最错误的见解，与事理真相适得其反。我们现在所用的政治制度是采自西洋，而西洋则自其人之向前争求态度而得生产的，但我们大多数国民还依然是数千年来旧态度，对于政治不闻不问，对于个人权利绝不要求，与这种制度根本不适合；所以才为少数人互竞的掠取把持，政局就翻覆不已，变乱遂以相寻。故今日之所患，不是争权夺利，而是大家太不争权夺利；只有大多数国民群起而与少数人相争，而后可以奠定这种政治制度，可以宁息累年纷乱，可以护持个人生命财产一切权利，如果再低头忍受，始终打着逃反避乱的主意，那么就永世不得安宁。在此处只有赶紧参取西洋态度，那屈己让人的态度方且不合用，何况一味教人息止向前争求态度的佛教？我在《唯识述义》序文警告大家："假使佛化大兴，中国之乱便无已。"就是为此而发。我希望倡导佛教的人可怜可怜湖南湖北遭兵乱的人民，莫再引大家到第三态度，延长了中国人这种水深火热的况味！

四、怎样促进世界最近未来文化的开辟，是看过四外情势而知其必要的；但这是第一路文化后应有的文章，也是唯他所能有的文章；照中国原样走去，无论如何所不能有的，何况走印度的第三路？第一路到现在并未走完，然单从他原路亦不能产出；这只能从变化过的第一态度或适宜的第二态度而得辟创；其余任何态度都不能。那么，我们当然反对第三态度的倡导。

我并不以人类生活有什么好，而一定要中国人去做；我并不以人类文化有什么价值，而一定要中国人把它成就出来；我只是看着中国现在这样子的世界，而替中国人设想如此。我很晓得人类是无论如何不能得救的，除非他自己解破了根本二执——我执、法执。却是我没有法子教他从此而得救，除非我反对大家此刻的倡导。因为你此刻拿这个去倡导，他绝不领受。人类总是往前奔的，你扯他也扯不回来，非让他自己把生活的路走完，碰到第三问题的硬钉子上，他不死心的。并且他如果此刻领受，也一定什九是不很好的领受——动机不很好。此刻社会上皈依佛教的人，其皈依的动机很少是无可批评的，其大多数全都是私劣念头。借着人心理之弱点而收罗信徒简直成为彰明的事。最普通的是乘着世界不好的机会，引逗人出世思想；因人救死不赡，求生不得，而要他解脱生死；其下于此者，且不必说。这便是社会上许多恶劣宗教团体的活动也跟着佛教而并盛的一个缘故。再则，**他此刻也绝不能领受**。当此竞食的时代，除非生计有安顿的人，一般都是忙他的工作，要用工夫到这个，是事实所不能。他既绝不领受，又绝不能领受，又不会为好动机的领受，那么几个是从此而得救的呢？还有那许多人就是该死吗？既不能把人渡到彼岸，**却白白害得他这边生活更糟乱，这是何苦**？不但祸害人而且糟蹋佛教。佛教是要在生活美满而后才有它的动机，像这样求生不得，就来解脱生死，那么求生可得，就用它不着了。然在此刻倡导佛教，其结果大都是此一路，**只是把佛教弄到鄙劣糊涂为止。我们非把人类送过这第二路生活的一关，不能使他从佛教而得救，不能使佛教得见其真，这是我的本意。**

孔与佛恰好相反：一个是专谈现世生活，不谈现世生活以外的事；一个是专谈现世生活以外的事，不谈现世生活。这样，就致佛教在现代很没有多大活动的可能，在想把佛教抬出来活动的人，便不得不谋变更其原来面目。似乎记得太虚和尚在《海潮音》一文中要借着"人天乘"的一句话为题目，替佛教扩张它的范围到现世生活里来。又仿佛刘仁航和其他几位也都有类乎此的话头。而梁任公先生则因未曾认清佛教原来怎么一回事的缘故，就说出"禅宗可以称得起为世间的佛教应用的佛教"的话（见《欧游心影录》）。他并因此而总想着拿佛教到世间来应用；以如何可以把贵族气味的佛教改造成平民化，让大家人人都可以受用的问题，访问于我。其实这个改造是做不到的事，如果做到也必非复佛教。今年我在上海见着章太炎先生，就以这个问题探他的意见。他说，这恐怕很难；或者不立语言文字的禅宗可以普及到不识字的粗人，但普及后，还是不是佛教，就不敢说罢了。他还有一些话，论佛教在现时的宜否，但只有以上两句是可取的。总而言之，佛教是根本不能拉到现世来用的；若因为要拉它来用而改换它的本来面目，则又何苦如此糟蹋佛教？我反对佛教的倡导，并反对佛教的改造。

我提出的态度

于是我将说出我要提出的态度。我要提出的态度便是孔子之所谓"刚"。"刚"之一义也可以统括了孔子全部哲学，原很难于短时间说得清。但我们可以就我们所需说之一点，而以极浅之话表达它。

大约"刚"就是里面力气极充实的一种活动。孔子说"吾未见刚者"。"刚"原是很难做到的。我们似乎不应当拿一个很难做到的态度提出给一般人；因为你要使这个态度普遍地为大家所循由，就只能非常粗浅，极其容易，不须加持循之力而不觉由之者，才得成功。但我此处所说的刚，实在兼括了艰深与浅易两极端而说。**刚也是一路向，于此路向可以入得浅，可以入得深；所以它也可以是一非常粗浅极其简易的。**我们自然以粗浅简易的示人，而导他于这方向，如他有高的可能那么也可自进于高。

我今所要求的，不过是要大家往前动作，而此动作最好要发于直接的情感，而非出自欲望的计虑。孔子说："枨也欲，焉得刚"，大约欲和刚都像是很勇的往前活动；却是一则内里充实有力，而一则全是假的——不充实，假有力；一则其动为自内里发出，一则其动为向外逐去。孔子说的"刚毅木讷近仁"全露出一个人意志高强、情感充实的样子；这样人的动作大约便都是直接发于情感的。**我们此刻无论为眼前急需的护持生命财产、个人权利的安全而定乱入治，或促进未来世界文化之开辟而得合理生活，都非参取第一态度，大家奋往向前不可，但又如果不根本地把它含融到第二态度的人生里面，将不能防止它的危险，将不能避免它的错误，将不能适合于今世第一和第二路的过渡时代。**我们最好是感觉着这局面的不可安而奋发；莫为要从前面有所取得而奔去。我在李超女士追悼会即已指给大家这个态度，说："要求自由，不是计算自由有多大好处便宜而要求，是感觉着不自由的不可安而要求的。"但须如此，即合了我所说刚的态度；刚的动只是真实的感发而已。

我意不过提倡一种奋往向前的风气，而同时排斥那向外逐物的颓流。我在那篇里又说："那提倡欲望，虽然也能使人往前动作，但我不赞成。"现在还不外那一点意思。施今墨先生对我说的**"只要动就好"**，现在有识的人多能见到此；但我们将如何使人动？前些年大家的倡导，似乎都偏欲望的动，现今稍稍变其方向到情感的动这面来，但这只不过随着社会运动而来的风气，和跟着罗素创造冲动占有冲动而来的滥调；**并没有两面看清而知所拣择，所以杂乱纷歧，含糊不明，见不出一点方向，更不及在根本上知所从事。**这两年来种种运动，愈动而人愈疲顿，愈动而人愈厌苦，弄到此刻衰竭欲绝，谁也不高兴再动，谁也没有法子再动，都只为胡乱由外面引逗欲望，激励情感，为一时的兴奋，而内里实际人人所有只欲望派的人生念头，根本原就不弄得衰竭烦恼不止。动不是容易的，适宜的动更不是容易的。现在只有先根本启发一种人生，全超脱了个人的为我、物质的歆慕、处处的算账、有所为的而为，直从里面发出来活气——罗素所谓创造冲动——含融了向前的态度，随感而应，方有所谓情感的动作，情感的动作只能于此得之。只有这样向前的动作才真有力量，才继续有活气，不会沮丧，不生厌苦，并且从他自己的活动上得了他的乐趣。只有这样向前的动作可以弥补了中国人素来缺短，解救了中国人现在的痛苦，又避免了西洋的弊害，应付了世界的需要，完全适合我们从上以来研究三文化之所审。这就是我所谓刚的态度，我所谓适宜的第二路人生。本来中国人从前就是走这条路，却是一向总偏阴柔坤静一边，近于老子，而不是孔子阳刚乾动的态度；若如孔子之刚的态度，便为适宜的第二路人生。

今日应再创讲学之风

明白地说，照我意思是要如宋明人那样再创讲学之风，以孔颜的人生为现在的青年解决他烦闷的人生问题，一个个替他开出一条路来去走。

一个人必确定了他的人生才得往前走动，多数人也是这样；只有昭苏了中国人的人生态度，才能把生机剥尽死气沉沉的中国人复活过来，从里面发出动作，才是真动。中国不复活则已，中国而复活，只能于此得之，这是唯一无二的路。

有人以清代学术比作中国的文艺复兴，其实文艺复兴的真意义在其人生态度的复兴，清学有什么中国人生态度复兴的可说？

有人以"五四"而来的新文化运动为中国的文艺复兴；其实这新运动只是西洋化在中国的兴起，怎能算得中国的文艺复兴？

若真中国的文艺复兴，应当是中国自己人生态度的复兴；那只有如我现在所说可以当得起。

蒋百里先生对我说，他觉得新思潮新风气并不难开，中国数十年来已经是一开再开，一个新的去，一个新的又来，来了很快地便已到处传播，却总是在笔头口头转来转去，一些名词变换变换，总没有什么实际干涉，真的影响出来；如果始终这样子，将永无办法；他的意思似乎需要一种似宗教非宗教像倭铿所倡的那种东西，把人引入真实生活上来才行。**这话自是不错，其实用不着他求，只就再创讲学之风而已。现在只有踏实地奠定一种人生，才可以真吸收融取了科学和德谟克拉西两精神下的种种学术种种思潮而有个结果；否则我敢说新文化是没有结果的。**至于我心目中所谓讲学，自也有好多与从前不同处；最好不要成为少数人的高深学业，应当多致力于普及而不力求提高。我们可以把孔子的路放得极宽泛、极通常，简直去容纳不合孔子之点都不要紧。孔子有一句"极高明而道中庸"的话，我想拿来替我自己解释。我们只去领导大家走一种相当的态度而已；虽然遇到天分高的人不是浅薄东西所应付得了，然可以"极高明"而不可以"道高明"。我是先自己有一套思想再来看孔家诸经的；看了孔经，先有自己意见再来看宋明人书的；始终拿自己思想做主。由我去看，泰州王氏一路独可注意；黄梨洲所谓"其人多能赤手以搏龙蛇"，而东崖之门有许多樵夫、陶匠、田夫，似亦能化及平民者。但孔子的东西不是一种思想，而是一种生活；我于这种生活还隔膜，容我尝试得少分，再来说话。

第二辑

中国民族自救运动之最后觉悟

觉悟时机到了

我在本刊第一期，《主编本刊之自白》一文中，说明我现在的见解主张，是由过去几年的烦闷开悟而得。**这是我个人的开悟吗？这是中国民族的开悟！中国民族以其特殊文化迷醉了他的心，萎弱了他的身体，方且神游幻境而大梦酣沉，忽地来了膂力勃强心肠狠辣的近世西洋鬼子，直寻上家门；何能不倒霉，不认输，不吃亏受罪？何能不手忙脚乱，头晕眼花？何能不东撞西突，胡跑乱钻？……然而到今天来，又何能不有着最后的觉悟！**

天下事，非到得最后不易见出真相；非于事过后回转头来一望，不能将前前后后的事全盘了然于胸。我们今天固已到得这时机，真是所谓"可以悟矣"！

所谓近世的西洋人及西洋文化

说到西洋人，就是指其近世的而言；这好比说到印度人或中国人，就是指其古代的而言一样。今之所谓西洋人和所谓西洋文化，实在是到得近世才开出来的玩意儿。

在 1800 与 1900 年间，欧洲经过一次大革命。其结果，相沿传下之封建制度，君主、贵族、特权、驿车、烛光为特征的欧洲文化归于破产。代之而起者，即今日之所谓西洋文化（western civilization）。这个文化的特征，乃是平民主义，选举制度、工厂、机器、铁路、汽车、飞机、电报、电话和电灯。（中略）是以在 1750 年与 1850 年间，欧洲之进步已可比拟由石器时代而进于铜器时代。或是由铜器时代而进于铁器时代。而在此同一百年内，无论亚洲人或非洲人，仍然沿袭故旧，其所生活所作为与所思想者，实与其祖先数千年前之情形无稍差异。

世界是一个悠久而辽阔的大地，实际上已有无数年代的发展；在其历史上，并不是第一次才有各种不同的文化存在。古代希腊、埃及和巴勒斯坦文化极相悬殊，然各能平行发展，毫无抵触。即在十八世纪时，欧洲、亚洲，与非洲之文化和野蛮，也是各自循其历史而发展；纵然有时交换理想、宗教或货物，且亦不免有冲突的发生；但就全体说，实在没有多大关系。但是十九世纪至新欧洲文化，则变更一切了。**这个文化是一种好战喜争与支配利用的文化**；而其这种威吓形态，是许多原因助成的。因机器之发明，交通运输方法大为进步，缩短了世界的空间距离。在十九世纪以前，因交通运输之困难，致各大陆与各种文化间完全孤立绝缘；虽然有征服和殖民的事实，但是多属偶然，而且没有多大影响。

这个由产业革命所发生的新西欧文化有一个特质，就是在欧洲以外完全是掠夺的。就经济方面说，必须多数市场与大宗原料。产业愈工业化，则开拓新市场与新原料来源愈为必须。因此发生了对于亚洲、非洲、澳洲与南美洲的经济侵略。这便是在各洲民族感觉新文化压迫力的第一方法。临于亚洲与非洲方面的这种压迫具有其特别形式，使十九世纪之帝国主义迥异于前世纪之政治侵略，或文化竞争。因交通运输上机器之发明，给欧洲人以绝大权力，使能开拓远方土地以达工商业之目的。至如工业机器之发明与新式工业之兴起，则已完全变动了世界自然力的均衡（blance of physical power in the world）。在十九世纪以前，各大陆文化平行发展，此一文化并无压服彼一文化之优势。亚洲军队为争此优势，常能与欧洲军队接战；非洲人亦能恃其毒箭、湖泽、丛林与蚊虫以求自卫，而与肩荷枪弹腰带水瓶之欧洲人相抵抗，但是这种情形不久就完全改变了。亚洲人之生活及战术与其十二世纪时之祖先无异者，顿觉其已陷入新式枪炮、军舰、飞机、铁路各种利器之重围中；**更有为彼所未见且不识者，即所谓近代国家内新式工业之有组织的权力**（the organized power of modern industry in a modern state）**在。这样一来，无论亚洲人，或非洲人，都没有抵抗欧洲人意志的力量了。**

所谓"近代国家内新式工业之有组织的权力"一语，**实足显明十九世纪帝国主义与欧洲对世界关系上之另一特质**。在由产业革命所发生，并由盲目经济势力所引诱，以谋操纵亚非两洲市场与出产之制造家、商业家和资本家的背后，**更站立了一个由法国革命与拿破仑战争所产生之富国强兵的国家主义的近代国家**。这种国家的政府权力常有意或无意地，直接或间接地，被其资本家利用以侵略其他洲土民族，而达到自私自利的目的，这事实极为显著，其影响至足惊异。**曾有一次迅速而极凶恶之世界征服为人类历史上所罕见者。在 1815 年与 1914 年间，亚洲、非洲与澳洲**

几全部皆直接或间接屈服于欧洲国家威力之下。

这是英国学者乌尔弗（Leonard Woolf）近著《帝国主义与文化》书中一段导言，所说虽是普通，而话甚简捷。我于此，不愿用我自己的笔墨，来叙述西洋人和西洋文化：一则是自己在学问上的自信力不够；二则是恐怕人家对我亦信不及。我只从这里面指出请大家注意之点，则我的意思即尽足表达了。我请大家注意者三点：

一、西洋人是新兴的民族；西洋文化是从近代开出来的新玩意儿。

二、**西洋文化是以如飞的进步，于很短期间开发出来的。**

三、**西洋文化具有如是特异的强霸征服力及虎狼吞噬性。**

这三点亦都是普通常说到的，然我为促大家注意，更引乌尔弗书的一段，不厌求详地证明它。

> 法国革命、拿破仑战争与产业革命把欧洲的社会结构完全变更了。散居村落的农民因以改变而为工商业的城市居民。这些十九世纪工业化的国家较之十八世纪的农业国家远没有自给自足的可能，**所以不能不发展一种组织完密而复杂的国际商业制度。**我们可说这个时代是机器，工厂、股份公司、资本主义，工业商业及财政国际化的时代。这是关于经济方面的情形。再看看政治方面，这确是由君主政体或贵族政治转向所谓德谟克拉西政治的一个过渡时期。在这个过渡期间，各工业国家的政治权力转移到新兴中间阶级（new middle class）的手里；尤其是这个阶级里面有势力的分子如财政家、工业制造家与商人操纵了政权；所有政府机关是完全仰承这个阶级的意旨。而这个时期文化的特色便是工商业的权威，公私财富的累积，物质事物的先占，理性和科学的心理态度，物质昌盛的理想与自由平等的思潮。
>
> 我们由新文化的几种特色看去，就知道其影响绝对不仅限于欧洲，而必然的趋势是要向外扩展冲压到亚非两洲的民族与文化，随着新运输方法的进步，经济势力更强迫此新文化扩张其经济关系到更为广阔的范围，新兴城市的居民必须由国外输入食物

才足以自给，新式制造工业必须由热带出产的原料供给；而机器廉价出产品的发达，更有搜掠世界矿产的必要。这样一来，其结果便有国际贸易的大扩张。同时向欧洲工业制造家原料供给地的各洲，也更加重要成了销纳欧洲工业出产品的市场。而且因为欧洲各国保护关税主义的盛行，不易开拓市场，是以欧洲工业制造家更觉有在亚非两洲多觅新安全市场的必要。

这个经济冲动不可避免的结果，便是欧洲工商业化的新文化和亚非两洲民族的短兵相接。而第一次接触实在是经济的。非洲，印度，锡兰，中国与日本开始认识西方文化，是由于商人及贸易公司的关系，当然在这新文化的后面也就感觉了欧洲国家的威力。因为文化所包含的，一半是实质的事物如火车、飞机、军舰和枪炮，一半是人们内心的信仰和欲望。说到这里，我们似乎相信人们头脑中的理想很能决定他们的历史及其文化的命运。如十九世纪欧洲人的头脑中有些事情思索着，就必然地先之以商人在亚非两洲的试探，继之以欧洲国家的干涉。我们知道"经济竞争"（economic competition）在十九世纪的欧洲是一个基本理想。税率与保护关税政策是这个竞争里面的武器，厉行保护关税是给工业制造家和商人一个很大打击。所以亚洲与非洲的富源和市场还未及完全开发的时候，就变成了这个国际经济竞争的对象。在这个竞争里面，各国的商人与资本家自然要请求本国政府的援助。欧洲列强利用这个时机，一面可以夺取并统治国外的领地，一方为其商人和工业制造家开拓了良好的市场与原料来源。这样一来，便是剑及屦及的旗帜随着商业走，商业跟着旗帜跑了。

影响帝国主义历史的另一种理想，便是可以代表十九世纪文化一种特色的国家主义的爱国心（nationalistic patriotism）。欧洲的国家主义很早就变成了一种宗教，以国家为其尊崇的物象。不久帝国的理想和国家主义者爱国理想发生了密切关系。一个帝国比较一个欧洲国家大，乃是一个更大的国家；而一个更大的国家比较一个小的国家在国家主义者的心目中是一个更大的偶像。所以欧洲商人对于国外市场的竞争就随着爱国者对于国家光荣竞争的心理而更加奋进了；因为在亚洲或非洲获得了一块土地，在一方面是经济的获利，而在他方面又是爱国者的天职。

既是这样，所以附着经济竞争，实用效率，开拓、武力和国家主义各种理想的西方文化，便直接袭击了亚洲和非洲。但是除此以外西方文化还带了一类由法国革命所得来的理想。这便是德谟克拉西、自由、平等、博爱和人道主义。这些理想对于帝国主义后半历史有极大影响，就是激起了殖民地或被压迫民族的反帝国主义运动。

以上我们只是由欧洲的观点来考察这个问题。然亚非两洲的形势也是这个问题的一个部分。当新文化在欧洲开出这样茂盛之花的时候，亚洲人和非洲人仍然是在他们固有历史所遗留下来的情形下过生活。如果我们稍为考察中国、日本及印度的情形，就知道这些民族依然生活在一种组织牢固的村落社会；这种社会是古代文化的产物，而这种文化的特色是安静的、宗教的、形式的，与西方文化截然不同。这些东方民族已经发展了他们本身精巧形式的政府制度、社会阶级，国民传说、伦理标准，人生哲学、文学艺术和雕刻。至如非洲方面虽然大都是原始民族，但是他们渐渐有了特殊形式的社会和政府制度。（中略）

我们知道挟着西方新文化而与亚非两洲相接触的原始冲动是经济的。凡是替帝国主义做先驱的欧洲工业制造家和商人，他们来到亚洲与非洲都是有一定经济目的，就是贩卖棉花或棉布而收买锡铁、橡皮、茶叶或咖啡。但是在西方文化的复杂经济制度之下进行这种业务，必须使亚非两洲的整个经济制度适合或同化于欧洲经济制度而后可。这种同化工作已经由欧洲工业制造家、商人、财政家或欧洲政府在其威力、指挥和利益之下积极推行。在这个过程里面，殖民地人民的生活完全改变，固有文化的基础多被破坏，而给他们感触最大的，就是坐视异国政府用威力来强制推行一切外来的事物。

我们相信以前世界上一定没有像这样剧烈的事情发现过。

我再请大家注意认识的，便是西洋文化里面，资本主义的经济，新兴中间阶级的民主政治，近代的民族国家之"三位一体"。继此又可认识出其富于组织性，而同时亦即是富于机械性。乌尔弗书中亦说：

> 我们试将今日欧洲的政府、工业、商业财政各种精密制度和十八世纪的简单制度比较，就可知道近代文化和过去文化的差别所在，各种制度的精细与复杂确是近代文化的要害之点：如果除掉了这个精细与复杂要素，我们就立刻转到了前世纪的生活状况与文化形式。

所谓精密复杂就是组织性，亦就是机械性，其文化的强霸征服力和虎狼吞噬性，实借着这组织性机械性而益显威力，并成为不可勒止的狂奔之势。凡走上这条文化路径的民族无论在欧在美抑在东方如日本，都成为世界强国，所谓"帕玩"（Power）者是。就从这个名字，其意可思了。其实这一个字所含的意味，亦就可将西洋全部文明形容得活现，所以有人说西洋文明即可称之为"帕玩"之文明（日本人金子马治尝为此说）。

要而言之，**近代的西洋文化实是人类的一幕怪剧**。这幕怪剧至今尚未演完；我们上边所举，更未足尽其万一。我们还应当要举说他侵略非洲、印度时演出怎样贪残惨酷；——注意，这是与个人贪残惨酷不同的、文化之贪残惨酷。我们还应当要举说他在民族社会内演出怎样强悍猛烈的大规模阶级斗争，——例如 1925 年的英国大罢工。我们还应当要举说他在国际间演出怎样明争暗斗以讫 1914 年空前的世界大战之爆发。我们还应当要推论它——这幕怪剧——将演到什么地步而结局。自一面言之，这幕剧亦殊见精彩，值得欣赏；然而不免野气得很，粗恶得很。

中世的西洋社会和他们的文明程度

现在我们自不免要追问：这幕热闹剧是怎样发生的呢？那须回头看近世以前的——中世纪的——西洋社会和他们的文明程度。

中世纪的西洋社会是所谓"封建制度"（Feudalism）的。此封建制度在北欧、西欧、南欧各地方不能都一模一样；更且是其中有些情形，已不易确考，各历史学家社会学家的说法亦都不一样。但我们如不晓得这封建制度，则中古千余年间之欧洲史即茫然无从说起。它大概是这样：那时社会都是靠农业，而土地则都分属于君主、大小诸侯、僧侣寺院、骑士等所有；其从事生产的农民，或曰农奴，则附于土地之上而亦各有所归属。于是社会中显然成为两大阶级：一面是领有土地者之贵族僧侣；一面是占绝大多数而服役的农奴。各领主于其采邑（Manor）大多是形成一个一个的村庄；领主宅第居于中央；农奴绕居其四周；其外围，即为耕地；又外为林地；又外为公用牧场之草地。农奴为领主耕耘，服定期及临时劳役，节日纳贡，尤要在绝对服从。据说：①

一、农奴不经领主的承认，不能离开他的采邑，而到别个采邑。

二、农奴应依照领主所命令的方法与分量而从事任何的勤务。

三、当领主认为有收回之必要时，农奴应将其一切之人与物权奉还领主。

农奴不能有任何权利；他的不动产不用说，就是动产亦完全属领主所

---

① W. Page：*The End of Villainage in England*，今此据《中世欧洲经济史》（民智书局译本）。

有。① 又亚西来教授说：从 Glanvill 时代到爱德华四世（15 世纪）的法理论上，都说农奴绝对不应有任何的所有权。此外，农奴还要常受种种琐细的干涉与束缚。例如：不得领主许可，不能结婚（有处领主还享有所谓初夜权）；不得领主许可，不能卖牛；女子出嫁到外方，要课其父母一定赔偿金，等等。

在这时，统治权是随着土地所有权的。领主在他的采邑中，有些职员小吏督管或料理种种事务。更其要紧的，则有"采邑法庭"，其裁判官便是领主的管事人充任。据说：②

> 每个"采邑国家"的管理，差不多都由同一原则组成的。国家机关是与封主（领主）的经济管理机关合在一起的。
>
> 封主个人的俑仆，也好似国家的官吏一样。如马舍管理员、封主的寝室侍从、文件保管员以及酒室等，一面替他们主人照料门户和经济，同时又为国家管理机关的指导者，料理军队财政法庭和行政等事务。愈大的独立的封主，实际上亦愈少为俑仆，而多为国家的高官。

所谓政事或行政就是这样。政治大权操握在贵族领主手中，而贵族多是不读书没教育，世代作威福，不晓得什么政治的。

采邑的经济，是专为满足私自的地方需要，不为销售而生产。它是自给自足的，完全闭锁的经济；因为每一个采邑都是离开其他采邑而可独立的；差不多不取任何东西于外方，亦不为外方生产任何东西。除非当时封建地主想要贵重的武器，或丝织的长套、金石嵌的装饰品等，才须转向外来的商人。

近代资本主义社会，就是从这样封建制度社会开出来的。货币盛行，工商业发达起来，交换经济打破了闭锁经济，封建制度才站不住，而资本主义代兴。故而封建制度的毁灭，以经济进步为主因，而人为的革命助成

---

① Maine：*Early and Custom*，今据同前书。
② 《世界社会史纲》132 页，平凡书局译本。

之。其毁灭时期，在欧洲各处遂亦迟早不同；英国是在 17 世纪，大概从伊丽莎白女王时起，到"三十年大战"时代（1558—1648 年）；法国是在 18 世纪，1789 年大革命时，国会乃议决废除农奴制度；德奥又在法国之后，如普鲁士在 19 世纪初叶者是；俄国则直待至 19 世纪，1861 年才有解放农奴的命令，而且实际问题还并没解决。

我叙说这些个干什么？我意在请大家注意认识几点：

一、**在中世西洋社会，是一阶级这样绝对地压制并剥削他阶级；自非惹起大反抗、大冲决而翻过来不可。**

二、**社会中似这般绝对地压制和剥削，普遍地存在着，显出文化很低的征候。**（无论从施者或从受者那面看）

三、**似此野蛮低下的西洋社会，实距今不甚远的事；——一二百年前的西洋人，其文明程度便是如此可怜。**

请大家先记取这三点。我们将再检看中世纪西洋人的文明程度。于此，则就要看他们的宗教。这不但因为中世纪千余年间，是整个的宗教时代；更为宗教是那时文化中心之所寄，文明程度之最高点。我们先看宗教在当时的势力：①

　　教会为欧洲中古最重要之机关；中古史而无教会，则将空无一物矣。

　　中古教会与近世教会——无论新教或旧教——绝不相同。言其著者，可得四端：

　　第一，中古时代无论何人均属于教会，正如今日无论何人均属于国家同。所有西部欧洲无异一宗教上之大组织，无论何人，不得叛离，否则以大逆不道论。不忠于教会者，不信教义者，即叛上帝，可以死刑处之。

　　第二，中古教会与今日教会之端赖教徒自由输款以资维持者不同。中古教会于广拥领土及其他种种金钱外，并享有教税曰 Tithe 者。凡教徒均有纳税之义，正与吾人捐输国税同。

---

① 何炳松编译：《中古欧洲史》，127 页。

102

第三，中古教会不若今日教会之仅为宗教机关而已，教会虽维持教堂，执行职务，提倡宗教生活，然尤有进焉。盖教会实无异国家，既有法律又有法庭，并有监狱，有定人终生监禁之罪之权。

第四，中古教会不但执行国家之职务，而且有国家之组织。当时教会及教堂与近世新教不同，无一不属于罗马教皇。为教皇者，有立法及管理各国教士之权。西部欧洲教会以拉丁文为统一之文字，凡各地教会之文书往来，莫不以此为准。

教皇既统治西部欧洲一带之教会，政务殷繁，可以想见，则设官分职之事尚矣。凡教皇内阁阁员及其他官吏合而为"教皇之朝廷"（Curia）。

此外为主教者，并有管理主教教区中一切领土及财产之权。而且为主教者每有政治上之职务。如在德国，每为君主之重臣。最后，为主教者每同时并为封建之诸侯而负有封建之义务。彼可有附庸及再封之附庸，而同时又为君主或诸侯之附庸。吾人使读当日主教之公文书，几不辨主教之究为教士或为诸侯也。总之，当时主教义务之繁重，正与教会本身无异。

教会最低之区域为牧师。教会之面积虽大小不一，教徒之人数虽多寡不等，然皆有一定之界限。凡教徒之忏悔、浸礼、婚礼等仪节，均由牧师执行之。牧师之礼拜堂，为村落生活之中心，而牧师则为村民之指导者。

这在中国人看来，未有不诧怪者，为什么宗教僧侣要称王作帝，负起政治上责任来？又为什么能取得这大势力？这就为他们对于他们以外的人——无论下层阶级或国王贵族——实为最智慧最有知识教育，为文化之所寄的缘故。希腊罗马的文化，经那北方过来的野蛮民族侵入破坏之后，秩序大乱，文物荡然；而先时由东方传过来的希伯来宗教教士则能为之保存一些。历史家说明当时的情形云[1]：

---

① 何炳松编译：《中古欧洲史》，22 页及 28 页。

西罗马帝国政府虽为蛮族所倾覆，而蛮族卒为基督教会所征服。当罗马官吏逃亡之日，正基督教士折服蛮族之时。昔日之文明及秩序，全赖教士之维持；拉丁文之不绝，教会之力也。教育之不尽亡，亦教士之力也。

教会之代行政府职权，并非僭夺，因当时实无强有力之政府足以维持秩序，保护人民，则教会之得势，理有固然。凡民间契约、遗嘱及婚姻诸事，莫不受教会之节制，孤儿寡妇之保护，人民教育之维持，均唯教会之是赖。此教会势力之所以日增，而政治大权之所以入于教士之手也。

据说西罗马帝国瓦解以来六七百年，教士而外，直无通学问者；所以在 13 世纪时，凡罗马人欲自承为教士者，只需诵书一行以证明之。因为这样，所以"各国政府之公文布告，端赖教士之手笔；教士与修道士无异君主之秘书，每有列席政务会议俨同国务大臣者，事实上，行政之责任已多由教士负之"①。

基督教士既然成了彼时社会最高明的先生，则我们只需看当时那基督教高明到如何程度，则中世西洋人的文明程度可知矣。但我们要叙说旧日基督教的迷信可笑、顽固可怜，和 16 世纪教会的腐败罪恶，实不胜说，我们只需看为宗教起的惨杀恶战，绵亘与蔓延，无穷无已，便足令中国人咋舌！"宗教改革"运动起后：

英王 Henry 曾亲身审判信奉 Zwingli 主张之新教徒，并引据《圣经》以证明基督之血与肉，果然存在于仪节之中，乃定以死刑而用火焚杀之。1539 年国会又通过法案曰"六条"者，宣言基督之血与肉果然存在于行圣餐礼时所用之面包与酒中；凡胆敢公然怀疑者，则以火焚之，至于其他五条，则凡违背者，初次处以监禁及藉没财产之刑，第二次则缢杀之。

---

① 何炳松编译：《中古欧洲史》，134 页。

女王 Mary 在位之最后四年，虐杀反对旧教者前后达二百七十七人，多用火焚烧而死。

Charles 第五曾下令严禁人民信奉路德等派之新教。据 1550 年所定法律，凡异端不悔过者则活焚之；悔改者亦复男子斩首，女子受火焚之刑。在 Netherlands 地方人之被杀者至少当有五万人。

1545 年法国王下令杀死新教徒 Waldensian 派之农民三千人。

1572 年 8 月 23 日之晚，法王发令杀死巴黎之新教徒不下二千人。消息既传，四方响应，新教徒被杀者至少又达万人。[①]

我们更不必多举了；其发生之长期内乱与国际战争亦不必说它。为什么他们多用火焚活人呢？因为不愿令他流血；流血便不合教会法律了。这便是当时的宗教之程度。中国历史何尝没有惨杀的事；**然而像这样愚谬凶顽的大规模举动则没有。中国社会何尝没有迷信；然而像这样浅稚的愚迷，容在社会之下层或妇女有之而已。一是代表一社会文明最高点的上层，一是社会里程度低陋的下层，二者故不得同论。**

我们于此可以明白，像前面所叙那蛮不讲人理的农奴制度，所以能行，正为那时人是这般愚蠢的缘故。

我记起民国十七年夏间，有一日陪同卫西琴先生去访朱骝先先生。卫先生原是德国人，而朱先生则亦留德多年。因为谈乡村小学教育问题，卫先生极称中国乡下人之聪明可教，而极不主张官府去厉行所谓义务教育。他说德国国家厉行的义务教育，于许多乡间全无好结果。朱先生赞同他的话；因而说出一件他亲自遇见的事。他说，他曾由德国某地移居某地（此地是一矿区），照例到警察那里去登记注册，适先有一廿余岁女子亦在办这手续，乃见那女子竟不能书写自己的姓名。他始而颇诧讶，后才明白官办义务教育之无实，和德国乡下人生来的蠢笨。于是他们两位就齐声叹息。中国乡下人资质怎样胜过德人，因为中国乡下人是没曾受过一点伤；而德国乡下人则将从那酷虐的农奴制度下解放不过两代，千数百年的压制

---

① 何炳松编译：《中古欧洲史》，277—281 页。

锢蔽，受害太深，脑筋不开化。当时听过他们的话后，使我益深深省识得所谓封建制度和中世纪西洋人的粗蠢愚昧。

历史家称欧洲中古之世为黑暗时代（Dark Age），盖有由然。

由中世到近世的转折关键何在？

在今日说起来，似乎再没有文明过西洋人的了。即在仿佛百般看不起西洋人的我，亦不能不承认他在人类文化方方面面都有其空前伟大的贡献。**二百年前尚那样野蛮，何以忽地二百年后一转而这样文明呢？**前此似乎一无所取，现在何以忽地有这么多的成就出来呢？**这个转折关键何在？这个转折关键，如我从来所认识，是在人生态度的改变。**

我在《东西文化及其哲学》上，说明**中国、西洋、印度三方文化之不同，是由于他们人生态度的各异。近世的西洋人，舍弃他中世纪禁欲清修求升天国的心理，而重新认取古希腊人于现世求满足的态度，向前要求去；于是就产出近世的西洋文化。**此我十年前之所认识的，至今没变，而**历久愈新，愈益深刻。**这论调亦非独创自我，西洋历史家哲学家盖多言之，中国人亦有取而申言之者，我不过更加咬定，更体会得其神理其意义。读者最好取前书一为审看，今不暇多说，我们只能说两句。

我们先说欧洲中世的人生态度。欧洲中世的人生态度，是否定现世人生的，是禁欲主义；其所祈求乃在死后之天国。这是基督教教给他们的。基督教以为人生与罪恶俱来，而灵魂不灭当求赎于死后。历史家说：

> 古代希腊人与罗马人之观念，对于死后不甚注意，无非求今生之快乐。基督教则主灵魂不灭死后赏罚之说，其主义乃与此绝异，特重人生之死后。因之当时人多舍此生之职业及快乐，专心于来生之预备。闭户自修之不足，并自饿自冻或自笞以冀入道，以为如此或可免此生或来世之责罚。中古时代之著作家类皆修道

士中人，故当时以修道士之生活为最高尚。①

相传中世教会以现世之快乐为魔；故有教士旅行瑞士，以其山水之美不敢仰视，恐被诱惑者。在这态度下，当然那为人生而用的一切器物、制度、学术如何开得出来？一世文化之创新，不能不靠那一世聪明才智之士；聪明才智之士倾向在此，还有什么可说呢？同时我们亦可看出，那封建制度所得以维持存在，是靠多数人的愚昧；多数人的愚蠢所得以维持存在那么久，是靠为一世文化所寄的出世宗教。

然而人心岂能终于这样抑郁闭塞呢？无论锢蔽得多久，总有冲决的一天。果不其然，当中世之末、近世之初，有"文艺复兴""宗教改革"两件大事；而西洋人的人生态度，就于此根本大变了；——完全转过一个大相反的方向来。所谓"文艺复兴"，便是当时的人因为借着讲究古希腊的文艺，引发了希腊的思想，使那种与东来宗教绝异的希腊式人生态度复兴起来。即我在前边揭出的"舍弃他中世纪禁欲清修求升天国的心理，而重新认取古希腊人于现世求满足的态度，向前要求去"，是也。他把一副朝向着天的面孔，又回转到这地上人类世界来了。所谓"宗教改革"，则我在《东西文化及其哲学》上，说得明白：

> 所谓"宗教改革"虽在当时去改革的人或想恢复初时宗教之旧，但其结果不能为希伯来思想助势，却为第一路向帮忙，与希腊潮流相表里。因为它是人们的觉醒；对于无理的教训，他要自己判断；对于腐败的威权，他要反抗不受；这实在是同于第一路向的。他不知不觉中，也把厌绝现世、倾向来世的格调改去了不少。譬如在以前布教的人不得婚娶，而现在改了可以婚娶。差不多后来的耶稣教性质，逐渐变化，简直全成了第一路向的好帮手，无复第三路向之意味。勉励鼓舞人们的生活，使他们将希腊文明的旧绪，往前开展创造起来，成就今日的样子。②

---

① 何炳松编译：《中古欧洲史》，26 页。
② 《东西文化及其哲学》第三章，"答案讲明的第三步"一节。

蒋百里先生在其《欧洲文艺复兴史导言》中，亦说得好：

要之，文艺复兴实为人类精神之春雷。一震之下，万卉齐开。佳谷生矣，莠稗亦随之以出。一方则感情理智极其崇高；一方则嗜欲机诈极其狞恶，此固不必为历史讳者也。惟综合其繁变纷纭之结果，则有二事可以扼其纲：一曰人之发见；一曰世界之发见（"The great achievement of the Renaissance were the discovery of the world and the discovery of man"）。人之发见云者，即人类自觉之谓。中世教权时代，则人与世界之间，间之以神；而人与神之间，间之以教会；此即教皇所以藏身之固也。有文艺复兴而人与世界乃直接交涉。有宗教改革，而人与神乃直接交涉。人也者，非神之罪人，尤非教会之奴隶。我有耳目，不能绝聪明；我有头脑，不能绝思想；我有良心，不能绝判断！此当时复古派所以名为人文派（Humanism）也。

好了！炸弹爆发了！那北方森林中的野蛮民族，一副精强的体力，新鲜的血轮，将出得山来，就遇着闭智塞聪禁欲藏精的宗教，紧紧地圈收锢蔽，一直郁蕴积蓄到千年之久，现在迸裂发作起来了！而文艺复兴便是它的导火线。**这一发就不可收。什么"宗教改革""工业革命""民主革命"**、非美亚澳四大洲的侵略、地球上有色人种的征服、世界大战、"社会革命"……**所谓近世西洋文化的怪剧，就是这样以奔放式而演出来的。**而同时亦就是因这**要求现世人生幸福的态度之确立，一世之人心思才力都集于这方向而用去；于是一切为人生利用的学术器物制度，才日新而月异，月异而岁不同，令人目眩地开辟出来。**① 你问他为什么忽地一转而为世界顶

①　蒋梦麟先生在《新教育》（第五号）有《改变人生的态度》一文，述丹麦哲学家霍夫丁氏之言，极论文艺复兴为人生态度之改变之意。以为人生态度不同，则用力方向以异，而文化之有无开创成就系焉。其开首数语极扼要：我生在这个世界，对于我的生活，必有一个态度；我的能力就从那方面用。人类有自觉心后，就生这个态度；这个态度的变迁，人类用力的方向亦就变迁。

文明的民族？就是为此。你问他为什么忽地有这么多成就出来？就是为此。

我曾于《东西文化及其哲学》上，指说近世西洋人所为人类文化之空前伟大贡献，综其要有三：征服自然的物质文明，科学的学问，德谟克拉西的精神是已；而审是三者无不成功于此新人生态度之上，因一一为之说明，读者可取来参看，此不多及。现在要请大家注意者，仍在此态度：

第一，要注意这态度为重新认取的，与无意中走上去的大不相同；——他有意识取舍理智判断的活动。

第二，要注意这态度，盖从头起就先认识了"自己"认识了"我"，而自为肯定；如从昏瞀模糊中开眼看看自己站身所在一般；所谓"人类的觉醒"，其根本就在这一点。（闻蒋百里先生译有《近世"我"之自觉史》一书正可资参考。）

第三，要注意这态度，就从"我"出发，为"我"而向前要求去。一切眼前面的人与物，都成了他要求、利用、敌对、征服之对象；人与自然之间，人与人之间，皆分隔对立起来；浑然的宇宙，打成两截。

总括起来，又有可言者。一即这时的人，理智的活动太强太盛。这是他一切成功之母；科学由此而开出；社会的组织性机械性由此而进入；西洋文化所以有其特异的征服世界的威力全在此。一即个人主义太强太盛。这亦是他一切成功之母，德谟克拉西的风气由此而开出；经济上的无政府状态，资本主义、帝国主义由此而进入；西洋文化所以有其特异的虎狼吞噬性盖在此。

中国人则怎样

中国人则怎样？**中国人与西洋人是大不同的！**而有些人则以为中国人只是不及西洋人，不认为是"不同"。却是谁不知道这"不及"呢？**但我则以为是因其"不同"，而后"不及"的；——如果让我更确切地说，则正因其"过"，而后"不及"的。**

谁不知道这不及呢？以烛光和电灯比较，以骡车帆船和飞机火轮比较，一则未进，一则进步很远，还用说吗？不独物质生活如此；社会方面，学术方面，精神方面，我早都比较过是不及的了。然而请不要这样简单吧！自世界有学问的人看去，**中国之为不可解的谜也久矣！**"亚洲的生产""东洋的社会"不是在马克思亦不得不以例外而看待吗？马克思不是只可以亚洲的政治历史来证经济的停顿，而不能解明其经济所以停顿的原因吗？"中国社会到底是什么社会？""封建制度还存在不存在？"不是绞尽了中外大小"马学家"的脑汁，亦没有定论吗？奥本海末尔（Oppenheimer）作《国家论》，将世界上历史上一切国家都估定而说明得；却不是独指中国国家的特别例外吗？我是见闻极陋的人，而我偶然翻书所遇着这以中国历史中国社会为古怪神秘难解之谜的言论，在东西学者简直不可胜举；我亦没留心记数，更不须多数说以自壮。凡不肯粗心浮气以自蔽自昧的人，自己尽可留心去看好了。

我只指出两大古怪点，请你注意，不要昧心欺人，随便解释，或装作看不见：**一是那历久不变的社会，停滞不进的文化；一是那几乎没有宗教的人生。**这两大问题，如果你要加解释，请你莫忙开口，先多取前人讨论来研究看！如你又要说话，我仍请你莫开口，再沉想沉想看！你真要说话了，我何敢拦；然而我希望宽待一时！这是于你有益的！

111

这中国社会的历久不变，文化的停滞不进，原为谈社会史者谈文化者所公认，更无须申言以明之；然仍不妨说两句。我们说中国不及西洋，然中国的开化固远在近世的西洋人以前。当近世的西洋人在森林中度其野蛮生活之时，中国已有高明的学术美盛的文化开出来千余年了。四千年前，中国已有文化；其与并时而开放过文化之花的民族，无不零落消亡；只有他一条老命生活到今日，文化未曾中断，民族未曾灭亡，他在这三四千年中，不但活着而已！中间且不断有文化的盛彩。历史上只见他一次再次同化了外族，而没有谁从文化上能征服他的事。我们随手摘取一本《世界社会史》上的话：[1]

> 中国的文明，好像一个平静的大湖，停滞不动。这样的文明，自然不难吸收同化那经由土耳其斯坦而间接输入的印度文化的精髓——佛教。

> 当古代西洋文明没落以后，于中世纪的黑暗时代，历史的本流处于干涸状态的期间，中国文明的大湖反而现出了最汪洋的全盛时代。

> 那在第四世纪北方侵入来的所谓五胡蛮族，不久也被这湖水所吞没而同化了。这些蛮族，在北方建立了十六个几乎完全与中国文明相融合的国家，在晋朝灭亡后，约有一世纪半南北朝时代的战乱之间，与南方诸国相竞争相混合。到了第六世纪末叶，中国又渐渐统一于隋朝了。

> 其后三百余年间隋唐两朝的治世，使中国成为当时的世界中最安定的文明国，达到繁荣的绝顶。那破坏于秦而复兴于汉的儒学，在这期间大为发达，产出绚烂流丽的诗文；又发明木版印刷术，因之唐朝的宫廷有了藏着几万册典籍的图书馆。那佛教，也因为与印度直接交通，输入名僧经书，以致迅速地普及起来；各派各门的钟楼伽蓝，耸立于一切深山冷谷之内；幽雅庄严的佛书、佛像，把当时美术的显著的进步流传于今日。然而就社会全

---

① 上田茂树著（施复亮译）：《世界社会史》，46、83 页。

体来说，并没有产生什么本质的进步和根本的变化。他们的经济生活，依然一点没有脱离古代以来的旧套，在土壤肥沃的大平原里保守着那祖先传来的农业生产力所生的社会制度；中国人便安然地在这种静稳和幸福的范围内过活。商业与货币，虽然已经有了相当的发展，但绝没有像古代希腊那样在社会内获得重要的地位。市场上物物交换，还流行得很广。这里并没有农奴制度，连兵农的封建的阶级差别，也不甚明确。万物宽裕而且悠长的这个巨大的社会，却妨碍了那奔放不羁的冒险的活跃与独创的发展。

在唐朝末年，虽有了与阿拉伯的海上贸易者通商，与沙拉星文明接触，及基督教的输入等历史事件，也不能成为什么动因和刺戟，连以前北方蛮族侵入在这沉滞的人类大湖里所掀起的那样表面的波纹也没有。

长期的安逸和倦怠，在支配者的宫廷里，产生了阴谋、紊乱和虐政。一般民众，只是糊里糊涂地期待天命的变革，"真命天子"的出世，即欢迎新的较善的支配者出来代替。但这只是改变支配地位和国号的政治上的大事件，绝不是像上述那种生产力的发展阶段相异的社会集团间的阶级或民族战争一样，引起社会的本质的变革。

到了成吉思汗的孙子忽必烈汗，遂夺取中国的南部，把宋朝灭亡，建立了联结欧、亚两洲的一大蒙古帝国；这诚然是流入东洋史上中国文明的大湖里的外来蛮族的最大的浊浪。然而就是这个浊浪，也仅仅浮动于这悠久的大湖的水面上，并没有像侵入罗马的日耳曼人那样掀起了根本倾覆湖床的怒涛；不过一百年光景，在十四世纪的中叶，又被中国的原住民族明朝所灭亡了。

中国民族在今日好比七十老翁，而西洋人只是十七八岁小伙。如果简单地说，中国社会中国文化不及西洋进步；那就如说七十老翁身体心理的发育开展太慢，慢至不及十七八岁的孩子阶段！社会生命或不可以个体生命相拟；然而这一类"进步太慢，落后不及"的流俗浅见，则非纠正不可。

普通人总以为人类文化可以看作一条路线，西洋人进步得快，路走出去得远；而中国人迟钝不进化，比人家少走一大半路。所以说"产业落后""文化落后"，落后！落后！一切落后！然而我早说过了："……我可以断言，假使西洋文化不同我们接触，中国是完全闭关与外间不通风的；就是再走三百年、五百年、一千年亦断不会有这些轮船火车、飞行艇、科学方法和德谟克拉西产生出来。"① 他将永此终古，岂止落后而已！质言之，他非是迟慢落后；他是停滞在某一状态而不能进。束缚经济进步的土地封建制度，像欧洲直存到十七八世纪的，在中国则西历纪元前二百多年已见破坏了；而却是迄今二千多年亦不见中国产业发达起来。这明明是停滞在一特殊状态；万万不能说作进行迟慢。大概许多有眼光的学者都看出是停滞问题，而不是迟慢的问题。但一般人模糊无辨别力，多将停滞与迟慢混说不分；这于学术上，可以贻误很大。

现在我请求读者大家赐予十二分的注意！我们在前面指出**西洋文化是以如飞的进步，于很短期间开发出来的；现在我们又知道中国文化是入于停滞状态既千余年**；我们就应当怪问：**他为什么飞？而他为什么停？**这一飞、一停，岂是偶然的吗？谁若没脑筋，谁可不发此问；如果不是没脑筋的，他就要大大怪问不解，非得到惬心贵当的解答不能放过！

其次，我将请大家看历史上中国文化，第二大古怪处——**几乎没有宗教的人生。**

今日国内论坛上，第一热闹事，即封建制度尚存在于中国社会否的聚讼；一面令我们觉得此讨论追究的不可少；一面又令我们觉得此讨论追究的好笑。中国社会到底是什么社会？这是非弄清楚不可的，在这工作中，**从经济的社会史眼光以为观察研究必不可少；而且是基本的，必须先做。**那封建制度尚存在否，便成了当前不可避的问题。为什么又好笑呢？当为此研究时，**实先有中国社会之历史的发展和西洋走一条路线的一大假定；**——因现在这经济的社会史眼光是由西洋社会养成而锻炼的。然而这一大假定不免是好笑的笑谈！大约亦必须本此假定而研究下去，然后自见其好笑，乃能取消此假定。然在聪明点的人，知于大关目处注意，则亦何

---

① 《东西文化及其哲学》第三章，"中国文化的略说"一节。

待如此；只消从大体上一看，便明白二者不可相拟。偏有人执着地说：

> 只要是一个人体，他的发展无论红黄黑白大抵相同。由人所组织成的社会亦正是一样。中国人有一句口头禅，说是"我们的国情不同"。这种民族的偏见差不多各个民族都有。然而中国人不是神，不是猴子，中国人所组成的社会不应该有什么不同。①

"中国人所组成的社会不应该有什么不同！"好了！中国社会方在未进状态，不敢与西洋现代社会比；比中世吧。请你看中国像欧洲中世那样的宗教制度、教会组织在哪里？欧洲那时可说是完全在宗教下组成的一社会，**中国历史上曾有这样的社会吗？**欧洲那时几乎除了"教祸""宗教战争"就没有历史；然而像这样的记载似不容易在中国历史上找出一二页！这类最容易触起人注意的大关目，都看不见，他尚何说。

然我欲大家注意者，尚不在组织制度之间。有眼光的人早应当诧讶；**中国人何竟不需要宗教？——从历史上就不需要？！**——从其二千多年前历史上就不需要？！中国社会之**"几乎没有宗教的人生"，是比无论什么问题都值得诧怪疑问的。**罗素论中国历史相传的文化，最重大之特殊点有三：一是文字以符号构成，不用字母拼音；二是以孔子之伦理为标准而无宗教；三是治国者为由考试而起之士人，非世袭之贵族；实则其余二者远不如"无宗教"之可异。自西洋文化之东来，欲以西洋政治代替过中国政治，以西洋经济代替中国经济，以西洋文学代替中国文学，……种种运动都曾盛起而未有已；**独少欲以西洋宗教代替过中国无宗教的盛大运动。此因中国有智慧的人无此兴味；且以在西洋亦已过时之故。然由此不发生比较讨论，而中国无宗教之可异，乃不为人所腾说，则是一件可惜的事。**

人类生活难道定须宗教吗？宗教又是什么？照我的解释，所谓宗教者都是从超绝人类知识处立它的根据，而以人类情志上之安慰勖勉为事者。②人生极不易得安稳；安之之道乃每于超绝知识处求得之；为是作用者便是

---

① 郭沫若著《〈中国古代社会研究〉自序》。
② 《东西文化及其哲学》第四章，"宗教问题之研究"一节。

宗教。人类对它果需切至何程度，只能于其作用发生后见之。我们知道人类文化上之有宗教，是各洲土各种族普遍存在的重大事实。文化每以宗教开端；文化每依宗教为中心，非有较高文化，不能形成一大民族；而其文化之统一，民族生命之久远，每都靠一个大宗教在维持。从过去历史上看是如此。这就尽足客观地取证其有自然的必要。我们又知道，宗教在人类文化上见衰势，乃由挽近人事有下列四点变动而来：一、富于理智批评的精神，于不合理性者难容认；二、科学发达，知识取玄想迷信而代之；三、人类征服自然的威力增进，意态转强；四、生活竞争激烈，疲于对外，一切混过。然而历史上的中国人固不具此条件。于是我们不能不问：二三千年前历史上的中国人果何以独异于他族而得逃于此"自然的必要"？果何所依恃而能使宗教不光顾到中国来？此讵非怪事？谁能说中国人没有迷信？然而中国人没有一大迷信——整个系统的宗教信仰。谁能说中国人没有宗教行为？然而中国人没有一大规模的宗教行为——国家制度团体组织的宗教活动。似此零星散见的迷信，无大活动力的宗教行为，实不足以当偌大民族统一文化中心之任。（亦显然地不在此，而别有在。）以偌大民族，偌大地域，各方风土人情之异，语音之多隔，交通之不便，所以维持树立其文化的统一者，其必有为彼一民族社会所共信共喻共涵育生息之一精神中心在；唯以此中心，而后文化推广得出，民族生命扩延得久，异族迭入而先后同化不为碍。然此中心在那样古代社会，照例必然是一个大宗教无疑的。却不谓二千年前中国人之所为乃竟不然——他并没有这样一个大宗教；讵非怪事耶？

我们为什么不说"中国没有宗教"，而说中国"几乎没有宗教"？这是几层意思。"几乎怎样"，意即谓不是"干脆怎样"。中国如我所说，原是一种暧昧不明的文化；他就没有干脆的事。此其故，待后说明。一般人就因不明此理，总爱陷于无益的聚讼纷争；如争什么"中国是封建社会""中国不是封建社会"等类。其实从其"几乎是"言之，则几乎是；从其"几乎不是"以为言，则亦不是也。彼固隐然有其积极面目在；但你若不能发现其积极面目，则未有不徘徊疑惑者。或致不得已从其负面（消极方面）而强下断语，如说："只有在与'前资本主义的'同其意义而应用时，

116

我们可以把中国社会的构造唤作封建制度。"① 照此例推之，则亦可说："从其前于科学发达而言，则中国可以说作有宗教"；岂非笑话！是否封建，有无宗教，本不干脆；倘更有意为之曲解，则更没办法矣。然你能从大端上发现其积极面目，固将知其不是也。

替代一个大宗教，而为中国社会文化中心的，是孔子之教化。有人即以孔子之教化为宗教；这就弄乱了宗教固有的范型。孔子的教化全然不从超绝知识处立足，因此没有独断、迷信及出世倾向；何可判为宗教？不过孔子的教化，实与世界其他伟大宗教同样地对于人生具有等量的安慰勖勉作用；他又有类似宗教的仪式；——这亦是我们只说中国几乎没有宗教，而不径直说没有宗教的一层意思。孔子之非宗教，虽有类似宗教的仪式亦非宗教，这在冯友兰先生《儒家对于婚丧祭礼之理论》一文中，说得很明。② 这篇文全从儒家固有理论，来指点儒家所有许多礼文仪式，只是诗是艺术而不是宗教。他们一面既妙能慰安情感，极其曲尽深到；一面复极见其所为开明通达，不背理性。我们摘取他总括的几句话于此：

> 近人桑戴延纳（Santayana）主张宗教亦宜放弃其迷信与独断，而自比于诗。但依儒家对于其所拥护之丧礼与祭礼之解释与理论，则儒家早已将古时之宗教，修正为诗。古时所已有之丧祭礼，或为宗教的仪式，其中或包含不少之迷信与独断。但儒家以述为作，加以澄清，与之以新意义，使之由宗教而变为诗，斯乃儒家之大贡献也。

此下他就丧葬祭各礼，一样一样指点说明，皆饶有诗或艺术的趣味，持一种"诗"的态度。他并且指说，不但祭祀祖先如此，对任何祭祀亦持此态度。儒家固自说：

① E. Varga 著《中国革命的诸根本问题》一文中有此语；此语实不通。此岂非说，以其不白故谓之黑乎？

② 冯君此文见燕京大学《燕京学报》第三期。

> 祭者，志意思慕之情也。忠信爱敬之至矣；礼节文貌之盛
> 矣。苟非圣人，莫之能知也。圣人明知之，士君子安行之，官人
> 以为守，百姓以成俗；其在君子以为人道也；其在百姓以为鬼
> 事也。
>
> 日月食而救之，天旱而雩，卜筮然后决大事，非以为求得
> 也，以文之也。故君子以为文，而百姓以为神。

儒家所为种种的礼，皆在自尽其心，成其所以为人，没有什么要求得的对象。像一般宗教所以宰制社会人心的，是靠着他的"罪""福"观念；——尤其是从超绝于知识的另外一世界而来的罪与福，存在于另外一世界之罪与福。而孔子对人之请祷，则曰，"丘之祷也久矣！"对人之问媚奥媚灶，则曰，"不然，获罪于天无所祷也！"又如说，"非其鬼而祭之，谄也"；"敬鬼神而远之"；"未知生，焉知死；未能事人，焉能事鬼"。其全不想借着人类对另外一世界的希望与恐怖，来支配宰制人心，是很明的。这样如何算得宗教？

现在我们可以说到本题了。中国没有一个大宗教，孔子不是宗教，都已分明；**则历史上中国社会人生是靠什么维持的**？这"几乎没有宗教的人生"，怎样度日过活来？这非求得一个答复不可。**当那古代没有科学，知识未充富，理智未条达，征服自然的能力不大而自然的威力方凌于人类之上，谁个民族社会不靠宗教为多数人精神之所寄托而慰安，所由约束而维持**？乃中国人有什么本领，能超居例外？宗教在古代是个"乘虚而入"的东西；何独于中国古代社会，宗教乃不能入？这些问题，谁若没脑筋谁可不想到；如果不是没脑筋的，他就要大大怪问不解，非得到惬心贵当的解答，不能放过！

解一解中国的谜

中国的谜（古怪可疑之点）本来随处可以发现；只怕不留心，留心多着哩！我今姑举上边两大疑问而止。凡欲了解中国人和中国文化的，从此入手去求了解，便可豁然。这好比那大门上的锁窍；得此窍即可开此锁而开门看见一切。我一面指出锁窍，请大家有心人各自试探研究；我一面将再贡献一把钥匙，备大家试探时的参考采用；同时我亦借此说明，我前所言中国之于西洋是因"不同"而后"不及"，因"过"而后"不及"的所以然。

我这把钥匙还是在《东西文化及其哲学》所提出的：

> 人类生活中，所遇到的问题有三不同；人类生活中，所秉持的态度（即所以应付问题者）有三不同；因而人类文化有三期次第不同。

> 第一问题是人对于"物"的问题，为当前之碍者即眼前面之自然界；——此其性质上为我所可得到满足者。

> 第二问题是人对于"人"的问题，为当前之碍者在所谓"他心"；——此其性质上为得到满足与否不由我决定者。

> 第三问题是人对于"自己"的问题，为当前之碍者乃还在自己生命本身；——此其性质上为绝对不能满足者。

> 第一态度是两眼常向前看，笔直向前要求去，从对方下手改造客观境地以解决问题，而得满足于外者。

> 第二态度是两眼常转回来看自家这里，反求诸己，尽其在我，调和融洽我与对方之间，或超越彼此之对待，以变换主观自

适于这种境地为问题之解决，而得满足于内者。

第三态度——此态度绝异于前二者；它是以取消问题为问题之解决，以根本不生要求为最上之满足。

问题及态度，各有浅深前后之序；又在什么问题之下，有其最适相当的什么态度。虽人之感触问题，采取态度，初不必依其次第，亦不必适相当；而依其次第适当以进者，实为合乎天然顺序，得其常理。人类当第一问题之下，持第一态度走去，即成就得其第一期文化；而自然引入第二问题，转到第二态度，成就其第二期文化；又自然引入第三问题，转到第三态度，成就其第三期文化。

此其所由树立，盖从人类过去历史文化反复参证而得。古希腊人之人生盖类属第一态度，其文化即发于此；古中国人之人生盖属第二态度，其文化即发于此；古印度人之人生盖属第三态度，其文化即发于此。总之，所谓世界三大系文化者，盖皆有其三不同之人生态度为根本。然综观人类文化至于今日，实尚在第一问题之下；而古之人唯希腊态度适相当，又不久中断；中国印度则均失序不合，其所成就既别有在。近世之西洋人乃重新认取第一态度而固持之，遂开人类文化新纪元，大有成就；迄于最近未来，殆将完成所谓第一期文化。[①] 在最近未来第一期文化完成。第二个问题自然引入；人类必将重新认取第二态度；而完成所谓第二期文化。如是第三期问题又自然引入；第三态度又将重新认取；而完成所谓第三期文化。此余前书大意，欲得其详，必审原书。

如果让我解一解中国的谜——顷才提出的两大古怪问题，则我仍将用我从来用以解开一切文化之谜的钥匙来解。

历史上的中国社会为什么不需要宗教？我的回答是：**中国因为走入人生第二态度故不需要宗教了！**既没有一个大宗教，则其一大社会之人生所由安慰而勖勉，所由维持而进行，又靠什么？我的回答是：**他所靠的是代表人生第二态度所谓孔子一派的思想学问礼俗制度。**

_____

① 请参看《东西文化及其哲学》第五章，"因经济改正而致文化变迁"一节。

近二三百年来西洋人为什么飞？而近千余年来中国人为什么停？我的回答是：从中古欧洲史看去，他既郁蕴有非冲决奔放不可之势，一旦得人生思想之新解放，恰不啻由代表第一态度之人生观使这冲决奔放得一根据，得一公认；而恰好在人生第一问题下正需切这第一态度，以开发其第一期文化，种种恰好凑合，集全力以奔注于一点，如鱼得水，如虎生翼，安得不飞跃起来！中国文化的所以停滞，因其不持第一态度，就根本地冷怠了在第一问题上之进展；而处于第一问题尚未解决之下，以基础条件之不备，环境之不合，其发于第二态度之文化亦只能达于可能的最高度而止，这样交相牵掣，就陷于绝境，苟外缘之不变，则永无新机杼之可开出；不停滞，又何待？其历久不变的社会，即此中重要现象之一，尽其社会构造之特殊，虽出于第二态度之人为调制，而究必以其在第一个问题上所得几许成就为下层基础，今在第一个问题上既无复进展，则社会其何由变？

关于答案的前提说明，既有前书，非此所及。所以我们就从解明答案说起。

宗教这样东西饥不可为食，渴不可为饮，而人类偏喜欢接受它，果何所谓呢？这就因为人们的生活多是靠着希望来维持，而它是能维持希望的。人常是有所希望要求，就借着希望的满足而慰安；对着前面希望的接近而鼓舞；因希望之不断而忍耐勉励。失望与绝望于他是太难堪。然而怎能没有失望与绝望呢？恐怕所希望要求者不得满足是常，得满足或是例外哩！这样一览而尽、狭小迫促的世界，谁能受得？于是人们自然就要超越知识界限，打破理性酷冷，辟出一超绝神秘的世界来，使他的希望要求范围更拓广，内容更丰富，意味更深长，尤其是结果更渺茫不定。一般之所谓宗教就从这里产生；一般宗教，莫不以其罪福观念，为宰制支配人心之具，而祈祷禳被成了必不可少的宗教行为，亦就为此。[①] 如果我们这个解说不大错，则我们倘无所希冀要求于外，宗教即无从安立。这无所希冀要求的人生态度非他，即我所谓人生第二态度者是。历史上的中国人所以既不具挽近西洋致宗教于衰微的四条件，而能独若无所需于宗教，而宗教亦

---

① 此良未能概括所有宗教，较高宗教或面目不改，而内容意义变异；更高宗教则或面目内容全变；然一般之宗教则固如此也。

于中国古代社会独若不能入者，只是因周孔的特别聪明教化，大大修正了或变化了当人类文化初期所不容少的所希冀要求于外的态度，而走入人生第二态度的缘故。

说到中国的人生，俗常都以为孔子的教化实支配了二三千年的中国人，而西洋人对于中国之所知，更只于孔子的伦理而止；**其实孔子的教化久已不得而见之**，所贻留于后者不过是些孔子的语言道理，**其影响到人生的势力是很勉强的**。真正中国的人生之开辟一定前乎孔子，而周公当为其中最有力之成功者。周公并没有多少道理给人；**——他给人以整个的人生**。他使你无所得而畅快，不是使你有所得而满足；他使你忘物忘我忘一切，不使你分别物我而逐求。怎样能有这大本领？这就在他的"礼乐"。**自非礼乐，谁能以道理扭转得那古代社会的人生！自非礼乐，谁能以道理替换得那宗教！**中国文化之精英，第一是周公礼乐，其次乃是孔子道理。（孔子只是对于文武周公所创造的中国文化，大有所悟的一个人。）礼乐之亡甚早甚早，即真正的中国人生湮失已久已久。周秦之际已是王道衰，霸道起，两相争持之候（孙中山先生尝以王道霸道分别中西文化颇洽）；汉代去古未远，收拾余烬，仅存糟粕，仍可支持，至魏晋而衰竭，不复能维持矣，印度文化之佛教由是以入；唐代佛教盛行，中国人生（内容兼面目）于此呈一变例，由此异化之刺激而使固有路子稍得寻回，则宋人是已；然内容虽见活气，外面缺憾实多；明代继有发明，而其味转漓；有清三百年虽有颜李不世英豪，惜与墨子同为缺乏中国人的聪明者，自不足以继往开来；而大体上中国的人生远从两千年（汉）近从八百年（宋）**递演至此，外面已僵化成一硬壳**（体合人情的伦理渐成不顾人情的礼教），**内容腐败酵发臭味**（儒释道三合化为文昌帝君教，读书人咸奉之，贪禄希荣迷信鬼神）；自欧化东来予一新颖而剧烈之刺激，近数十年乃一面为硬壳之破裂崩坏，一面为宣播扬达；苟非残生将次断命，便是换骨脱胎之候。盖不独于今日为西洋所丑化了的中国人不足以见所谓中国人生，**即倒退六七十年欧化未入中国之时，固已陵夷衰败至最后一步，不成样子；——几乎从无宗教复返于有宗教**。乃不谓罗素于民九来中国住得一年，对中国人

122

生犹复称美不置；他一而再，再而三地说①：

> 吾人文化之特长为科学方法；中国人之特长为人生究竟之正当概念（adjust conception of the ends of life）。
>
> 中国人所发明人生之道，实行之者数千年；苟为全世界所采纳，则全世界当较今日为乐。
>
> 吾人深信自己之文化与人生之道，远胜于他族；然苟遇一民族如中国者，以为吾人对彼最慈善之举莫使彼尽效吾人之所为，此则大过矣。以予观之，平均之中国人虽甚贫穷，但较平均之英国人更快乐。
>
> 其在中国，人生之乐无往而不在，斯中国之文化为予所赞美之一大原因也。
>
> 好动之西洋人处如此之社会，几失其常度，而不知向日所为之目的何在。及夫为时渐久，乃知中国人生之美满可贵；故居中国最久之外人即为最爱中国之外人。

素称冷静客观的罗素亦许独于此有偏见而挖扬太过，然总不能茫无故实。这就为中国人虽丧失他祖先的俊伟精神，而数千年之濡染浸淫，无论如何总还有一点不同处。**中国的人生无他，只是自得——从自己努力上自得——而已；此即其东别于印度，而西异于西洋者。此"自得"二字可以上贯周孔精神，而下逮数千年中国社会无知无识匹夫匹妇之态度，虽有真伪高下深浅久暂千百其层次而无所不可包；此实为一种"艺术的人生"，而我所谓人生第二态度，其所以几于措宗教于不用者，盖为此。**

前引冯友兰先生论文，谓中国儒家将古代宗教修正为诗，盖正是以礼乐代宗教耳。在初时，非周公礼乐不能替换得宗教；然二三千年来为此一大民族社会文化中心之寄者，则孔子道理也。我们前说，"以偌大民族、偌大地域，各方风土人情之异，语言之多隔，交通之不便，所以维持树立其文化的统一者，其必有为彼一民族社会所共信共喻共涵育生息之一精神

---

① 罗素著：《中国之问题》，中华书局译本，191、195、4、186页。

123

中心在；唯以此中心，而后文化推广得出，民族生命扩延得久，异族迭入而先后同化不为碍"，正谓"极高明而道中庸"的孔子之遗教。此中心在那样古代社会照例必然是一个大宗教——中国原来是需要宗教的，**但为有了孔子就不需要它。这好比太阳底下不用灯；有灯亦不亮一样。孔子的教训总是指点人回头看自己，在自家本身上用力；唤起人的自省（理性）与自求（意志）。这与宗教之教人舍其自信而信它，弃其自力而靠他力，恰好相反**；亦明明是人类心理发育开展上一高一下两个阶段。却是人们一经这样教训，要再返于那下阶段就难了。所以虽礼崩乐坏，而中国人总不翻回去请出一个宗教来，——不再用灯，散碎的宗教迷信不绝于社会间而总起不来，——灯总不亮。中国人自经孔子的教训，**就在社会上蔚呈一大异彩，以道德易宗教**；或更深切确凿地说，**以是非观念易罪福观念。**

罗素在他著的《中国之问题》中，曾深深叹异中国人没有"罪（sin）"的观念；又说："在中国'宗教上的怀疑'并不引起其相当的'道德上之怀疑'，有如欧洲所习用者。"中国人向来要凭良心讲理的，谚所谓"有理讲倒人"，"什么亦大不过理去"，皆足以见。凡我们之有所不敢为者，自恶于不合理，知其"非"也，欧洲人则惧于触犯神和宗教教条，认为是一种"罪"。这个分别很大。一是诉诸自己理性而主张之；一是以宗教教条替代自己理性而茫无主张。在中国社会虽然道德上传统观念时或很有权威，足以压迫理性，然此唯后来硬壳已成时有之，非古人原初精神。孔孟原初精神，如所谓"是非之心，人皆有之"，"理义之悦我心，犹刍豢之悦我口"；"君子不安故不为，汝安则为之"；皆彻底以诉诸自己理性判断为最后准归。欧洲社会只是有宗教，以宗教为道德，中国社会才真有道德。这个关系很大，必须一为申论：

一是因诉诸自己理性，而抽象理解力大进，不复沾滞于具体的特殊名象仪式关系等。中国人最喜说"宗教虽多，道理则一"的话，诚然是模糊笼统得好笑。然亦正见其不注意表面名色仪式等，而注意各宗教背后抽象道理。这实是进了一阶段。

一是因反省而有自己抑制及对他人宽容的态度。欧洲人信一宗教为真，则以其余宗教为必假；由其宗教上之不宽容（religious intolerance）彼此仇视，致有遍欧洲千余年之教祸；中国人实无此偏见隘量与暴气。罗素云："中国人之宽容，恐非未至中国之欧人所及料；吾人今自以为宽容，不过较之祖先更宽容耳。"又云："道德上之品性为中国所特长，……如此品性之中，予以'心平气和'（pacific temper）最为可贵，所谓'心平气和'者，以公理而非以武力解决是已。"这实比欧人进高一阶段。

一是因大家彼此都要讲理，而又有其一社会所共信共喻之理（孔子道理），又有平和从容以讲理的品性，故社会自然能有秩序，不假他力来维持。旧日中国社会之维持，第一不是靠教会的宗教，第二不是靠国家的法律；——或者只可说是靠道德习惯。辜汤生先生尝讥西洋社会不是靠僧侣拿上帝来威吓人，便是靠军警拿法律来拘管人[1]，而西洋人自己亦说："中国国家就靠着这千万的知足安乐的人民维持，而欧洲的国家没有不是靠武力来维持的。"[2] 好像宰制中国人的是公理，而宰制西洋人的是强权。我们很勿须客气地说，这实比欧人要高一阶段。

一是因讲理之风既开，人心之最高倾向乃唯在理。理是最能打动中国人心的东西。他实最有服善之勇气与雅量。虽然无论哪个民族哪个社会于其不相习的道理都不易接受，中国亦何能独外，然而恐怕没有再比中国人接受这样快，冲突扞格这样少的，因为他脑中的障蔽最少。科学与德谟克拉西，中国人皆以理之所在而倾向之。中国人之革命率以趋赴真理之态度出之；**其革命势力之造成乃全在知识分子，对于一道理之迷信与热诚的鼓荡**。他并没有经济上的必然性，却含有道德的意味，这个关系中国革命性质问题甚大，当别为文讨论之；此刻我们只指出请大家注意，**中国近三十年一切改革或革命大抵出于所谓"先觉之士"主观上的要求，而很少是出于这社会里面事实上客观的要求**。以前一切的贻误全由于此，但今后却仍

---

① 辜鸿铭先生以英德文写著《春秋大义》一书以示西人，其中有云：西洋之教人为善，不畏之以上帝，则畏之以法律，离斯二者虽兄弟比邻不能安处也。逮夫僧侣日多，食之者众，民不堪其重负，遂因三十年之战倾覆僧侣之势力而以法律代上帝之权威。于是继僧侣而兴者则为军警焉。军警之坐食累民其害且过于僧侣，结果又以酿成今日之战。经此大战之后，欧人必谋所以弃此军警，亦如昔之摒弃僧侣者然。顾摒弃军警之后其所赖以维持人间之平和秩序者将复迎前摒弃之僧侣乎？抑将更事它求乎？为欧人计，唯有欢迎吾中国人之精神，唯有欢迎孔子之道。（原书未见，此就李守常先生《东西文明之根本异点》一文所引录者转录之。）

② 德国 F. Müller-Lyer 著：《社会进化史》，陶孟和译，第 62 页。

无法舍此路而不由。

古时的中国人心思之开明远过于西洋，简直是不可同日而语，——西洋人唯入近世乃趋于开明耳。然我欲请大家注意者尚不在此。孔子使人开明，宗教不起，而代之以道德，是固然矣；但人类是何等难对付的东西，岂是"人心开明，宗教不起"，就算行了吗？人心开明，正可以嗜欲放纵；宗教不起，正可以肆无忌惮，文化毁灭，民族衰亡，并不难由此而致（希腊罗马之往事殆即如此）。开明不难，开明而能维持其开明实难。这似就是靠道德了！却是老生常谈的道德教训就能行了吗？开明是孔子的长处之易见者，而**其真正的长处乃在开明的背后更深的所在。**苟不能于此有所识得，即不为识得孔子，亦不能识得中国人生和中国文化。

人类是何等难对付的东西！古代所谓"圣贤英雄"莫不以愚蔽他为好的对付；孔子乃独去其障蔽，使他心思开明，而后对付他，这是何等的大胆！这其中又是何等手段！一般人之对付犹非难，聪明人之对付实难。聪明人都是好怪的，你不显出些神奇高妙新鲜稀罕的玩意儿收罗不住他。**孔子乃独以老生常谈、浅近平庸的东西摆在你眼前，说在你耳边，仿佛都是让人看了不起劲，听了要睡觉的，而他却不怕你不要。这是何等的大胆！**这其中又是何等手段！大胆是空有的吗？手段是随便就有的吗？**自非有极高的眼光极深的见解，将人类是怎样一个东西，人生是怎么一回事，完全洞彻了然于胸，其何能如此！**呜呼，圣矣！这真可以俯视一切！（孔子不俯视一切，我替他俯视一切；孔子亦无大胆，无手段，抑本无对付人类之意，我替孔子做说明，不得不为是引人注意的说辞耳。）

生物进化到人类，实开一异境。一切生物，均限于"有对"之中，而人类则以"有对"超进于"无对"。——他一面还是站脚在"有对"，而实又已超"有对"而入"无对"了。这就是说，一切生物，无法超离其"个体对外性"，——或简云"对外性"，因有时或为个体之集团故。**他总要一面有所利用凭借，一面有所对待反抗，这是他辗转逃不出之局；而人类则可以超乎此。人类唯以超有对，故能有超利害的是非心，故有道德。人类唯以超有对，故能有真的自得，故生活非定靠希望来维持，更不必靠宗教来维持希望。人类唯以超有对，故能洞开重门，融释物我，通乎宇宙万物为一体。**我们今日乃深有味乎中国古人之言；"仁者人也"，"仁者与物无对"。**除非中国人数千年白活了，于人类文化无所发明，无所贡献则已，如其有之，则我敢断言，便是他首先认识了人类之所以为人，——认识了人的无对**。有此认识者非唯孔子，然孔子实承前而启后，凡数千年中国人生中国文化所为与西洋大异其趣者，要唯以中国古人有此一点认识，前后相承，勉力趋赴，影响所被演成前所谓人生第二态度之所致耳。人生第二态度之于"无对"或即之，或违之，"虽不能至，心向往之"，百变不离其宗。然人生第一态度则正是人之"有对性"所表现发挥。中国人之精神与西洋人之精神，各有其在人性上之根据；然西洋人盖自人与一切生物所同具之点出发；中国人则自人性中所以异乎一切生物之点出发。此问题太大太大，他日当为《人心与人生》一书专论之。

孔子就因为把握得人类生命更深处做根据，而开出无穷无尽可发挥的前途，所以不必对付人，而人自对付了，——人类自要归了他的辙。看似他收罗不住聪明人，而不知多少过量英豪钻进去就出不来。看似他了无深义，令人不起劲，而其实有无穷至味，足以使你"不知手之舞之，足之蹈之"。他是"极高明而道中庸"，你不要以为他平平常常就完了；——他比任何神奇者更神奇，他比任何新妙者更新妙。罗素在他书上说："孔子之功何在，予实不知；读其书，大都注意于小端之礼节，教人以在各种之时会，处己之方法。"泰戈尔对我谈，他诧异像孔子这样全非宗教而只是一种的人事教训，为什么亦能在社会上有根深蒂固伟大而长久的势力？① 他们只见其处处剀切人事的许多教训，而没发现他整个精神，一贯之道；外面的"中庸"看见了，内里的"高明"没看见。当然要对于他的价值和势力，生疑发闷而不解。**其实假使孔子只中庸而不高明，只有许多教训和礼制而没有整个精神，一贯之道，中国的事倒好办了**；——他不足以范围聪明人，聪明人很可以另开出路。中国人所以深入于人生第二态度，南北东西一道同风，数千年而不变，聪明才智之士悉向此途中之学问或事业用去（唯唐宋佛教禅宗收去聪明英豪不少），有如印度人之深入第三态度，聪明

---

① 泰戈尔来北京，徐志摩先生劝我与他为一度之谈话，我原意欲有请教于他者，不期乃专答了他之问。此段谈话将来须另为文叙述之。大致是因杨震文先生以孔子为宗教之一，泰戈尔则不承认孔子为宗教，引出他对孔子不解的凤疑，而我答之，当时多劳徐志摩先生为我翻译。

才智悉用于宗教者，以孔子大启其门，深示之路，后之人采之不尽，用之不竭，遂一入而不能出也。不然，则局于第二态度不可能，而人生第一态度或有可能矣。唯人生第一态度隐昧开不出，就耽误了中国人！

你看科学为什么偏出于宗教障蔽最强的欧洲，而为什么中国人心思开明，无为之障蔽者，却竟尔数千年亦没有科学产生出来？这是什么缘故，你能回答吗？这就为两眼向外看（第一态度）与两眼转回来看自己（第二态度）之不同而已。两眼向外看则所遇为静的物质，为空间（其实化宇宙为物质，化宇宙为空间耳；曰遇物质遇空间，特顺俗言之），为理智分析区划所最洽便适用之地。回来看自己则所遇为动的生命，为时间①，为理智分析区划所最不便适用之地。西洋天才英伟之伦，心思聪明向外用去，自就产生了物质科学和科学方法，更以科学方法普遍适用于一切。中国天才英伟之伦，心思聪明反用诸其身，其何从而产生物质科学和纯乎理智把戏的科学方法邪？其所成就盖早与西洋殊途；然而没有科学，就耽误了中国人。（老庄思想及道教、佛教或属第二态度或属第三态度，亦以此同为耽误中国人者，顾究非中国人生之正宗主脉，关系影响不如是重大。）

孔子不单耽误了中国的科学，并且耽误了中国的德谟克拉西。礼乐亡失，中国人所受用者为孔子之遗教；然此可粗判为思想学问及礼俗制度之二大部。思想学问仅为少数人所得享；礼俗制度乃普及于全社会。礼俗制度之时代性地域性极重，本不同乎思想之有个人性；以礼俗制度属诸孔子非诬即妄。然中国之有"伦理"，孔子似极有力，此伦理又为数千年礼俗制度之中心骨干，无甚大之变化。于是孔子乃有其任何哲学家、教育家、政治家对于人群所不能有之伟大而长久的势力。（此种伟大而长久的势力唯大宗教有之，然孔子固非宗教，此泰戈尔所以疑也。）中国人如果像罗素所说那样安乐幸福，亦唯此伦理之赐；中国人如果像前两年的时髦话有所谓"吃人礼教"，近两年的时髦话有所谓"封建遗毒"，亦唯此伦理之赐。

伦理者，盖示人之人生必为关系的；个人生活为不完全之人生。男或

---

① 为近三十年西洋哲学上之一新意义的"时间"，非俗常所说者。俗常所说为分段的时间，盖以空间的法式移用而来。此为西洋哲学接近东方哲学之一大变迁，非此处所及说。

女，孑然一身，只好算半个人；必两性关系成立，全整人生乃于是造端；继之以有父子，又继之以有兄弟。——此即所谓家。家而外，又从社会关系而有君臣朋友。人生实存于此各种关系之上，而家乃天然基本关系。故所谓伦理者，要以家庭伦理——天伦——为根本所重；**谓人必亲其所亲也。人互喜以所亲者之喜，其喜弥扬；人互悲以所亲者之悲，悲而不伤。外则相和答，内则相体念，心理共鸣，神形相依以为慰，所谓亲也。**人生之美满非他，亦即此各种关系之无缺憾。反之，人生之大不幸非他，亦即此各种关系之缺憾。鳏、寡、孤、独，人生之最苦，谓曰"无告"；疾苦穷难不得就所亲而诉之也。此其情盖与西洋风气不孤而孤之（亲子异居，有父母而如无父母），不独而独之（有子女而如无子女），不期于相守而期于相离，又乐为婚姻关系之不固定者，适异矣！**家为中国人生活之源泉，又为其归宿地。人生极难安稳得住，有家维系之乃安。**人生恒乐不抵苦，有家其情斯畅乃乐。"家"之于中国人，慰安而勖勉之，其相当于宗教矣。① 故中国社会以家构成，而西洋人昔则以每个人直接宗教，近则以每个人直接国家。我们或者可以戏称西洋人生为单式的，中国人生为复式的。（以经济上农业工业之殊，解释中西人之有家无家，仅为片面理由。）

　　现在我有请大家特别注意的，中国人不期于此引入我所谓人生第二问题是也。伦理复式的人生，使得中国人触处发生对人的问题，——如何处夫妇，如何处父母子女，如何处兄弟乃至堂兄弟，如何处婆媳妯娌姑嫂，如何处祖孙伯叔侄子乃至族众，如何处母党妻党亲戚尊卑，如何处邻里乡党长幼，如何处君臣师弟东家伙伴一切朋友，……如是种种。总之，**伦理关系罩住了中国人，大有无所逃于天地之间之概**；故如何将此各种关系处得好乃为第一问题。于是当人类文化初期，本在人对物的问题之下，其人对人问题尚不迫切地到达人面前的，乃不期而到了中国人头上，迎面即是，无从闪躲。而此所谓人生第二问题乃与第一问题绝异其性质的，如我

---

　　① 王鸿一先生尝有如何解决三世两性问题之说，据其所见，则中国人正是以家庭伦理代宗教。三世者，过去、现在、未来；两性者，男女两性。禽兽但有现在，人类则更有过去观念、未来观念。宗教为解决三世问题者，是即其天堂净土、地狱轮回之说也。中国人则以祖先、本身、儿孙，所谓一家之三世为三世；过去信仰寄于祖先父母，现在安慰寄于两性和合，未来希望寄于儿孙。较之宗教的解决为明通切实云云。

前所开陈——

    第一问题是人对于"物"的问题，为当前之碍者即眼前面之自然界，——此其性质上为我所可得到满足者。

    第二问题是人对于"人"的问题，为当前之碍者在所谓"他心"，——此其性质上为得到满足与否不由我决定者。

宇宙本来在"我"——每一生命为一中心，环之之宇宙皆其所得而宰制；但他人身体在内，他心不在内；以他心为别一生命，别一"我"也。我们对他人身体有绝对制服力（性质上如此），对于他心无绝对制服力（性质上如此）。所谓"性质上为我可得到满足者"，得到满足与否亦不决定，但性质上为我可得到满足者；我不但有力于决定此问题，且其力为绝对的，以对方之"物"静故也。所谓"性质上为满足与否不由我决定者"，我固可有力于决定此问题，但其力只为相对的。如何结果尚待他来决定，而不由我，以对方之"心"动故也。由是而吾人对付问题之态度乃不得不异：对付人生第一问题，宜用人生第一态度；而对付人生第二问题，乃不能不用人生第二态度。——一往直前的办法，强硬征服的办法，专于向外用力者于此皆用不上。我们此时实只有"反求诸己""尽其在我"而已。例如不得父母者，只有两眼转回来看自家这里由何失爱，而在自己身上用力，结果如何不得期必，唯知尽其在我，此为最确实有效可得父母之爱的方法。其他一切关系均不出此例。盖关系虽种种不同，事实上所发生问题更复杂万状，然所求无非彼此感情之融和，他心与我心之相顺。此和与顺，强力求之，则势益乖；巧思取之，则情益离；凡一切心思力气向外用者皆非其道。于是事实上训练出来的结果，乃不得不以第二态度易第一态度矣。然继此更有可言者。

伦理关系之弄得好，本在双方各尽其道；然此各尽其道只许第三人言之，当事之双方则只许先问自己尽其道否，——此先为永远无尽之先。故由此大家公认只许责己不许责人。伦理上之双方多有尊卑长幼主客轻重不同之势，虽曰各尽其道，而责重则在一方，亦人情所恒有。故孝悌之训多于慈友之勉。伦理关系期于合而不期于离；有时合之不能，离之不可，则相忍为国，以无办法为办法。事实上其真出于离，或真能行合之道者既不多，则归于两相忍隐耐受者其在十之八九。故由此养成国民的妥协性与麻痹性。凡此或为道理之推论，或为事实之所演，皆第二态度之余义。**试问以如此态度，在上之威权其何由推翻？谁都知道，"德谟克拉西"是由西洋人对于在上者之压迫起而抗争以得之者；所谓平等与自由，实出于各自争求个人本性权利而不放松，以成之均势及互为不侵犯之承认。然而从数千年伦理生活所训练出的人生态度，所陶养的国民性，你怎能想象他亦会有这么一天开出这些玩意儿来呢？**

然而德谟克拉西之不得出现于中国，尚有更有力之原因在，即中国社会组织制度之特殊性是，中国制度之特殊不一而足，此处所指盖在其与西洋对照，有全然相异之形势——西洋制度完全造成一种逼人对外求解决的形势，而中国则异是；中国制度完全开出你自己求前途的机会。

欧洲中世的封建制度，我们已于本篇第三段《中世的西洋社会和他们的文明程度》叙说过了。西洋近世的资本制度的大概，则人都知道。他们这一古一今的两大制度，虽然外表上不同得很，然而骨子里有其一致的精神。在封建社会里，一个农奴生下来，他的命运前途就决定了，——就要如前所叙的那样为奴。全部农奴的命运实在操握在封建领主手里；然而那封建领主方面的命运呢？其实亦握在全部农奴手里，——农奴若造反起来，他们亦就身家覆亡。于是全社会造成一种新形势：你的命握在我手，我的命握在你手；我非打倒你没有出路，你非制住我没活命。总而言之，**非向外冲去，别没有造自己命运、开自己前途的可能。**在资本社会里，其形势亦复如此，一个人生在无产阶级家里，他的命运亦就规定下来了，——就是要做一辈子工。全部劳动阶级的命运都在资本家手里握住。然而资本家方面呢？如果劳动阶级起来推翻资本制度，夺取生产机关，他们亦就覆亡。劳动阶级非向前干，无法开拓自己的命运，资本家亦只有严阵以待，不敢放松一步。形势逼着人对外求解决，对外用力，这就是前后两大制度的一致精神。然而中国制度其所形成的趋势，恰好与此相反，**他正是叫你向里用力。**在中国社会中，一个人不拘生在士农工商什么人家里，其命运都无一定。虽然亦有有凭借与无凭借之等差不同，然而凭借是靠不住的。俗话说得好："全看本人要强不要强。"读书人可以"致身通显"，农工商业亦都可以"起家"，虽有身份不同，而升转流通并没有一定不可逾越的界别。从前人读书机会之容易，非处现在社会者所能想象，没有一点人为的或天然的限制，只要你有心要读，总可以读成。至于为农为工为商，亦一切由你，都无所不可。而从中国的考试制度，一读书人能否中秀才，中举人，中进士，点翰林，……就全看你能否寒灯苦读，再则看你自己资质如何。如果你资质聪明又苦读，而还是不能"中"，那只有怨自己无福命，——所谓"祖上无阴功"，"坟地无风水"，……种种都由此而来。总之，只有自责，或归之于不可知之数，不能怨人；就便怨人似亦没有起来推翻考试制度的必要。——力气无可向外用之处。你只能循环于自立志，自努力，自鼓舞，自责怨，自得，自叹……，一切都是"自"之中。心思力气转回来，转回去，只能在你本身上用，尤其是读书人走不通时，要归于修德行，更是醇正地向里用力。还是所谓"反求诸己"，"尽其在我"，只有那条路。说到农业工业商业的人，白手起家不算新鲜之事。土地人人可买，生产要素非常简单，既鲜特权，又无专利。遗产平分，土地资财转瞬由聚而散。大家彼此都无可凭恃而赌命运于身手。大抵勤俭谨慎以得之，奢逸放纵以失之；信实稳重，积久而通；巧取豪夺，败不旋踵。得失成败皆有坦平大道，人人所共见，人人所共信，简直是天才的试验场，品性的甄别地。偶有数穷，归之渺冥，无可怨人。大家都在这社会组织制度下各自努力前头去了，谁来推翻它？

尤可注意的是中国的皇帝，**他是当真的"孤家寡人"**，欧洲封建社会大小领主共成一阶级，以与农民相对的形势大不同。除了极少数皇亲贵戚以外，没有与他共利害的人，而政权在官吏不在贵族，又失所以扶同拥护之具。官吏虽得有政权，是暂而非常，随时可以罢官归田，而他生长民间，所与往还因依之亲戚族众邻里乡党朋友一切人，又皆在士农工商之四民，其心理观念实际利害，自与他们站在一边。于是皇帝乃一个人高高在上，以临于天下万众，这实在危险之极！所以他的命运亦要他自己兢兢业业好生维持。此时他不能与天下人为敌，只能与天下人为友，得人心则昌，失人心则亡。他亦与四民一样有其前途得失成败之大道，其道乃在更小心地勉励着向里用力，约束自己不要昏心暴气任意胡为。有所谓"讲官"者，常以经史上历代兴亡之鉴告诉他而警戒他；有所谓"谏官"者，常从眼前事实上提醒他而谏阻他，总都是帮助他如何向里用力，庶乎运祚其可久。于是举国上下每个人都自有其命运，须要你"好自为之"，而无障碍其前途的死对头，非拼不可（可偶有例外，但大体如是，原则如是，谁亦不能否认）。这社会是何等巧妙的结构！真成了一个"自天子以至于庶人，壹是皆以修身为本"之局！

照此制度所形成的形势，的确是使天子与庶人皆以修身为本，但天子与庶人能不能以修身为本，却仍是问题。换言之，照此制度的确使人有走人生第二态度之必要，但是人能不能应于此必要而走去，固未易言。这里至少有两层问题。一层是人生落于第一态度则易易，进于第二态度则较难。人眼向前看，自是开初一步；及至转回来看自家，已是进了一层。人力向外用去，自是开初一步；及至转回向里用力，乃更大进了一层。反省，节制，自家策勉，所需于心理上之努力者实甚大，而不反省，不节制，不自策勉，乃极易易不成问题之事。一层是人生第二态度固于此时有必要，而第一态度于此时亦同有其必要。盖从人与人的关系以为言，此时故以第二态度为必要，而第一态度殆无所用之，——此其异于西洋社会者，然从人与物的关系以为言，则此时固以第一态度为必要，而第二态度又殊不适用，——此其不异于西洋社会者。两个必要交陈于前，两个态度乃迭为起伏交战于衷，数千年的中国人生所为时形其两相牵掣自为矛盾者此也。由上两层困难，第二态度虽为中国人所勉自振拔以赴之者而有时失坠，数千年的中国社会所为一治一乱交替而叠见者此也。

天子而能应于此制度形势上的必要，而尽其兢兢业业以自维持其运祚之道，四民亦各在其道上努力开拓他们各自的前途，本来谁亦不碍谁的事，哪里会有问题？于是制度见其妙用，关系良好，就成了"治世"。——此治世有西洋中世社会或近世社会所不能比的宽松自由安静幸福。天子而不能应此必要以兢兢业业，而流于懒散的第一态度（这差不多有其一定时机的，此不详说），或民间出了枭雄野心家大发展其雄阔的第一态度（这亦差不多有其一定时机的，此不详说）。那便天子碍了庶人的事，庶人碍了天子的事，而问题发生，于是制度失其妙用，关系破裂，就成了"乱世"。——此乱世迫害杂来，纷扰乱糟，不同于民主革命或社会革命有一定要求方向及阶级营垒。治乱问题就存于天子与庶人彼此向里用力，抑向外用力之间。由此数千年得一大教训就是消极为治。虽然孟子尝倡导行仁政，而经验的结果，大家都颇知道还是不必有政治的好，——国家政府不必做事为好。有人说一句妙语："近代的英国人，以国家为'必要之恶'，中国自数千年之古昔，已把国家当作'不必要之恶'了。"① 政治虽不必要，但教化则为必要；此所谓教化并不含有一个信仰，只是教人人向里用力。② 人人向里用力，各奔前程，则一切事他们都自谋了，正无烦政府代谋也。——这正是最好的"中国政治"。如此天子及代表天子之官与庶民之间，乃疏远而成一种无交涉状态，免得相碍相冲突，而庶乎得较久之相安，真有所谓"无为而治"之概。（王荆公不明此理，所以为呆子。）

此万国所无之国家制度，以臻妙境，寻不出复有何人必要来推翻它，**但有效用之继续，而无根本之变革；——但循环于一治一乱而无革命。其不能有革命是铁的；其不能有德谟克拉西之产生是铁的。中国人虽自古有比任何国民更多之自由**③，而直至于今，人权仍树不起保障，亦不能比于任何国民。这个古怪矛盾似乎不可解的现象，于此可得其解。其自由非自由也，人人以向外用力为戒而收回之。大家各得宽放舒散耳，人权保障必须有不可犯之强力，即人人向外要求形成之气势，此则于中国历史上永不能望见其开启之机者也。

利害祸福本相倚伏，今若问创为此制以赐福于中国人者谁，或始作俑者谁，则孔子脱不了干系，——亦止于有干系。此巧妙之结构制度果从何产生，本不易言，大体上不能不认其人为调制者多，而物的方面影响者少。所谓人为调制似乎有三点可言者：

一为伦理复式之推演。伦理关系本始于家庭，乃更推广于社会生活国家生活。君与臣，官与民，比于父母儿女之关系；东家伙计，师父徒弟，社会上一切朋友同侪，比于兄弟或父子之关系。**伦理上任何一方皆有其应**

① 长谷川如是闲作《现代国家遇中国革命》有是语，见《东西学者之中国革命论》，152 页。

② 中国的法律政治都含有教化，而《圣谕广训》一类之物，更为其具体表现。

③ 孙中山先生尝说西洋人以前是没自由，而中国人以前是自由太多。

尽之义；伦理关系即表示一种义务关系。**一个人似不为其自己而存在，乃仿佛互为他人而存在者**。此故不能取人类所恒有之"自己本位主义"而代之，然两种心理一申一抑之间，其为变化固不少矣。由是一切从"自己本位主义"而来之压迫对方剥削对方的事实，虽仍不能免，而影响变化亦不少矣。迫害对方之西洋制度所为不见于中国，而中国制度迫害性所为最少者其在此乎。此制度之伦理化故出于人为。

一为人生第二态度之应用。从中国制度看去，调和性非常之重；此似为第二态度应用之结果。第二态度之应用，本为屈己让人，故"让"字遂为中国人之一大精神，与西洋人由第一态度而来之"争"的精神正相映对。而其结果见于事实者，一则为互让，一则为交争。遇有问题，则互相让步调和执中以为解决，殆成中国人之不二法门，世界所共知。[①] 又中国人自古有其一部"调和哲学"，为大智慧者与庸众所共熟审而习用。由此哲学之所指示，则"凡事不可太过"，而调和实为最妥当最能长久不败之道，所谓"亢龙有悔，盈不可久"，"人道恶盈而好谦"，"有余不敢进"，……此类教训深中于人心，其影响于临事之措置者甚大。于制度之订定，更务为顾全各方，力求平稳妥帖，期望长久，乃果然这种制度就长久起来，一直二千多年犹不能见其寿命之边涯。而审此思想实唯好反省的中国人擅长之，一往直前的西洋人所无有，故亦为第二态度之应用。溯其注意调和之始，固又属人为。

一为讲理的精神之表现。从中国制度看去，国家有超乎社会中任何一方而立于第三者地位之公平性，此似为中国人讲理的精神之表现。奥本海默尔（Franz Oppenheimer）著《国家论》，谓一切国家皆成立于一阶级压迫并剥削其他一阶级之上，然其演进之趋势，则最后将脱却阶级性而成为"自由市民团体"。此"自由市民团体"所为异于前此之国家者，赖有一种官吏制度为"公共利益的公正无私的守护者"，而近代国家中之官吏制度则其萌芽也。官吏制度实为近代国家之一个崭新的要素；——假使无此新要素之加入，近代国家将无以异于前此之旧型。该近代国家虽仍为一阶级

---

① 罗素于中国人之喜欢互相让步曾再三言之。

（资本阶级）压迫并剥削他一阶级（无产阶级），但间之以官僚政府，不同于封建国家以领主贵族直接行之。此由国家金库为给养之官僚制度——立宪国家之君主实亦在内的一个官吏——为两阶级间有第三者出现之渐，将来社会阶级不存在，将更进至无所偏党。他曾说中国国家为最近于自由市民团体者。其以中国官僚制度出现最早，且大体上无阶级剥削关系存在于社会之故吗？[①] 中国是不是近于他所谓自由市民团体不敢说，但比欧洲今昔国家均见公平意味讲理气息则似可相许。所谓"天子一位""世卿非礼"，皆其自古要讲理的口气，而社会间太不公平、说不过去的事，中国人实怯为之。假使非由此表见，而有人为之调制，则何能破世界历史上国家之常例，而奥本海默尔所为期之于世界未来者，独于中国先见其影？

好了！我们因为说明中国人如何没有宗教，而靠孔子遗下的思想学问礼俗制度而生活，不知不觉将中国之不能有科学，不能有德谟克拉西，乃至文化之停滞不进，社会之历久不变亦牵连说及，——因为这都是受孔子之影响的。我们截止于此，总束两句。

吾人不知中国人其由人生第二态度引发而且形成第二问题欤（指伦理及其他礼俗制度），抑从人生第二问题的形成而牖启其第二态度欤；其数千年的生活往复此二者之间，相牵相引，辗转益深，不可复出，以致耽误人类第一期文化则事实也。吾人每语及东方文化——无论中国或印度——必举其古者以为言；盖东方的文化和哲学诚有一成不变、历久如一之观，所有几千年后的东西还是几千年前那一套，一切今人所有都是古人之遗，一切后人所作都是古人之余。此与西洋文化和学术，花样逐日翻新，一切都是后来居上者，适异其道，虽戏称之曰"演绎式的文化"亦无所不可。是何为其然？是盖自中国文化上之特别的无宗教与印度之只有宗教为文化上畸形发达者既显示其非循夫自然之常矣。又何为而有此"非常"？吾不

[①] 顾孟余先生极戒人滥用"阶级"一词。他以为"阶级"的特征，在生产工具生产工作分属社会之两部分人，一部分人据有生产工具，而他部分人专任生产工作，造成剥削和被剥削的关系，如欧洲中世封建社会的阶级或其近世资本社会的阶级者是。由此，中国社会在他看来大体是职业社会而不是阶级社会。见其在《前进》杂志所写各文之中。

欲举斯宾格勒（Oswald Spengler）人生创造历史都是突然而来之说；今亦不暇述我的"一切皆缘而无因"之说，更不暇批评冒充科学的唯物史观。[1] 这样向上追问去，便入于玄学范围（自由论或机械论），须待专论也。我只请大家留意此"非常"，认识此"非常"，而知历史如中国者，正未可以西洋历史进行之一路线概之。西洋历史进行之一路线，盖以"向外用力"的第一态度，于人生"对物"的第一问题下演出者也。他这样最能解决第一问题，其一切社会进步，均随其第一问题之逐步解决而进步，照第一问题之形式而解决。明白言之，其社会上层建筑之政治法律风俗道德为被推进的，以机械规律而进步，以物理形式而解决，殆亦有如唯物史观家所说者。本来人类文化之初，莫不在第一问题压迫之下，第一态度即以自然必要而无问何洲土何种族而皆然；其文化演进之序，自有类似从同之点，而一与其对物问题之进展相应。此实为使唯物史观家相信他们的所见可以普遍适用之故。然不虞中国历史上之伦理及一切相缘而来之礼俗制度，是从人生第二态度照着第二问题来解决，来建造的。明白言之，**此虽亦不能不有其一定经济条件，然非被经济进步所推动者，实出于人为调制，意识地照顾于事先。于是竟倒转过来而从社会上层牵制了他的下层之进步发展，自陷于绝境！**

关于西洋文化中国文化在近世一飞一停，西洋社会中国社会一变一不变的问题，自以产业革命（industrial revolution）之或见或不见为其最重要关目。虽西洋之飞，中国之停，皆有其存乎产业革命之前者，然其产业革命或见或不见，**则其社会文化或大变化或不变化之所以分也**。产业革命与工业资本主义殆相连之一事，故其问题亦即中国何为而不进于工业资本主义？论者于此辄比照西洋往事而为解释。或以为中国不是海上国家如英

---

[1] 　斯宾格勒 Spengler 德国近年一奇伟之思想家，从其特殊文化史眼光，著《欧洲之沉沦》一书，震聋全欧。他反对一切机械的历史观，而谓人生创造历史皆突然而来，非肤浅的因果观念所能解释。我的《一切皆缘而无因》之说，《东西文化及其哲学》曾一略见，将来于《人心与人生》一书中详之。唯物史观喜从客观立言，其精神略近于科学。若能谨严自守，就事论事，未尝不有几分科学价值；若跑进玄学里面硬有所主张，不问诚伪，皆属玄学，不得再自号科学。

国，从其自然地理上不能有殖民地之扩大；① 或以为西洋经济上不能自足，而中国能自足，无向前发展之必要；② 或以为中国无大量资本之聚积与自由出卖劳动力之多数劳动者；③ 或以为中国封建制度虽已破坏，而有所谓封建思想封建势力，桎梏着资本主义不能做进一步的发展。④ 诸如此类，大抵都归于无此需要，或某条件之未备，或某障碍为之抑阻。这是何等浅薄没力气的话！人类只有主观方面的不贪，绝没有客观的满足不需要之事。以十六七世纪欧洲人向外发展的渴热强烈寻求，回证他们经济的不能自足；以中国安于其农业上的生产方法和商业的贸迁流通，回证他们的可以自足，何其无意味！全不理会那时欧洲人冒险进取精神和他的贪欲——这是从他人生态度和郁蕴的力气而来；全不理会中国人精神又另从一途发挥去，和他的淡泊寡求。从自然地理上解说西洋中国产业革命之见不见，工业资本之成不成，如果中国在自然地理上的差异居然会到这程度，则论者原初想将产业革命工业资本说成人类文化上普遍一定的阶段，却恐说成是局于欧洲一隅所特有的现象了。说封建制度虽已破坏，犹有封建势力抑阻着经济进步，不知制度既破坏者抑阻力强大，还是有制度存在者抑阻力强大？有制度在抑阻不了西洋人，而制度破坏却抑阻了中国人，这是什么

---

① 中国手工业何以不能往前发展到近代工业？决不由于中国没有强力的政权与自然科学，而主要的是因为中国商业资本太狭，及中国不能有殖民地的扩大。（拉狄克：《中国革命运动史》，克仁译本，28 页）而中国所以没有扩大殖民地是由自然地理条件，详言之，中国不是海上国家如英国。（见《新生命》3 卷 5 号《托洛斯基派之中国社会论》，第 6 页）

② 何以欧洲人要找寻东方贸易有这样的热烈？这显然可以看出他们经济力之不足。（中略）中国历史上每一期扩大的经济区域都可以使那时这种社会满足，于是代替封建社会的商业农业结合而成的小资产阶级社会遂这样长久地存在下来。这只可供环境主义的解释。（梁园东著：《中国问题之回顾与展望》，196 页）

③ 见朱新繁著：《中国革命与中国社会各阶级》56 页。

④ 顾孟余先生分析中国社会而为之结语云：这个构造可以叫作一个"为封建思想所支配的初期资本主义"；思想是封建的，保存这个思想的有圣经贤传；经济与社会倒是初期资本主义的，陶希圣先生则更诘以圣经贤传是什么势力保存着的，而为之说云：士大夫阶级的势力表现于政治则为官僚政治，对战斗团体的依赖性及对生产庶民的抑制性是官僚政治的特征；表现于社会上人与人的关系则为隶属关系；表现于思想则为等级思想。这种社会实具有封建社会的重要象征。工商业资本主义在这种势力桎梏下没有发展的可能。这种势力只有叫作"封建势力"。

道理？假定其犹有所谓封建思想势力，亦只有主观的无力，容他残存，不好说作客观的有力、阻我进步。客观的阻碍可以说没有的。你只看见他所为生产主于自给自足，大体上只是地域经济未进于国民经济耳。你只看见他商业资本早见于数千年之前，而自然经济犹滞于数千年之后，为大可异耳。你绝寻不见客观上有什么闭锁障阻他往前进的大形势存在着。欧洲中世封建下的土地支配制度，手工业的基尔特组织，所为经济上之闭锁抑阻，中国初未有之，而中国却总是不前进，是其故必有在矣。我非能断言诸此推动——绝无影响关系，然举轻末不足数者，大言之以为原因在是殊无聊，而一般人之耳目或不免为所蔽，不可以无辨。

我们首先要一眼看明，这是陷入顿滞一处盘旋不进的绝境，而后"进行迟慢"与"客观阻碍"等说乃一切刊落不必更提；其次很容易看出，其往昔成就大有过人之处，其全体表现自有积极精神，则知其既向别途以进；**产业革命之不见，工业资本之不成，故有由矣**。更次乃见其所遗之一途固为所遗而不进，其向别途以进者亦卒有所限而止于其可能之度，而同时又还以此所牵，不能复回向于彼一途。彼此交相牵掣，是即绝境所由陷，而后产业革命之不见，工业资本之不成，乃决定矣。倘更能参伍错综比较寻绎，以发现世界各系文化之所以异趣，与人类文化转变之前途，则知中国文化者盖人类文化之早熟，如我往常所说者。[①] 好比一个人的心理发育本当与其身体发育相应，或即谓心理当随身体的发育而发育亦无不可。而中国则仿佛一个聪明的孩子，身体发育未全，而智慧早开了；即由其智慧之早开，转而抑阻其身体的发育，复由其身体发育之不健全，而智慧遂亦不得发育圆满良好。质言之，中国不是幼稚而是成熟；虽云成熟，而形态间又时显露幼稚，即我前所说的"非循夫自然之常"是已。

循夫自然之常理者，必先完成人类第一期文化，乃开始第二期文化。所谓人类第一期文化之完成，以人对物的问题得解决为度。——恩格斯有几句话将这界划说得很清楚：

----

① 参看《东西文化及其哲学》第五章，"世界文化三期重现说"一节及"我们现在应持的态度"一节。

社会掌握生产手段的时候，商品生产已取消，同时生产物对于生产者的支配亦已取消。在社会的生产内部，以计划的意识的组织而代混沌的无政府状态。个人的生存竞争亦随着停止。接着，人类在某种意义上决定地与动物的王国分离，由动物的生存条件进至真正人类的生存条件。围绕着人类，而在今日已是支配着人类的外界，于此时乃服从于人类的支配和统制，而人类对自然乃开始为意识的真正的主人。①

人类必自此以后，乃逼近于人生第二问题（人对人的问题），而引生第二态度，入于第二期文化。② 顾不料数千年前之中国，当农业略有进步商业资本初见之时，去此界度尚远，而已迈进于第二态度第二问题之途，**向内而不向外**，**勤于做人而淡于逐物**，**人对物的问题进展之机于是以歇**。此其中重要可指之点，殆在商业资本虽有，而始终不成其为商业资本主义以演动于社会，产业革命乃无由促成。产业革命工业资本之不成，社会组织结构自无由变。虽数千年中国人之所为，忽于物理，明于人事，而人事之变卒所不能尽；而由物理之忽，科学及科学方法不能产生，学术发达上乃大有缺憾与局限；所谓向别途以进者亦止于其可能之度，即谓此。此时亦更不能返于向外逐物之第一态度，以牵于既进之精神而不许也。进退两所不能，是其所以盘旋一处，永不见新机杼之开出的由来。大抵一切不能前进之事，莫不有此一种交相牵掣的形势在内，——只有此交相牵掣其为力乃最大也。中国文化之所以停滞不进，社会之所以历久不变，前就礼俗制度本身言之，特言其一义，语其真因乃在此。

我们重说几句结束这一段。中国数千年文化，与其说为迟慢落后，不如说误入歧途。凡以中国为未进于科学者，昧矣！谬矣！中国已不能进于科学。凡以中国为未进于德谟克拉西者，昧矣！谬矣！中国已不能进于德谟克拉西。同样之理，其以中国为未进于资本主义者，昧矣！谬矣！中国已不能进入资本主义。不能理会及此，辄以为前乎资本主义社会，而称之

---

① 参看千香译《社会进化的铁则》，74 页。
② 参看《东西文化及其哲学》第五章有关段落。

以封建云云者，此犹以前乎科学而判中国为宗教，实大不通之论，极可笑之谈，为学术上所不许。中国之于西洋，有所不及则诚然矣；然是因其不同而不及；或更确切言之，正唯其过而后不及，时至今日，吾侪盖已察之熟而辨之审矣。

我们一向的错误

我以 1893 年生，其时中国人不幸的命运，早已到来好几十年，而一天紧似一天了。其次年，便是中日甲午之战，中国人的大倒霉，更由此开始。而我们许多先知先觉，所领导的中国民族自救运动，亦于此加紧地、猛烈地进行了（康梁一派变法维新运动，孙先生的革命运动，均自此猛进）。我真是应着民族不幸的命运而出世的一个人啊！出世到今天（1930）已是三十七年，所谓命运的不幸，已非止门庭衰败，而到了家人奄奄待毙的地步。民族自救运动就我亲眼见的，前后亦换了不知多少方式，卖了不知多少力气，牺牲不知多少性命，而屡试无效，愈弄愈糟，看看方法已穷，大家都焦闷不知所出。究竟我们怎么会到得这步天地？事到今日，不能不回头发一深问。

这自然是我们数千年文化所演的结果。我既曾说过：

> 譬如西洋人那样，他可以沿着第一条路走去，自然就转入第二路，再走去，转入第三路，即无中国文明或印度文明的输入，他自己也能将它们开辟出来。若中国则绝不能，因为他态度殆无由生变动，别样文化即无由发生也。从此简直就没有办法，不痛不痒，真是一个无可指明的大病。及至变局骤至，就大受其苦，剧痛起来。他处在第一问题之下的世界，而与第一路没有走得几步，凡所应成就者都没有成就出来；一旦世界交通，和旁人接触，哪得不相形见绌？而况碰到的西洋人偏是专走第一路大有成就的，自然更禁不起他的威棱，只有节节失败，忍辱茹痛，听其蹂躏，仅得不死。国际上受这种种欺凌已经痛苦不堪，而尤其危

险的，西洋人从这条路上大获成功的是物质的财，他就挟着他大资本和其经济的手段，从经济上永远制服了中国人，为他服役，不能翻身，都不一定。至于自己眼前身受的国内军阀之蹂躏，生命财产无半点保障，遑论什么自由？生计更穷得要死，试去一看下层社会简直地狱不如，而水旱频仍，天灾一来，全没对付，甘受其虐。这是顶惨切的三端，其余种种太多，不须细数。然试就所有这些病痛而推其缘故，何莫非地明明自己文化所贻害，只缘一步走错，弄到这般天地！还有一般无识的人，硬要抵赖不认，说不是自己文化不好，只被后人弄糟了，而叹息致恨于古圣人的道理未得畅行其道。**其实一民族之有今日结果的情形，全由他自己以往文化使然：西洋人之有今日全由于他的文化，印度人之有今日全由于他的文化，中国人之有今日全由我们自己文化而莫从抵赖；也正为古圣人的道理行得几分，所以才致这样，倒不必恨惜。**（此几分是天然限定的，即前云"有所限"是也）。①

中国的失败自然是文化的失败，西洋的胜利自然亦是他文化的胜利。我们前曾说过西洋便是一种强力，② 现在要补说一句，中国文化的特征正是弱而无力。

文化随人产生，人随文化陶养。岂唯中国文化非失败不可，中国人亦是天然要受欺侮的。罗素在他所著《中国之问题》上说："欧洲的人生是以竞争（strife）、侵略（exploitation）、变更不已（restless change）、不知足（discontent）与破坏（destruction）为要道；而中国人则反是。"又说："中国人之性质，一言以蔽之，曰与尼采（Nietzsche）之道相反而已：不幸此性质不利于战争，然实为无上之美德。"又说："世有'不屑战争'（too proud to fight）之国家乎？中国是已。中国人之天然态度，宽容友爱，以礼待人，亦望人以礼答之。"大概一种特异处，单看不易见，两相对照，便

---

① 《东西文化及其哲学》第五章，"我们现在应持的态度"一节。
② 本文第二节之末引用日本人金子马治说西洋为帕玩（power）之文明，又本文第四节之末尾指出西洋文化有其特异征服世界的威力在人心向外，科学发达，而社会以进于组织性机械性。反之，**中国文化所以弱在人心向内科学杜闭而社会特别散漫。**

易看得出；自家看不出，人家却易见。东西人诸如此类的说法，实不胜征举；要皆所见略同，**而都不明其所以然**。试寻绎我前边的话，便自明晓。近世的西洋人是新兴民族而又曾被宗教关闭过，绝似小孩子关在书房，一旦放学，准他任情玩耍，自尔欢蹦乱跳、淘气冒险打架破坏。（先时颇可喜爱，久而闹得太凶，就不免讨厌，而且损伤亦太多。）而中国民族则正好像年纪大，更事多，态度自宽和，举动自稳重了。理会得此层，更须加以理会：

> 一则是从人类与一切生物所同的"有对性"出发的人生第一态度；
> 一则是向往人类所以异乎一切生物的"无对性"的人生第二态度。

西洋人自近世以来，大发挥其人类的"有对"精神，真是淋漓尽致！（此句话无贬无褒，即褒即贬。）这在今日风气将变之会，回看当年是尤其清楚的。今日无论在经济上、法律上、政治上，一切学术思想，都从个人本位主义翻转到社会本位思想，更易感觉那近世来个人主义之强盛，而弥漫一切。本来一部近世史，就是一部个人主义活动史，就是人的自我觉醒开其端。从认识了我，肯定了自己，而向前要求现世幸福，**本性权利；**后来更得着**"以'开明的利己心'为出发"的哲学论据，"以'自由竞争'为法则"的社会公认，**于是大演其个体对外竞争的活剧；所有征服自然的**物质文明，打倒特权阶级的民治制度，一切有形无形、好的坏的东西，便都是由此开发出来。**大概好一面，便是打倒排除许多自然障碍、人为障碍；不好一面，便是不免有己无人、恃强残弱——例如资本主义、帝国主义，此为两眼向前看，力气往外用，必有的结果，原不足怪。然在我们正为太不具备他这种精神了，正为与他恰相反了，所以一旦相遇，当然对付不了他。自鸦片之役以来，所有我们近八十多年间，就是为这种强力（西洋文化）强人（西洋人）所欺凌、侵略、颠倒、迷扰的痛苦史。我常说，现在眼前的种种，身受的种种，实不必气恼着急、叹息发闷，更不用呼冤喊痛；**你若看清中国这一套老古董是怎样，才明白西洋那一套新玩意儿是**

144

什么，**试想他们相遇以后该当如何，则今日的事正一点一毫都有其来历，无足异者**。从来中国民族在文化上的自大，很快地为西洋之实际的优胜打击无存，顿尔一变为虚怯之极。方当受欺吃苦、民族命运危殆之时，我民族志士仁人、先知先觉，未有不急起以图自救者；而内审外观，事事见绌，不能不震惊歆羡于他，所以自救之道，自无外学他。始而所学在其具，继所趋求在其道，虽再转再变，不可同语，而**抛开自家根本固有精神，向外以逐求自家前途，则实为一向的大错误，无能外之者**。所谓"屡试无效，愈弄愈糟"者，其病正坐此。由是他加于我之欺凌侵略，犹属可计，——漆树芬先生一部《经济侵略下之中国》计之甚悉，推阐甚明，——而我颠倒迷扰以自贻伊戚者，乃真不可胜计！**吾人今日所食之果，与其说为欧洲人日本人所加于我者，宁曰吾人所自造**。（略）

试观廿年间，凡今之所谓祸国殃民亟要铲除打倒者，皆昨之沐受西洋教育或得西洋风气最先，为民族自救的维新运动革命运动而兴起之新兴势力首领人物，初非传统势力老旧人物。已往之研究系北洋派固皆此例，而眼前之南京政府不尤其显著乎！近二三十年间事正为维新革命先进后进自己捣乱自己否认之一部滑稽史。其关乎私人恩怨、喜怒为用者此不说，且言其一时所谓公是公非者。始则相尚以讲求富强，乃不期一转而唱打倒资本主义帝国主义矣！始则艳称人家的商战以为美事，今则一转而咒骂经济侵略以为恶德。模仿日本之后，菲薄日本；依傍苏俄之后，怨诋苏俄；昨日之所是，今日之所非；今日寇仇，昨日恩亲。所谓"不惜以今日之我与昨日之我挑战者"，自己之颠倒迷扰，曾无定识，故自白之矣。改过虽勇，宁抵得贻误之已大。**自救运动正是祸国运动，时至今日吾愿有真心肝的好汉子一齐放声大哭，干脆自承；即不自承，而事实不已证明之乎！**

何为而颠倒迷扰如此？则**震撼于外力，诱慕于外物，一切落于被动而失其自觉与自主故也**。（略）

我们今后的新趋向

　　无论前期运动后期运动，我们皆见其始胜、继衰、终穷，由极有力的高潮退落归于无力。自其加于社会的结果言之，始而都像是好消息，继而影响远近，实际地感受到了，似利弊互见，希望未绝；最后则祸害酿成，社会上的痛苦乃有长足的进步。前所谓"愈弄愈糟"者，盖真痛心绝望之言。方其造端经始，亦非没人看到其将酿乱贻祸，预断其错误失败；然个人的先见可以有（究不能彻见真切），社会则是没有先见的。当一世之人心思耳目方有所蔽之时，要扭转得这社会倾向，实有绝对地不可能。远从世界来的剧变，将这数千年历史长久不变的庞大社会卷入旋涡，而扰动发生的大转大变，其波折往复非有偶然；我们已往的错误或者一一皆是铁的。然即今事后，有些人犹不能悟，于兹后期运动途穷之际，或则复返于清末民初的旧梦，或则激进于共产党，总之囿于西洋把戏的圈而不能出，则未免太笨！且由此而民族自救运动的新趋向为其所蔽，不得大开展，则是我们所为不能已于言者。

　　关于这些错误的批评，我将分别为四篇文字，在本刊上继此陆续发表，其目如次：

　　一、我们政治上的第一个不通的路——欧洲近代民主政治的路；

　　二、我们政治上的第二个不通的路——俄国共产党发明的路；

　　三、我们经济上的第一个不通的路——欧洲近代资本主义的路；

　　四、我们经济上的第二个不通的路——俄国共产党要走的路。

　　现在只想对于至今执迷不醒的通蔽，说一句话。此所指之通蔽，便是他们大家总以为：我的药方还没吃下去，不能怪我的药方不对。有此一段谬误心理横亘在衷，所以总不死心，总不服气，更不往旁处去想。在法治梦想家，便谓：法治何曾在中国实行一天来？都是不照法去行，毁法弃法，所以才致今日之乱。在做党治梦的先生亦是责某某毁党弃党，全不按照党治路去走；如果没有个人独裁，没有小组织，没有新军阀的割据，则党治实行，三民主义的建设岂不早见？夫谓法治未行，党治未行，我亦何能否认，抑且亦半点都不想否认。我想**这正是药不对症的证验**。政治上的路向不是有形的药水，你可以眼看他吞下去，再验他效果的。要问一条政治的路向是否合我们之用，就全看其用得上，用不上，以为断，而更无其他可以为验者。中国民族既曾往这条路向（法治或党治）上努力来，即可于其努力之无成，进行之多乖，而判知其不对症。**其所以始终未见实行者，正以其实行不去也**；若实行得去，便已对症，早任何话不必说矣。谓必实行后，再看其对症不对症者，此不通之论也。更细审之，并不是谁毁法弃法，谁毁党弃党，而实在是方方面面自大端以讫末节，皆见出法或党无可树立得起之机；所谓实行不去，正非推论之词，固有可征。乃以归罪某某所为，未免太看重个人；天下事固不如是偶然也。——试以这两层研思之，其或可以省悟乎？

不管你怎样执迷，民族觉悟的时机是已到了。自近年以经济上将资本帝国主义揭穿，一切欧化的国家——或云近代国家，是一个什么东西，亦既明白矣。"欧化不必良，欧人不足法"，**是后期运动在中国人意识上开出的一大进步**①，此时还要复返于前期运动，真是所谓思想落伍，谁则能从公等之后者？清末民初旧梦之又作，不过是后期运动落归无力之时，观念上的一时回溯耳。自最近两年于革命热潮之后，沉下来讨论中国革命问题，乃补作中国社会之历史的研究一段功夫；**今后之革命运动将非复感情冲动的产物，而不能不取决于理性**。（略）

所谓从民族自觉而有的新趋向，其大异于前者，乃在向世界未来文化开辟以趋，而超脱乎一民族生命保存问题。此何以故？以吾民族之不能争强斗胜于眼前的世界，早从过去历史上天然决定了，而同时**吾民族实富有开辟世界未来文化之使命，亦为历史所决定；所谓民族自觉者，觉此也**。

---

① 参看《河南村治学院旨趣书》。

以吾民族精神早超过一般生物之自我保存性，而进于人类所有之宝爱理义过于宝爱生命之性；吾人今日正当宝爱此民族精神，而不以宝爱民族生命者易之；不然者，苟为生命之保存而不惜吾民族固有精神委于尘土，则顽钝无耻，岂复得为中国人哉！所谓民族自觉者，觉此也。中国人其果如此而不知耻也，则是其生机已绝矣！复向何处有前途？中国人其果知耻而至死不易吾精神也，则是其所以生者方劲然以在，何忧前途无活命？中国人其果审于世界文化转变之机已届，正有待吾人之开其先路，而毅然负起其历史的使命，则民族前途之恢张，固又于此日之志气卜之矣。所谓民族自觉者，觉此也。

呜呼！中国人虽不识此义，而西洋高明之士则有识之者矣！罗素于其所著《中国之问题》开首即云：

> 中国今日所起之问题，可有经济上政治上文化上之区别。三者互有连带关系，不能为单独之讨论。惟余个人，为中国计，为世界计，以文化上之问题为最重要。苟此能解决，则凡所以达此目的之政治或经济制度，无论何种，余皆愿承认而不悔。①

此其意盖宝爱中国文化上之精神，宁牺牲其他，不愿稍损及此也。又有云：

> 由华盛顿会议之结果观之，远东问题欲得一乐观之答复，较前更形困难，而国家主义军国主义苟不大发达于中国，中国能否独立？此问题也，尤难答复。余不愿提倡国家主义军国主义。但爱国之中国人苟以不提倡何以图存为问，恐无辞以对。余研究至今，仅能得一答复。中国实为世界上最忍耐之国家，历史之永久，远非他国可比，他国终不能灭之；即多待亦不妨也。②

---

① 参看罗素著：《中国之问题》（中译本）1 页。
② 罗素著：《中国之问题》（中译本）8 页。

此实为最有深情与高识之言，细味之，可为坠涕。更于其书结末处，谆谆焉郑重言之不已：

> 余于本书，屡次说明中国人有较吾人高尚之处；苟在此处，以保存国家独立之故，而降级至吾人之程度，则为彼计，为吾人计，皆非得策。
>
> 中国政治独立所以重要者，非以其自身为最终之目的，乃以为中国旧时之美德与西洋技艺联合之一种新文化非是莫由发生也。苟此目的不能达，则中国政治之独立几无价值可言。
>
> 苟中国之改良家……而开创一种较现今更良之经济制度，则中国对世界可谓实行其适当之职务，而于吾人失望之时代，与人类以全新之希望。余欲以此新希望，唤起中国之新少年。此希望非不能实现者。唯其能实现也，故中国当受爱人类者极高之推崇。①

呜呼！贤矣，罗素！伟矣，罗素！即此言其当受吾人极高之推崇。如我向者之所测，世界未来文化正是中国文化之复兴；罗素之言，果"非不能实现者"，我能信之。② 我匪独信之也，抑又深识其所以然之故，而窃有见乎其达于实现之途术，——是即我所谓村治或乡治是已。我将于本刊陈其议，约分为五篇文字，继此陆续发表，其目如次：

一、村治在解决中国政治问题上的意义。

二、村治在解决中国经济问题上的意义。

三、村治在解决中国文化问题上的意义。

四、村治在解决中国教育及其他问题上的意义。

五、倡行村治的方法。

罗素以政治经济文化三问题中，必先文化问题，其言虽是，其计则

---

① 罗素著：《中国之问题》（中译本）241、253 页。

② 参看《东西文化及其哲学》第五章。

左。中国问题原来是浑整之一个问题，其曰三问题者，分别自三面看之耳。此问题中，苟其一面得通，其他皆通；不然，则一切皆不通。中国之政治问题经济问题，天然地不能外于其固有文化所演成之社会事实，所陶养之民族精神，而得解决；此不必虑，亦不待言者。**吾人但于此政治经济之实际问题上，求其如何做得通，则文化问题殆有不必别做研究者**。倘先悬一不损文化之限定，而文化为物最虚渺，则一切讨论皆将窒碍，陷于捉空，问题或转不得解决矣！我之研究中国问题，**初未尝注意有所谓文化问题者**，而实从政治经济具体问题之研索，乃转而引出比较抽象的文化问题之注意。此愿为朋友告者也。

我们于是恍然，中国人今日之痛苦，乃大有意义。使吾人倒返于百年以前之中国社会，或无今日痛苦；然而正是文化上生不得生，死不得死，"无可指名的大病"，更无一毫办法。西洋文化之撞进门来，虽加我重创，**乃适以启我超出绝境之机，其为惠于吾族者大矣**！凡今日一切问题皆若不得解决者，正以见问题之深且大，意义不寻常，而极勉吾人之为更大努力，以开启人类文化之新局也。呜呼！吾人其当如何以负荷此使命！

第三辑

人类理性与东方学术

理性是什么[1]

中西文化不同，实从宗教问题上分途；而中国缺乏宗教，又由于理性开发之早；则理性是什么，自非究问明白不可。以我所见，理性实为人类的特征，同时亦是中国文化特征之所寄。它将是本书一最重要的观念，虽阐发它尚待另成专书，但这里却亦必须讲一讲。

理性是什么？现在先回答一句：理性始于思想与说话。人是动物，动物是要动的。但人却有比较行动为缓和为微妙的说话或思想这事情。它较之不动，则为动；较之动，则又为静。至于思想与说话二者，则心理学家曾说过"思想是不出声的说话；说话是出声的思想"，原不须多分别。理性诚然始于思想与说话；但人之所以能思想能说话，亦正原于他有理性，这两面亦不须多分别。

你愿意认出理性何在吗？你可以观察他人，或反省自家，当其心气和平，胸中空洞无事，听人说话最能听得入，两人彼此说话最容易说得通的时候，便是一个人有理性之时。

所谓理性者，要亦不外吾人平静通达的心理而已。这似乎很浅近，很寻常，然而这实在是宇宙间顶可贵的东西！宇宙间所有唯一未曾陷于机械化的是人；而人所有唯一未曾陷于机械化的，亦只在此。

一般的说法，人类的特征在理智。这本来是不错的。但我今却要说，人类的特征在理性。理性、理智如何分别？究竟是一是二？原来"理性""理智"这些字样，只在近三四十年中国书里才常常见到，习惯上似乎通

---

[1] 此节内容与后两节"两种理和两种错误""中国民族精神所在"，选自1949年首次出版的《中国文化要义》第七章"理性——人类的特征"。

用不分，而所指是一。二者分用，各有所指，尚属少见。① 这一半由二者密切相联，辨析未易；一半亦由于名词尚新，字面相差不多，还未加订定，但我们现在却正要分别它。

生物的进化，是沿着其生活方法而进的。从生活方法上看：植物定住于一所，摄取无机质以自养，动物则游走求食。显然一动一静，从两大方向而各自发展去。动物之中，又有节足动物之趋向本能，脊椎动物之趋向理智之不同。趋向本能者，即是生下来依其先天安排就的方法以为生活。反之，先天安排得不够，而要靠后天想办法和学习，方能生活，便是理智之路。前者，蜂蚁是其代表；后者，唯人类到达此地步。综合起来，生物之生活方法，盖有如是三大脉路。

三者比较，以植物生活最省事；依本能为生活者次之；理智一路，则最费事。寄生动物，即动物之懒惰者，又回到最省事路上去。脊椎动物自鱼类、鸟类、哺乳类、猿猴类以讫人类，依次进于理智，亦即依次而远于本能。他们虽同趋向于理智，但谁若在进程上稍有偏违，即不得到达。所谓偏违，即是不免希图省事。凡早图省事者，即早入歧途；只有始终不怕费事者，才得到达——这便是人类。

唯独人类算得完成了理智之路。但理智只是本能中反乎本能的一种倾向；由此倾向发展下去，本能便浑而不著，弱而不强，却并不是人的生活。有了理智，就不要本能。其余者，理智发展愈不够，当然靠本能愈多。因此，所以除人类而外，大致看去，各高等动物依然是本能生活。

人类是从本能生活中解放出来的。依本能为活者，其生活工具即寓于其身体，是有限的。而人则于身体外创造工具而使用之，为无限的。依本能为活者，一生下来（或于短期内）便有所能，而止于其所能，是有限的。而人则初若无一能。其卒也无所不能——其前途完全不可限量。

人类从本能生活中之解放，**始于自身生命与外物之间不为特定之行为关系，而疏离淡远以至于超脱自由。**这亦即是减弱身体感官器官之对于具体事物的作用，而扩大心思作用。心思作用，要在藉累次经验，化具体事物为

---

① 张东荪著《思想与社会》，有张君劢序文一篇，其中以理智为理性之一部分，对于二者似有所分别。惜于其分合之间特别是"理性是什么"言之不甚明了。

154

抽象观念而运用之；**其性质即是行为之前的犹豫作用。犹豫之延长为冷静，知识即于此产生**，更凭借知识以应付问题。这便是依理智以为生活的大概。

人类理智有二大见征：一征于其有语言，二征于其儿童期之特长。语言即代表观念者，实大有助于知识之产生。儿童期之延长，则一面锻炼官体习惯，以代本能；一面师取前人经验，阜丰知识。故依理智以为生活者，即是倚重于后天学习。

从生活方法上看，人类的特征无疑是在理智；以上所讲，无外此意。但这里不经意地早隐伏一大变动，超过一切等差比较的大变动，就是：**一切生物都盘旋于生活问题**（兼括个体生存及种族繁衍），**以得生活而止，无更越此一步者；而人类却悠然长往，突破此限了**。我们如不能认识此人类生命本质的特殊，而只在其生活方法上看，实属轻重倒置。

各种本能都是营求生活的方法手段，——皆是有所为的。当人类向着理智前进，其生命超脱于本能，即是不落于方法手段，而得**豁然开朗达于无所为之境地**。他对于任何事物均可发生兴趣行为，而不必是为了生活。——自然亦可能（意识地或无意识地）是为了生活。**譬如求真之心、好善之心，只是人类生命的高强博大自然要如此**，不能当作营生活的手段或其一种变形来解释。

盖理智必造乎"无所为"的冷静地步，而后得尽其用；就**从这里不期而开出了无所私的感情**（impersonal feeling）**——这便是理性**。理性、理智为心思作用之两面：知的一面曰理智，情的一面曰理性，二者本来密切相联不离。譬如**计算数目，计算之心是理智，而求正确之心理是理性**。数目算错了，不容自昧，就是一极有力的感情，这一感情是无私的，不是为了什么生活问题。分析、计算、假设、推理……理智之用无穷，而独不作主张；作主张的是理性。理性之取舍不一，而要以无私的感情①为中心。此即人类所以异于一般生物只在觅生活者，乃**更有向上一念，要求生活之合理也**。

本能生活，行乎其所不得不行，止乎其所不得不止，不须操心自不发

---

① 无私的感情（impersonal feeling），在英国罗素著《社会改造原理》中曾提到过；我这里的意思和他差不多。读者亦可取而参详。

生错误。高等动物间亦有错误，而难于自觉，亦不负责。唯人类生活处处有待于心思作用，即随处皆可致误。错误一经自觉，恒不甘心。**没有错误不足贵；错误非所贵，错误而不甘心于错误，可贵莫大焉！斯则理性之事也。故理性贵于一切。**

以理智为人类的特征，未若以理性当之之深切著明，我故曰：人类的特征在理性。

两种理和两种错误

　　人类之视一般动物优越者，实为其心思作用。心思作用，是对于官体（感官器官）作用而说的。在高等动物，心思作用初有可见，而**与官体作用浑一难分**，直不免为官体作用所掩盖。必到人类，心思作用乃发达而超于官体作用之上。故人类的特征，原应该说是在心思作用。俗常"理智""理性"等词通用不分者，实际亦皆指此心思作用。即我开头说"理性始于思想与说话"者，亦是指此心思作用。不过我以心思作用分析起来，实有不同的两面而各有其理，乃将两词分当之；而举"心思作用"一词，表其统一之体。似乎这样处分，最清楚而得当（惜"心思作用"表不出合理循理之意）。

　　心思作用为人类特长，人类文化即于此发生。文化明盛如古代中国、近代西洋者，都各曾把这种特长发挥到很可观地步。但似不免各有所偏，就是，**西洋偏长于理智而短于理性**，**中国偏长于理性而短于理智**。为了证实我的话，须将理性理智的分别，再加申说。

　　从前中国人常爱说"读书明理"一句话。在乡村中，更常听见指说某人为"读书明理之人"。这个理何所指？不烦解释，中国人都明白的。它绝不包含物理的理、化学的理、一切自然科学的理，就连社会科学上许多理，亦都不包括在内。却是同此一句话，在西洋人听去，亦许生出不同的了解吧！中国有许多书，西洋亦有许多书；书中莫不讲到许多理。但翻开书一看，却似不同。中国书所讲总偏乎人世间许多情理，如父慈、子孝、知耻、爱人、公平、信实之类。若西洋书，则其所谈的不是自然科学之理，便是社会科学之理，或纯抽象的数理与论理。因此，当你说"读书明理"一句话，他便以为是明白那些科学之理了。

科学之理，是一些静的知识，知其"如此如此"而止，没有立即发动什么行为的力量。而中国人所说的理，却就在指示人们行为的动向。它常常是很有力量的一句话，例如："人而无信，不知其可也！""临财毋苟得，临难毋苟免！"它尽可是抽象的，没有特指当前某人某事，然而是动的，不是静的。科学之理，亦可以与行为有关系，但却没有一定方向指给人。如说"触电可以致死"，触不触，却听你。人怕死，固要避开它，想自杀的人，亦许去触电，没有一定。科学上大抵都是"如果如此，则将如彼"这类公式。

所谓理者，既有此不同，似当分别予以不同名称。前者为人情上的理，不妨简称"情理"，后者为物观上的理，不妨简称"物理"。此二者，在认识上本是有分别的。现时流行有"正义感"一句话。正义感是一种感情，对于正义便欣然接受拥护，对于不合正义的便厌恶拒绝。正义感，即是正义之认识力；离开此感情，正义就不可得。一切是非善恶之理，皆同此例。点头即是，摇头即不是。善，即存乎悦服崇敬赞叹的心情上；恶，即存乎嫌恶愤嫉不平的心情上。但在情理之理虽则如此；物理之理，恰好不然。情理，离却主观好恶即无从认识；物理，则不离主观好恶即无从认识。物理得自物观观测；观测靠人的感觉和推理；人的感觉和推理，原是人类超脱于本能而冷静下来的产物，亦必要摒除一切感情而后乃能尽其用。因此科学家都以冷静著称。但相反之中，仍有相同之点。即情理虽著见在感情上，却必是无私的感情。无私的感情，同样地是人类超脱于本能而冷静下来的产物。此在前已点出过了。

总起来两种不同的理，分别出自两种不同的认识：**必须摒除感情而后其认识乃锐入者，是之谓理智；其不欺好恶而判别自然明切者，是之谓理性。**

动物倚本能为活，几无错误可言，更无错误之自觉；错误只是人的事。人类是极其容易错误的，其错误亦有两种不同。譬如学校考试，学生将考题答错，是一种错误——知识上的错误。若在考试上舞弊行欺，则又是另一种错误——行为上的错误。前一错误，于学习上见出低能，应属智能问题；后一错误，便属品性问题。智能问题于理智有关；品性问题于理性有关。事后他如果觉察自己错误，前一觉察属于理智，后一觉察发乎理性。

两种不同的错误，自是对于两种不同的理而说。我们有时因理而见出错误来，亦有时因错误而肯定其理。特别是后一种情理之理，乃是因变而识常；假若没有错误，则人固不知有理也。理为常，错误为变；**然却几乎是变多于常**。两种错误，人皆容易有，不时地有。这是什么缘故？盖错误生于两可之间（可彼可此），两可不定，则由理智把本能松开而来。生命的机械地方，被松开了；不靠机械，而生命自显其用；那自然会非常灵活而处处得当，再好没有。但生命能否恒显其用呢？问题就在此了。若恒显其用，就没有错误。却是**生命摆脱于机械之后，就有兴奋与懈惰，而不能恒一**。那松开的空隙无时不待生命去充实它；**一息之懈，错误斯出**。盖此时既无机械之准确，复失生命之灵活也。错误虽有两种，其致误之由，则大都在是。人的生命之不懈，实难；人的错误乃随时而不可免。

不懈之所以难，盖在懈固是懈，兴奋亦是懈。何以兴奋亦是懈？兴奋总是有所引起的。引起于彼，走作于此；兴奋同样是失于恒一。失于恒一，即为懈。再申明之：本能是感官器官对于外界事物之先天有组织的反应；理智是本能中反乎本能的一种倾向，即上文所说"松开"。生命充实那松开的空隙，而自显其用，是为心。但心不一直对外，还是要通过官体（感官器官）而后显其用。所不同者，一则官体自为主，一则官体待心为主。其机甚妙，其辨甚微。**要恒一，即是要恒一于微妙，这岂是容易的？微妙失，即落于官体机械势力上，而心不可见**。兴奋懈惰似相反，在这里实相同。

抑错误之严重者，莫若有心为恶；而无心之过为轻。无心之过，出于疏懈。有心为恶，则或忿或欲隐蔽了理性，而假理智为工具，忿与欲是激越之情所谓"冲动"者。冲动附于本能而见，本能附于官体而见。前已言之，各种本能皆有所为，即有所私的；而理性则无所为，无所私。前又言之，理智理性为心思作用之知情两面，而所贵乎人类者，即在官体反应减弱而心思作用扩大，行为从容而超脱，是故忿欲隐蔽理性而假理智为工具者，**偏私代无私而起，从容失没于激越，官体自为主而心思为之役也**。心思作用非恶所在，抑且为善之所自出。官体作用非恶所在，抑善固待其行动而成。在人类生命中，觅恶了不可得。而卒有恶者，无他，即**此心思官**

159

体颠倒失序而已。一切之恶，千变万化，总不出此一方式。洎乎激越者消停，而后悔焉，则理性显而心思官体复其位也。

是故，人之不免于错误，由理智（松开）；人之不甘心于错误，由理性（无私）。

两种错误人皆容易有，不时地有。然似乎错在知识者问题小，错在行为者问题大，试看世界上到处发生纠纷，你说我不对，我说你不对，彼此责斥，互相争辩，大率在于后者。而由错误所引起的祸害，亦每以后者为严重。今日科学发达，智虑日周，而人类顾有自己毁灭之虞，是行为问题，不是知识问题；是理性问题，不是理智问题。

中国民族精神所在

我常常说，除非过去数千年的中国人都白活了，如其还有他的贡献，那就是认识了人类之所以为人。而恰恰相反地，自近代以至现代，欧美学术虽发达进步，远过前人，而独于此则甚幼稚。二十多年来我准备写《人心与人生》一书，以求教当世；书虽未成，而一年一年果然证实了我的见解。在学术发达，而人祸弥以严重之今日，西洋人已渐悟其一向皆务为物的研究，而太忽略于人，以致对于物所知道的虽多，而于人自己却所知甚少。① 最近学者乃始转移视线，而致力乎此，似乎还谈不到什么成就。

何以敢说他们幼稚呢？在现代亦有好多门学问讲到人；特别是心理学，应当就是专来研究人的科学。但心理学应该如何研究法，心理学到底研究些什么（对象和范围），各家各说，至今莫衷一是。这比起其他科学来，岂不证明其幼稚！然而在各执一词的学者间，其对于人的认识，却几乎一致地与中国古人不合，而颇有合于他们的古人之处。西洋自希腊以来，似乎就不见有人性善的观念；而从基督教后，更像是人生来带着罪过。现在的心理学资借于种种科学方法，资借于种种科学所得，其所见亦正是人自身含着很多势力，不一定调谐。他们说："现在需要解释者，不是人为什么生出许多不合理的行为，而是为什么人居然亦能行为合理。"② 此自然不可与禁欲的宗教，或把人身体视为罪恶之源的玄学，视同一例；

---

① 《观察周刊》第一卷二期，潘光旦著《人的控制与物的控制》一文，说目前的学术与教育，已经把人忘记得一干二净；人至今未得为科学研究的对象，而落在三不管地带。美国人嘉瑞尔（Alexis Carrel）著《未了知之人类》（Man, The unknown）一书，亦有慨乎此而作也。

② 语出心理学家麦独孤（McDougall），麦氏擅说本能，亦被玄学之讥。

却是他们不期而然，前后似相符顺。

恰成一对照：中国古人却正有见于人类生命之和谐。——人自身是和谐的（所谓"无礼之礼，无声之乐"指此）；人与人是和谐的（所谓"能以天下为一家，中国为一人"者在此）；以人为中心的整个宇宙是和谐的（所以说"致中和天地位焉，万物育焉"，"赞天地之化育，与天地参"等等）。儒家对于宇宙人生，总不胜其赞叹；对于人总看得十分可贵；特别是他实际上对于人总是信赖，而从来不曾把人当成问题，要寻觅什么办法。

此和谐之点，即清明安和之心，即理性。一切生物均限于"有对"之中，**唯人类则以"有对"超进于"无对"。**清明也，和谐也，皆得之于此。**果然有见于此，自尔无疑。若其无见，寻求不到。**盖清明不清明，和谐不和谐，都是生命自身的事。在人自见自知，**自证自信，一寻求便向外去。而生命却不在外。**今日科学家的方法，总无非本于生物有对态度向外寻求，止于看见生命的一些影子，而且偏于机械一面。和谐看不到，问题却看到了。其实，人绝不是不成问题。说问题都出在人身上，这话并没有错。但要晓得，问题在人，问题之解决仍在人自己，不能外求；不信赖人，又怎样？信赖神吗？信赖国家吗？或信赖……吗？西洋人如此，中国人不如此。

孔子态度平实，所以不表乐观（不倡言性善），唯处处教人用心回省（见前引录《论语》各条），即自己诉诸理性。孟子态度轩豁，直抉出理性以示人。其所谓"心之官则思"，所谓"从其大体……从其小体"，所谓"先立乎其大者，则其小者不能夺"，岂非皆明白指出心思作用要超于官体作用之上，勿为所掩蔽。其"理义悦心，刍豢悦口"之喻，及"怵惕""恻隐"等说，更从心思作用之情的一面，直指理性之所在。最后则说："无为其所不为，无欲其所不欲，如此而已矣！"何等斩截了当，使人当下豁然无疑。

日本学者五来欣造说：在儒家，我们可以看见理性的胜利。儒家所尊崇的不是天，不是神，不是君主，不是国家权力，并且亦不是多数人民。只有将这一些（天、神、君、国、多数），当作理性之一个代名词用时，儒家才尊崇它。这话是不错的。儒家假如亦有其主义的话，推想应当就是

"理性至上主义"。

就在儒家领导之下，二千多年间，中国人养成一种社会风尚，或民族精神，除最近数十年浸浸渐灭，今已不易得见外，过去中国人的生存，及其民族生命之开拓，胥赖于此。

这种精神，分析言之，约有两点：一为向上之心强，一为相与之情厚。

向上心，即不甘于错误的心，即是非之心，好善服善的心，要求公平合理的心，拥护正义的心，知耻要强的心，嫌恶懒散而喜振作的心……总之，于人生利害得失之外，**更有向上一念者是，我们总称之曰"人生向上"。从之则坦然泰然，怡然自得而殊不见其所得；违之则歉恨不安，仿佛若有所失而不见其所失**。在中国古人，则谓之"义"，谓之"理"。这原是人所本有的；然当人类文化未进，全为禁忌（Taboo）、崇拜、迷信、习俗所蔽，各个人意识未曾觉醒活动，虽有却不被发现。甚至就在文化已高的社会，如果宗教或其他权威强盛，宰制了人心，亦还不得发达。所以像欧洲中古之世，尚不足以语此。到近代欧洲人，诚然其个人意识觉醒活动了，却惜其意识只在求生存求幸福，一般都是功利思想，驰骛于外，又体认不到此。现代人生，在文化各方面靡不迈越前人，夫何待言；但在这一点上，却丝毫未见有进。唯中国古人得脱于宗教之迷蔽而认取人类精神独早，其人生态度，其所有之价值判断，乃悉以此为中心。虽因提出太早牵掣而不得行，然其风尚所在，固彰彰也。

在人生态度上，通常所见好像不外两边。譬如在印度，各种出世的宗教为一边，顺世外道为一边。又如在欧洲，中古宗教为一边，近代以至现代人生为一边。前者否定现世人生，要出世而禁欲；后者肯定现世人生，就以为人生不外乎种种欲望之满足。谁曾看见更有真正的第三条路？但中国人就特辟中间一路（这确乎很难），而殊非斟酌折中于两边（此须认清）。中国人肯定人生而一心于现世；这就与宗教出世而禁欲者，绝不相涉。然而他不看重现世幸福，尤其贬斥了欲望。他自有其全副精神倾注之所在：

德之不修，学之不讲，闻义不能徙，不善不能改，是吾

163

忧也。

　　食无求饱，居无求安，敏于事而慎于言，就有道而正焉，可
谓好学也已。（以上均见《论语》）

　　试翻看全部《论语》、全部《孟子》，处处表见，如此者不一而足，引
证不胜其引证。其后"理""欲"之争，"义""利"之辨，延二千余年未
已。为中国思想史之所特有，无非反复辨析其间之问题，而坚持其态度。
语其影响，则中国社会经济亘二千余年停滞不进者，未始不在此。一直到
近代西洋潮流输入中国，而后风气乃变。

　　儒家盖认为人生的意义价值，**在不断自觉地向上实践他所看到的理**。
宽泛言之，人生向上有多途；严格地讲，唯此为真向上。此须分两步来说
明：第一，人类凡有所创造，皆为向上。盖唯以人类生活不同乎物类之
"就是这么一回事"也，其前途乃有无限地开展。有见于外之开展，则为
人类文化之迁进无已；古今一切文物制度之发明创造，以至今后理想社会
之实现，皆属之。有存乎内之开展，则为人心日造乎开大通透深细敏活而
映现之理亦无尽。此自通常所见教育上之成就，以致古今东西各学派各宗
教之修养功夫（如其非妄）所成就者，皆属之。前者之创造，在身外；后
者之创造，在生命本身上。其间一点一滴，莫不由向上努力而得，故有一
于此，即向上矣。第二，当下一念向上，别无所取，乃为真向上。偏乎身
外之创造者遗漏其生命本身；务为其本身生命之创造者（特如某些宗教中
人），置世事于不顾。此其意皆有所取，不能无得失之心，衡以向上之义
犹不尽符合。唯此所谓"人要不断自觉地向上实践他所看到的理"，其理
存于我与人世相关系之上，"看到"即看到我在此应如何；"向上实践"即
看到而力行之。念念不离当下，惟义所在，无所取求。古语所谓圣人"人
伦之至"者，正以此理不外伦理也。此与下面"相与之情厚"相联，试详
下文。

　　人类生命廓然与物同体，其情无所不到。所以昔人说：

　　（上略）是故见孺子之入井，而必有怵惕隐恻之心焉；是其
仁之与孺子而为一体也。孺子犹同类者也。见鸟兽之哀鸣觳觫，

而必有不忍之心焉；是其仁之与鸟兽而为一体也。鸟兽犹有知觉者也。见草木之摧折，而必有悯恤之心焉；是其仁之与草木而为一体也。草木犹有生意者也。见瓦石之毁坏，而必有顾惜之心焉；是其仁之与瓦石而为一体也。（见《王阳明全集·大学问》）

前曾言：一切生物均限于"有对"之中，唯人类则以"有对"超进于"无对"，盖指此。辗转不出乎利用与反抗，是曰"有对"；"无对"则超于利用与反抗，而恍若其为一体也。此一体之情，发乎理性；不可与高等动物之情爱视同一例。高等动物在其亲子间、两性间乃至同类间，亦颇有相关切之情可见。但那是附于本能之情绪，不出乎其生活（种族繁衍、个体生存）所需要，一本于其先天之规定。到人类，此种本能犹未尽泯，却也大为减弱。是故，笃于夫妇间者，在人不必人人皆然；而在某一鸟类，则个个不稍异，代代不稍改。其他鸟兽笃于亲子之间者，亦然。而人间慈父母固多，却有溺女杀婴之事。情之可厚可薄者，与其厚则厚，薄则薄，固定不易者，显非同物也。动物之情，因本能而始见；人类情感之发达，则从本能之减弱而来，是岂可以无辨？

理智把本能松开，松开的空隙愈大，愈能通风透气。**这风就是人的感情，人的感情就是这风**。而人心恰是一无往不通之窍。所以人的感情丰啬，视乎其生命中机械成分之轻重而为反比例（机械成分愈轻，感情愈丰厚），不同乎物类感情，仅随附于其求生机械之上。人类生命通乎天地万物而不隔，不同乎物类生命之锢于其求生机械之中。

前曾说，人在欲望中恒只知为我而顾不到对方；反之，人在感情中，往往只见对方而忘了自己。实则，此时对方就是自己。**凡痛痒亲切处，就是自己，何必区区数尺之躯**。普泛地关情，即不啻普泛地负担了任务在身上，如同母亲要为他儿子服务一样。所以昔人说"宇宙内事，即己分内事"（陆象山先生语）。人类理性，原如是也。

然此无所不到之情，却自有其发端之处。即家庭骨肉之间是。爱伦凯（Ellen Key）《母性论》中说，小儿爱母为情绪发达之本，由是扩充以及远；此一顺序，犹树根不可朝天。中国古语"孝悌为仁之本"，又曰"亲亲而仁民，仁民而爱物"，其间先后、远近、厚薄自是天然的。"伦理关系始于家庭，而不止于家庭"，这是由近以及远。"举整个社会各种关系而一概家庭化之"，这是更引远而入近，唯恐其情之不厚。中国伦理本位的社会之形成，无疑地，是旨向于"天下为一家，中国为一人"。虽因提出太早，牵掣而不得行，然其精神所在，固不得而否认也。

中国伦理本位的社会，形成于礼俗之上，多由儒家之倡导而来，这是事实。现在我们说明儒家之所以出此，正因其有见于理性，有见于人类生命，**一个人天然与他前后左右的人，与他的世界不可分离**。所以我说孔子最初所着眼的，倒不在社会组织，而宁在一个人如何完成他自己。

一个人的生命，**不自一个人而止**，是有伦理关系。伦理关系，即是情谊关系，亦即是其相互间的一种义务关系。所贵乎人者，在不失此情与义。"人要不断自觉地向上实践他所看到的理"，大致不外是看到此情义，实践此情义。其间"向上之心""相与之情"，有不可分析言之者已。不断有所看到，不断地实践，则卒成所谓圣贤。中国之所尚，在圣贤；西洋之所尚，在伟人；印度之所尚，在仙佛。社会风尚民族精神各方不同，未尝不可于此识别。

人莫不有理性，而人心之振靡，人情之厚薄，则人人不同；同一人而时时不同。无见于理性之心理学家，其难为测验者在此。有见于理性之中国古人，其不能不兢兢勉励者在此。惟中国古人之有见于理性也，以为"是天之所予我者"，人生之意义价值在焉。外是而求之，无有也已！不此之求，奚择于禽兽？在他看去，所谓学问，应当就是讲求这个的，舍是无学问。所谓教育，应当就是教育培养这个的，舍是无教育。乃至政治，亦不能舍是。所以他纳国家于伦理，合法律于道德，而以教化代政治（政教合一）。自周孔以来二三千年，中国文化趋重在此，几乎集全力以倾注于一点。假如中国人有其长处，其长处不能舍是而他求。假如中国人有其所短，其所短亦必坐此而致。中国人而食福，食此之福；中国人而被祸，被此之祸。总之，其长短得失，祸福利害，举不能外乎是。

凡是一种风尚，每每有其扩衍太过之处，尤其是日久不免机械化，原意浸失，只余形式。这些就不再是一种可贵的精神，然而却是当初有这种精神的证据。若以此来观察中国社会，那么，沿着"向上心强""相与情厚"而余留于习俗中之机械形式，就最多。譬如中国人一说话，便易有

"请教""赐教"等词，顺口而出。此即由古人谦德所余下之机械形式，源出于当初之向上心理。又譬如西洋朋友两个人同在咖啡馆吃茶，可以各自付茶资，中国人便不肯如此，总觉各自付钱，太分彼此，好难为情。此又从当初相与之情厚而有之余习也。这些尚不足为病。更有不止失去原意，而且演成笑话，兹生弊端者，其事亦甚多。今举其中关系最大之一事。此事即中国历代登庸人才之制度。中国古代封建之世，亦传有选贤制度，如《周礼》《礼记》所记载者，是否事实，不敢说。从两汉选举、魏晋九品中正、隋唐考试这些制度上说，都是用人唯贤，意在破除阶级，立法精神彰然而不可掩。除考试以文章才学为准外，其乡举里选、九品中正，一贯相沿以人品行谊为准。例如"孝廉""孝悌""贤良""方正""敦厚""逊让""忠恪""信义""劳谦"等等，皆为其选取之目。这在外国人不免引以为异，却是熟习中国精神之人，自然懂得。尽管后来，有名无实，笑话百出，却总不能否认其当初有此一番用意。由魏晋以讫隋唐，族姓门第之见特著，在社会上俨然一高贵之阶级，而不免与权势结托不分。然溯其观念（族姓门第观念）所由形成，则本在人品家风为众矜式，固非肇兴于权势，抑且到后来仍自有其价值地位，非权势所能倾。唐文宗对人叹息，李唐数百年天子之家尚所不及者，即此也。以意在破除阶级者，而卒演出阶级来，这自然是大笑话大弊病；却是其笑话其偏弊，不出于他而出于此；则其趣尚所在，不重可识乎！

　　一般都知道，世界各处，在各时代中，恒不免有其社会阶级之形成。其间或则起于宗教，或则起于强权，或则起于资产，或则起于革命。一时一地，各著色彩，纷然异趣，独中国以理性早得开发，不为成见之固执，不作势力之对抗，其形成阶级之机会最少。顾不料其竟有渊源于理性之阶级发生，如上之所说。此其色彩又自不同，殆可以为世界所有阶级中添多一格。——这虽近于笑谈，亦未尝不可资比较文化之一助。

东方学术概观·绪论[①]

　　学术出自人类的智慧而育成于社会交流之上。所谓人类智慧者非他，人心内蕴之自觉是已。凡用心在某一事物或某一问题者运用感官探索之时，必留有印象于衷怀自觉中，先后多次较量，乃悟得其相关规律，从而步步深入焉。然一人经验有限，更赖彼此交流，先后传递修正，由小道而蔚成大观。总之，从乎自觉便有一切创造进步，没有自觉——自觉昏昧疏失——则一切忽略过去，一事无成。

　　尝见杂技团演走钢丝者，钢丝既细且圆柔游荡，而演者步履其上，往返周旋如履平地，时而纵身一跃再跃，时而变换身姿，百无一失。此固久练习熟所致，然试问其初练时所以能求得其平衡之维持者，非从双脚末梢神经到大脑中枢，从大脑中枢到神经末梢，在每一动作细微感受上如是稳帖，如是不稳帖，自己摸索之揣量之，经过多次体验矫正而后得之乎？其间固赖有师父指教，然自己不操练则师父所指点，又如何懂得？一切窍要隐默地蓄在自心，除一同练习之伙伴彼此可互相印证外，无可语人。从初学到功夫成熟，全身各个环节都在参预其事，而一切一切要在此心自觉中。难道不是吗？

　　上举走钢丝之例，从乎东西学术分途之论，其运用人心的自觉性而发

　　① 《东方学术概观》是梁漱溟晚年著作。1975 年 7 月，他在此作绪论前记述："《东方学术概观》初草约两万字，着笔大约在十数年乃至二十年前。今从箧中检出审视，觉其文笔软弱无力，盖亦识力不足之征。1975 年《人心与人生》一书写出后，决计从新改作。在《人心与人生》第十三章既提出有'东西学术分途之说'，今作即根据之，分就东方三家——儒家、道家、佛家——之学各有所阐述，力求**简明切当**，有助于后之学者识得其途径而止，实以自己学识浅薄，所能为者亦止于如此也。"

挥之，颇与中土道家致力在身内体认者为近，而与西洋科学家考察外在事物者不同路。此在学术分类上应属艺术一方面，归入第三类（后详）。

言乎学术所由产生以至其发展流播广远，似端在其应付人类生活需要；即是说：人生有什么问题便产生什么学术。然切莫狭隘来看需要。人类走理智生活之路，在知行关系上，生命之所着重即从行而移于知。为知而求知，不必为其有何用处，虽然到后来总是大有用处的。西洋科学发达正在此。反之，中国人务实用，科学就萎枯了。①

人类求生存有资于身外之物，头脑心思一般地总是向外用去，解决其生活所需物资问题。此问题我说为人生第一问题。第一问题者，人对物的问题也。人的头脑心思为此而用，则其势所产生而发达的学术主要便在此一方面，近代西洋是其显例。在第一问题之下，从乎社会生产力的发展推进着社会向前发展，这就是马克思所阐说的社会发展史。社会发展端在分工，是有阶级分化，而终归于消泯阶级的社会主义社会。人类生活便从第一问题转入性质不同的第二问题。第二问题者，人对人的问题也。此时信如恩格斯所说，人类乃始脱离动物界而为自然界真正的自觉的主宰；而其主要问题却转在人与人如何得以和衷共济，彼此无忤。一向多为对外物的认识利用的学术，却疏忽于认识人类自己者，将不能不反躬以求体认此身此心而得其善自调理涵养之道。学术界风尚将一变，而学术途径别辟，无可疑也。

在第二问题愈来愈得到解决之下，人类生活自将大不同于今天纷争斗殴的世界，殆吾古人所称大同之世、太平之世者。然其生活境界遂为优美尽善矣乎？否，不然！正在如此生活中，客观条件更无任何问题存在，人们乃始于烦恼在自身，初不在外，大有觉悟认识，而求解脱此生来不自由

---

① 西洋科学家有冷静地专于求知之精神，而中国人凤缺乏之。譬如《墨子》书中存有极难懂的文字四篇，渐渐发现是有关逻辑学、力学、光学等学术的，从而可见科学在古中国的萌苗而后来丧失不传。唐代输入了印度因明学，千余年来为人所冷遇。其后西洋的《辨学启蒙》译过来，数百年亦不见反应。几何学为有关形体的知识，不那样抽象，还引起一些反应，有如杜知耕《几何论约》、李子金《几何易简集》、方中通《几何约》等等著作。最可注意者即在其并不能向着抽象思路发展去，却从实用立场加以删繁撮要。今日新中国为了建设社会主义在科技方面追赶西洋，仍急求现实效用而视理论研究为后图，似乎古风尚未见改。

之生命焉。人生从第二问题于是转入第三问题，而出世之学将为人所讲求，又无可疑也。

人生问题在转变，心思集中的对象在转变，则学术内容和途径必且随之以变。在第一问题之下，人类将成就其第一期的学术文化；在第二问题之下，人类将成就其第二期的学术文化；在第三问题之下，人类将成就其第三期的学术文化。

然而性质上属于第二期的儒家之学，性质上属于第三期的佛家之学，性质上介于第二期与第三期之间的中国道家之学和印度的瑜伽学，却远在古中国古印度分别出现了。我故五十多年来提出并坚持中国印度各为人类文化早熟之说。

当前世界大势盖临于人生第一问题下成就其第一期学术文化之末期，虽学术思想转变在望，犹且有待于形势之变。往昔中国文化造就过早地倾向于第二期生活，乃大大缺略于第一期之所应有。百多年来既迫于环境大势，不能不崇尚西学。在模仿外国大学教育中，东方三家之学各作为一种哲学来讲，其固有精神实质亡矣！吾今为此书，诚有所不容已。

哲学在古希腊所谓爱智之学，综合万象，冥想深思，时或益人神智，是其可贵之一面。然不过萦回于头脑，出入乎口耳之间，盖不越乎佛家所讥为戏论者。哲学是在第一问题下西方人从古便习于向外看世界而产生出来的。就外在之一事一物冷静地观察之测验之，是可以踏实深入步步前进，成就出各门科学的。然就宇宙万象综合而设想，则亦只在设想中思索而已，无把捉测验之可施。于是所谓哲学者落于人各持一说有必然矣。在第一期文化中学术的内容和途径，其长短得失只能如此，不足怪也。

学术原是吾人赖以解决问题的，就在解决问题中发展学术，而不同的学术则走着不同的途径，各有其不同的治学方法。人类文化转入第二期，问题既从人对物者转移在人对人，首先得要认识人类自己——在自家生活上体认生命——则一向两眼向外冷静地观测一事一物的科学方法固不适用，广泛地设想宇宙之大的那些哲学思维亦岂适合？苟不切己反省，时时改过自新，从自己再体察人情来解决社会问题，问题是解决不了的。此就儒家修身之学而说，其他两家亦可借以推见其概（容后详之）。总之，此三家者，其切切实实解决问题同于科学家之改造自然，改造社会，而不同于哲学家之空想一番。

此三家者非不各有其哲学也，但其哲学要不过从其功夫实践中所得之**副产物**，大不同乎西方人之为哲学而哲学耳。人莫不有其人生观，三家之学原各起自其起初的人生观，及其深造于学，还以成功其最后之人生观，凡此者固不妨皆称之曰哲学。

所亟当注意者，乃在问题性质根本不同，求学动机不相同，则其为学所从入手及其途径便混同不得。在第一问题下为外在事物的观察测验，自宜以冷静地客观出之。第二问题——人对人的问题之来，却必反躬自省，勤求己过，不能两眼向外看。当此时也，人生向上之志不立，儒家之学即无入手处。同样地佛家出世之学来自第三问题，不发悲愿（悲悯众生，悲悯自己）便一切落于空谈，难有戒定慧的入手处。

当今之世方在人生第一问题向第二问题转进间，第一期的学术文化势力犹在，其以哲学看待东方各家之学亦固其所。但第二期学术文化的时运已有所接近，道家之学渐引起注意，容后详之。

儒者孔门之学①

　　孔子特被尊崇，奉为儒家宗主先师，乃后世渐渐演进之事。当初所谓儒，并不代表一学派，而是往古社会内少数通习文字有些知识的人一种泛称。经过几代时间，这种人传习的学识积渐发展丰富，思想主张不免分化，就出现后来的那些学派。既然学派歧出，而后儒家之称遂以归孔子一派了。因此，既可以分化出来的各学派说为"诸子百家"，亦可以列儒家为诸子之一家。②

　　学术传习虽有口授，但主要总寄在文字图书而为古代社会上层所谓"王官"所掌握，此外一般人劳于治生，不暇问及。孔子所以在近二千数百年中国学术文化上有其特殊地位者，因为后世所诵习的古书皆远古祖先的事功学问著于典册，而经过孔子一道整理后所贻留下来者。后人重视这些书典，尊之为"经"。治经遂为儒者之业。乃至一切读书人都算是儒。而其实孔子及其门人弟子当时所兢兢讲求的学问，何曾在书册文章上。汉唐经学称盛，与孔门之学不为一事，干涉甚少。我故标明"儒者孔门之学"严其区别，避免流俗浮泛观念。

　　孔门之学是一种什么学问？此从《论语》中孔子自道其为学经过进境的话可以见得出来。

　　　　子曰：吾十有五而志于学，三十而立，四十而不惑，五十而

---

　　①　选自《东方学术概观》。
　　②　《庄子·天下》篇叙说各学派之前，说出"诗书礼乐者邹鲁之士缙绅先生多能明之"，又论列诗、书、礼、乐、易、春秋的意义，显然不以儒为各学派之一，正是较古的看法。孔老相对，儒墨并称，皆是后来之事。

知天命，六十而耳顺，七十而从心所欲，不逾矩。

要认明孔子毕生所致力的是什么学问，当从这里"吾十有五而志于学"以下寻求去。然而所云"三十而立"，立个什么？却不晓得其实际之所指。向下循求："四十而不惑"，虽在字面上不惑总是不迷误之意，却仍不晓其具体内容。"五十而知天命"的"天命"果何谓乎？当然是说在其学问上更进一境，顾此进境究是如何，更令人猜不透。"六十而耳顺"，何谓耳顺？颇难索解。"七十而从心所欲，不逾矩"，字面上较"耳顺"似乎易晓，但其境界更高，实际如何乃更非吾人所及知。试想：在孔子本人当其少壮时固亦不能预知自己六十、七十的造诣实况，外人又何由知之？乃后儒竟然对于如上一层一层进境随意加以测度，强为生解，实属荒唐。孔子训诲说"知之为知之，不知为不知，是**知**也"。末一知字即内心自觉之明，正是此学吃紧所在（详后）：这里马虎不得，我们断然反对。

我们局外人虽然无从晓得孔子一生为学那一层一层的进境，却看得十分明白其学问不是外在事物知识之学，亦非某些哲学玄想，而是就在他自身生活中力争上游的一种学问。这种学问不妨称之为人生实践之学。假若许可我们再多说一点，那便是其力争上游者力争人生在宇宙间愈进于自觉、自立、自如也。

以上所见可自信其不诬者，盖从孔门弟子方面恰可得到有力佐证，申说如次——

从《论语》中看到孔子门下颜回是最邀老师称叹嘉赏的好学生。其称叹之词在《论语》中屡见不一，且记其死孔子痛悼之情。兹试摘取其可为此学明征者。

哀公问弟子孰为好学。孔子对曰：有颜回者好学，不迁怒，不贰过；不幸短命死矣！今也则亡，未闻好学者也。

颜回所见赏于其师，独许为好学者，乃非有他长，只在"不迁怒，不贰过"两点上，讵不大可注意乎！何谓不迁怒？何谓不贰过？切莫轻率地像后儒那样去了解它。若看得简单，则孔门那许多贤才为何竟然无人能及得他？这两点看似不难懂得，我们应当承认还是不懂。但又看得十分明白：它不属科学知识，不是哲学玄想，而恰同孔子一样是在自身生活上勉力造达一种较高境界。其勉力方向仍是在自觉，自主，自如。

颜子优长处全于其自身生活上见之，非在其他方面有何专长如同门其他诸子者。再摘《论语》记载之又以资佐证：

> 子曰：贤哉，回也！一箪食，一瓢饮，在陋巷，人不堪其忧，回也不改其乐。贤哉，回也！
> 子曰：回也，其心三月不违仁，其余则日月至焉而已矣。
> 子曰：语之而不惰者，其回也欤！
> 子谓颜渊，曰：惜乎！吾见其进也，未见其止也！

此外则颜子勉力于学而自叹的话亦可资参考，录之于次：

> 颜渊喟然叹曰：仰之弥高，钻之弥坚，瞻之在前，忽焉在后。夫子循循然善诱人，博我以文，约我以礼，欲罢不能。既竭吾才，如有所立，卓尔。虽欲从之，末由也已。

通过前面叙列的那些事实，我们已经晓得颜子追随孔子全力以赴的不在其他学问，再看到他这番说话，虽远远不够懂得其内容实际，却更加明白、更加证实这是迥然不同其他学问的一种学问——人生至高无上的学问。

若不是内行人如颜子，那么，孔子生活真际如何，在一般人是看不出来的。孔子教人总是从孝悌忠信入手，既不说向高玄神秘处，而孔子本人亦绝无超妙神奇的行迹可见。其外面可见的，是谦谨和勤劳；只在必要时偶尔吐露十分自信的话和其生活上的通畅。例如：

> 子畏于匡，曰：文王既没，文不在兹乎？天之将丧斯文也，后死者不得与于斯文也；天之未丧斯文也，匡人其如予何？
> 叶公问孔子于子路，子路不对。子曰：汝奚不曰，其为人也

发愤忘食，乐以忘忧，不知老之将至云尔！

孔门之学却未得因颜子而传于后，传之者其为曾子乎？孔子尝以"吾道一以贯之"语曾子，曾子应声曰"唯"，可见其是于此学夙有心得者。

今所见古籍，其能阐发此学者莫如《易经》中的《系辞传》及《礼记》中《大学》《中庸》两篇。其作者均不甚可考。或谓《系辞传》为孔子作，《大学》为曾子作，《中庸》为子思作。殆不必然。自宋儒以来特别表彰《大学》《中庸》。因之特指此学之传在曾子；由曾子而子思，由子思而孟子。其间事实关系虽不明确，而此学传递的重点要不外是。

人类生命从生物演进而来，已造乎通天地万物为一体之境（见《人心与人生》第六章第五节）。孔门之学原是人类"践行尽性"之学（《人心与人生》第五章）。盖人心要缘人身乃可得见，是必然的；但从人身上得有人心充分见出来，却只是**可能**而非必然（同前第五章）。尽性云者，尽其性所可能也。力争上游，使可能者成为现实之事，我故谓之人生实践之学（见前文）。一面说来极平常，另一面则阔大深微莫可测度。①

然弥足重视和玩味者乃在为此学者之粗浅事验，有如昔人所云：

学至气质变化方是有功。

不学便老而衰。

涵养到着落处，心便清明高远。

（以上皆宋儒大程子之言）

此所云着落处，指有受用说，盖学问不徒在知见上也。②

此学要在力行实践，以故后儒王阳明揭举"知行合一"之说，不行不

---

① 此如儒书下列之所云：

致中和，天地位焉，万物育焉！（上略）可以赞天地之化育，则可以与天地参矣！（以上见《中庸》）（上略）充实之谓美；充实而有光辉之谓大；大而化之之谓圣；圣而不可知之之谓神。（见《孟子》）

② 按孟子早有"睟然见于面，盎于背，施于四体；四体不言而喻"的话。

175

足以为知。

于是就要问：力行什么？此不必问之于人，反躬自问此时此地我所当行者而行之，可已。请教旁人未尝不可，思量审决不仍在自心乎？孔子答宰我问三年丧，并不教人听信他的主张，却告以"汝安则为之"，"君子不安故不为也"。孔门之学岂有他哉！唯在启发各人的自觉而已。从乎自觉，力争上游，还以增强其自觉之明，自强不息，辗转前进，学问之道如是而已。①

宗教总是教人信从他们的教诫，而孔子却教人认真地自觉地信自己而行事。孔子与宗教的分水岭在此。

一个人的自觉果如是其可信可恃乎？

人心通常总是向外照顾寻求如何有利于自身生活的，其行事通常说为有意识。而意识（consciousness）之原义即自觉。二者似乎分不开。但有必要注意其分别：从其对外活动则曰意识；从其内蕴昭明非以对外者则曰自觉（请参阅《人心与人生》第六章第六节）。人的意识往往不足恃，不可信。其落于不足恃不可信之故有二：

> 一者，向外活动时，则内蕴之明不足。——"自觉与心静是分不开的。必有自觉于衷，斯可谓之心静，唯此心之静也，斯有自觉于衷焉。"（《人心与人生》第六章第六节原文）
>
> 二者，向外活动进退取舍之间决于利害得失的计较而非从乎无私的感情。——"具此无私的感情是人类之所以伟大；而人心之有自觉则为此无私的感情之所寄焉。"（同前，第六章第七节原文）

人有无私的感情存于天生的自觉中。此自觉在中国古人语言中，即所谓良知（见《孟子》），亦或云独知（见《大学》《中庸》），亦或云本心

---

① 附录《论语》孔子答语于此——

宰我问三年之丧，期已久矣。君子三年不为礼，礼必坏，三年不为乐，乐必崩，旧谷既没，新谷既升，钻燧改火，期可已矣。子曰：食夫稻，衣夫锦，于汝安乎？曰：安。汝安则为之！夫君子之居丧，食旨不甘，闻乐不乐，居处不安，故不为也。今汝安，则为之！（下略）

（宋儒陆象山、杨慈湖）者是已。自觉能动性为人类的特征，表现出至高无上的主动精神。但人们却可怜地大抵生活在被动中：被牵引，被诱惑，被胁迫，被强制……如是种种皆**身之为累**而心不能超然物外也。自觉能动性是无时不有的，无奈人要活命先于一切，不免易失而难存。所以良知既是人人现有的，却又往往迷失而难见，不是现成的事情。孔门之学就是要此心常在常明，以至愈来愈明的那种学问功夫。

此心如何能常在常明以至愈来愈明呢？这必得反躬隐默地认取之，孔子说的"默而识之"正谓此。识得是根本，不失是功夫。这即是要**自觉此自觉**，庶几乎其相续不忘焉。然而大不易，大大不易！

《论语》上孔子亟称颜回"不迁怒，不贰过"；其在《易·系辞》则曰："颜氏之子，其殆庶几乎，有不善未尝不知，知之未尝复行也"。怒与过均所谓不善。不善是免不了，但一有不善立刻自己知道，知道了就如浮云之去而晴空无翳。其好学全在"未尝不知"的"知"上，即在自觉上。由于好学便常在自觉中，一有忽失，不远而复。此岂寻常人之所及耶？

《大学》《中庸》两篇所以为此学极重要典籍者，即在其揭出慎独功夫，率直地以孔门学脉指示于人。独者，人所不及知而自己独知之地也，即人心内蕴之自觉也。吾人一念之萌，他人何从得知，唯独自己清楚；且愈深入于寂静无扰，愈以明澈开朗。①

《中庸》之说慎独，"戒慎乎其所不睹，恐惧乎其所不闻。"不睹不闻状其寂虚，戒慎恐惧言其懔懔，总在觉识其自觉中不放逸。《大学》之说慎独则曰"诚其意者毋自欺"；"十目所视，十手所指，其严乎"。隐微之间不忽不昧。

《论语》中不见"慎独"一词，然颜子曾子所为兢兢者应不外此功夫。《中庸》《大学》为晚出之书，慎独应为后来提出之术语。其实《中庸》《大学》原文均为"君子必慎其独"，其简化成"慎独"一词固后来之事。事物发展大抵由简入繁，又由繁而趋求简要。孔子当初只教人敦勉于言行

---

① 此如《孟子》书中所云之夜气、平旦之气者，俗语云半夜里扪心自问者，可以见之。

177

之间，虽其间有一贯不易者在，却不点出而待人之自悟。颜子悟之最早，继之者其为曾子乎。

后来又功于此学者必数孟子。孟子豪气凌人，其书未见有慎独字样，而言修身。修身亦或云修己，信乎其为传此学脉者。（关于修身或修己可看后文）

孟子而后未闻有弘扬此学者，因遂谓之无传人云。

此学复兴于宋明之世，盖外受刺激于佛老两家之学，从而寻得其旧绪者。宋儒中，大程子（颢）被称为上继孟子的一千四百年后之一人，我衷心钦服，不能有异词。其他人不具论，亦不妄肆议论也。

人类社会生产进步必有劳心劳力之阶级分化，马恩之学剖析甚明。如我所究论，中国社会的历史发展是属于马克思所谓亚洲社会生产方式者（请参看我《试论中国社会的历史发展属于马克思所谓亚洲社会生产方式》一文）。此由道德气氛在古中国过早出现之故（参看我夙昔所持古中国为人类文化之早熟论）。孔孟所生活的社会无疑为阶级社会，孔孟皆为其社会上层人物，事实甚明，可无待论。但其社会阶级之分化既不严刻凝固，而孔孟自处处人之道不强调贵贱之分和主张劳心劳力"通功易事"的思想，更有其学术根本大异乎一般，此必须指说明白。

在一般阶级社会中，其阶级虽莫不有互相依存之一面，而不掩其对立对抗之势，著见其此压迫彼抵抗者，而孔孟之道乃大反之也。何言乎反之？例如：

> 季康子问政于孔子。孔子对曰："政者正也；子帅以正，孰敢不正？"
>
> 季康子患盗，问于孔子。孔子对曰："苟子之不欲，虽赏之不窃。"
>
> 季康子问政于孔子，曰："如杀无道，以就有道，何如？"孔子对曰："子为政，焉用杀？子欲善而民善矣。君子之德风，小人之德草；草上之风必偃。"

总之，孔子论证，皆本道德之旨而不尚刑罚，其例可不备举。这是在人类第一期文化尚未完成而早见出第二期文化的萌苗。

盖在人类第一问题下，人们总是**向外用力**的，恒不免以对物者对人。必待进入人生第二问题（人对人的问题）后，人们乃不得不各自**向内用力**焉。然而当时处于统治阶层之孔子，一言及为政之道却反乎一般而主张向内用力。其根本态度具见于子路问君子一章：

> 子路问君子。子曰："修己以敬。"曰："如斯而已乎？"曰："修己以安人。"曰："如斯而已乎？"曰："修己以安百姓。修己以安百姓，尧舜其犹病诸。"

君子为往古社会上层人士之通称，同时亦为有品德者之称。时代愈后其人浸益众多，渐渐于其本义不复认真讲求，而孔门则要讲求之，子路因以为问。孔子答言"修己以敬"，原是一口说尽，子路却信不及，一再提问"如斯而已乎？""如斯而已乎？"孔子只能在"修己以安人""修己以安百姓"的效用上加以申明，更无其他可说。在孔门看来，统治阶级只需尽其自身修养功夫，不需用刑罚去制服人。此即证明上文所指出向内用力与向外用力截然两途。

《论语》上修己以敬的话，在各不同典籍如《孟子》，如《大学》，如《中庸》，则修己字样均易为修身。例如见于《孟子》者：

> 君子之守，修其身而天下平。

字面微易，语意全然相同。而孟子此语亦就括尽了《大学》全篇旨趣。"修身"一词在《孟子》《大学》《中庸》层见叠出，其为此一学派习用术语，十分显明。言修身，则切己近里，精神集中当下，从而应物理事，刻刻不失自觉；不言慎独，慎独在其内矣。此即孔子一贯之道，当时不轻以语人者，而百年后卒为其后学探索得之，盖亦学术发展自然之势。

往世为此学者，吾不及见之；吾所及见，广东番禺伍庸伯先生（观淇）是能为此学而得其真者。我既面聆先生解说《大学》之词而编录之，又撰为《伍氏学说综述》一文，读者取而参看，可补这里阐说此学之所不足。①

临末附言：中国人在人生第一问题远未得解决之下，过早地进入人生第二问题，萌露着人类第二期文化，非始于孔子而孔子承前启后，实为其关键。由是而向外用力与向内用力两种人生态度乃时时交相抵牾牵掣，社会发展遂陷于盘旋不进之境。近二千年中国历史上只见一治一乱之循环而不见有推陈出新之革命，呈现病态文明者，即坐此之故也。吾旧著《中国文化要义》第十三章第四节备言之，可参看。

---

① 其可参看者有《礼记大学篇伍严两家解说》一书中：

一《〈礼记·大学〉伍、严两家解说合印叙》；二《〈礼记·大学〉伍氏学说综述》；三《〈礼记·大学〉伍先生解说》。

道家之学①

《庄子·天下》篇叙列各学派均以"古之道术有在于是者，某某闻其风而悦之"开始；我以为这很合乎事实。例如道家之学初非始于老子，犹乎儒家之非始自孔子，而都是传自远古者。

我以为古先中国人，在其精神气息、思想路数上，对于他方是自具特殊风格面貌的。儒家道家皆渊源自古，而儒家代表其**正面**，道家代表其**负面**。言其思想路数特殊的由来，即在早有悟于宇宙变化而于自家生命深有体认；——其向内多于向外在此。类乎"太极""阴阳""天地""乾坤""性命"等等皆其共同常用的词汇概念，而各有其所侧重。

儒家道家同于人类生命有所体认，同在自家生命上用功夫，但趋向则各异。儒家为学本于人心，趋向在此心之开朗以达于人生实践上之自主、自如。道家为学所重在人**身**②，趋向在此身之灵通而造乎其运用自如之境。

心也，身也，不可分而可分。人与人之间从乎身则分则隔，从乎心则分而不隔。不隔者言其通也，痛痒相关，好恶相喻是已。人类有其个体生命与社会生命之两面，而社会一面实为所侧重。个体生命寄于此身，而人心则是其社会生命的基础。（参看《人心与人生》第一章）

孔子关心当世政教，汲汲遑遑若不容己；而老子反之，隐遁幽栖，竟

---

① 选自《东方学术概观》。

② 《老子》书五千言，而身之一字频频见之，多至二十三见。《史记·太史公自序》司马谈凤为道学家，其述六家要旨，以形神二者关系来说明道家学问，其云形与神即身与心也。

181

莫知其所终。① 学术上所以分明两途者，即其一从**心**，其一从**身**之异也。然两家学问功夫入手处又无不在人心内蕴之自觉。（参看《人心与人生》第十三章）

身统于心，即统于大脑神经中枢。大脑神经中枢主要作用是在吾人机体**对外**活动上，而亦复统辖着机体**内部**一切活动，说身统于心者即谓此。生理学家于此有植物性神经系统之称，盖对动物性而言之。譬如大军作战，在最高统帅部下之有后方勤务部。后勤业务甚繁，其进行均不待统帅之指挥。身内饮食消化、血液循环，等等一切无时不在运行中，各有司其事者，因而亦称自主神经。其特征在机械性，仿佛亡失自觉（吾人意识所不及）。道家功夫一言以蔽之，即通过大脑恢复其自觉性能是已。能自觉，便能自主而自如。

大脑为收集身外身内各种情报而反应之的机关。巴甫洛夫致详于外界的刺激反射研究，其徒贝柯夫则详究身内肺腑与大脑息息相关之情。② 盖在通常说到的色、声、香、味、触等外部感觉之外，身内各部皆有感受器，皆能上达其所感受于大脑而上下互为影响。如大脑过分兴奋活动则干扰消化机能之正常进程而陷于消化不良，而饥饿之感又能牵制大脑思维活动，是其例。

吾人凡有所感受无不伏有自觉在；所不同者：感受于外的，其反应在大脑中往往经过意识抉择而后发出去，其自觉便较明切；感受从内部上达大脑者，因内部生理过程一向不入于意识而邻于机械，其自觉便一般微弱不明。若一旦有内部剧痛上达大脑，便呼天唤地无法应付，不自由莫甚焉。然而微弱不明的沉潜自觉，犹是自觉也；身心内外上下是统一的，未

---

① 我窃疑老子即老前辈之谓，未必定指某一个人，其学可致长寿，亦传授自古者。老聃一作老耽。聃者，耳漫。耽者，耳大垂。郑康成曰："老聃，古寿考之号。"盖其人无意乎留名于世，且复不一其人也。今传其名耳，其字聃者，似皆后人虚拟妄加，不必认真。否则，马迁父子既宗尚道家，轻视儒者，何以为其祖师传记而其词竟惝恍迷离乃尔！至若儒书《礼记·曾子问》数见有孔子问礼老子之文，当是其事传说甚早且盛，迨数百年后莫克究诘矣。

老子非定指某一人，然其间某一人作用较显著又是可能的。流传的《道德经》文率多有韵成语，似为时代不一的古格言集。今有朱谦之《老子校释》，考订详明可看。

② 贝柯夫著《大脑皮质与内脏》（中译本），人民卫生出版社出版。

尝隔绝也；人能转移其向外驰骛之心而向内默默体认自身生理之运行，于随顺之中有逆溯之意，自觉性能便得发展，转暗弱而为明。昔人所谓"收视返听"不过借耳目以措辞，其实全依靠在人类生命之唯一特征——自觉。

道家之言曰：顺则生人（子嗣），逆则成（神）仙。其功夫入手便是逆的，非自然的；同时又是顺的，必须顺乎其自然才行。故此学以自然为宗。自然者，人身通乎宇宙生命流行有其阴阳演变法则之自然也，初不可以人意措手其间。洎乎功夫到家，自觉朗照之处意识可通，则又不难自为运用。那便为号曰"至人""真人"者是已。在浅人认为不可能的许多事情，他们却取得了自由。

此学介于世间法、出世间法之间。因其对于人世间显示消极，近乎出世矣，而仍处在生灭迁流中，终未超出来，属于佛家所谓有为法，非所谓无为无漏者。无为无漏的无为法唯于佛家见之。古印度宗教繁兴，各教派各有其瑜伽或曰禅定功夫，与中土道家相类似，或且高深过之，其志趣切出世而终落于有为法，无足以言出世（生灭）者，亦同于道家。[①]

世界形势，社会主义将代资本主义而兴，人生第二问题将引起第二期的学术文化，古东方学术——特别是古中国学术——复兴机运近在目前。道家之学首先显示了朕兆。我意指现在古中国医学之受到重视，而且事实上正在起作用，便是其开头。

如上所明，道家者起自摄生养生之学也。试翻开古医经一看，便晓得中医原从道家来。中医的理论及其治疗方法、一切措施，无不本于道家对于生命生活的体认。中医与西医对照，恰是彼则**向外**察物，不免局限于机械观，昧于人身生理病理与天地变化之息息相关；而此则向内多所会悟，留意天地四时阴阳变化，深入唯物辩证之理。彼此长短得失盖互见焉。

事实胜于雄辩，每遇西医断为不治之症或治而不效者，中医却能为之医好，效果惊人。虽其学说难免"不科学"之讥，事实上却不能不引起重

① 中土所称为神仙者，相当于佛典所云欲界天。其色界天、无色界天境界远为高深，似未闻此土道家书典言之。

视。其与道家学问密切相关明白可指者有两端如下：

一者如一般所称为"气功疗法"者，特于胃肠病（胃溃疡等）、神经衰弱症、高血压等，效验明显，而于一般病人亦且有所助益。1955年后全国各地盛极一时，但不过数年即转趋于消歇矣。[①] 依我所见，其所以收神效者：在止绝思虑之外驰，俾大脑好好消息下来，而后植物性神经系统下诸功能向时受它干扰而致损伤内部者，便因正常运行之规复而修复其损伤，无须乎用药而远胜于药物。

气功疗法既盛行而忽又归衰歇，其故安在？衰歇之后可能再起否？凡此疑问，有待分疏回答。

气功疗法原出道家，是其功夫之一初步，只在人身植物性神经系统诸功能免去大脑干扰，复常活动阶段，远未进入内在自觉性能加强之一步。功夫深入必如《老子》所云："**致虚极，守静笃**"，在日常生活中，在用功中，恬淡无为，而世人大多不能也；不能，便出问题。轻则种种幻觉，重则入魔发狂，自惊惊人。此一类情况外，更有一类。方当行气功中，由于大脑意识控制之解除，凡脏器各部隐有疾患或其不平衡不调和之处，辄自发地表露外间肢体间，或痉挛，或跳掷，或种种舞动骇人。前一类问题较严重，后一类问题任其自然发泄，亦可能自然痊愈，然而人们不能不视气功疗法为畏途矣。然道家之学自有真价值，固将自有其前途无可疑也。[②]

再者中医针灸疗法所依据之根本学理全在道家学术中。质言之，此盖古道家出其对于身内气血往复周流路径之认识而应用于医治疾病之一种手法。古称"针砭"，用石尖以刺，或远始于石器时代乎！

针灸必选取穴位，穴位分布本于经络学说，而经络脉络是修道家功夫

---

① 气功疗法始创于唐山工会工人疗养所，主持其事者河北威县人刘贵珍先在抗日游击战中冀南行署下工作，因病重回乡，偶得秘传道家功夫之老农指授而痊愈归队；又传之其他病患者亦疗效明显，乃经领导上提倡而发展起来，然后在北戴河建立气功疗养院。1956年我以失眠病求医，得其指教，遂相熟识。然其后不数年此院即结束撤销。方其盛时，北京、上海、广州各地医院既多采取，又稍有所变通，但卒亦归消失无闻。

② 陈撄宁先生（已故道家协会会长）有《静功疗养法问答》一篇，说明其所谓静功有别于气功，即少有气功流弊，是能代表道家之学的著作，宜参看。

者通过大脑启发植物性神经系统的自觉性能而认识出来的，在西方科学家之所为生理解剖中却寻之不见。以故全国解放前，在延安医院早曾采用针灸术，却否认人身经络之存在。① 至于今日则医学界不能再否认之，姑且循用之，终亦莫明其究竟焉。盖西学本于察物，是向外看的，而古道家则在自己生命上用功夫，是向内的，各走一路也。然而中西学术渐渐接头当在不远。

似乎在上古治疗各种疾病，用针砭盛于用药饵。托名黄帝岐伯问答的《内经》以《灵枢》《素问》两部分组成，《灵枢》既全讲针砭，《素问》且兼及之；是可以想见的。

针术之最奇者，其为耳针乎！耳郭不过如许大，据称其可以施针之穴位为数乃二百以上，表列其常见穴位亦且近半数；思之，不胜嗟讶！②

试想：耳郭不过如许大，而在医疗上常见有效穴位乃近百数；此岂解剖上所能从外面一个一个察见者！然则中医又何由知之？是即本之于道家也。举其粗浅之例：人身督脉任脉之循通为道家所谓大小周天功夫；其往复流通原属生活上自然的事情，却是其流通邻于机械，不复自觉；道家则通过大脑启发其自觉，于是就清楚地认知有如此脉路。根本上这些脉路穴道不是作为一种物体而存在者，毋宁说它是一种空隙。这种空隙在活人身上有，在死后的尸体上没有。尸体解剖上不见，而活人既不容解剖，纵然解剖亦不可见。——虚空何从而见乎！是故它不是神经，不是血管，而其如网布满全身，联贯乎内脏体表又近似之。《灵枢·口问》篇中说："耳为宗脉之所聚"，或者因此耳上穴位又特密乎。

"身在心中"，明儒多有识之者，其言曰："故心也者，包乎天地之外，而贯乎天地万物之中者也"（以上见《人心与人生》第十三章），尤为明切。又云："识得身在心中，则肤发经络皆是虚明。"（《明儒学案》黄百家语）不惜一语道破：此笼罩全身、贯通内外的空隙者，即心也。心弥漫宇宙，佛家谓之佛性，其在哲学家则所设想的宇宙本体也。读者审乎吾书

---

① 解放初期有朱琏著《针灸学》一厚册在北京出版，即明示否认经络学说。

② 请看上海人民出版社 1972 年所出《耳针》一书。此书极有价值，系集体协作，署名"南京部队某部'耳针'编写小组"。

《人心与人生》之所致意，不难喻于斯理。

西方科学家一味以向外察物为事，不曾识得生命。生命——生生不息的活生命——唯在反躬体认以得之。中医本于道家，其经络学说来自反观内照，凡其所见亦皆事实，非凭臆虚造。自毛主席大力提倡中医以来，国内医界在临床实践上逐渐于经络学说有所肯定。1959 年 7 月专为讨论中医针灸经络学术，在上海召开全国医界座谈会，参加者一百二十余单位，提出论文四百余篇。此其间复先后有经络探测仪、耳穴敏感点探测器等制作，大有助于测验研究。至近年则针刺麻醉、新针疗法等又多所发展。他日为根本学理之究讨，则道家之学终必掘发出来，又何疑乎。

邃古医典之失传者（如所称《黄帝外经》等）非一；其传于今者如《内经》《难经》，虽均托名黄帝不足信，要其学术渊源自古而成书不在一时。历时久远，难于保全，残缺伪误，窜乱失真，必须加以别择。再则，不从实践真知而好为阴阳五行演绎之谈者不少，亦当鉴别存疑。①

然中医学理著于古籍，多有远非西医所及知，而临床施治卒证明其真确者。略举数例见一斑——

例如说"肝开窍于目"，从肝经以治眼疾，有羊肝明目丸。又如说"肝主怒""怒伤肝"因有积久患怒而致肝萎缩以死者。

例如说"肝与大肠相表里"，其脉络下大肠，既可从肺经以治肠炎、痢疾；又可从开肺方法以治便秘。

例如说"肾主骨""肾生骨髓"。现在耳穴探测中亦证实骨折、骨结核、骨膜炎、骨肿瘤等患者肾穴反应较强，从而医疗上可以辨证施治。

试问：若此"肝与目""肺与大肠""肾与骨"一类的相关系，西方精于解剖生理的科学家其能察见之乎？然而中医却在数千年前指出之，非有他也，全基于道家之学体认人身内在生理、病理为之先也。

早熟的学术文化最易失传。后世道家之学浸以纷杂肤浅，而远本道家的医家亦渐自分离，只在临床实用上暗自揣量摸索，各出所见，不能返求其本。我今对比中西医，借以指说道家之学，而自己于此两者（道家、医

---

① 我所见有张寿颐著《难经汇注笺正》一书甚有别择力，值得介绍于读医术者。

家）均未尝一日有所致力，所说未必有当，尚有望于后之学者为我纠谬。①

此固浅尝可笑之言，第以见东方学术不是哲学玄想耳。

中国固有之体育锻炼如内家拳者同样出于古道家，其与西人之体育竞赛运动恰又代表着一内一外之殊途。内家拳包括形意拳、八卦拳、太极拳而说。数十年来我于太极拳心窃好之，而以指授未得其人，且练习时辍，始终未得入门。以我所知，精于此道者必数慈利杜心武先生（已故）；间尝聆其绪论，与完县孙禄堂（已故）所著《拳意述真》一书极相符合。孙书谈形意拳独多；其殆即古所云华佗五禽戏者乎？西方科学家近年有所谓仿生学者，模仿种种生物以事制造；那恰又是摹取在外，有异乎此土之所为。②

印度所传瑜伽功夫，有为其土各宗教所莫能外者，与此土道家功夫亦可云无二致，试详旧著《印度哲学概论》第四第五章之所陈述，便可概见。因不妨举以附属于此。

当然，此所云无二致者，亦就其入手粗迹而说耳。且不论在印度各教派学说上实证上既非一事，又何况此土与彼土各自发生未曾相袭乎？吾侪

---

① 从游诸子有一二人曾学习道家功夫。石柱张俶知二十年前自川中来信颇言及之。兹节录其言附后——

道家静坐是在人体内部的一种运动功夫。——太极拳或许是道家在人体外部的一种运动功夫。它在加强体内机能运行的自觉，从而加强其调整与控制，最后可能达到脱胎换骨、返老还童。功夫约有意守丹田和意守中宫之两种，其差异是着眼点不同而归趣则一。守丹田者从生殖内分泌机能的了解运用起；守中宫者从消化机能的了解运用起。此两途同样要借助于呼吸运动，由横膈肌的升降以及加强各脏腑器官一系列的运行，完善其作用；同样要借助于大脑神经中枢对内部各机能运行的了解、调节与运用。其不同者：守丹田则运动中心在丹田（脐下三寸）。守中宫则运动中心在中宫（指胃部在胸腹之交）。惟其所守不同，呼吸方法便不同，所生变化自不一样。守丹田者，其呼吸若上达脑顶，下沉丹田；其产生的热与动自下而上，复自上而下，返归丹田。守中宫者，其呼吸则升至胸上，降至腹脐！其所产生的热与动上下左右往复透达仍归于中宫。前一功夫十五年前曾习之，已有热气由丹田发出沿着背脊而上，但功夫止于此，未能继续。最近开始守中宫功夫，每坐发热，间有汗出。夜间起坐，偶有旋动发现，或在心窝，或在脑顶，其他尚无所觉。（下略）

② 关于内家拳之为道家学术，孙著《拳意述真》言之详而有征。惜其书甚少流传，殆久已绝版。我另写有介绍重印其书一文，可供参看，这里即从略。

局外人莫知其详，姑从东方学术一概念以浑括之而已。

若必言彼此不同处，则中土神仙似止于"欲界天"之范畴，似缘中国人缺乏印度人志求寂灭之风尚，以故不能深入。

印度人习为瑜伽，传之自古，至今未绝。北京出版的《知识即力量》（期刊）1958 年第一期有题为《瑜伽教徒》一文，译自苏联出版的《知识即力量》1957 年 7 月号 Ъ. 萨巴林那原著。文中述及 1955 年尾赫鲁晓夫、布尔加宁偕访印度期间，曾见到瑜伽教徒的一些表演。又述一最惊人之事例：瑜伽徒当着观众活埋入地数小时之久，呼吸和心脏均关闭停止，应无生理，而一经启视，其人竟可复活如常。此与中国传说道家可以自由地蜕去而复返者，未知其果为同一事理否。

《知识即力量》此一期刊原以介绍科学技术界种种新闻为事，其介绍及此，盖目以为一种体育，谓于科学家有巨大意义。科学重事实；凡事实所在皆为所重视，其理则有待探讨。曾见报纸有关于类此的一则报道，附录于后，供参考——

　　英国医学研究所实验生物学部斯密特博士利用二甲亚砜使啮齿类动物心脏冷却到摄氏零下十度，此时一切征兆都说明此动物已经死亡。但在温度回升时，试验中的动物心脏又会自行开始跳动。美国哈佛大学一批外科医师及其他科学家对山鼠和猴子所做试验亦有相同的结果。（见 1962 年 7 月 1 日《人民日报》第三版）

东方古人直从生命本身自返地体认生命，西方今日科学家则从生命外表测验讨究之，取径不同，宜可互资参证，求得科学进步。我固谓东西学术终有沟通之日，然而为期尚远尚远。

佛家之学

今谈佛家之学，将从儒、道、佛三家之较核异同入手。一切事物要从比较而得认识。

宇宙一大生命也（宇宙实为不可分割之一大生活体，盖人必资于其他生物而生活，一切生物又资于无生物而生活），而人类现为生命发展之顶峰。宇宙同此宇宙，人类同此人类，三家者皆于生命有所体认以成其学，虽各有所发明，而同出一本，岂复有不能相通者乎？然而世人执其一而非其二，如宋明一般儒士者多矣。识见幼稚，其量自隘。同时，亦有务为和会混同之谈者，则又识见模糊不明也。

迟钝的我，早年经历幼稚狭隘阶段盖不止一度二度。但有一点突出者，则我先有人生烦恼苦闷之感，倾慕出世之佛家；佛家而外，举不谓然。如早年所为《究元决疑论》，一意崇佛而菲薄儒家是其例。迨后有悟儒家之高明，讲演《东西文化及其哲学》，极称扬孔孟（实未得其当），对于道家则讥笑之。其时年近三十，犹存意气，识见殊不通达。其晓悟道家介于儒家佛家之间，在人类生活中自有其价值与位置者则将近四十之年，可不谓迟钝乎。

昔贤有悟于三家学术异同，各予以适当位置者独有阳明王子耳。据《年谱》，阳明答张光冲问，有如下的话：

> （上略）即吾尽性至命中完养此身，谓之仙。即吾尽性至命中不染世累，谓之佛。但后世儒者不见圣学之全，故与二氏成二见耳。譬之厅堂三间共为一厅，儒者不知皆吾所用，见佛氏则割左边一间与之；见老氏则割右边一间予之；而己则自处中间（下

189

略）。（见阳明五十二岁《年谱》文内）

此答语不出阳明手笔，但为旁人一粗略记录，未必尽达其原意。但可以看出阳明是通达无碍的。

如上文所言，儒家盖不妨谓曰心学，道家盖不妨谓曰身学；前者侧重人的社会生命，后者之所重则在人的个体生命。佛家怎样呢？此须分两层来说。第一，前两家均属世间法，佛家则出世间法也。世间者生灭相续，迁流不已，而出世间便是超越乎生灭，正不妨看作彼此相反。第二，寂灭是求者，佛家小乘，未云究竟；大乘菩萨不住涅槃，不舍众生，留惑润生，乘愿再来，出世间又回到世间；出而不出，不出而出。——容后文说明之。知其一，又知其二，则亦非定相反也。

佛家有三法印之说：

一、诸行无常（诸行指一切生灭流转的世间有为法而言，故是转变无常的）；

二、诸法无我（诸法兼有为法和无为法而言，"我"在凡夫执念中则有恒一主宰之义。不论在有为法在无为法同是无"我"可得的）；

三、涅槃寂静（涅槃之义为圆寂，为解脱，即谓从生命解放出来，不再沉沦在生死轮回中）。是佛法非佛法要以此为衡准，故曰法印。

起惑、造业、受苦，原是佛家的人生观；"苦""集""灭""道"四谛法则是原始的佛教，亦即后来目为佛教小乘者。如上三法印盖本于原始教义。起惑之惑指众生的我执，无我可得而强执着之，故是惑也。佛教初（小乘）终（大乘）一致地在破我执。破我执，即一口说尽了全部佛法。但如上三法印之外，另有大乘教的法印。大乘教以一切法平等平等的实相为法印。

明快地来说，大乘所不同于小乘者，就是对于一切分别的否定，首先是世间出世间的否定。《般若心经》所以说"无苦、集、灭、道"者即在此。大乘教正是在小乘教的基础上百尺竿头更进一步，所必不可少的一大翻案也。

此翻案云何不可少？

要知道，从最低级的原始生物说起，所谓生活就是吸收和排泄，时时

190

在自我更新之中。一旦不进不出，新陈代谢停止了便是死亡。一切生命现象全基于有"自我"（详见《人心与人生》第十二章）；然而"自我"却是妄情而已。赓续生灭的世间法原于众生我执而来，一切不过假象。妄情执着则有，涣然冰释则无。非然者，世间若是实的，云何可出？

佛说"无始无明"，即指众生我执之迷误说。一切分别执着从此滋蔓纷纭，漫衍无穷。世间生灭迁流不驻，便是这样积重难返、弄假成真的一回事。脱出迷途，未尝不可得之一悟，如迷东为西者，东西不曾为之易位，一时有觉，天清地宁。① 然佛之设教则循从两步以利开导。初步指出色、受、想、行、识五蕴为人们执着有我之所从来。常一主宰之我是没有的，所有者不外此五蕴而已。② 解破我执至此，犹存五蕴生灭、染净、增减之分别，亦即世间与出世间之分别。此关不透破，不行。必深入地明了五蕴空幻（《般若心经》云"行深般若波罗蜜多时，照见五蕴皆空"）。既净烦恼障，更净所知障，达于一切法平等之实相。倒翻初教，乃得究竟涅槃。——实则佛法不离初教而有，翻乎不翻，相反适以相成。

宗教为社会产物，信如马克思所说为社会之一上层建筑，自是世界一通例。顾在印度从古以来乃特见厌苦人生倾慕出世之宗教繁盛莫比，则如我夙所指明肇见世界未来文化之早熟者。佛教在其土宗教群中原属后起，破除一切迷执，颇著革命精神，实为其文化早熟之成果所在。③

佛教在释迦说法四十余年之身后，曾隆盛一时，而卒归衰落。盖此文化早熟成品处于广大社会环境中，其影响于环境社会者终不敌其所受环境之影响，历时愈久而弥甚。影响最大者即染受各宗教间彼此辩论之风而相

① 禅宗顿悟，有"教外别传"之称，盛行于中国唐宋间，历明代清代以至最近犹间或一见之。其初似不假勤劳修持，却在生命上起绝大变化。从黄蘖（唐德宗时人，依公元约当9世纪）教人"看话头"，大慧（南宋高宗时人，依公元约当12世纪）教人"参公案"，始若有用功轨辙可循。总之，此与头脑思维语言文字原不相干，世上所传《六祖坛经》及《传灯录》等书颇嫌驳杂，不尽可取。

② 色、受、想、行、识五蕴总括着一个具体的人类生命。蕴为积聚和合之义。色蕴即指人身，其受等四蕴则指人心作用。这里不详谈。

③ 印度社会特有所谓种姓制度，传之自古。于此制度中有大量"不可触摸"之贱民，而佛教则平等相待，独不加歧视，是即其革命精神之一端。

191

率趋于头脑思辨之业，有失佛法固有根本之学。根本之学在六波罗蜜（一布施，二持戒，三忍辱，四精进，五禅定，六般若智慧）从世间生命解放出来。不此之务，而相尚以理论之精、理论之圆。遂有号为大论师者，先则护法与清辩对抗，继之则戒贤与智光对抗。大乘佛教由是歧为性、相二宗派。当玄奘游学印度时，即受学戒贤之门而传唯识因明之学于中国。因明之学即是形式逻辑，类同古希腊人之所为者。盖循从人们头脑习于分别执取而发展出的思辨轨则。此与数学同为治自然科学者之先务。唯识之学则出于瑜伽师静中之谛察生命活动；此虽非以外物为对象，而其务于分析辨察则又类似科学家之所为。因其分析名相，称为相宗，与般若空一切相者若为对立。性宗在前，相宗在后，释迦身逝一千余年在印度本土大乘佛教要即歧为此两大宗派。

破执是佛教宗旨，一切归于离言；若无般若波罗蜜则任何言教难免其为毒药。此即大乘教所以为小乘教之必要补充也。思辨源于执取，因明兴于外道，而唯识家袭之，如后来诸大论师之争鸣者，尽可目为佛家之堕落。《成唯识论》及《成唯识论述记》一书，治唯识学者奉为最要典籍，实取护法、安慧等十家之义糅合而成。其中义理非尽本乎定慧内证，而多来从头脑思维。宜乎后人往往有另自为说者，可见其价值不高。

然世间一切事物发展皆是势所必然，其在效果上为得为失不能片面来看。现在看来，佛家之学设若无法相唯识之一派展现于世，唯独般若明空，殆难启后世学术界之迷蒙。往世瑜伽师静中之所谛察与现代科学家之所发明多有互资印证者，谁能不承认佛学之为实学。陈那入定而有新因明之开出，固又可从思辨以去消思辨，比如以战争消灭战争。虽谓性相二宗相得益彰可也。①

佛家之学，盖从世间迷妄生命中解放之学也。法相唯识则是对于如此生命之剖析说明；其能为此剖析说明者，则修瑜伽功夫之瑜伽师。瑜伽即是禅定，为六波罗蜜之一。修六波罗蜜，从静定中返照而得生命之一切，乃出以指说于为此学者。笔者未曾有此实践功夫，顾既生活在如此生命中

---

① 小乘末流染受外道习气，派别繁兴，最见堕落可耻，故而大乘以等同外道看待之。

矣，切就自身，资藉古书（主要是《成唯识论述记》），于其所剖说者不难有少许体会。试简略申叙如次——

（甲）综括一言：二执二取是世间生命之本。二执者，我执、法执；二取者，能取、所取。生命寄于生物，而表见于生物之生活。从原始生物以至人类，所谓生活便是从外有所吸收后又排泄于外，时时在自我更新之中。即此于内执我而向外取足，便见出我法二执来（法为一切事物之通名）。宇宙一体，圆满清静，岂有内外？又何所不足？即此饥虚贪取，便有能取所取两面之变生。世间生命森然万象者，一切由是而兴。破二执，断二取，规复乎圆满清净之体，是即佛家之学也。

（乙）唯识家何为而说有八识？我执根伏深隐，恒转不舍，非止一时浮现于意识者：眼、耳、鼻、舌、身、意，所谓前六识，皆不过生命对外工具；生命主体之我要在第七末那识恒缘第八阿赖耶识而转，从无间断，合起来故是八识也。

（丙）根伏深隐恒转不舍之我执，与生俱来，名曰"俱生我执"。俱生我执在第六识亦有之；若时而浮现于意识上者，则名曰"分别我执"。分别我执深浅强弱既各视乎其人，又随时不定。

人当寿命未断，虽在闷绝位中（前六识不起用），而依然有其生活相续者在，第七缘第八之我执（生命主体）依然犹在也。

（丁）人们的种种感情意志，在唯识学中属于其所云"心所有法"，简称"心所"。八识各附有其相应之心所，为数不等。其在末那识则以我痴、我见、我慢（傲慢）、我爱（耽爱）居于首列，名曰"四烦恼"。人生一切烦苦恼乱根源在此，为别于"随烦恼"名之曰根本烦恼。佛典中"无明""惑""障"等词皆指目乎此。

（戊）然法执实为我执之所依。喻如昏暗中误杌为人；人是没有的，却是有杌；我是没有的，却是有色等五蕴。色等五蕴是人们依之而起我执者。佛家指点出五蕴来是其破我执的初步。必待从深般若波罗蜜多照见五蕴皆空，一切法毕竟空，而后破了法执。

破我执，净烦恼障；破法执，净所知障。

（己）次当讲能所二取。我法二执起则同起，其起也既为向外取足，能取所取便自与之毕现。执也，取也，法、我、能、所也，原只一事耳。

193

一事而纷然矣。纷然出于幻妄，讵改本真，何尝有外可得而取？能取分，所取分，不离当下，唯识所变。例如眼前所现白色，唯当下眼识自所变生，初非外在之物。同样地，舌上甜味唯当下舌识（味觉）自所变生，其他类此应知。唯识家谓之见（分）相（分）同体，是识自体分。其以白与甜为外物者出于后天形成之知觉而非原始感觉，今科学家已阐明之矣。六根（眼、耳、鼻、舌、身、意）皆是生命对外工具，用以探求生活所需和侦避敌人者。当其发用实即向外之发问。其六尘（色、声、香、味、触、法）即其所得之回答；因此有相当客观情况在内，但另一面则原为情报工作，其间轻重取舍一从乎主观。

于此有两条路走：一为科学家之路，另一为佛家之路。科学家根据情报内具有相当客观事实者向外追求去，步步在认识乎物，初则不免机械地唯物，进而为辩证地唯物；就世间法来说，这是合乎实用的，信而不诬的学术之路。其所以有信用者就在人类摆脱了动物式本能，依从理智来进行考索测验，头脑冷静地理智思考，是则是，非则非，原是**无我**的。科学家忠实于他的清明自觉，不能自欺；自欺即失败无效验也。但应注意谨守此路，知之为知之，不知为不知，不越出轨道妄作宇宙究竟之谈，便无可非议。①

佛家之路则以六根所得六尘既为出乎**有我**之私的情报工作，因于人生烦恼而憬然有悟其幻妄，自反而转向生命本身有所认识，——认识到幻妄在二执二取上。于是破二执，断二取，即一切法而空一切相，是则从世俗生命解放出来的出世间法之学也。②

（庚）质言之，佛家之路即是要从迷妄生活中静歇下来，《楞严经》

---

① 感觉知觉等所为情报，主观成分很重，虽于外界情况有所反映，却非一如其实者，《人心与人生》第十六章第三节有阐述，请参看。但科学家依凭种种工具仪器以至电子仪器以资考索测验，乃大排除主观成分，逼近客观，是其所以能制胜自然界（物界）者。

关于白非外有，唯是色觉自所变生；甜非外有，唯是味觉自所变生；见（分）相（分）同体，从而人各一世界之义，旧著《唯识述义》第一册剖说晓畅，务请参看。

② 二执二取只是人生迷妄之本，由此而造种种业（有善有恶），颠倒迷离于苦乐、得失、利害、祸福一切自欺之谈，辗转弥增其妄，深自缠缚。尤以近世资本主义社会中人深陷于唯我中，其转向社会主义发展扩大其我，稍向于光明，顾尚谈唯物，讥弹唯心，曾不悟根本立场犹在迷妄中。

云："歇即菩提"是已。人类生命由于舍本能而向理智，显得举止文雅，其实内则贪婪迅猛势不可当，无时不在有所奔逐之中。以故眼等五根一有所接而生感觉（sensation），迅即变为知觉（perception），准备行动。感觉是在唯识家说为现量，为性境者，如闪电一过，有而若无。若得纯感觉现量现前，便是静歇之初步。

于此初步现量中，方觉方白，相续而转，才生即灭，不觉不白，既不固定，亦无内外，亦无白义（白义待从红、绿、黄、黑诸色比较而得）。假有白鸟白驹掠过，亦只白白现转而已，其飞动之势非感觉所有（如电动影片接连而来，乃若见其动耳）。

（辛）更为深入静歇的现量中则有觉无白，即有见无相。所见之相分原为探问之回报；探问歇矣，何有乎白？至此能取所取复归一体，清净本然，顿出世间。唯识家所说"二取随眠是世间本，唯此能断，独得出名"，指此。二取之断，二执（我、执）破除可无待言。

以上种种在旧著《唯识述义》第一册中解说晓畅，务请读者参看，此处不转录之。

（壬）佛家之学在修习六波罗蜜，一名六度，即是度脱生死之学，生死之本在我执，唯修习此六者可以破除。第一，布施，要在破除悭吝习气。于内执我，向外贪求，是悭吝习气的由来。破我执莫要于破贪吝。学者应尽一切可能而施舍之，乃至不惜身命。第二，持戒，要在戒除杀、盗、淫、妄诸般恶行，对治贪嗔痴三毒，不种恶因，不招恶果。第三，忍辱，要在对治我慢，远离我见，不起瞋恚，减除根本烦恼。第四，精进，从上布施、持戒、忍辱三项以至第五禅定功夫皆当出之精勤勇猛，力行不息。第五，禅定，要在摒绝杂念，入于凝静专一之境，寂而照，照而寂。第六，智慧波罗蜜即般若波罗蜜，空一切相，无二无别。要必以此通贯乎前之五项；若离此空观，一一皆难免因药成病。

（癸）大乘菩萨度脱了生死轮回而得大自在，却本于悲愿不舍众生，不住涅槃，有留惑润生之义，乘愿再来，既出世间而仍回到世间，如前文所云，出而不出，不出而出，不同乎寂灭是求之小乘法。

佛家之学如上所说约见其概。然佛家旨趣之可言者无量无边，与其终归于离言无二无别。旧著《印度哲学概论》曾就其可言与离言之间有所陈

195

说，略摘于次：

佛法虽统以破执为归，而自有其缓急次第，方便区处。唯以化度众生而言说，其言无意于通玄而用心于导愚。化度固要于开明，而导愚宜有方便。由是随缘应机，教法遂有层次类别。质言之，佛法中固不建立迷妄即所谓宗教式之信仰者以增益众生之执取，而次第开导犹不无宗教式信仰之遗留。逐渐蜕化以至于无执。观其改革之点，宗教式信仰之精神全亡，根本已摧，而安俗顺序之迹又般般可考。凡本土固有之思想、学术、传说、风俗、习惯皆一意容留而不相犯。（中略）《金光明经》云，一切世间所有善论皆因此经，若深识世法即是佛法。《大涅槃经》：佛告摩诃迦叶，善男子，所有种种异论、咒术、言语、文字皆是佛说，非外道说。《悉昙藏释》云，问言，所有种种异论咒术文字皆是佛说者，为是佛口所说名为佛说，为非必佛口所说耶？解云，不必尽是佛口所说名为佛说。（中略）然说于众生有益者皆是佛说。若无益者则是外道。（下略）（见《印度哲学概论》第一篇第四章第二节）。

在佛法，严其区别要严到极处，严到有见即除，开口便错。放宽来，正不妨宽到极处。凡稍能向于开明一点，向于仁善一点都好；一切是比较的、相对的，次第而进，莫要执着。通达无碍，才是佛法。

儒佛异同论①

作者附记：我于 1966 年 8 月 24 日在所谓"文化大革命"中，被红卫兵小将抄家，一切衣物书籍荡然无存，并迫我从北房移小南屋栖身。此时我初颇不释，但旋即夷然不介意。闲暇中写成此稿，既无一书在手，全凭记忆以着笔。9 月 6 日写出论一，嗣于 11 月 10 日写出论二，其论三则不复记忆于何时写出矣。

儒佛异同论之一

儒佛不相同也，只可言其相通耳。

儒家从不离开人来说话，其立脚点是人的立脚点，说来说去总还归结到人身上，不在其外。佛家反之，他站在远高于人的立场，总是超开人来说话，更不复归结到人身上——归结到成佛。前者属世间法，后者则出世间法，其不同彰彰也。

然儒佛固又相通焉。其所以卒必相通者有二：

一、两家为说不同，然其为对人而说话则一也（佛说话的对象或不止于人，但对人仍是其主要的）。

二、两家为说不同，然其所说内容为自己生命上一种修养的学问则一也。其学不属自然科学，不属社会科学，亦非西洋古代所云"爱智"的哲学，亦非文艺之类，而**同是生命上自己向内用功进修提高的一种学问**。

敢问两家相通之处其可得而言之耶？曰，是不难知。两家既同为对人

---

① 选自山东人民出版社出版的《梁漱溟全集》第七卷。

197

而言其修养，则是必皆就人类生命**所得为力者**而说矣。其间安得不有相通处耶？且生命本性非有二也。生命之所贵在灵活无滞；滞而不活，失其所以为生命矣。生命之所贵在感应灵敏，通达无碍。有隔碍焉，是即其生命有所限止。进修提高云者正谓顺乎此生命本性以进以高也。**两家之所至，不必同，顾其大方向岂得有异乎**？

譬如孔子自云："七十从心所欲，不逾矩"，而在佛家则有恒言曰："得大自在"；孔门有四毋——毋意、毋必、毋固、毋我——之训，而佛之为教全在"破我法二执"，外此更无余义。善学者盖不难于此得其会通焉。然固不可彼此相附会而无辨也。

儒佛异同论之二

佛教传入中国后，社会上抵拒之者固有其人，而历来亦有不少躬行修养之儒者领悟于彼此相通之处辄相附会而无辨焉，是不可不再一申论之。

儒书足以征见当初孔门传授心要者宜莫如《论语》；而佛典如《般若心经》则在其大乘教中最为精粹，世所公认。《论语》辟首即拈出悦乐字样，其后乐字复层见叠出，偻指难计，而通体却不见一**苦**字。相反地，《般若心经》总不过二百数十字之文，而**苦**之一字前后凡三见，却绝不见有乐字。此一比较对照值得省思，未可以为文字形迹之末，或事出偶然也。

是果何为而然耶？是盖两家虽同以人生为其学术对象，而人生却有**两面**之不同，亦且可说有**两极**之不同。

何言两面不同？首先从自然事物来看，人类生命原从物类生命演进而来，既有其类近一般动物之一面，又有其远高于任何动物之一面。

复次，由于客观事实具此两面，在人们生活表现上，从乎主观评价即见有两极。一者**高极**；盖在其远高于动物之一面，开出了无可限量的发展可能性，可以表现极为崇高伟大之人生。它在生活上是光明俊伟，上下与天地同流，乐在其中的。一者**低极**；此既指人们现实生活中类近于动物者而言，更指其下流、顽劣、奸险、凶恶远非动物之所有者而言。它在生活上是暗淡龌龊的，又是苦海沉沦莫得自拔的。

两面之于两极，自是有着很大关联，但不相等同。人类近于一般动物之一面，不等于生活表现上之低极；人类远高于任何动物之一面，不等于生活表现上之高极，此必不可忽者。

后一面与前一极为儒家之学所自出，而从前一面与后一极就产生了佛家之学。以下分别叙述两家为学大旨，其相通而不可无辨之处随亦点出。

儒家之为学也，要在亲切体认人类生命此极高可能性**而精思力践**之，以求"**践形尽性**"，无负天（自然）之所予我者。说它"乐在其中"，意谓其乐有非世俗不学之人所及知也。如我夙昔之所论断，此学盖为人类未来文化在古代中国之早熟品。它原应当出现于方来之社会主义社会中。出现过早，社会环境不适于其普及发展。历来受其教益，能自振拔者非无其人，亦殊不多矣。近代西学入中国后，留心及此者更少，其价值乃益不为人所知，正为世人对它缺乏现实经验故也。

人生真乐必循由儒家之学而后可得。却非谓舍此而外，人生即无乐之可言。人类生命无限可能性为人所同具，虽不必知此学，或由天资近道，或由向上有志，或由他途修养，均未尝不可或多或少有以自拔于前文所云低极者，其生活中苦之感受便为之减少，或且有以自乐焉。

于是要问：苦乐果何由而定乎？苦也，乐也，通常皆由客观条件引起来却决定于主观一面之感受如何，非**客观存在而不可易者**。俗说"饥者易为食"，在受苦后辄易生乐感，掉转来亦复有然。其变易也，大抵寄于前后相对比较上；且不为直线发展，而恒表现为辩证地转化。即苦乐之增益恒有其适当限度，量变积而为质变，苦极转不见苦，乐极转失其乐。又须知主观一面——人的各自生命——是大有不同的，即在同一人又各时不同，从而对于同一客观条件往往可以引起大不相同的感受。凡此皆不及详论。

扼要言之：乐寄于生命流畅上，俗说"**快活**"二字，实妙得其旨。所不同者，世俗人恒借外来刺激变化以求得其流畅，而高明有修养（儒学或其他）之士则其生命流畅有**不假外求**者耳。反之，苦莫苦于深深感受**厄制**而不得越。厄制不得越者，顿滞一处，生命莫得而流通畅遂其性也。《般若心经》之必曰"度一切苦厄"者以此。

为儒学者，其生活中非不有种种之苦如一般人所有，第从其学力，苦而不至于厄耳。学力更高，其为感受当然又自不同焉。宋儒有"寻孔颜乐处"之说，明儒有"乐是乐此学，学是学此乐"之说，不亦可为很好佐证之资乎。

佛学以小乘教为其基础，大乘教表现若为一翻案文章者，而实则正是其教义之所由圆成也。"苦""集""灭""道"四谛是小乘教义，基于"起惑""造业""受苦"的人生观而来，而此人生观则得之于寻常见到的人类现实生活也。《般若心经》"无无明亦无无明尽，乃至无老死亦无老死尽；无苦、集、灭、道，无智亦无得"云云，则为对此表示翻案的说话。此一翻案是必要的，亦是真实语。设使世间一切之非**虚妄无实**也，则出**世间**又岂可能乎？

世间一切云何虚妄无实？世间万象要依众生生命（人的生命及其他生命）以显现，而佛家则彻见众生皆以惑妄而有其生命也。试看生命活动岂有他哉，不断贪取于外以自益而已。凡众生所赖以生活者胥在此焉。分析言之，则**于内执我而向外取物**；所取、能取是谓二取；我执、法执是谓二执。凡此皆一时而俱者，生命实寄于此而兴起。佛教目为根本惑（根本无明），谓由此而繁衍滋蔓其他种种惑妄于无穷也。

起惑，造业，受苦，三者相因而至，密切不可分。自佛家看来，人生是与苦相终始的。正以人之生也，即与缺乏相伴俱来。缺乏是常，缺乏之得满足是暂。缺乏是绝对的，缺乏之得满足是相对的。缺乏不安即苦（苦即缺乏不安），必缺乏而得满足乃乐耳。则佛家看法不其然乎？

众生莫不苦，而人类之苦为甚。何以故？正唯人类生命有其乐的可能之一极端，是乃有其另一极端之苦不可免地见于大多数人现实生活中。

佛家之学要在**破二执、断二取**，从现有生命中**解放**出来。在一方面，世间万象即为之一空；在另一方面则实证乎**通宇宙为一体而无二**。——自性圆满，无所不足，**成佛**之云指此。所谓出世间者，其理如是如是。读者勿讶佛家涉想之特奇也。既有世间，岂得无出世间？有生灭法，即有不生灭法。**生灭托于不生灭**；**世间托于出世间**。此是究竟义，惜世人未晓耳。

上文以厄制言苦，只为先以生命流畅言乐之便而言之，未为探本之论。苦乐实起于**贪欲**；贪欲实起于**分别执着**。——内执着乎我，外执着乎物。厄制之势盖在物我对待中积渐形成。它成于积重难返之惯性上，一若

200

不可得越者；然果我执之不存也，尚何厄制可言乎？

我执有深浅二层：其与生俱来者曰**"俱生我执"**，主要在第七识（末那识）**恒转**不舍；其见于意识分别者曰**"分别我执"**，则存于第六识（意识）上而有**间断**。自非俱生我执得除，厄制不可得解。色、受、想、行、识五蕴（总括着身心）实即生命之所在；它既从我执上以形成，而在众生亦即依凭之以执有我。必"行深般若波罗蜜多"，"照见五蕴皆空"，乃"度一切苦厄"者，正言其必在我执之根除也。我执根除必在行深般若波罗蜜多时，亦即诸佛所由之以**成佛**者；若是，则我执根除之匪易也，可知矣！

一切苦皆从有所执着来。执着轻者其苦轻，执着重者其苦重。苦之轻重深浅，随其执着之轻重深浅而种种不等。世有"知足常乐"之语，盖亦从不甚执着则不甚觉苦之经验而来。俗云"饮食男女人之大欲"；此盖从一切生物之所共具的个体存活、种类繁殖两大问题而来。前谓人之生也与缺乏相伴俱来者，亦即指此。众生于此执着最深最重，其苦亦深亦重。人类于此虽亦执着深重，其为苦之深重或且非物类所得相比。然以人类生命具有（自主）变化之无限可能性，故终不足以厄制乎人也。

人心执着之轻重深浅，因人而异。且不唯各个生命习气有所不同，在社会文化发展各阶段上亦复不相等同。譬如远古蒙昧未开化之人群，心地淳朴，头脑简单，一般说来其分别、计划、弯曲、诡诈较少，其执着即较浅，其为苦也不甚。同时，其于乐趣之理会殆亦不深。然在二千五百年前的中国社会和印度社会，其文化程度却已甚高，其人心思开发殆不后于今人，则表现在生活上高极者低极者当备有之。设非有此前提条件则儒佛两家之学亦将无从产生也。

儒佛两家之学均为人类未来文化在古代东方出现之早熟品，旧著《东西文化及其哲学》《中国文化要义》各书均曾论及，且将有另文申论之，这里从省。

孔门毋意、毋必、毋固、毋我之训，有合于佛家破我法二执之教义，固可无疑；然其间之有辨别亦复昭然不掩。试略言之——

如前论所云，两家同为在人类生命上自己向内用功进修提高的一种学问。然在修养实践上，儒家则笃于人伦，以孝悌慈和为教，尽力于世间一切事务而不怠；佛徒却必一力静修，弃绝人伦，屏除百事焉。问其缘何不同若此？此以佛家必须从事甚深瑜伽功夫（行深般若波罗蜜多），乃是根本破除二执，从现有生命中解放出来，而其事固非一力静修，弃绝人伦，屏除百事不可也。儒家所谓"四毋"既无俱生执、分别执之深浅两层，似只在其分别意识上不落执着，或少所执着而已。在生活上儒者一如常人，所取、能取宛然现前，不改其故。盖于俱生我执固任其自然而不破也。

不破俱生我执而俱生我执却不为碍者，正为有以**超越其上，此心不为形役**也。物类生命锢于其形体机能；形体机能掩盖了其心。人类生命所远高于动物者，即在**心为形主，以形从心**。人从乎形体不免有彼此之分，而此心则浑然与物同体，宇宙虽广大可以相通而无隔焉。唯其然也，故能先人后己，先公后私，以至大公无私，舍己而为人，或临危可以不惧，或临财可以不贪，或担当社会革命世界革命若分内事，乃至慷慨捐生、从容就义而无难焉。俱生我执于此，只见其有为**生命活动一基础条件之用**，而曾不为碍也，岂不明白矣乎？

佛家期于"成佛"，而儒家期于"成己"，亦曰"成己、成物"，亦即后世俗语所云"做人"。做人只求有以卓然超于俱生我执，而不必破除俱生我执。此即儒家根本不同于佛家之所在。世之谈学术者，其必于此分辨之，庶几可得其要领。

然而做人未易言也，形体机能之机械性势力至强，吾人苟不自振拔以向上，即陷于俱生我执、分别我执重重障蔽中，而**光明广大**之心不可见，将终日为**役于形体**而不自觉，几何其不为禽兽之归耶？

是故儒家修学不在屏除人事，而要紧功夫正在日常人事生活中求得锻炼。只有刻刻慎于当前，不离开现实生活一步，从"践形"中求所以"尽性"，唯**下学乃可以上达**。

儒佛两家同事修养功夫，而功夫所以不同者，其理如是如是。

或问：儒佛两家功夫既如此其不同矣，何为而竟有不少躬行修养之士乃迷离于其间耶？应之曰：此以其易致混淆者大有**深远根源**在也。试略言之。

前不云乎，生灭托于不生灭，世间托于出世间。所谓生灭法、世间法者，非他，要即谓众生生命而人类生命实居其主要。其不生灭法或出世间云者，则正指**宇宙本体**也。儒佛两家同以人类生命为其学问对象，自非彻达此本源，在本源上得其着落无以成其学问。所不同者：佛家旨在从现有生命解放出来，**实证乎宇宙**本体，如其所云"远离颠倒梦想，究竟涅槃"（《般若心经》文）者是。儒家反之，勉于就现有生命体现人类生命之最高可能，彻达宇宙**生命之一体性**，有如《孟子》所云"尽心、养性、修身"以至"事天、立命"者，《中庸》所云"尽其性"以至"赞天地之化育""与天地参"者是。

然而菩萨"不舍众生、不住涅槃"；此与儒家之尽力世间者在形迹上既相近似，抑且在道理上亦非有二也。儒家固不求证本体矣，但若于本源上无所认识，徒枝枝节节黾勉于人事行谊之间，则何所谓"吾道一以贯之"乎？故"默而识之"是其首要一着，或必不可少者。"**默识**"之云，**盖直透本源，不落能取所取也**。必体认及此，而后乃有"戒慎乎其所不睹，恐惧乎其所不闻"（见《中庸》）之可言。其曰"不睹、不闻"正点出原不属睹闻中事也。后儒阳明王子尝言"戒慎恐惧是本体，不睹不闻是功夫"，是明告学者以功夫不离本体。衡以体用不二之义，功夫必当如是乎。

宋明以来之儒者好言心性、性命、性天以至本心、本体……如是种种，以是有"性理之学"之称。凡西洋之所谓哲学者只于此仿佛见之，而在当初孔门则未之见也。此一面是学术发展由具体事实而抽象概括之自然趋势；更一面是为反身存养之功者，其势固必将究问思考及此也。顷所云迷离混淆于两家之言者皆出在此时。不唯在思想上迷混已也，实际功夫上亦有相资为用之处。虽儒者排佛更多其人，而迷混者却不心服，盖以排佛者恒从其粗迹之故。

吾文于本、末、精、粗析论不忽，或有可资学人参考者乎？然最后必须声明：一切学问皆以实践得之者为真，身心修养之学何独不然？凡实践所未至，皆比量猜度之虚见耳。吾文泰半虚见之类，坦白自承，幸读者从实践中善为裁量之，庶免贻误。

儒佛异同论之三

儒佛异同既一再为之析论如上矣，忽又省觉其有所遗漏，宜更补充言之。

何言乎有所遗漏？人类实具有其个体生命与社会生命之两面，不可忽忘。儒佛两家同为吾人个体生命一种反躬修养的学问，是固然矣；顾又同时流行世界各地，为中国、日本、印度及其他广大社会风教之所宗所本，数千年来在其社会生活中起着巨大作用，有好果亦有恶果，种种非一，而右（上）所论列曾未之及；是即须略为言之者。

在此一方面：佛家为世界最伟大宗教之一，而儒家则殊非所谓宗教，此其异也。儒非宗教矣，然其为广大社会风教之所宗所本，论其作用实又不异乎一大宗教焉。世人有由是而目以为宗教者，此即当下有待辨析之问题。

往者常见有"**儒、释、道三教**"之俗称；清季康有为陈焕章又尝倡为"孔教会"运动；民国初年议订宪法，亦有主张以"孔教"为国教者，其反对之一方颇辨孔子之非宗教，论争热烈。此正以其事在疑似之间，非片言可以解决也。求问题之解决，必先明确何谓宗教。

对于宗教，旧著《东西文化及其哲学》《中国文化要义》各书皆曾有所阐说，读者幸取而参看，这里不拟再事广论。只申明夙日观点用资判断此一问题。

宗教是人类社会的产物，为社会意识形态之一种。如世界历史之所显示，自今以溯往，它且是社会生活中最有势力之一种活动。其稍见失势，只不过晚近一二百年耳。人世间不拘何物，要皆应于需要而有。宗教之为物，饥不可为食，渴不可为饮，其果应乎人生何种需要而来耶？如我夙昔所说：

> （上略）这就因为人们的生活多是靠希望来维持，而它是能维持希望的。人常是有所希望要求，就借着希望之满足而慰安，对着前面希望之接近而鼓舞，因希望之不断而忍耐勉励。失望与绝望于他是太难堪。然而怎能没有失望与绝望呢？恐怕人们所希

求者不得满足是常，而得满足的不多吧！这样一览而尽、狭小迫促的世界谁能受得？于是人们自然就要超越知识界限，打破理智冷酷，辟出一超绝神秘的世界来，使他的希望要求范围更拓广，内容更丰富，**意味更深长，尤其是结果更渺茫不定**。一般宗教就从这里产生，而祈祷禳祓为一般宗教所不可少亦就在此。虽然这不过是世俗人所得于宗教的受用，了无深义；然宗教即从而稳定其人生，使得各人能以生活下去，不致溃裂横决。（旧著《中国民族自救运动之最后觉悟》）①

据此而分析言之，所谓宗教者：一方面都是从超绝于人的知识、背反于人的理智那里，立它的根据；一方面又都是以安慰人的情感、勖勉人的意志为它的事务。试看从来世界所有宗教，虽大小高下种种不等，然而它们之离不开祸福、生死、鬼神却绝无二致；求其所以然之故，正在此。——正为祸福、生死、鬼神这些既是人们情志方面由以牵动不安之所在，同时对于人们知见方面来说又恰是超绝莫测、神秘难知之所在也。②

上面所说如其肯定不错的话，则孔子之为教与一般所谓宗教者殊非一事，亦可肯定无疑。何以言之？此从《论语》中征之孔子所言所行而充分可见也。略举数则如次：

季路问事鬼神。子曰：未能事人，焉能事鬼？曰：敢问死。子曰：未知生，焉知死？子不语怪、力、乱、神。

樊迟问知。子曰：务民之义，敬鬼神而远之，可谓知矣。

子疾病，子路请祷。子曰：有诸？……丘之祷久矣！

---

① 引自《中国民族自救运动之最后觉悟》一文，第六节"解一解中国之谜"的第二大段。

② 费尔巴哈的《宗教的本质》《基督教的本质》各书有许多名言足资参考，例如：

依赖感乃是宗教的根源。

弱者而后需要宗教，愚者而后接受宗教。

唯有人的坟墓才是神的发祥地。

世上若没有死这回事，那亦就没有宗教了。

王孙贾问曰:"与其媚于奥,宁媚于灶",何谓也?子曰:不然,获罪于天,无所祷也。

即此而观,孔子之不走一般宗教道路,岂不昭昭乎?

孔子而后代表儒家者必数孟子、荀子。孟子尝言"莫之为而为者,天也;莫之致而至者,命也";其不承认有个"上帝"主宰着人世间的事情,十分明白。荀子则更属儒家左派,反对"错人而思天";又说君子"敬其在己,而不慕其在天"。其他例证尚多,不烦备举。一言以断之,世有以儒家为宗教者,其无当于事实,盖决然矣。

然而单从不随俗迷信,不走宗教道路来看孔子和儒家,尚失之片面,未为深知孔子也。须知孔子及其代表之儒家既有其**极远**于宗教之一面,更有其**极近**于宗教之一面,其被人误以为宗教,实又毫不足怪焉。

儒家极重礼乐制度,世所知也。礼乐之制作,大抵因依于古而经过周公之手者,殊为孔子之所钦服,如所云"郁郁乎文哉吾从周"是也。其具体内容在形迹上正多宗教成分,如祭天祀祖之类是。孔子于此,诚敬行之,备极郑重。有如《论语》所记:

祭如在,祭神如神在。子曰:吾不与祭,如不祭。

又且时加赞叹,如云:

禹,吾无间然矣!菲饮食而致孝乎鬼神,(中略)禹,吾无间然矣。

然于时俗之所为者又非漫无抉择也;如云"非其鬼而祭之,谄也"之类是。

孔子何为而如是,外人固未易识。墨家尝讥儒者"无鬼而学祭礼",正是感觉其中有些矛盾。然实非矛盾也。孔子盖深深晓得尔时的社会人生是极需要宗教的,但又见到社会**自发**的那些宗教活动弊害实多,不安于心,亟想如何使它**合理化**,既有以稳定人生,适应社会需要,复得避免其流弊。恰在此时，领悟到周公遗留下来的礼乐制度含义深远，与此有合，于是就"述而不作"——其实述中有作——力为阐扬。在不求甚解之人，辄从形迹上目以为宗教而无辨也，固宜。

假如孔子之垂教示范遂如上所举者而止也，则亦谁敢遽然判断儒家之果不为宗教？吾人之识得决定非宗教者，实以孔门学风显示出其在积极地以启导人们理性为事也。人类理性之启导，是宗教迷信、独断、固执不通之死敌，有此则无彼也。

此在《论语》中可以证明者甚多，试举其两例如次：

（一）宰我问：三年之丧，期已久矣。君子三年不为礼，礼必坏；三年不为乐，乐必崩。旧谷既没，新谷既升，钻燧改火，期可已矣。子曰：食夫稻，衣夫锦，于汝安乎？曰：安。汝安则为之！夫君子之居丧，食旨不甘，闻乐不乐，居处不安，故不为也。今汝安则为之。宰我出。子曰：予之不仁也！子生三年，然后免于父母之怀。三年之丧，天下之通丧也。予也，有三年之爱于其父母乎？

（二）子贡欲去告朔之饩羊。子曰：赐也！尔爱其羊，我爱其礼。

如所常见，宗教中的礼节仪式不论巨细，一出自神职人员之口，便仿佛神秘尊严，不容怀疑，不可侵犯。然在孔门中虽其极所重视之礼文，亦许可后生小子从人情事理上随意讨论改作。尽其所见浅薄幼稚，老师绝不直斥其非，而十分婉和地指点出彼此观点之不同，教你**自己从容反省理会去**。这是何等伟大可贵的人类理性精神！何等高超开明的风度！此岂古代宗教所可能有的？

又假如孔子后学于儒家礼乐具有之宗教成分，不明白地剖说其意义所在，则两千数百年后之吾人亦何能强为生解？其迹近宗教而实非宗教，固早已由孔子后学自白之于两千多年前也。此从《荀子》书中可以见之。例如其《礼论》篇之论祭礼有云：

207

祭者，志意思慕之情也，忠信爱敬之至矣！礼节文貌之盛矣！苟非圣人，莫之能知也。圣人明知之，士君子安行之；官人以为守，百姓以成俗。**其在君子，以为人道也；其在百姓，以为鬼事也**。①

又在其《天论》篇论及祈祷等事，有云：

雩而雨，何也？曰：无何也，犹不雩而雨也。日月食而救之，天旱而雩，卜筮然后决大事，非以为求得也，以文之也。故**君子以为文，百姓以为神**。

儒家非貌为宗教有意乎从俗而取信也。独在其深识乎礼乐仪文为社会人生所**必不可少**耳。

人类远高于动物者，不徒在其长于理智，更在其富于情感。情感动于衷而形著于外，斯则礼乐仪文之所从出而为其内容本质者。儒家极重礼乐仪文，盖谓其能从外而内以诱发涵养乎情感也。必情感敦厚深醇，有发抒，有节蓄，喜怒哀乐不失中和，而后人生**意味绵永**乃自然稳定。

人们情志所以时而不稳定者，即上文所云"人们的生活多是靠前面希望来维持"，**失其重心于内而倾欹在外**也。此则不善用理智，有以致之者。

理智之在人，原为对付外物处理生活之一工具；分别、计较、营谋、策划是其所长。然由是而浑融整个的人生乃在人们生活中往往划分出手段、方法与目的，被打断为两截，而以此从属于彼，彼则又有所从属，如是辗转相寻，任何一件事的意义和价值仿佛都不在其本身。其倾欹乎外而易致动摇者实为此。

又须知：人生若理智之运用胜于情感之流行，则人与大自然之间不免分离对立，群己人我之间更失其亲和温润，非可大可久之道。唯墨家未省

① 《前汉书·韦贤传》：永光四年议罢郡国庙，丞相韦玄成等七十人议，皆曰："臣闻祭非自外至者也，由中出于心也，故唯圣人为能飨帝，唯孝子为能飨亲。"——观此，则汉儒见解犹能代表孔子后学而未失其宗旨。

识乎此，乃倡为节葬、短丧而非乐；唯儒家之深识乎此也，故极重礼乐以救正之焉。

孔子正亦要稳定人生，顾其道有异乎一般宗教之延续人们时时地希望于外者；如我在旧著所说：

（上略）他（孔子）给人以整个的人生。他使你无所得而畅快，不是使你有所得而满足；他**使你忘物忘我忘一切，不使你分别物我而逐求**。怎能有这大本领？这就在他的"礼乐"。[①]

何言乎忘物忘我忘一切？信如儒家所云礼乐斯须不去身者（《礼记》原文："礼乐不可斯须去身。"），人的生命时时在情感流行变化中，便释然**不累于物耳**。生死祸福，谁则能免？但得此心廓然无所执着，则物来顺应，一任其自然，哀乐之情而不过焉，即在遂成天地大化之中而社会人生于以稳定。稳定人生之道孰有愈于此者？

鬼神有无，事属难知。"知之为知之，不知为不知，是知也"；遽加肯定或遽加否定，两无所取。第从感情上丰富其想象仰慕，而致其诚敬，表其忠爱，却在古代社会稳定人生备极重要有力。孔子之"祭如在，祭神如神在"；又说"敬鬼神而远之"；试理会其义，或在此乎？

是故我在旧著《中国文化要义》中说：

大约祀天祭祖以至祀百神这些礼文，（中略）或则引发崇高之情，或则绵永笃旧之情，使人自尽其心而涵厚其德，务郑重其事而妥安其志。人生如此，乃**安稳牢韧而有味**，却并非向外（神灵）求得什么。

又接着做结束说：

---

① 引自《中国民族自救运动之最后觉悟》一文，之六"解一解中国之谜"一节第三段。

209

礼乐使人处于**诗与艺术**之中，无所谓迷信不迷信，而迷信自不生。（中略）有宗教之用而无宗教之弊；亦正唯其极邻近宗教，乃排斥了宗教。①

儒家以后世统治阶级之利用推崇，时加装点扮饰，乃日益渐具一宗教之形貌；然在学术上岂可无辨？"儒教"或"孔教"之名，自不宜用。我一向只说"周孔教化"，以免混淆。周孔教化，从古人之用心来说是一回事；从其在社会上两千年来流传演变所起作用所收效果来说，又是一回事。论其作用暨后果有好有恶，事实具在总不可掩。论周孔之用心，如我浅见，其务于敦厚人情风俗（仁）而亟望人们头脑向于开明，远于愚蔽（智）乎？凡此，旧著《中国文化要义》既均有论及，今不更陈。

质言之，在社会生活方面，佛家是走宗教的路，而儒家则走道德的路。**宗教本是一种方法，而道德则否**。道德在乎人的自觉自律；宗教则多转一个弯，俾人假借他力，而究其实此他力者不过自力之一种变幻。

佛家作为一种反躬修养的学问来说，有其究竟义谛一定而不可易，从其为一大宗教来说，则**方便法门广大无量而无定实**。此其所以然：一则宗教原为社会的产物，佛教传衍至不同时代、不同地域，便有许多变化不同；再则当初释迦创教似早有种种安排，如中土佛徒判教有"五时八教"等说者是。由是须知佛教实是包含着种种高下不等的许多宗教之一总称。人或执其一而非有余，不为通人之见也。（但时不免邪门外道之搀杂，亦须拣别。）

然而不可遂谓佛家包罗万象，既无其统一旨归也。中土佛徒判教之所为，盖即着重在其虽多而**不害其为一**。此一大旨归如何？浅言之，即因势利导，俾众生随各机缘得以渐次进于明智与善良耳（不必全归于出世法之一途）。旧著《印度哲学概论》于此曾略有阐说，请参看。儒佛本不可强同，但两家在这里却见其又有共同之处。

榷论儒佛异同，即此为止。

---

① "宗教宜放弃其迷信与独断而自比于诗"之说，发之于西方学者桑戴延纳；时人冯友兰曾引其说而指出中国古代儒家正是早将古宗教修正转化为诗与艺术，见其所著《中国哲学史》。

第四辑

吾书旨在有助于人类之认识自己

东西人的教育之不同[①]

十年岁杪，藉年假之暇，赴山西讲演之约，新年一月四日，在省垣阳曲小学为各小学校教职员诸君谈话如此。《教育杂志》主者李石岑先生来征文，仓卒无以应；姑即以此录奉。稿为陈仲瑜君笔记。

记得辜鸿铭先生在他所作批评东西文化的一本书所谓《春秋大义》里边说到两方人教育的不同。他说：西洋人入学读书所学的一则曰知识，再则曰知识，三则曰知识；中国人入学读书所学的是君子之道。这话说得很有趣，并且多少有些对处。虽然我们从前那种教人作八股文章算得教人以君子之道否，还是问题。然而那些材料——《论语》《孟子》《大学》《中庸》——则是讲的君子之道；无论如何，中国人的教育，总可以说是偏乎这么一种意向的。而西洋人所以教人的，除近来教育上的见解不计外，以前的办法尽是教给人许多知识：什么天上几多星，地球怎样转……现在我们办学校是仿自西洋，所有讲的许多功课都是几十年前中国所没有，全不以此教人的；而中国书上那些道理也仿佛为西洋教育所不提及。此两方教育各有其偏重之点是很明的。大约可以说中国人的教育偏着在情志的一边，例如孝悌……之教；西洋人的教育偏着知的一边，例如诸自然科学……之教。这种教育的不同，盖由于两方文化的路径根本异趋；它只是两方整个文化不同所表现出之一端。此要看我的《东西文化及其哲学》便

---

① 此为梁漱溟 1922 年初在山西的讲演之一，由陈政记录。1922 年初刊于《教育杂志》，曾收入《漱溟卅前文录》，后收入《梁漱溟全集》第四卷。

知。昨天到督署即谈到此，有人很排斥偏知的教育；有人主张二者不应偏废。这不可偏废自然是完全的合理的教育所必要。

我们人一生下来就要往前生活。生活中第一需要的便是知识。即如摆在眼前的这许多东西，哪个是可吃，哪个是不可吃，哪是滋养，哪是有毒，……都须要知道。否则，你将怎样去吃或不吃呢？若都能知道，即为具有这一方面的知识，然后这一小方面的生活才对付得下去。吾人生活各方面都要各有其知识或学术才行。学问即知识精细确实贯串成套者。知识或学问，也可出于自家的创造——由个人经验推理而得，也可以从旁人指教而来——前人所创造的教给后人。但知识或学问，除一部分纯理科学如数理论理而外，大多是必假经验才得成就的；如果不走承受前人所经验而创造的一条路，而单走个人自家的创造一路，那一个人不过几十年，其经验能有几何？待有经验一个人已要老死了，再来一个人又要从头去经验，这样安得有许多学问产生出来？安得有人类文明的进步？所谓学问，所谓人类文明的进步实在是由前人的创造教给后人，如是继续开拓深入才得有的。无论是不假经验的学问，或必假经验的学问都是如此；而必假经验的学问则尤其必要。并且一样一样都要亲自去尝试阅历而后知道如何对付，也未免太苦，太不经济，绝无如是办法。譬如小孩生下来，当然不要他自己去尝试哪个可吃，哪个不可吃，而由大人指教给他。所以无论教育的意义如何，知识的授受总不能不居教育上最重要之一端。西洋人照他那文化的路径，知识方面成就得最大，并且容易看得人的生活应当受知识的指导；从苏格拉底一直到杜威的人生思想都是如此。其结果也真能做到各方面的生活都各有其知识而生活莫不取决于知识，受知识的指导——对自然界的问题就有诸自然科学为指导，对社会人事的问题就有社会科学为指导。这虽然也应当留心他的错误，然自其对的一面去说，则这种办法确乎是对的。

中国人则不然。从他的脾气，在无论哪一项生活都不喜欢准据于知识；而且照他那文化的路径，于知识方面成就得最鲜，也无可为准据者。其结果，几千年到现在，遇着问题——不论大小难易——总是以个人经验、意见、心思、手腕为对付。即如医学，算是有其专门学问了，而其实

214

在这上边尤其见出他们只靠着个人的经验、意见、心思、手腕去应付一切。中国医生没有他准据的药物学，他只靠着他用药开单的经验所得；也没有他准据的病理学、内科学，他只靠着他临床的阅历所得。由上种种情形互相因果，中国的教育很少是授人以知识，西洋人的教育则多是授人以知识。但人类的生活应当受知识的指导，也没有法子不受知识的指导；没有真正的知识，所用的就只是些不精细不确实未得成熟贯串的东西。所以就这一端而论，不能说不是我们中国人生活之缺点。若问两方教育的得失，则西洋于此为得，中国于此为失。以后我们自然应当鉴于前此之失，而于智慧的启牖、知识的授给加意。好在自从西洋派教育输入，已经往这一边去做了。

情志一面之教育根本与知的一边之教育不同。即如我们上面所说知的教育之所以必要，在情志一面则乌有。故其办法亦即不同。知的教育固不仅为知识的授给，而尤且着意智慧的启牖。**然实则无论如何，知识的授给终为知的教育最重要之一端；此则与情志的教育截然不同之所在也。**智慧的启牖，其办法与情志教育或不相违；至若知识的授给，其办法与情志教育乃全不相应。盖情志是本能，所谓不学而能，不虑而知的，为一个人生来所具有无缺欠者，不同乎知识为生来所不具有；为后天所不能加进去者，不同乎知识悉从后天得来（无论出于自家的创造，或承受前人均为从外面得来的，后加进去的）。既然这样，似乎情志既不待教育，亦非可教育者。此殊不然。生活的本身全在情志方面，而知的一边——包括固有的智慧与后天的知识——只是生活之工具。工具弄不好，固然生活弄不好；生活本身（即情志方面）如果没有弄得妥帖恰好，则工具虽利将无所用之，或转自贻戚；所以情志教育更是根本的。**这就是说怎样要生活本身弄得恰好是第一个问题；生活工具的讲求固是必要，无论如何，不能不居于第二个问题。**

所谓教育不但在智慧的启牖和知识的创造授受，尤在调顺本能使生活本身得其恰好。本能虽不待教给，非可教给者，但仍旧可以教育的，并且很需要教育。因为**本能极容易搅乱失宜，即生活很难妥帖恰好，所以要调理它得以发育活动到好处，这便是情志的教育所要用的功夫**——其功夫与智慧的启牖或近，与知识的教给便大不同。从来中国人的教育很着意于要人得有合理的生活，而极顾虑情志的失宜。从这一点论，自然要算中国的教育为得，而西洋人忽视此点为失。**盖西洋教育着意生活的工具，中国教育着意生活本身，各有所得，各有所失也。**

然中国教育虽以常能着意生活本身故谓为得，却是其方法未尽得宜。盖未能审察情的教育与知的教育之根本不同，常常把教给知识的方法用于情志教育。譬如大家总好以干燥无味的办法，给人以孝悌忠信等教训，如同教给他知识一般。其实这不是知识，不能当作知识去授给他；应当从怎样使他那为这孝悌忠信所从来之根本（本能）得以发育活动，则他自然会孝悌忠信。这种干燥的教训只注入知的一面，而无甚影响于其根本的情志，则生活行事仍旧不能改善合理。人的生活行动在以前大家都以为出于知的方面，纯受知识的支配，所以苏格拉底说知识即道德；谓人只要明白，他做事就对。这种思想，直到如今才由心理学的进步给它一个翻案。原来人的行动不能听命于知识的。孝悌忠信的教训，差不多即把道德看成知识的事。我们**对于本能只能从旁去调理它、顺导它、培养它，不要妨害它、搅乱它，如是而已**；譬如孝亲一事，不必告诉他长篇大套的话，只需顺着小孩子爱亲的情趣，使他自由发挥出来便好。爱亲是他自己固有的本能，完全没有听过孝亲的教训的人即能由此本能而知孝悌；听过许多教训的人，也许因其本能受妨碍而不孝亲。在孔子便不是以干燥之教训给人的。他根本导人以一种生活，而借礼乐去调理情志。但是到后来，孔子的教育不复存在，只剩下这种干燥教训的教育法了。这也是我们以后教育应当知所鉴戒而改正的。还有教育上常喜欢借赏罚为手段，去改善人的生活行为，这是极不对的。赏罚是利用人计较算账的心理而支配他的动作，便使情志不得活动，妨害本能的发挥；强知的方面去做主，根本扰乱了生活之顺序。所以这不但是情志的教育所不宜，而且有很坏的影响。因为赏罚而去为善或不作恶的小孩，我以为根本不可教的；能够反抗赏罚的，是其本能力量很强，不受外面的扰乱，倒是很有希望的。

宗教失势问题①

宗教失势在今天科学发达和经济繁荣的国家是最明显的事实，正如上文所云虚有其表而已。然亦有不可一概而论者，如当前之苏联等是已。苏联等国情况之奇特，一面在其执政党标榜无神论，鼓行反宗教运动；另一方面在其社会群众间乃表见出宗教热。有的国家主张无神论多年，但现在不断有报道说又出现了宗教热，不只是老年人而且在青年中也有此种现象，且似有影响及于其领导。

解答此问题，首先一句话：人不是动物，不能过动物那样的生活。动物生活完全由其机体生理因素来决定，紧紧系属个体图存、种族繁衍两大本能系统，超越不出。尽管人的生活也好像为此而忙碌一生，却无奈他发达了头脑心思作用，就有超越于此之上的意识和感情。意识会把自己"客观化"，在生活中或顾盼自喜，或自觉不耐烦而生厌，或自觉无聊，甚且不想活下去。难道这不是人世间的事实吗？

再进一层确切言之，逐求享受和名利者不过是人心牵累于身之庸人耳。人心广大深远通乎宇宙，生命力强的人在狭小自私中混来混去是不甘心的，宁于贞洁禁欲，慷慨牺牲，奔赴理想，一切创造有其兴味。中世纪欧洲的修道院和冒险受苦去蛮荒传教，便是人心的一种出路。入于近代唯其社会上经济界政界奋力创业的人不脱离宗教信仰生活，就是科学界的人物也是出入于实验室和教堂之间，维持着一种心理上的平衡。换言之，近代资本社会原是在宗教——特别是新教——庇荫下兴隆起来的。

临于资本主义末期之现代，行且社会崩溃改组，一般道德陵夷，宗教

---

① 此节内容，原为《人心与人生》第二十章"未来社会人生的艺术化"第一节。

既失维系之力。此时若能出之于奔赴社会主义远大理想，那原是人心一条出路，（在一定意义上）足以取宗教而代之。但现代史演来，却又不是这样。列宁本其所见，不等待无产阶级世界革命到来，而实现其单独一国获取社会主义革命胜利的局面。这局面在今天却又出现许多列宁所无从预见的演变而有待人类继续探索。

当初西欧个人发财致富的那样社会人生，原在借助宗教而取得人们精神上一种调剂平衡的。而今天东欧有的国家一面既缺失社会主义高尚远大精神领导，而一面又武断地唱其无神论要废除宗教，其势就非反激出人们的宗教热不可了。

在各外国通讯社报道中可注意之点，是在报道苏联青年如何羡慕西方资本主义社会的享受娱乐之同时，也报道苏联青年出现宗教热的情况等，这恰是貌似矛盾两歧而正是互相补充的事实。尤可注意者，以思想自由持不同政见而被逐出国的著名小说家索尔仁尼琴在给其国人书信中乃竟表示他信仰固有东正教而不信马列主义！

简捷说一句话：在社会风尚中，在人们头脑中，必先有宗义以换取宗教，而后宗教方将自行消退，否则，是不行的。似乎在"苏联老年的宗教崇拜者"也有人见到此，指出说"这是一部分青年不满足于意识形态的现状而在寻求精神价值的新源泉"（1974 年 5 月 21 日《参考消息》）。

不要轻视西欧北美仅门面的宗教，它在人们精神上失掉着落时难有弥缝之力，却依然在弥缝。费大力气消灭宗教是笨伯，是历史的插曲不是正文。正文将是在人类奔赴共产主义的同时社会上兴起高尚优美的道德生活。

以美育代宗教①

人的思想中既有知识成分，又受情感的支配。知识虽足以影响情感，有时且转变之，但行止之间恒从乎情感所向。这是一般人的一般情况。近代以来西洋人科学知识猛进之后，对于宗教信仰若依若违，不能遽然舍弃，正为情感上远有不能断然出之者耳。此恍惚依恋之情，则在教堂每周礼拜生活直接感受者实具维系之力。感受或深或浅，当然视乎其人与客观之所遇而非一定。但一般说来，其所感受尽在不言之中，而非神父或牧师的说教。质言之，教堂一切设施环境和每周礼拜生活直接对整个身心起着影响作用，总会使你（苟非先存蔑视心理）一时超脱尘劳杂念，精神上得一种清洗。或解放，或提高。这得之什么力量？这得之于艺术魔力，非止于种种艺术的感受，而且因为自己在参加着艺术化的一段现实生活。这种生活便是让人生活在礼乐中。礼乐是各大宗教群集生活所少不得的。宗教全借此艺术化的人生活动而起着其伟大影响作用，超过语言文字。

距今五十多年前，我在《东西文化及其哲学》旧著中，便有如下的指出：

1. 个人本位生产本位的社会经济改归为社会本位消费本位，这便是所谓社会主义；西方文化的转变萌芽在此。

2. （从个人立场）计较个人利害得失的心理，根本破坏那在协作共营生活中所需的心理。

3. （国家）法律（借着刑赏）完全利用人们计较利害得失的

① 此节内容，原为《人心与人生》第二十章"未来社会人生的艺术化"第二节。

219

心理去统驭人……废除统驭式的法律之外，如何进一步去陶冶性情自是很紧要的问题。

4. 近来谈社会问题的人如陈仲甫（独秀）俞颂华诸君忽然觉悟到宗教的必要（原文见《新青年》及《解放与改造》各刊物）……我敢断言一切宗教都要失势有甚于今。成了从来所未有的大衰歇……

5. 从未有舍开宗教而用美术做到伟大成功如同一大宗教者，有之，就是周孔的礼乐。以后世界是要以礼乐换过法律的。

以上各点散见于原书第五章谈世界未来文化之中，读者不难查看。当世界进入社会主义以至共产社会实现之时，如吾书原文之所云：

一、随着改正经济而改造得社会不能不从物的（享用）一致而进为心的和同——总要人与人间有真的妥洽才行；

二、以前人类似乎可说物质不满足时代，以后似可说转入精神不安宁时代；物质不足必要之于外，精神不宁必求之于己；

三、以前就以物质生活而说，像是只在取得时代，而以后像是转入享受时代——不难于取得而难于享受！若问如何取得，自须向前要求；若问如何享受，殆非向前要求之谓乎？

揭开来说：人与人的协作共营生活不是那么随随便便容易成功的！人生不是生活资料丰足便会没有问题的！人生天天在解决问题，问题亦确乎时时有所解决。但一个问题的解决就引进一个更高深的问题而已；此外无他意义。

宗教在过去人类历史上是大有助于社会人生之慰安行进的，而种种艺术——礼乐——则是其起到作用的精华所在。今后很长时间宗教落于残存，而将别有礼乐兴起，以稳定新社会生活。试为剖说如后。

礼乐是什么？礼乐原不过是人类生活中每到情感振发流畅时那种种的活动表现，而为各方各族人群一向所固有者而已。人们当欢喜高兴时，就会有欢乐的活动表现；人们当悲痛哀伤时，就会有哀悼的活动表现。心里有什么，面容体态表现出什么。个人如是，群体则更有所举动。这都出自生命的自然要求和发作。但因人非是动物式本能生活（行乎其所不得不行，止乎其所不得不止），其伸缩、起落、出入的可能太大，就有过与不及的问题。过与不及都不好，皆于生命不利。中国古人（周、孔）之所为制作和讲求者，要在适得其当，以遂行人情，以安稳人生就是了。岂有他哉！

有典礼之礼，有生活上斯须不离之礼。前者见于古今中外一般习欲中，后者则为一种理想生活，即我所云完全艺术化的社会人生。前者例如一个人从降生到死亡，有几次较重要关节，中国古代就有冠、婚、丧、祭之礼，外国宗教就有洗礼、婚礼、丧葬等礼，其在群体生活中，则有如建国或大举出师、行军或会议开幕，或各种纪念日皆各有其不同礼文仪式。而有礼必有乐，说到礼，便有乐在内。其礼其乐皆所以为在不同关节表达人的各式各样情感。扼要说明一句：礼的要义，礼的真意，就是在社会人生各种节目上要人沉着、郑重、认真其事，而莫轻浮随便苟且出之。

人们为什么恒不免随便苟且行事？随便苟且行事又有何等弊害？

应当指出：倾身逐物是世俗通病。这亦难怪其然。人一生下来就要吃，要穿，要宫室以蔽风雨，……总之一切有待于外物以资生活。既唯恐其物之不足，又且拣择其美恶。重物则失己，生命向外倾欹，是其行事随便苟且的由来。当其向外逐求不已，唯务苟得，在自己就丧失生命重心，脱失生活正轨，颠颠倒倒不得宁帖；而在人们彼此间就会窃取争夺，不惜损人利己；人世间一切祸乱非由此而乎？说弊害，更何有重大于此者？

人生是与天地万物浑元一气流通变化而不隔的。人要时时体现此通而不隔的一体性而莫自私自小，方为人生大道。吾人生命之变化流通主要在情感上，然逐求外物，计算得失，智力用事，情感却被排抑。自财产私有以来，人的欲念日繁，执着于物，随在多有留滞，失其自然活泼；同时，又使人与人的情感多有疏离，失其自然亲和。礼乐之为用，即在使人从倾注外物回到自家情感流行上来，规复了生命重心，纳入生活正轨。

人生活在身心内外往复之间，一般地说，便是巴甫洛夫所谓刺激反射。礼乐是直接刺激到感受器而起作用的，其间或有诗歌，而主要是属第一信号系统的刺激反应关系，感应神速，不由得情感兴起而计较心退去。

人们习惯逐物向外跑的心思立可收回。——这是说明其根本所在。

礼乐的根本作用既是要人精神集中当下，为了加重其收敛集中，古时在某些重大典礼之前，负责行礼之主要人物（譬如天子或其他人）每要斋戒沐浴（甚至连续三天）净除身上浮躁之气，而现出人心之正大诚敬来。——这是继续上文所做的说明。（这极似宗教而实不必然，说明于后。）

日常生活自不须如此严重，《礼记》中且有"无体之礼，无声之乐"之说。因为"礼者，理也"；"夫礼者，因人之情而为之节文"（均见《礼记》）。礼的内容实质是情理，是情理之表出于体貌间者。所以衷心敬重其事，不待见之于行礼；衷心和悦不待见之于奏乐。《论语》上，孔子一方面指斥"为礼不敬，临丧不哀"的不对，同时其答弟子"问礼之本"便说：——大哉问！礼，与其奢也，宁俭；丧，与其易也，宁戚。所谓称情而立文，如其情不足而礼有余，那种繁文缛节是不足取的。——这仍然是继续上文的说明。

下文分条更为一些层次曲折较细的说明。

一、先要晓得中国古礼是出于我素来所说的理性早启，文化早熟，原为当时统治阶层而设者，却大可为今后人类新社会所需要的文化设施做参考。且试举古时冠礼来说明一下。兹节录《礼记》一些原文：

> 冠者礼之始也，是故古者圣王重冠。（中略）已冠而字之，成人之道也。见于母，母拜之；见于兄弟，兄弟拜之；成人而与为礼也。（略）成人之者，将责成人礼焉也。责成人礼焉者，将责为人子，为人弟，为人臣，为人少者之礼行焉。将责四者之行于人，其礼可不重欤?! 故孝悌忠顺之行立而后可以为人；可以为人而后可以治人也。故圣王重礼，故曰冠者礼之始也，嘉事之重者也。是故古者重冠。（下略）。（见《礼记·冠义》第四十三）

往古社会生产力当甚低弱，这些礼文一方面便无可能于社会普遍行之，一方面却要求在统治阶层行之。上层建筑与社会经济基础高下不相称，此见出其为早熟者一。从如此礼文上可见对于成人的贵重，完全不像西方宗教之看人微末、有罪、不洁的那样；此见出其为早熟者二。早熟的文化自难于传布，遂不久有"礼崩乐坏"之叹，更且不适合国际竞争的近代；然却正可为今后新社会做参考。说参考，当然不是模仿采用。将来的事情留待后人为之，此不多言。

二、再谈到今后的婚礼，此殆无可取则于古者；因那时的礼俗（如古书《仪礼》《礼记》所传者）是阶级社会的，又是宗法社会的，情势自然不相合。今后婚姻将只是男女两个人之间的事情，结合或分离将甚自由。有人设想未来社会中无所谓家庭、无所谓婚姻者，那不过是由于一种对婚姻和家庭之累的反感而生的幻想。却不晓得人类心理发展趋势和社会文化发展趋势均不如是。从人类心理发展言之，以往的历史均属人的身体势力强大，而心为身用的时代，今后则转入身为心用的时代。盖从社会主义取代资本主义便是社会发展史上从以往自发阶段转入今后自觉阶段了。正为人心抬头用事，在社会主义文化上道德将代宗教而兴。男女两性尽可自由结合，却不会出之以轻浮随便。相反地，必然看成是一件大事（一生大节目），各自认真郑重而行。我用不着设想其婚礼是如何如何，但相信必然有文雅优美的一次典礼，双方亲友群众齐来致贺。在这样郑重其事的结合上，家庭将必稳固和美，而其子女首先受益。

三、人生不免有时而病，医药之外，在昔宗教就要祈祷（有体之礼），在今后则戒慎反省（无体之礼）。人生不免有死，则丧、葬、祭祀为与他相关之人所有事。今后其礼如何不必多所推想，要之，此在人情固不容草草。"慎终追远，民德归厚"（语出《论语》），礼不为一人一家而设，而实为社会之事。上面所云与他相关之人，其范围宽狭没有一定，要视乎他生前在社会上贡献如何，影响如何。试看《礼记·祭法》篇之所说：

> （上略）法施于民则祀之，以死勤事则祀之，以劳定国则祀之，能御大菑则祀之，能捍大患则祀之。（中略）此皆有功烈于民者也。（中略）非此族也，不在祀典。

又《论语》上说"非其鬼而祭之，谄也"。凡此皆见出人们各祭自己的先人亲人和其他值得共同纪念之人而外，用不着滥祭其他鬼神。多祭其他鬼神，无非为了求福赎罪的宗教迷信；而此则抒发感情，自尽其心就是了。

四、就一人一生节目言之，大略如上；就社会群体生活来说，一年四时不可少地总有几个节日或纪念日，必将各有其礼，这里用不着为今后演变多所设想。世界大同之世各方各族于彼此同化之中仍自有从其地理历史衍下来的风俗，无可疑也。

世界各方礼俗今后虽不是整齐划一的，却在社会文化造诣上或先或后进达一种高明境界当必相同，亦就是将必有共同的精神品质。试为一申说如下：

1. 有礼俗而无法律，因为只有社会而无国家了。这亦就是没有强制性的约束加于人，而人们自有其社会组织秩序。此组织秩序有成文的，有不成文的，一切出于舆情，来自群众。旧日的刑赏于此无所用之，而只有舆论的赞许、鼓励或者制裁。

2. 主管经济生活、文化教育生活而为群众服务的各项研究、设计、行政事务机关及其领导人当然都少不得。此领导人物的产生，则一出于社会尊尚贤智以及人们爱好互相学习之风。《礼记·学记》篇所谓"能为师，然后能为长，能为长，然后能为君"者，其言早为人类理性在未来社会高度发达的预兆。

3. 人在独立自主中过着协作共营的生活，个人对于集体、集体对于个人，互相以对方为重，是谓伦理本位主义。伦理本位云者，既非以个人为本位而轻集体，亦非以集体为本位而轻个人，而是在相互关系中彼此时时顾及对方，一反乎自我中心主义。此盖由人心通而不隔的自然情理，亦正为如此，社会所由组成的各个成员都能很活泼地积极主动地参加其社会生活，其社会乃内容充实，组织健全，达于社会发展之极致。（伦理之义为中国古人好讲礼让之所本。）

4. 如上三则而外，诸如消灭三大差别——脑力劳动与体力劳动之差别，城市与乡村之差别，农与工之差别的消灭；生活乐趣寓于生产劳动，从事劳动无异自娱享受；人们各尽所能，各取所需；如是种种，凡往昔科学的社会主义家之所推测者，信必一一实现，非为空想。但惜前人只着眼政治经济方面，而于社会文教方面顾未及详。一若教育之普及提高不言而喻，在阶级泯除、国家消亡之后，社会公共生活的条理秩序如何形成与维持，自有一切无难者①。殊不知事情不那样轻易简单。凡从政治经济方面所推测信必实现之种种，无不赖有人们精神面貌转变为其前提。信乎旧日宗教此时将代以自觉自律之道德，然为人们自觉自律之本的高尚品质、优美感情，却必有其涵养和扶持之道。否则，是不行的。

此为人们行事自觉自律之本的优美感情、高尚品质，如何予以涵养和扶持的具体措施，且亦是在建设社会主义途程中定将逐渐出现的。这就是在生产劳动上在日常生活上逐渐倾向艺术化，例如环境布置的清洁美化，或则边劳动边歌咏佐以音乐之类。其要点总在使人集中当下之所从事，自然而然地忘我，自然而然地不执着于物，而人则超然于物之上。以其精神之集中也，勤奋自在其中，未必劳苦，劳苦亦不觉劳苦。人们于此际也，其为彼此协作共营的生活讵有不各和衷共济者乎？

何以肯定说在建设社会主义途程，必然如此走向艺术化之路？前既言之，从社会主义革命以至建设社会主义是人类历史从自发性进于自觉性之一大转变，随着社会建设事业的进行，此自觉性无疑地亦将在发展提高，而大有进境。人类一向致力于认识乎物，利用乎物，却忽于认识人类自己者——如吾书开端所说在学术高度发达之今日，而人类心理学一门学问却最最落后无成——而当此际也，问题却已不在物而转在人，或人与人之间。人类如何自反而体认此身此心的学问势将注意讲求，从而懂得要有以调理身心，涵养德行，且懂得其道不在对人说教而宁在其生活的艺术化。唯其社会人生之造于此境也，人的自觉性发展乃进入高度深刻中，亦便是达于人类心理发展之极峰。

中国因其历史发展一向特殊，社会生产力长期延滞，今天要急起直追者自在发展生产上。在生产力大进之后，社会财富日增，将不失勤俭之度

---

① 列宁著《国家与革命》一书中有如下的话，道理很简单：人们既然摆脱了资本主义的奴役制，摆脱了资本主义剥削制所造成的无数残暴、野蛮、荒谬和卑鄙的现象，也就会逐渐习惯于遵守数百年来人们就知道的数千年来在一切处世格言上反复说到的起码的公共生活规则，自动地遵守这些规则，而不需要暴力，不需要强制，不需要服从，不需要国家这种实行强制的特殊机构。原书类此的说话不止此一段，皆从省，不录。

而往古的礼乐文明渐以兴起，此盖可以预料者。其风尚及设施随即为各方所取则而普及于世界，是又可以预料者。

积极革命精神即是道德精神。苏联倡言反宗教，却恰在全世界宗教衰退时际而独独冒出宗教热来。难道这是宗教要复兴？这不过是为宗教道德两落空，人们不耐烦的表现而寻求其精神出路耳。走向社会主义是当前世界主流，其所需要、其所可能者唯是道德之路而非宗教之路，此其形势明白可睹。

"以道德代宗教"创见于中国往古之世，其风流衍数千年，旧著《中国文化要义》第六章即有陈述。我早年（1921年《东西文化及其哲学》）敢于倡言世界最近未来将为古中国文化之复兴者，意正指此。此其关键转捩所在，即在人类文化生活将从人生第一问题——人对物的问题转换进入人生第二问题——人对人的问题是已。人生三大问题之说，备见于旧著各书，请参看，此从省。此处且略分疏从宗教向道德过渡之理。

宗教本身原是出世的，却在人世间起着维持世间的一个方法的作用。它有助于循从一时一地的庸俗道德，或且能提高人们的精神和品质。其道全在假借着超然至上的一个信仰对象，即视乎其皈依之诚而著其人品提高之度焉。道德本身在人世间具有绝对价值，原不是为什么而用的一种方法手段。宗教在人每表现其从外而内的作用；反之，道德发乎人类生命内在之伟大，不从外来。人类生活将来终必提高到不再分别目的与手段，而随时随地即目的即手段，悠然自得的境界。此境界便是没有道德之称的道德生活。

宗教所起作用从来有藉于具体的艺术影响（见前文），而往古中国的礼乐制度原从（古宗法）宗教转化而来，纳一切行事于礼乐之中，即举一切生活而艺术化之。所谓"礼乐不可斯须去身"（语出《礼记》）者，不从言教启迪理性而直接作用于身体血气之间，便自然地举动安和，清明在躬——不离理性自觉。

宗教是社会的产物，一切无非出于人的制作。人们在世俗得失祸福上有求于外的心理，则俗常宗教崇信所由起，亦即宗教最大弊害所在。此弊害以学术文化之进步稍有扫除，但唯礼乐大兴乃得尽扫。即唯恃乎此，而人得超脱其有求于外的鄙俗心理，进于清明安和之度也。要之，根本地予

226

人的高尚品质以涵养和扶持，其具体措施唯在礼乐。

不有以美育代宗教之说乎？于古中国盖尝见之，亦是今后社会文化趋向所在，无疑也！

我所谓社会人生的艺术化指此。

我怎样理解辩证唯物论[①]

　　我不承认一般的唯物论，但我可以无条件地承认辩证唯物论。我是怎样理解辩证唯物论的呢？这要说出来以待高明的马列主义者予以指正或认可。

　　我之所以不承认一般的唯物论，是因为他们把物质看成简单的死东西。而在辩证唯物论则不然，他们说世间没有简单的东西，一切事物都是有内在矛盾的，又是彼此互相关系而存在着的；就在内有矛盾而外有关联上，不断地发展变化，日新又日新，那亦就是活的而不是死的了。辩证唯物论之所谓物质应即指自宇宙一切事物为一体不可分离的总在发展变化不已中的那个东西。宇宙间虽然森罗万象，而其实乃是一个东西；这东西我们叫它"物质"。这是哲学上的"物质"，不是自然科学上的那个"物质"（注：看提纲第二章第五段）。前者可以包括后者，但后者却不能替代前者。我们可以说：世界即物质，物质即世界；但这都是从哲学来说的，不能把哲学和自然科学混为一谈；从自然科学上是得不出这个结论的。作这个结论不属于自然科学的事。

　　艾思奇的报告中有几句话：

　　　　马克思主义唯物论的特点就是在唯物论里加上实践的观点；以实践的观点作为根本的观点。其他任何一种唯物论都不讲实践，都跟实践脱离，都是离开实践讲唯物主义。离开实践讲唯物

　　① 此文选自梁培宽、梁培恕辑录的《人生至理的追求》。原标题为"我怎样理解辩证唯物论——读《辩证唯物论提纲》（艾思奇报告）"。

主义就不是辩证唯物主义。（见 26 页）

这话非常好。我愿再加分析说明之：何谓实践？说实践，是说人类生活中的各种活动。这里须注意两点：（一）说活动，就外静观，除非你懂得静观亦是一种活动；（二）人类的活动都具有社会性，没有独自一个人的事情，除非你忘记任何个人都是社会中人。

唯物主义是从实践中认识得到的，还在我们实践上而应用它，以争取主动。时时争取主动，是人生之所必要的。而只有你时时留心客观环境，不忽不忘，才有主动地活动之可言。不然的话，早就落于被动去了。人类是具有主观能动性的，但自己不去争取主动，主观能动性却发挥不出来，而只有时时在被动中。哲学不是空谈，哲学中的唯物主义尤其是人生最紧切有用的指点。——指点我们要时刻留心客观环境而掌握之。可惜人们一言一动总容易出以主观，而忽于其环境事实耳。

我对于时下人之讲唯物主义的话，是不是全部同意呢？这又不然。

例如常听人说："物质是第一性的，精神是第二性的。"我觉得这样的说法容易引起误解，好像物质、精神是可以离开来说的两种东西。而实则精神即存于物质之中，不在其外。物质不是有着内在矛盾吗？精神早就存那里了。我们不如说，要把社会存在看作第一性，社会意识看作第二性；这样比较妥当。因为说意识，是指人类的意识，人类从生物进化来，生物从物质发展来，物质自是先于意识的。先有社会存在，才有社会意识；意识，就是意识那个存在的。又例如常听人说："物质世界是客观存在的，它不依赖于人们意识而独立存在着。"这话我觉得亦有毛病。其实自有人类意识以来，客观世界总在人类意识所摄取中，而没有离开间断过，——离开间断是不可想象的。怎样说"独立存在"这话呢？你若说人类出现时，它先存在了，不就是独立存在吗？其实这种推断的话，还从我们意识来的，总之都离开我们意识不得。我以为彼此离不开，一离开即不合辩证法。

我对于辩证唯物论的理解，暂时只说这些。

229

明白马克思主义不是教条，就永远无所谓过时①

毛著《实践论》中如下的话是完全对的：

马克思主义不是教条而是行动的指南。

马克思主义并没有结束真理，而是在实践中不断地开辟认识真理的道路。

说改造世界包括改造客观世界，也改造自己的主观世界——改造自己的认识能力，改造主观世界同客观世界的关系。

世界到了全人类都自觉地改造自己和改造世界的时候，那就是世界的共产主义的时代。

漱按：人或谓百多年前马克思说的话，现在过时了；殊属不然，明乎马克思主义不是教条，就永远无所谓过时也。

---

① 此文选自梁培宽、梁培恕辑录的《人生至理的追求》。原标题为"读《实践论》摘录"。

孔子学说之重光①

今天开孔子诞辰纪念会，按中央规定的典礼节目，有孔子学说一项，现在由我来讲。

我常同大家说：中国近百年来遭遇一种不同的西洋文化，给我们一个很大的打击，让我们历久不变的文化发生变化，显出动摇。大家又都知道孔子在中国文化上的地位关系，所以中国文化受打击发生动摇，当然亦就是孔子学说的受打击发生动摇。此时孔子之被怀疑，是应有的现象，是不可少的事情。大概是应当这样子，不怀疑不行；只有在怀疑之后，重新认识，重新找回来才行。我曾告大家说中国民族精神，必须在唾弃脱失之后，再慢慢重新认识，重新找回来；它必不能是传统的传下来！因为传统已全无用处。可是重新认识，重新找回，很不容易！不能仍然敷陈旧说。几时是孔子学说重光的时候，我们不敢说。在眼前很明白的还是一个晦塞的时候，怀疑的空气仍然浓厚。

我曾经努力这个工作——即对于孔子学说的重新认识，把晦暗的孔子重新发扬光大，重新透露其真面目。这个工作，依我所见，大概需要两面功夫：

一面是心理学的功夫，从现代科学路子，研究生物学、生理学、心理学，这样追求上去，对人类心理有一个认识；认识了人到底是怎么回事，然后才能发挥孔子的思想。如无这面功夫，则孔子思想得不到发挥。因为

① 本文选自山东人民出版社出版的《梁漱溟全集》第五卷，系梁漱溟1934年演讲，原刊于1934年9月16日出版的《乡村建设》旬刊第四卷第5期。

231

孔子学说原是从他对人类心理的一种认识而来。孔子认识了人，才讲出许多关于人的道理。他说了许多话都是关于人事的，或人类行为的；那些话，如果里面有道理，一定包含对于人类心理的认识。对于人类心理的认识，是他一切话与一切道理的最后根据。所以心理学的研究是重新认识孔子学说，重新发挥孔子思想，顶必要的一面功夫。

还有一面，是对于中国的古籍，或关于孔子的书，要有方法地做一番整理功夫。我们现在无法再与孔子见面，所可凭借参考的，除了传下来的古籍，更有何物？所以要想重新认识孔子，古籍的整理功夫，亦是很必要的。可是从来想发挥孔子思想学说的人很多，似乎都欠方法，很容易落于从其主观的演绎，拿孔子的一句话、一个意思、一个道理去讲明发挥孔子的思想，而没能够有方法地来发现孔子的真面目。仿佛前人大都有此缺欠。所以孔子学说的发挥解释可以千百其途径：一个人有一个说法，一百人有一百个说法，一千人有一千个说法。同是孔子的一句话，我可以这样讲，你可以那样讲。讲孔子学说的人越多，孔子的真意思越寻不出。为什么越讲越分歧，越讲越晦暗呢？就在没有方法。自孔子以后，到现在很多年代，代代都有想讲明孔子学说的人，都自以为是遵奉孔子学说的人。可是遵奉的人越多，越加分歧，讲明的人越多，越加晦暗。今后如果仍然如此下去，岂不更没办法！所以我们现在要想讲明孔子，不能重蹈前辙，必须有方法地去清理一遍才行。当我们做这个功夫，不要忙着往高深处讲，宁可有一个粗浅的意思；如果粗浅的意思而是确定的、明了的、不可摇移的、大家公认的，就要胜过含混疑似两可难定的高深之见！从粗浅起手，步步踏实向前走，不定准的话不说，说了便确定无疑；如此踏实确定地走向深处，庶可清理出一点头绪来，发现孔子的真面目。

现在总起来说：大概必须得有这两面：一面做认识人类心理的心理学功夫，一面做有方法的清理古籍的功夫，然后才能对孔子学说重新认识。

今天所要讲的是偏于后一面，即从粗浅的地方脚踏实地地来确定孔子是怎么回事。

现在所讲的仍是好多年前——民国十二年（1923）——在北京大学讲过的。当我们研究孔子思想学说，首先应问孔子毕生致力研究的到底是一种什么学问。虽然大家都知道孔子的学问很多，许多人称赞孔子博学多能，当然是事实；可是他一定不单是博学多能。他的真正长处不一定在博、在多，假定孔子有一百样才能、一百样学问，那么，现有一百个专家亦不能及得孔子吗？恐怕孔子有他一个毕生致力用心所在的学问，为他种种学问的根本。

我们如此追问下去，就发现孔子毕生致力用心所在的学问，不是现在所有的学问。虽然现代世界学术很发达，大学专门的科学很繁多，可是统同没有孔子研究的那一门学问，并且给他安不上一个名词来。很显而易见的，孔子研究的学问，不是物理化学或植物动物——不是自然科学；恐怕不单不是自然科学，并且亦非社会科学。孔子学说固亦包含类属社会科学的政治教育乃至其他种种的道理，但孔子毕生真正致力并不在此。

也许有人要说孔子学问是哲学，我说孔子学说不单不是自然科学、社会科学，并且亦不是哲学。哲学一名词本非中国所固有，是从西洋外来的；如果哲学内容是像西洋所讲的那样子，则孔子学说可以断定亦非哲学。例如西洋哲学中有所谓唯心论、唯物论、一元论、二元论、人生观、宇宙观、本体论、认识论、机械论、目的论……孔子学说全然不是这一套复杂细密分析系统的理论玩意儿。如此看来，孔子学说很难安上一个名词；在事实上，所有世界的专门大学很难找到有这样的学科。

那么，孔子的学问究竟是什么呢？我们根据比较可靠的古籍《论语》，来看孔子毕生致力用心所在的学问是什么，拿其中许多条来参考勘对，比较研究。我们发现最显著的一条："吾十有五而志于学，三十而立，四十而不惑，五十而知天命，六十而耳顺，七十而从心所欲，不逾矩。"这是孔子自己说明他自己的话。我们要想明白孔子，这一条很有关系，很可帮助我们知道他。但这些话的内容是什么呢？"吾十有五而志于学"，志什么学呢？话很浑括，很难明白。"三十而立"，"立"字怎样讲呢？很不好讲。"四十而不惑"，不惑的究竟是什么？对什么不惑？"不惑"两字仿佛会讲，大概就是不糊涂吧！但其内容究是什么，则非吾人所可得知。"五十而知天命"，什么是天命？什么是知天命？亦不好乱猜。"六十而耳顺"，耳顺是一种什么境界？更不可知。"七十而从心所欲，不逾矩"，就字面说似乎好讲，可是事实上更不好懂，因这是他学问造诣的顶点，是从志学……耳顺等等而来，对于那些我们尚且不懂，如何能懂得他七十岁时的进境呢？

所以我们不愿随便去讲古人的话，不愿往深奥高明里去探求。我们只注意这些话是孔子自己诉说他自己学问的进境与次第，至其内容如何，我们不愿乱猜。在前人亦许就要讲了，什么是不惑，什么是知天命，什么是耳顺，什么是从心所欲不逾矩。前人都可有一个解释给你。而我们则暂且留着不讲，先从粗浅处来看。这些话所讲的大概不是物理学、化学，乃至政治学、教育学吧？甚至亦不是哲学吧？哲学不像是这样。这些怎能是哲学呢？他仿佛是说他自己，——说他自己的生活，说他自己的生命，说他自己这个人。仿佛可以说，他由少到老，从十五到七十，所致力用心的就是关乎他自己个人的一身。我们隐约地见出他是了解他自己而对自己有办法。照我所体会，他的学问就是要自己了解自己，自己对自己有办法；而不是要自己不了解自己，自己对自己没办法。比如他说"不惑""耳顺""从心所欲，不逾矩"，内容固然不好懂，可是我们隐约看出，到那时候，他的心里当很通达，自己很有办法，自己不跟自己打架。平常人都是自己跟自己打架，自己管不了自己，自己拿自己没办法。而孔子从心所欲不逾矩，自己生活很顺适，自己对自己很有办法。这个意思我们可以体会得到，不是随便乱猜或妄说的。孔子毕生致力就在让他自己生活顺适通达，嘹亮清楚；平常人都跟自己闹别扭，孔子则完全没有。

这种学问究竟是什么学问？安一个什么名词才好呢？恐怕遍找现代世界所有大学、研究院，学术分科的名词，都找不到一个合适的给他安上。孔子毕生所研究的，的确不是旁的而明明就是他自己；不得已而为之名，或可叫作"自己学"。这种自己学，虽然现代世界学术很发达，可是还没有。这就是我们从《论语》上得到关于孔子学说的一点消息。

现在再举《论语》一章可以帮助明白这个意思。"哀公问弟子孰为好学，孔子对曰：有颜回者好学，不迁怒，不贰过，不幸短命死矣！今也则无，未闻好学者也。"孔子最好最心爱的学生是颜回，而颜回最大的本领最值得孔子夸奖赞叹的就在"不迁怒，不贰过"。究竟"不迁怒，不贰过"如何讲，我们不懂，暂且不去讲明；但可以知道的一定不是自然科学、社会科学或哲学。从这二句话，又可证实上面发现的消息：大概"不迁怒，不贰过"是说颜回生活上的事情。还是我们上面所说：研究他自己，了解他自己，对自己有办法。"不迁怒，不贰过"，大概就是不跟自己闹别扭，

234

自己对自己有办法。孔子学问是什么，于此似乎又得到一个证明。

从学生可以知道先生，从弟子可以知道老师，最好的学生就是最像老师的学生。譬如木匠的好学生就是会做木工活的。裁缝的好学生就是最会缝衣服的。而孔子的好学生，没有旁的本领，是"不迁怒，不贰过"，则老师的学问是什么，亦可从而知之了。

现在结束这面的话：我们要想讲明古人的学问必须注意方法，不能随便往高深处讲。说句笑话，我不是孔子颜子；即使是孔子颜子，我才四十二岁，如何能知道孔子六十而耳顺、七十而从心所欲不逾矩的境界呢？所以我们现在只能从粗浅易见的地方来确定孔子的学问是什么。虽属粗浅，可是明白确定；明白确定，就了不得！比方孔子学问很古怪，不是这个，不是那个，说来说去都是说"他自己"；我们确定孔子学问是如此。意思虽很粗浅，可是很明白，很确定，可以为大家承认，毫无疑问，无可再假。我们如果这样一步踏实一步，一步确定一步，慢慢走向高明深远处，则孔子的真面目亦可被我们清理出来重新认识。

这是关于整理古籍方法一面的话；底下转回来讲孔子的学问。

孔子的学问是最大的学问，最根本的学问。——明白他自己，对他自己有办法，是最大最根本的学问，我们想认识人类，人是怎么回事，一定要从认识自己入手。凡对自己心理无所体认的人，一定不能体认旁人的心理；因为体认旁人心理无非以我度他，了解旁人必须先了解自己。我随便举一个例，如吃辣子，看见旁人张嘴作态，我就明白那是感觉辣的表现；我何以能知道？就在我曾经有过那样的经验，从我自己的经验可以推度旁人。不然，我对旁人的心理就无法知道。所以要想认识人类必须从认识自己入手；只有深彻地了解自己，才能了解人类。而了解人类则是很了不起的学问；因社会上翻来覆去无非人事，而学问呢，亦多关人事。如历史、政治、教育、经济、军事，都是研究人事的学问。所以明白了人，不啻明白了一切学问；明白了人类心理，能做的事就太多了。他可以办教育、开工厂、干政治，可以当军事官，带兵，因这些无非是人事啊！可是孔子学问之大远不在此，虽然对于人类心理的认识，是一切学问知识的最后根据，不过这仍为一种知识学问，孔子的伟大尚不在此。

孔子学说的真价值，就在他自己对自己有办法，用他自己的话说，就

235

是从心所欲不逾矩。自己对自己有办法，亦就是自己不跟自己打架，自己不跟自己闹别扭。所谓自己对自己有办法，其实尚是我们解释他的话，在他自己无所谓有办法无办法，只是他的生命很圆满，他自己的生活很顺适而已！此即孔子学说真价值所在。申言之，所有办法皆从了解来，因为一切学问都包含两面：一面是对其研究对象的了解，一面是对其研究对象的有办法；而办法则从了解来。办法是偏乎应用一面，了解是纯粹研究的功夫。如果对于人类心理有认识有办法，那一定是从深彻地了解个人自己起；了解自己与对自己有办法，是丝毫离不开的。如对自己没办法即不能对自己有了解，对自己无了解亦不会对自己有办法。反之，有一点了解即有一点办法，有一点办法亦有一点了解。愈了解自己便愈对自己有办法，愈对自己有办法便愈了解自己；所以办法与了解是一回事的两面，即了解即办法，完全离不开。这是一种最亲切最有用的学问。

现在的西洋人，我敢断定，将要失败。我更说一句话，现在的西洋人要失败在中国人面前。"为什么？"大家一定会诧怪发问。就是因为西洋人对什么都了解都有办法：天上的电，地下的矿，山上的草木无不了解；上穷天际，下极地层，都有办法。西洋人对一切都考察研究过，一切都明白都有办法。可是他就差了一点，少回来了解他自己，体认他自己，所以对自己没有办法。西洋人诚然发达了许多学术，不过对自己尚没有顶亲切而有用的学问。他对物的问题算有解决，而对自己则无办法。这就是我说西洋人非失败不可的原因。

中国人占一个便宜，即他一向受孔子的启发与领导，曾在了解自己的学问上用过心。我在《中国民族自救运动之最后觉悟》一书中有几句话与刚才说的意思相关系，大家可以用心去想：

> 中国文化和印度文化有其共同的特点，就是要人的智慧不单向外用，而回返到自家生命上来，使生命成了智慧的，而非智慧为役于生命。

西洋人至近代以来，学术虽很发达，可是都系智慧向外用的结果。所谓智慧为役于生命，即系智慧单单成立了生命的工具。中国最高学问与印度的最高学问，是让智慧回到自己生命，使生命成立了智慧的生命。而普通人的智慧都向外用，生命仍是蠢生命。智慧回头用在了解自己，认识自己，自己有办法，此时生命不是蠢生命而是智慧的生命。西洋人虽然会造飞机，上升天空；可是他的生命是蠢的，所以制造无数飞机放炸弹，自己毁灭他自己，自己对自己没办法。自己对自己没办法，则其他办法都不是真办法。中国人对其他办法——征服自然一方面很不够，而回头认识他自己，了解自己，对自己有办法，亦没做到好处；做到好处的只有少数圣贤，这是中国人今天失败的原因。可是西洋人对于人类根本地方，少所了解，少有办法，所以我断定他亦要失败。等到西洋人失败的时候，中国文化的坠绪从新接续，慢慢再发挥光大。孔子学说的价值，最后必有一天，一定为人类所发现，为人类所公认，重光于世界！

吾书旨在有助于人类之认识自己[1]

吾书旨在有助于人类之认识自己，同时盖亦有志介绍古代东方学术于今日之知识界。

科学发达至于今日，既穷极原子、电子种种之幽渺，复能以腾游天际，且即攀登星[2]，其有所认识于物，从而控制利用乎物者，**不可谓无术矣**。顾大地之上人祸[3]方亟，竟自无术以弭之。是盖：以言主宰乎物，似若能之；以言人之自主于行止进退之间，殆未能也。"人类设非进于天下一家，即将自己毁灭"（One world, or none）；非谓今日之国际情势乎？历史发展卒至于此者非一言可尽，而近代以来西方人之亟亟于认识外物，顾不求如何认识自己，驯致世界学术发展之有偏，讵非其一端欤。当世有见及此者，非无其人：或则以"人类尚在未了知之中"（Man, the unknown）名其书[4]，或则剖论晚近学术上对人的研究之竟尔落空[5]。盖莫不有慨乎其言之矣！及今不求人类之认识自己，其何以裨助吾人得从一向自发地演变的历史转入人类自觉地规划创造历史之途邪？[6]

---

① 此文为1984年首次出版的《人心与人生》一书的"绪论（上）""绪论（下）"两章。现标题为编者所加。

② 此书（指《人心与人生》）着笔时美国初有地球卫星上天之事。——此为原书所注。此文后注皆同。

③ 曰"人祸"者，人为之祸，盖对天灾而言之也。

④ 此为法国人亚历克西·卡雷尔（Alexis Carrel）所著书，有胡先骕译序一文，见于1946年上海《观察》杂志第一卷第三期。

⑤ 潘光旦有《人的控制与物的控制》一文剖论学术上对人的研究竟落于三不管地带，见于1946年上海《观察》杂志第一卷第二期，值得一读。

⑥ 此请参看恩格斯著《社会主义从空想到科学的发展》一文末一大段。

讲到人，离不开人心。要必从人心来讲，乃见出人类之首出庶物。非然者，只从其机体构造、生理运行乃至大脑神经活动来讲，岂非基本上曾无以大异于其他许多高等动物乎？纵或于其间之区别处一一指数无遗矣，抑又何足以言认识人类？更要知道：所有这些区别看上去都不大，或且极其细微，一若无足轻重者，然而从其所引出之关系、所含具之意义则往往甚大甚大。诚以些小区别所在，恰为人对动物之间无比重要巨大的区别——例如人类极伟大的精神气魄、极微妙的思维活动——所从出也。质言之：前者实为后者之物质基础，亦即其根本必要的预备条件；前者存于形体机能上，为观察比较之所及，或科学检验之所可得而见者；后者之表见虽亦离开形体机能不得，然在**事先**固不可得而检验之，只可于**事后**举征而已。前者属于生理解剖之事，后者之表露正所谓人心也。人之所以为人，独在此心，不其然乎。

讲到心，同样地离不开人心。学者不尝有"动物心理学""比较心理学"之研究乎？心固非限于人类乃有之者。然心理现象毕竟是一直到了人类才发皇开展的；动物心理之云，只是从人推论得之。离开人心，则心之为心固无从讲起也。

总结下来：说人，**必于心见**之；说心，**必于人见**之。人与心，心与人，总若离开不得。世之求认识人类者，其必当于此有所识取也。

心非一物也，固不可以形求。所谓人心，离开人的语嘿动静一切生活则无以见之矣。是故讲到人心必于人生求之。而讲到人生又不可有见于个体、无见于群体。群体谓始从血缘、地缘等关系而形成之大小集团，可统称曰社会。人类生命盖有其个体生命与社会生命之两面。看似群体不外乎个体集合以成，其实个体乃从社会（种族）而来。社会为本，个体则其支属。人类生命宁重在社会生命之一面，此不可不知。即人生以求人心，若只留意在个体生活上而忽于其社会生活间，则失之矣。（于体则曰生命，于用则曰生活；究其实则一，而体用可以分说。）

动物界著见其生命在群体而不在个体者，莫如蜂、蚁。蜂蚁有社会，顾其社会内部结构、职分秩序一切建筑在其**身**之上。说身，指其生来的机体暨本能。人类生命重在其社会生命之一面，皆不异乎蜂蚁也。顾所以形成其社会者，非同蜂蚁之在其身与身之间，而宁在人心与心之间焉。试看蜂蚁社会唯其从先天决定者如是，故其社会构造形态乃无发展变化，而人类不然。人类社会自古及今不断发展变化，形态构造随时随地万千其不同。夫人类非无机体无本能也，然其机体本能曾不足以限定之矣。是知人类社会构成之所依重宁在其心也（详后）。说心，指人类生命从机体本能解放而透露出来那一面，即所谓理智理性者，将于吾书后文详之。

"生物学者达尔文是在同兽类密切关系上认识人类，而社会学者马克思则进一步是在同兽类大有分别上认识人类。"——语出谢姆考夫斯基。应知：达尔文之认识到人兽间密切关系者是从人的个体生命一面来的，而马克思之认识到其间大有分别者却从人的社会生命一面来的。此所以恩格斯在悼念马克思时曾说：正如达尔文发现自然界中有机体的进化法则一样，马克思发现了人类社会历史的进化法则。达尔文所观察比较的对象是在**人身**。马克思所观察比较的对象在古今社会，虽不即是人心，然须知人心实资藉于社会交往以发展起来，同时，人的社会亦即建筑于人心之上，并且随着社会形态构造的历史发展而人心亦将自有其发展史。

达尔文、马克思先后所启示于吾人者，有其共同处，亦有其不同处。其共同处则昭示宇宙间万物一贯发展演进之理，人类生命实由是以出现，且更将发展演进去也。其不同处：泯除人类与其他生物动物之鸿沟，使吾人得以观其通者，达尔文之功也；而深进一层，俾有以晓然人类所大不同于物类，亟宜识取人类生命之特征者，则马克思（和恩格斯）之功也。设非得此种种启示于前贤，吾书固无由写成。

吾书既将从人生（人类生活）以言人心，复将从人心以谈论乎人生（人生问题）。前者应属心理学之研究；后者则世所云人生哲学，或伦理学，或道德论之类。其言人心也，则指示出事实上人心**有如此如此**者；其从而论人生也，即其事实之如此以明夫理想上人生所当**勉励实践者亦即在此焉**。

人心，人生，非二也。**理想要必归合乎事实**。

在学术猛进之今世，其长时间盘旋不得其路以进，最最落后者，莫若心理学矣。心理学的方法如何？其研究对象或范围如何？其目的或任务如何？人殊其说，莫衷一是。即其派别纷杂，总在开端处争吵不休，则无所成就不亦可见乎！盖为此学者狃于学术风气之偏，自居于科学而不甘为哲学；却不晓得心理学在一切学术中间原自有其特殊位置也。心理学天然该当是介居哲学与科学之间，自然科学与社会科学之间，纯理科学与应用科学之间，而为一核心或联络中枢者。它是最重要无比的一种学问，凡百学术统在其后。

心理学之无成就，与人类之于自己无认识正为一事。此学论重要则凡百学术统在其后；但在学术发达次第上则其他学术大都居其先焉。是何为而然？动物生存以向外求食、对外防敌为先；人为动物之一，耳目心思之用恒先在认识外物，固其自然之势。抑且学术之发生发展，恒必从问题来。方当问题之在外也，则其学术亦必在外。其翻转向内而求认识自己，非在文化大进之后，心思聪明大有余裕不能也。此所以近世西方学术发展虽曰有偏，要亦事实之无足深怪者；而古代东方学术如儒家、道家、佛家之于人类生命各有其深切认识者，我所以夙昔说为人类未来文化之早熟品也。——关于此一问题后有专章，此不多谈。

晚近心理学家失败在自居于科学而不甘为哲学；而一向从事人生哲学（或伦理学或道德论）者适得其反，其失乃在株守哲学，不善为资取于科学。

科学主于有所认识；认识必依从于客观。其不徒求有所认识，兼且致评价于其间者便属哲学；而好恶取舍一切评价则植基在主观。人生哲学既以论究人在社会生活中一切行为评价而昭示人生归趣为事，其不能离主观以从事固宜。然世之为此学者率多逞其主观要求以勖勉乎人，而无视或且敌视客观事实，又岂有当乎？资产阶级学者较能摆脱宗教影响矣，顾又袭用生物学观点，对于人生道德以功利思想强为生解，非能分析事实，出之以科学精神也。秉持科学精神，一从人类历史社会发展之事实出发，以论究夫社会理想、人生归趣者，其唯马恩学派乎。马克思、恩格斯资藉于科学论据以阐发其理想主张，不高谈道德而道德自在其中，虽曰“从头至尾没有伦理学气味”①，要不失为较好的一种伦理学也。其得失当于后文论

---

① 列宁曾说："不能不承认桑巴特的断言是正确的，他说'马克思主义本身从头至尾没有丝毫伦理学的气味'，因为在理论方面，它使'伦理学的观点'从属于'因果性的原则'；在实践方面，它把伦理学的观点归结为阶级斗争。"——见《列宁全集》第一卷《民粹主义的经济内容及其在司徒卢威先生的书中受到的批评》一文，北京1955年版，第398页。

及之。

吾书盖不啻如一篇《人性论》也。客有以人性论为疑者，辄因其致问而申论之如次。然其中某些问题非此所能毕究，读者必待全书看完，乃得了然也。

自1957年"反右"运动以来，人无敢以人性为言者。盖右派每以蔑视人性、违反人性诘责于领导，领导则强调阶级性，指斥在阶级社会中离阶级性而言人性者之非。客之所疑，即在人性、阶级性之争如何斯为其的当之解决也。兹设为几个问题进行分析，试求其解答。

一、何谓人性？——此若谓人之所不同于其他动物，却为人人之所同者，即人类的特征是已。人的特征可得而言者甚多，其见于形体（例如双手）或生理机能（例如巴甫洛夫所云第二信号系统）之间者殆非此所重；所重其在心理倾向乎？所谓心理倾向，例如思维上有彼此同喻的逻辑，感情上于色有同美，于味有同嗜，而心有同然者是已。其他例不尽举。

二、何谓阶级性？——此谓不同阶级便有其不同的立场、观点、思路等等。而阶级立场、观点、思路云者非他，即其阶级中处在社会上对于问题所恒有的心理活动倾向也。

三、阶级性其必后于人性乎？——人类原始社会无阶级，阶级为后起，则阶级性必后于人性而有，是可以肯定的。时下不有"阶级烙印"一语乎？正谓阶级性是后加于人者。

四、人性果出于先天乎？——通常以为与生俱来者即属先天，所以别于后天学习得来的那种种。凡言"人性"者似即有"先天决定的人类心理活动倾向"之含义。然此从生物进化而来的人类，即其远者——人类从猿的系统分离出来时——言之，既一千万年以上乃至三千万年以上①，即其近者——能制造工具的人出现时——言之，亦经一百万年。像我们今天这样的人类，无论从体质形态、生理机能或其心理倾向任何方面来说，自都

---

① 人类从猿的系统分离出来的时间，现今一般都认为是在地质时期的第三纪中新世，或其前后；就绝对年代来说，至少在一千万年以上。美国耶鲁大学自然博物馆古脊椎生物学馆馆长西蒙斯教授，是关于灵长目进化方面的专家，据他证明在三四千万年前就存在大猩猩和人类的分别派系。又学者称能制造工具的人之出现，直到现代人，为"真人阶段"。

是又在此百万年间逐渐发展形成的。其发展形成也，大抵体质、形态、生理机能，或总云身的方面，多为在自然界斗争中从生产劳动愈用而愈有所改进；而意识、语言、心情，或总云心的方面，多为在社会共同生活中彼此之交往相处愈用而愈发达。又不待言，身心之间自是交相促进，连带发展的。既明乎百万年间人类在其活动改造的同时改造着其自身；其自身且为后天产物矣，则人性又焉得有先天之可言邪？不可见其此时仿佛"天生来如此"而遽认为先天也。世俗一般之人性论，殆非通人之见欤。

或问：与生俱来，不学而能者，且未足以言先天，则更将向何处求先天？难道一切一切罔非后天，根本就无所谓先天吗？答之曰：是亦不然，请于吾书后文详之。

五、果有所谓人性否乎？——此一问题宜从两方面各申其说，乃得透彻：

（一）难言有人类一致之人性存在。——人类从形体以至心理倾向，无时不在潜默隐微演变中，积量变而为质变，今既大有变于古矣，且将继续变去，未知其所届；而其间心理倾向尤为易变与多变，其将何所据以言人性乎[1]？非第其今昔前后之莫准也。横览大地，殊方异俗。在不同的肤色种族，不同的洲土方隅，非皆有所不同乎？人种血缘关系而外，或受变于自然风土之异，或从各自宗教、政治、经济、文化历史演来，而有所谓民族性者，表见其不同。说人类，信乎不失为同属人类，而见于其社会生活心理倾向间者，则求所谓一致之人性盖难言之矣。

然而此犹未若阶级性之掩蔽乎人性之为甚也。前既言之，人类生命实重在其社会生命一面；而阶级则发生于历史发展一定阶段的社会生活中，成为其社会所必不可少的结构者。此一定阶段，盖指人类历史上有国家出现以至国家卒又归消亡之一阶段。国家——信如恩格斯所云——"是社会陷入自身不可解决的矛盾中，并分裂为不可调和的对立方面而又无力摆脱这种对立情势的表现。"结构之云，正谓其在经济上同时又在政治上皆为既互相对立（剥削对被剥削、统治对被统治），恰又互相依存，以构成此

---

① 马克思在其《哲学的贫困》一书中，曾有"蒲鲁东先生不晓得整个历史，正无非人类本性的不断改变而已"一语。

243

一社会内缺一不可的两个方面也。此为一社会中的两大基本阶级，其他阶级、阶层则从属于此。虽论其人时代、地区曾非有异，而生死利害彼此处境不同，则其立场、观点、思路，一切心理倾向为其行动所从出者，夫何能不异其趣而相为矛盾斗争乎？此即阶级性之由来。除原始社会外，从过去之奴隶社会而封建社会而近代至今之资本社会，既无超外于阶级而生活之人，便无超处于阶级性之人性。乃至走向消除阶级之路如中国者，作为阶级的经济基础（生产关系）几已不存，而其人之种种活动仍见有阶级性（阶级斗争性质）。若在修正主义出现情况下，且可复反于阶级分化之局焉。甚矣哉，阶级性之顽固而人性之难言！

（二）人性肯定是有的。——毛泽东在其强调人的阶级性时，必先肯定说：人性"当然有的"①；其立言可谓确当得体。人性所以当然是有者，约言之其理有三：

1. 生物有相同之机体者，必有相同之性能；其在人，则身与心之相关不可离也。在不同时代、不同种族、不同阶级的人，果其身的一面基本相同矣，岂得无基本相同之心理倾向？虽曰意识、心情之发展与陶铸来自社会，而社会是不相同的（不同时代、不同种族、不同阶级）。但其发展总是在基本相同的机体基础之上的。发展到后来可能大异其趣，而当其开初则有此身即有此心，不可否认还有基本相同的心理功能为其发展之心理基础或素质。古语"性相近也，习相远也"，其谓此乎？

或问：此只是一种推论耳；此最初所有相同之心理基础或素质者亦可得而指实之乎？应之曰：可，请于吾书后文详之。

2. 阶级性后于人性而有，既肯定于前；抑且人性将在阶级性消灭之后而显现，不亦为论者所公认乎？则人性当然是有的了。

或曰：原始社会之人性远在往古，吾人未曾得见；共产社会之人性远在未来，吾人复不及见之；则此又是一推论耳。其亦有及今可得而见之人性否乎？应之曰：有，兹试言之如次。

3. 阶级性之在人者，纵许烙印深重，然其人性未尝失也。于何见之？此于其可能转变见之，或出此（阶段）而入乎彼（阶级），或出彼而入乎

---

① 《毛泽东选集》，第三卷，第 871 页。

此。彼此之间苟无其相通不隔者，其何能为此转变耶？马克思、恩格斯固皆资产阶级之人也，而为国际工人运动之先导，是其显例矣。今吾国之资产阶级分子，有的已得到改造，有的不正在改造乎？领导党以自觉地转变期之，而在彼亦以此自勉。即**此自觉转变即人性**也。《论持久战》等文中早曾指出人之所以区别于物的特点在此，而名之曰"自觉的能动性"，又或曰"主观能动性"。① 不相信人之有此人性，何为而期望其转变？不自信其能转变，何为而以此自勉？阶级性之不足以限制人，而人之原自有人性也，固早在彼此相喻而默许中矣。

又观于一向之国际工人运动、当前之世界革命运动，不同国度、不同肤色种族之人而共语乎一种思想主义，协力于同一理想事业，则人类所有种种分异举不足以限隔乎人性也，不既昭昭矣乎？

最后，吾愿说阶级性之被强调固自有理。人类从生物进化而来，后于高等动物而出现。其进化也，非因有所增益，而转为其逐渐有所**剥除**（剥除一些动物式本能），是以人性生来乃无其显著（色彩）可见者。譬如说：虎见其性猛，鼠见其性怯，猪见其性蠢，如是种种；物性各殊，颇为显然，而人却不尔。人类盖不猛、不怯、不蠢，亦猛、亦怯、亦蠢，可猛、可怯、可蠢者也。试看：虎与虎之分别不大，鼠与鼠之分别不大，猪与猪之分别不大也，而人之与人其分别往往却可以很大很大；不是吗？人性显著可见者独在其最富有活变性（modifiability）与夫极大之可塑性（plasticity）耳。是则所以为后天学习与陶铸留地步也。阶级性以及其他种种分异之严重，岂无故哉！

然而无谓人性遂如素丝白纸也。素丝白纸太消极，太被动，人性固不如是。倘比配虎性猛、鼠性怯、猪性蠢而言之，我必曰：人性善。或更易其词，而曰：人之性清明，亦无不可。

---

① 《毛泽东选集》第二卷，《论持久战》及《抗日游击战争的战略问题》两文。

第五辑

自述与忆往

生平述略①

　　我生于甲午中日战争前一年（1893年）。此次战争以后，国际侵略日加，国势危殆。1937年七七事变，我国又遭受日寇长达八年之久的入侵。我的大半生恰是在这两次中日之战中度过的。

　　我原名焕鼎，祖籍广西桂林。但自曾祖起来京会试中进士后，即宦游于北方。先父名济，字巨川，为清末内阁中书，后晋为候补侍读，其工作主要为皇史宬抄录皇家档案。先父为人忠厚，凡事认真，讲求实效，厌弃虚文，同时又重侠义，关心大局，崇尚维新。因此不要求子女读四书五经，而送我入中西小学堂、顺天中学堂等，习理化英文，受新式教育。这在我同辈人中是少见的。

　　由于先父对子女采取信任与放宽态度，只以表明自己意见为止，从不加干涉，同时又时刻关心国家前途，与我议论国家大事，这既成全了我的自学，又使我隐然萌露对国家社会的责任感，而鄙视只谋一人一家衣食的"自了汉"生活。这种向上心，促使我自中学起即对人生问题和社会问题追求不已。

　　于社会问题，最初倾向变法维新，后又转向革命，并于中学毕业前参加了同盟会京津支部，从事推翻清朝的秘密活动。辛亥革命爆发，遂在同盟会《民国报》任外勤记者，因而得亲睹当时政坛上种种丑行。这时我又读了日人幸德秋水所著《社会主义神髓》，受书中反对私有制主张的影响，因而热心社会主义，曾写有《社会主义粹言》小册子，宣传废除财产私有制，油印分送朋友。

　　————————

　　① 此文写于1984年，选自《我生有涯愿无尽》。

1913 年退出《民国报》，在革命理想与现实的冲突中，自己原有的出世思想抬头，于是居家潜心研究佛典，由醉心社会主义而转为倾向出世。在此种思想下，1916 年我写成并发表了《究元决疑论》，文中批评古今中外诸子百家，独推崇佛法。随后我以此文当面求教于蔡元培先生，遂为先生引入北大任教。

1917 年起我在北大哲学系，先后讲授"印度哲学概论""儒家哲学"等课。此时正值"五四运动"前后，新思潮高涨，气氛对我等讲授东方古学术的人来说无形中存在着压力。在此种情势下，我开始了东西文化的比较研究，后来即产生了根据讲演记录整理而成的《东西文化及其哲学》一书。书中我提出了人类生活的基本方式可分为三大路向的见解，同时在人生思想上归结到中国儒家人生，并指出世界最近未来将是中国文化的复兴。这些见解反映自家身上，便是放弃出家之念，并于此书出版之 1921 年结婚。

随着在北大任教时间的推移，我日益不满于学校只是讲习一点知识技能的偏向。1924 年我终于辞去北大教职，先去山东曹州办学，后又回京与一班青年朋友相聚共学，以实行与"青年为友"和"教育应照顾人"的全部生活的理想。

1927 年在朋友的劝勉下，我南下到北伐后不久的广州。在这里我一面觉得南方富有革命朝气，为全国大局好转带来一线曙光，一面又不同意以俄为师，模仿国外，背弃中国固有文化的做法，因此我虽接办了广东省一中，但此时考虑得更多的乃是自己的"乡治"主张。依我看来，由于中西文化的根本差异，唯有先在广大农村推行乡治，逐步培养农民新的政治生活习惯，西方政治制度才能得以在中国实施。

1929 年我在考察了陶行知的南京晓庄学校、黄炎培先生江苏昆山乡村改进会、晏阳初先生河北定县平教会实验区及山西村政之后，适逢彭禹廷、梁仲华创办河南村治学院，我应邀任学院教务长。这是我投身社会改造活动的开端。但因军阀蒋阎冯中原大战，开学未满年而停办。旋于 1931 年与同人赴山东邹平创办山东乡村建设研究院。该院设研究部与乡村服务人员训练部，并划邹平县为实验区（后扩大为十余县）。实验区有师范、实验小学、试验农场、卫生院、金融流通处等。县下设乡学、村学。乡学、村学为政教合一组织，它以全体乡民或村民为对象，培养农民的团体生活习惯与组织能力，普及文化，移风易俗，并借团体组织引进科学技术，以提高生产，发展农村经济，从根本上建设国家。此项试验在进行七年之后，终因 1937 年日寇入侵而被迫停止。

抗日战争爆发，发动民众与国内团结为抗战所必需，于是我开始追随于国人之后，也为此而奔走。

1937 年 8 月应邀参加最高国防会议参议会，曾对动员民众事有所建议。

1938 年我访问延安。这是我奔走国内团结的开始。访问目的不外考察国共再度合作，民族命运出现一大转机，共产党方面放弃对内斗争能否持久，同时探听同仇敌忾情势下，如何努力以巩固此统一之大局。为此曾与毛主席会见八次，其中两次作竟夜谈。关于对旧中国的认识，意见不同，多有争论。但他从敌友我力量对比、强弱转化、战争性质等分析入手，说明中国必胜、日本必败问题，令我非常佩服。

1939 年感到留在西南大后方无可尽力，我又决心去华北华东敌后游击区，巡视中得到国共双方协助。经皖、苏、鲁、冀、豫、晋六省，沿途动员群众抗战，历时八个月，历经艰险。在战地目睹两党军队摩擦日增，深感如任其发展，轻则妨碍抗战，重则内战重演，于是返回四川后方，除向国共双方指陈党派问题尖锐外，更与黄炎培、晏阳初、李璜等共商组织"统一建国同志会"，以增强第三方面力量，为调解两党纷争努力。

1941 年初，皖南事件爆发，国内团结形势进一步恶化，遂又与黄炎培、张君劢、左舜生将"同志会"改组为"中国民主政团同盟"（民盟前身），同时被推赴香港创办民盟机关刊物《光明报》，向海内外公开宣告民盟的成立。不料报纸创刊仅三月余，即因日军攻占香港而停刊。我不得不化装乘小船逃离香港，来到桂林。在此我负责民盟华南地区工作，边从事争取民主、宣传抗日的活动，边从事写作。

1945 年 8 月，日军投降，抗战宣告结束，两党领导人又会晤于重庆。眼见敌国外患既去，内部问题亦可望解决，我即有意退出现实政治活动，而致力于文化工作。及至参加（重庆）政治协商会议，协议告成，我更以为中国步入坦途在望，于是托周恩来先生带信给毛主席，说明自己退出现实政治之意，同时发表《八年努力宣告结束》等文，向社会表明心迹。因未获毛周二位谅解，我于1946年3月再度访问延安。但时局旋即恶化，我不得脱身，反被推任民盟秘书长，参与国共和谈。至1946年底，终因国民党决心发动内战，和谈破裂，我即辞去秘书长，去重庆北碚，创办勉仁文学院，在此讲学并完成了《中国文化要义》的撰写工作。书中总结了我对中国历史和文化的见解，并指出："中国文化之伟大非他，只是人类理性之伟大。中国文化的缺欠，却非理性的缺欠，而是理性早启、文化早熟的缺欠。"

全国解放，1950年我由四川来到北京，得与毛主席多次谈话，表示愿在政府外效力国家，并建议设中国文化研究所或世界文化比较研究所，终因故未能实现。1952年为对解放前的思想与政治活动做一番回顾与初步检讨，写成《我的努力与反省》一长文。1953年9月在中央人民政府扩大会议上发言，受到毛主席严厉批评。1955年批判更在全国展开。自此以后我即将主要时间与精力投入著述之中。

1960年着手写《人心与人生》一书。这是早自20年代即酝酿于心的著作，自认为最关紧要，此生定须完成。不料因"文化大革命"开始，参考书尽失，写作工作被迫中断。于是在抄家未逾月的困难情况下，另写《儒佛异同论》及《东方学术概观》等。至1970年，才得重理旧业，续写《人心与人生》，但不久又逢"批林批孔"运动。因我坚持"只批林，不批孔"，为大小会所占去的时间更多，写作近于停顿。至1975年中，此书终告完成。如在此书《后记》中所说，"卒得偿夙愿于暮年"，了却一桩心事，而我的著述活动也随之基本结束。

最后，我以《中国文化要义》自序中的一段话，作为此文的结束语：

就以人生问题之烦闷不解，令我不知不觉走向哲学，出入乎百家。然一旦于人生道理若有所会，则亦不复多求。假如视哲学为人人应该懂得的一点学问，则我正是这样懂得一点而已。卒之，对人生问题我有了我的见解思想，更有了我今日为人行事。同样地，以中国问题几十年来之急切不得解决，使我不得不有所行动，并耽玩于政治、经济、历史、社会文化诸学。然一旦于中国前途出路若有所见，则亦不复以学问为事。究竟什么算学问，什么不算学问，且置勿论。卒之，对中国问题有了我的见解思想，更有了今日的主张行动。

回顾过去，我就是这样跋涉在自己的人生征途上。

如何成为今天的我①

在座各位，今天承中山大学哲学会请我来演讲，中山大学是华南最高的研究学问的地方，我在此地演讲，很是荣幸，大家的欢迎却不敢当。

今天预备讲的题目很寻常，讲出来深恐有负大家的一番盛意。本来题目就不好定，因为这题目要用的字面很难确当。我想说的话是说明我从前如何求学，但求学这两个字也不十分恰当，不如说是来说明如何成为今天的我的好——大概我想说的话就是这些。

为什么我要讲这样的一个题目呢？我讲这个题目有两点意义：

第一点，初次和大家见面，很想把自己介绍于诸位。如果诸位从来不曾听过有我梁某这个人，我就用不着介绍。我们重新认识就好了。但是诸位已经听见人家讲过我；所听的话，大都是些传说，不足信的，所以大家对于我的观念，多半是出于误会。我因为不想大家有由误会生出来对于我的一种我所不愿意接受的观念，所以我想要说明我自己，解释这些误会，使大家能够知道我的内容真相。

第二点，今天是哲学系的同学请我讲演，并且这边哲学系曾经要我来担任功课之意甚殷，这个意思很不敢当，也很感谢。我今天想趁这个机会把我心里认为最要紧的话，对大家来讲一讲，算是对哲学系的同学一点贡献。

一、我想先就第一点再申说几句。我所说大家对于我的误会，是不知道为什么把我看作一个国学家，一个佛学家，一个哲学家，不知道为什么会有这许多的徽号，这许多想象和这许多猜测！这许多的高等名堂，我殊

①　这是梁漱溟1928年在广州中山大学的讲演，选自《梁漱溟全集》第四卷。

不敢受。

我老实对大家讲一句，我根本不是学问家！并且简直不是讲学问的人，我亦没有法子讲学问！大家不要说我是什么学问家！我是什么都没有的人，实在无从讲学问。不论是讲哪种学问，总要有一种求学问的工具：要西文通晓畅达才能求现代的学问；而研究现代的学问，又非有科学根底不行。我只能勉强读些西文书，科学的根底更没有。到现在我才只是一个中学毕业生！说到国学，严格地说来，我中国字还没认好。除了只费十几天的功夫很匆率地翻阅一过《段注说文》之外，对于文字学并无研究，所以在国学方面，求学的工具和根底也没有。中国的古书我通通没有念过；大家以为我对于中国古书都很熟，其实我一句也没有念，所以一句也不能背诵。如果我想引用一句古书，必定要翻书才行。从七八岁起即习 ABC，但到现在也没学好；至于中国的古书到了十几岁时才找出来像看杂志般地看过一回。所以，我实在不能讲学问，不管是新的或旧的，而且连讲学问的工具也没有。那么，不单是不会讲学问，简直是没有法子讲学问。

但是，为什么缘故，不知不觉地竟让大家误会了以我为一个学问家呢？此即今天我想向大家解释的。我想必要解释这误会，因为学问家是假的，而误会已经真有了！所以今天向大家自白，让大家能明白我是怎样的人，真是再好不过。这是申说第一点意义的。

二、（这是对哲学系的同学讲的）在我看，一个大学里开一个哲学系，招学生学哲学，三年五年毕业，天下最糟，无过于是！哲学系实在是误人子弟！记得民国六年或七年（记不清是六年还是七年，总之是十年以前的话），我在北京大学教书时，哲学系第一届（或第二）毕业生因为快要毕业，所以请了校长、文科学长、教员等开一个茶会。那时，文科学长陈独秀先生曾说："我很替诸位毕业的同学发愁。因为国文系的同学毕业，我可以替他们写介绍信，说某君国文很好请你用他；或如英文系的同学毕业时，我可以写介绍信说某君英文很好请你可以用他；但哲学系毕业的却怎么样办呢？所以我很替大家发愁！"大学的学生原是在乎深造于学问的，本来不在乎社会的应用的，他的话一半是说笑话，自不很对，但有一点，就是学哲学一定没有结果，这一点是真的！学了几年之后还是莫名其妙是真的！所以我也不能不替哲学系的同学发愁！

哲学是个极奇怪的东西：一方面是尽人应该学之学，而在他一方面却又不是尽人可学之学。虽说人人都应当学一点，然而又不是人人所能够学得的。换句话讲，就是没有哲学天才的人，便不配学哲学；如果他要勉强去学，就学一辈子，也得不到一点结果。所以哲学这项学问，可以说是只少数人所能享的一种权利，是和艺术一样全要靠天才才能成功，却与科学完全殊途。因为学科学的人，只要肯用功，多学点时候，总可学个大致不差；譬如工程学，算是不易的功课，然而除非是个傻子或者有神经病的人，就没有办法；不然，学上八年十年，总可以做个工程师。哲学就不像这样，不仅要有天才，并且还要下功夫，才有成功的希望；没有天才，纵然肯下功夫，是不能做到，即算有天才不肯下功夫，也是不能成功。

如果大家问哲学何以如此特别，为什么既是尽人应学之学，同时又不是尽人可学之学的道理；这就因为哲学所研究的问题，最近在眼前，却又是远在极处——最究竟。北冰洋离我们远，它比北冰洋更远。如宇宙人生的问题，说它深远，却明明是近在眼前。这些问题又最普遍，可以说是寻常到处遇得着，但是却又极特殊，因其最究竟。因其眼前普遍，所以人人都要问这问题，亦不可不问；但为其深远究竟，人人无法能问，实亦问不出结果。甚至一般人简直无法去学哲学。大概宇宙人生本是巧妙之极，而一般人却是愚笨之极；各在极端，当然两不相遇。既然根本没有法子见面，又何能了解呢？你不巧妙，无论你怎样想法子，一辈子也休想得到那个巧妙；所以我说哲学不是尽人可学的学问。有人以为宇宙人生是神秘不可解，其实非也。有天才便可解，没有天才便不可解。你有巧妙的头脑，自然与宇宙的巧妙相契无言，莫逆于心；亦不以为什么神秘超绝。如果你没有巧妙的头脑，你就用不着去想要懂它，因为你够不上去解决它的问题。不像旁的学问，可以一天天求进步，只要有积累的工夫，对于那方面的知识，总可以增加；譬如生理卫生、物理、化学、天文、地质各种科学，今天懂得一个问题，明天就可以去求解决一个新问题，而昨天的问题，今天就用不着再要去解决了。(不过愈解决问题，就也愈发现问题。)其他各种学问，大概都是只要去求解决后来的问题，不必再去研究从前已经解决了的问题；在哲学就不然，自始至终，总是在那些老问题上盘旋。周、秦、希腊几千年前所研究的问题，到现在还来研究。如果说某种科学里面也是要解决老问题的，那一定就是种很接近哲学的问题；不然，就绝不会有这种事。以此，有人说各种科学都有进步，独哲学自古迄今不见进步。实则哲学上问题亦非总未得解决，不过科学上问题的解决可以摆出外面与人以共见；哲学问题的解决每存于个人主观，不能与人以共见。古之人早都解决，而后之人不能不从头追问起；古之人未尝自闷其所得，而后之人不能资之以共喻；遂若总未解决耳。进步亦是有的，但不存于正面，而在负面，即指示"此路不通"是也。问题之正面解答，虽迄无定论；而其不可作如是观，不可以是求之，则逐渐昭示于人。故哲学界里，无成而有成，前人功夫卒不白费。

这样一来，使哲学系的同学就为难了：哲学既是学不得的学问，而诸位却已经上了这个当，进了哲学系，退不出来，又将怎么办呢？所以我就想来替大家想个方法补救。法子对不对，我不敢断定，我只是想贡献诸位这一点意思。诸位照我这个办法去学哲学，虽或亦不容易成功，但也许成功。这个方法，就是我从前求学走的那条路，我讲出来大家去看是不是一条路，可不可以走得。

不过我在最初并没有想要学哲学，连哲学这个名词，还不晓得，更何从知道有治哲学的好方法？我是于不知不觉间走进这条路去的。我在《东西文化及其哲学》自序中说："我完全没有想学哲学，但常常好用心思；等到后来向人家说起，他们方告诉我这便是哲学……"实是真话。我不但从来未曾有一天动念想研究哲学，而且我根本未曾有一天动念想求学问。刚才已经很老实地说我不是学问家，并且我没有法子讲学问。现在更说明我从开头起始终没有想讲学问。我从十四岁以后，心里抱有一种意见（此意见自不十分对）。什么意见呢？就是鄙薄学问，很看不起有学问的人，因我当时很热心想做事救国。那时是前清光绪年间，外国人要瓜分中国，我们要有亡国灭种的危险一类的话听得很多，所以一心要救国，而以学问为不急之务。不但视学问为不急，并且认定学问与事功截然两途。讲学问便妨碍了做事，越有学问的人越没用。这意见非常的坚决。实在当时之学问亦确是有此情形，什么八股辞章、汉学、宋学……对于国计民生的确有何用呢？又由我父亲给我的影响亦甚大。先父最看得读书人无用，虽他自己亦尝读书中举。他常常说，一个人如果读书中了举人，便快要成无用的人；更若中进士点翰林大概什九是废物无能了。他是个太过尚实认真的人，差不多是个狭隘的实用主义者，每以有用无用，有益无益，衡量一切。我受了此种影响，光绪末年在北京的中学念书的时候，对于教师教我的唐宋八家的古文顶不愿意听，讲庄子《齐物论》《逍遥游》……那么更头痛。不但觉得无用无聊之讨厌，更痛恨他卖弄聪明，故示玄妙，完全是骗人误人的东西！当时尚未闻"文学""艺术""哲学"一类的名堂，然而于这一类东西则大概都非常不喜欢。一直到十九、二十岁还是这样。于哲学尤其嫌恶，却不料后来自己竟被人指目为哲学家！

由此以后，这种错误观念才渐渐以纠正而消没了。但又觉不得空闲讲学问，一直到今天犹且如此。所谓不得空闲讲学问，是什么意思呢？因为我心里的问题太多，解决不了。凡聪明人于宇宙事物大抵均好生疑问，好致推究，但我的问题之多尚非此之谓。我的问题背后多半有较强厚的感情相督迫，亦可说我的问题多偏乎实际（此我所以不是哲学家乃至不是学问家的根本原因），而问题是相引无穷的，心理不免紧张而无暇豫。有时亦未尝不想在优游恬静中，从容地研究一点学问，却完全不能做到了。虽说今日我亦颇知尊重学问家，可惜我自己做不来。

从前薄学问而不为，后来又不暇治学问，而到今天竟然成功一个被人误会为学问家的我。此中并无何奇巧，我只是在无意中走上一条路；走上了，就走不下来，只得一直走去；如是就走到这个易滋误会（误会是个学问家）的地方。其实亦只易滋误会罢了；认真说，这便是做学问的方法吗？我不敢答，然而真学问的成功必有资于此，殆不妄乎。现在我就要来说明我这条路，做一点对于哲学系同学的贡献。

我无意中走上的路是怎么样一条路呢？就是我不知为何特别好用心思。我不知为什么便爱留心问题，——问题不知如何走上我心来，请它出去，它亦不出去。大约从我十四岁就好用心思，到现在二十多年这期间内，总有问题占据在我的心里。虽问题有转变而前后非一，但半生中一时期都有一个问题没有摆脱，由此问题移入彼问题，由前一时期进到后一时期。从起初到今天，常常在研究解决问题，而解决不完，心思之用亦欲罢不能，只好由它如此。这就是我二十余年来所走的一条路。

如果大家要问为什么好用心思，为什么会有问题，这是我很容易感觉到事理之矛盾，很容易感觉到没有道理，或有两个以上的道理。当我觉出有两个道理的时候，我即失了主见，便不知要哪样才好。眼前若有了两个道理或更多的道理，心中便没了道理，很是不安，却又丢不开，如是就占住了脑海。我自己回想当初为什么好用心思，大概就是由于我易有这样感觉吧。如果大家想做哲学家，似乎便应该有这种感觉才得有希望。更放宽范围说，或者许多学问都需要以这个为起点呢。

以下分八层来说明我走的一条路：

（一）因为肯用心思所以有主见

对一个问题肯用心思，便对这问题自然有了主见，亦即是在自家有判别。记得有名的哲学家詹姆斯（James）仿佛曾说过一句这样的话："哲学上的外行，总不是极端派。"这是说胸无主见的人无论对于什么议论都点头，人家这样说他承认不错，人家那样说他亦相信有理。因他脑里原是许多杂乱矛盾未经整理的东西。两边的话冲突不相容亦模糊不觉，凡其人于哲学是外行的，一定如此。哲学家一定是极端的！什么是哲学的道理？就是偏见！有所见便想把这所见贯通于一切，而使成普遍的道理。因执于其所见而极端地排斥旁人的意见，不承认有二或二以上的道理。美其名曰主见亦可，斥之曰偏见亦可。实在岂但哲学家如此！何谓学问？有主见就是学问！遇一个问题到眼前来而茫然的便是没有学问！学问不学问，却不在读书之多少。哲学系的同学，生在今日，可以说是不幸。因为前头的东洋西洋上古近代的哲学家太多了，那些读不完的书，研寻不了的道理，很沉重地积压在我们头背上，不敢有丝毫的大胆量，不敢稍有主见。但如果这样，终究是没办法的。大家还要有主见才行。那么就劝大家不要为前头的哲学家吓住，不要怕主见之不对而致不要主见。我们的主见也许是很浅薄，浅薄亦好，要知虽浅薄也还是我的。许多哲学家的哲学也很浅，就因为浅便行了。James 的哲学很浅，浅所以就行了！胡适之先生的更浅，亦很行。因为这是他自己的，纵然不高深，却是心得，而亲切有味。所以说出来便能够动人，能动人就行了！他就能成他一派。大家不行，就是因为大家连浅薄的都没有。

（二）有主见乃感觉出旁人意见与我两样

要自己有了主见，才得有自己；有自己，才得有旁人——才得发觉得前后左右都有种种与我意见不同的人在。这个时候，你才感觉到种种冲突，种种矛盾，种种没有道理，又种种都是道理。于是就不得不有第二步的用心思。

学问是什么？学问就是学着认识问题。没有学问的人并非肚里没有道理，脑里没有理论，而是心里没有问题。要知必先看见问题，其次乃是求解答；问题且无，解决问题更何能说到。然而非能解决问题，不算有学问。我为现在哲学系同学诸君所最发愁的，便是将古今中外的哲学都学了，道理有了一大堆，问题却没有一个，简直成了莫可奈何的绝物。要求救治之方，只有自己先有主见，感觉出旁人意见与我两样，而触处皆是问题；憬然于道理之难言，既不甘随便跟着人家说，尤不敢轻易自信；求学问的生机才有了。

（三）此后看书听话乃能得益

大约自此以后乃可算会读书了。前人的主张，今人的言论，皆不致轻易放过，稍有与自己不同处，便知注意。而凡于其自己所见愈亲切者，于旁人意见所在愈隔膜。不同，非求解决归一不可；隔膜，非求了解他不可。于是古人今人所曾用过的心思，我乃能发现而得到，以融取而收归于自己。所以最初的一点主见便是以后大学问的萌芽。从这点萌芽才可以吸收滋养料，而亦随在都有滋养料可得。有此萌芽向上才可以生枝发叶，向下才可以入土生根。待得上边枝叶扶疏，下边根深蒂固，学问便成了。总之，必如此才会用心，会用心才会读书；不然读书也没中用处。现在可以告诉大家一个看人会读书不会读书的方法：会读书的人说话时，他要说他自己的话，不堆砌名词，亦无事旁征博引；反之，一篇文里引书越多的一定越不会读书。

（四）学然后知不足

古人说"学然后知不足"，真是不错。只怕你不用心，用心之后就自知虚心了。自己当初一点见解之浮浅不足以解决问题，到此时才知道了。问题之不可轻谈，前人所看之高过我，天地间事理为我未及知者之尽多，乃打下了一向的粗心浮气。所以学问之进，不独见解有进境，逐有修正，逐有锻炼，而心思头脑亦锻炼得精密了，心气态度亦锻炼得谦虚了。而每度头脑态度之锻炼又皆还而于其见解之长进有至大关系。换言之，心虚思

260

密实是求学的必要条件。学哲学最不好的毛病是说自家都懂。问你，柏拉图懂吗？懂。佛家懂吗？懂。儒家懂吗？懂。老子、阳明也懂；康德、罗素、柏格森……全懂得。说起来都像自家熟人一般。一按其实，则他还是他未经锻炼的思想见地；虽读书，未曾受益。凡前人心思曲折，经验积累，所以遗我后人者乃一无所承领，而贫薄如初。遇着问题，打起仗来，于前人轻致反对者固属隔膜可笑，而自谓宗主前人者亦初无所窥。此我们于那年科学与人生观的论战，所以有大家太不爱读书，太不会读书之叹也。而病源都在不虚心，自以为没什么不懂得的。殊不知，你若当真懂得柏拉图，你就等于柏拉图。若自柏拉图、佛、孔以迄罗素、柏格森数理生物之学都懂而兼通了，那么，一定更要高过一切古今中外的大哲了！所以我劝同学诸君，对于前人之学总要存一我不懂之意。人问柏拉图你懂吗？不懂。柏格森懂吗？不懂。阳明懂吗？不懂。这样就好了。从自己觉得不懂，就可以除去一切浮见，完全虚心先求了解他。这样，书一定被你读到了。

我们翻开《科学与人生观之论战》一看，可以感觉到一种毛病，什么毛病呢？科学派说反科学派所持见解不过如何如何，其实并不如此。因为他们自己头脑简单，却说人家头脑简单；人家并不如此粗浅，如此不通，而他看成人家是这样。他以为你们总不出乎此。于是他就从这里来下批评攻击。可以说是有意无意的栽赃。我从来的脾气与此相反。从来遇着不同的意见思想，我总疑心他比我高，疑心他必有为我所未及的见闻在，不然，他何以不和我做同样判断呢？疑心他必有精思深悟过乎我，不然，何以我所见如此而他乃如彼？我原是闻见最不广，知识最不够的人。聪明颖悟，自己看是在中人以上；然以视前人则远不逮，并世中高过我者亦尽多。与其说我是心虚，不如说我胆虚较为近实。然由此不敢轻量人。而人乃莫不资我益。因此我有两句话希望大家常常存记在心，第一，"担心他的出乎我之外"；第二，"担心我的出乎他之下"。有这担心，一定可以学得上进。《东西文化及其哲学》这本书就为了上面我那两句话而产生的。我二十岁的时候，先走入佛家的思想，后来又走到儒家的思想。因为自己非常担心的缘故，不但人家对佛家儒家的批评不能当作不看见，并且自己留心去寻看有多少对我的批评。总不敢自以为高明，而生恐怕是人家的道理对。因此要想方法了解西洋的道理，探求到根本，而谋一个解决。迫自己得到解决，便想把自己如何解决的拿出来给大家看，此即写那本书之由也。

（五）由浅入深便能以简御繁

归纳起第一、第二、第三、第四四点，就是常常要有主见，常常看出问题，常常虚心求解决。这样一步一步的牵涉越多，范围越广，辨察愈密，追究愈深。这时候零碎的知识、段片的见解都没有了；在心里全是一贯的系统，整个的组织。如此，就可以算成功了。到了这时候，才能以简御繁，才可以学问多而不觉得多。凡有系统的思想，在心里都很简单，仿佛只有一两句话。凡是大哲学家皆没有许多话说，总不过一两句。很复杂很沉重的宇宙，在他手心里是异常轻松的——所谓举重若轻。学问家如说肩背上负着多沉重的学问，那是不对的；如说当初觉得有什么，现在才晓得原来没有什么，那就对了。其实，直仿佛没话可讲。对于道理越看得明透越觉得无甚话可说，还是一点不说的好。心里明白，口里讲不出来。反过来说，学问浅的人说话愈多，思想不清楚的人名词越多。把一个没有学问的人看见真要被他吓坏！其实道理明透了，名词便可用，可不用，或随意拾用。

（六）是真学问便有受用

有受用没受用仍旧在能不能解决问题。这时对于一切异说杂见都没有摇惑，而身心通泰，怡然有以自得。如果外面或里面还有摆着解决不了的问题，那学问必是没到家。所以没有问题，因为他学问已经通了。因其有得于己，故学问可以完全归自己运用。假学问的人，学问在他的手里完全不会用。比方学武术的十八般武艺都学会了，表演起来五花八门很像个样。等到打仗对敌，叫他抢刀上阵，却拿出来的不是那个，而是一些幼稚的拙笨的，甚至本能的反射运动，或应付不了，跑回来搬请老师。这种情形在学术界里，多可看见。可惜一套武艺都白学了。

（七）旁人得失长短一望而知

这时候学问过程里面的甘苦都尝过了，再看旁人的见解主张，其中得失长短都能够看出来。这个浅薄，那个到家，这个是什么分数，那个是什么程度，都知道得很清楚；因为自己从前皆曾翻过身来，一切的深浅精粗的层次都经过。

（八）自己说出话来精巧透辟

每一句话都非常的晶亮透辟，因为这时心里没有一点不透的了。此思精理熟之象也。

现在把上面的话结束起来。如果大家按照我的方法去做功夫，虽天分较低的人，也不致于全无结果。盖学至于高明之域，诚不能不赖有高明之资。然但得心思剀切事理，而循此以求，不急不懈，持之以恒者，则祛俗解蔽，未尝不可积渐以进。而所谓高明正无奥义可言，亦不过俗祛蔽解之真到家者耳。此理，前人早开掘出以遗我，第苦后人不能领取。诚循此路，必能取益；能取益古人则亦庶几矣。

至于我个人，于学问实说不上。上述八层，前四层诚然是我用功的路径；后四层，往最好里说，亦不过庶几望见之耳——只是望见，非能实有诸己。少时妄想做事立功而菲薄学问；二三十岁稍有深思，亦殊草率；近年问题益转入实际的具体的国家社会问题上来。心思之用又别有在，若不如是不得心安者。后此不知如何，终恐草草负此生耳。

末了，我要向诸位郑重声明的：我始终不是学问中人，也不是事功中人；我想了许久，我是什么人？我大概是问题中人！

五四运动前后的北京大学①

我到北大任教的经过

我到北京大学任教，始于 1917 年下学期，而受聘则在其前一年蔡先生初接任北大校长之时。蔡先生之知我，是因看到那年（1916 年）6、7、8 月上海《东方杂志》上连载我写的《究元决疑论》一篇长文。文中妄以近世西洋学说阐扬印度佛家理论，今日看来实无足取，而当时却曾见赏于许多人。记得蔡先生和陈独秀先生（新任文科学长相当于后来之文学院院长），以印度哲学讲席相属之时，我本不敢应承的。我说：我只不过初涉佛典，于此外的印度哲学实无所知。而据闻在欧洲在日本一般所谓印度哲学，皆指"六派哲学"而言，其中恰没有佛家。蔡先生反问："你说你教不了印度哲学，那么，你知有谁能教印度哲学呢？"我说不知道。蔡先生说："我们亦没有寻到真能教印度哲学的人。横竖彼此都差不多，还是你来吧！你不是爱好哲学吗？我此番到北大，定要把许多爱好哲学的朋友都聚拢来，共同研究，互相切磋，你怎可不来呢？你不要当是老师来教人，你当是来合作研究，来学习好了。"他这几句话打动了我，只有应承下来。

虽则答应了，无奈我当时分不开身，当时我正为司法总长张镕西先生（耀曾）担任司法部秘书。同时任秘书者有沈衡山先生（钧儒）。沈先生多为张公照料外面周旋应付之事，我则为掌理机要函电。倒袁者本以西南各省为主，张公实代表西南滇川两粤而入阁。正在南北初统一，政治上往来

---

① 选自《忆往谈旧录》。

机密函电极多，我常常忙到入夜。我既于此门功课夙无准备，况且要编出讲义，如何办得来？末后只得转推许季上先生（丹）为我代课。

及至次一年，经过张勋复辟之役，政府改组，镕西先生下野，我亦去职，南游入湘。十月间在衡山的北军王汝贤等部溃走长沙，大掠而北，我亦不得安居，随着溃兵难民退达武汉，就回北京了。因感于内战为祸之烈，写了一篇《吾曹不出如苍生何》，呼吁有心人出来组织"国民息兵会"，共同制止内战，养成民主势力。自己印刷数千册，到处分送与人。恰这时许先生大病，自暑假开学便缺课，蔡先生促我到校接替，于是才到北大。

许季上先生在佛学上的素养远胜于我，又且长于西文。他讲印度哲学，一面取材西籍，一面兼及佛典。我接替他，又得吴检斋先生（承仕）借给我许多日文的印度哲学书籍做参考。其后，我出版的《印度哲学概论》就是这样凑成的。我在北大，随后又开讲一门唯识哲学，自己编写了《唯识述义》三册，次第付印（今已无存）。对于讲唯识，我后来有些不敢自信，建议蔡先生由我去南京支那内学院请人来讲。初意打算请吕秋逸先生（澂），未成事实，改请了熊十力先生。熊先生来到北大，即有《新唯识论》之创作。他却是勇于自信而不信古人的。1920年我提出"东西文化及其哲学"做了一个月的讲演，不在哲学系课程之内。然却由此在哲学系添讲儒家哲学一课。到1924年暑期我自己去山东办学，辞离北大，计在校共有六个整年。

当时有关佛学的其他讲座

当时我讲的印度哲学既括有佛学在内，又且专开一门唯识哲学。但在爱好哲学从而爱好佛学的蔡先生，犹以为未足，先后又请了几位先生任讲佛学。一位是张尔田先生（孟劬）讲《俱舍论》（代表小乘）；一位是张克诚先生曾讲了《八识规矩颂》《观所缘缘论》（代表相宗或称有宗），还有一位邓高镜先生（伯诚）曾讲了《百论》（代表性宗或称空宗）。虽然其时间都不长，似亦不列入哲学系正式课程之内，然而蔡先生之好学却于此可见。其中张克诚先生，原是先在西四牌楼广济寺自愿宣讲，任人来听的。蔡先生和校中一二同事亲往听讲几次，便约请其到校内来讲了。

我们从许多处皆可看出蔡先生对学术、对教育、对社会运动有他一股热诚，不愧为应乎其时代需要的革命家，而全然不是一位按照章则规程办事的什么大学校长。所有的史料均足为证明，即如上述一些小事亦复可见。

哲学系的盛况

蔡先生曾创立以美育代宗教的学说，又尝在校自己讲授过美学。他为哲学系先后聘请的教员很多，我不能悉记，即不能备举。我且举一个张竞生。这是从美育、美学而联想起来的，因为张先生曾讲了一年《美的人生观》。并且把它印成了书出版。这自然是他自己的学说。其后，他在校外又出版一种《性史》，似是陆续发行的期刊，其内容猥亵，很遭物议。我虽亦认为给社会的影响不良，然却谅解其人似与下流胡闹者有别。总之，由蔡先生的哲学兴趣，又请了一些有哲学兴趣的教员，便开发了学生们的哲学兴趣。哲学系在当时始终为最重要的一个学系，估量比其他任何学系的学生都多。特别是自由听讲的人极多，除了照章注册选修这一哲学课程者外，其他科系的学生，其他学校的学生（例如琉璃厂高师的学生，太仆寺街法专的学生等等），乃至有些并非在校学生，而是壮年中年的社会好学人士，亦来入座听讲。① 往往注册部给安排的教室，临时不合用。就为按照注册人数，这间教室座位可以容得下，而实则听讲的人竟然多出一倍。我自己的经验，当1923年前若后，我讲儒家思想一课，来听讲的通常总在二百人左右。初排定在红楼第一院某教室，却必改在第二院大讲堂才行。学年届满，课程结束，举行考试的试卷亦有九十多本。此即注册的正式学生之数了。大约胡适之讲课，其听讲的人可能比这还要多。

然而莫以为来听的人，都是钦佩这位主讲的，例如有彭基相、余光伟

① 以我所知，广东伍庸伯先生（观淇）、苏北江问渔先生（恒源）在当时皆年近四旬，而天天在北大听课的。伍先生听课达一年之久。江先生在当时是一位农商部主事。他一面任职，一面听课，竟然取得正式毕业资格。——漱注

等同学，他们都不大同意我之所讲。据闻他们对旁人说："我是来听听他荒谬到什么程度。"这种态度并不可厚非，这正见出当时学术气氛的浓厚。大家都在为学术，所以学生求学非只为取得资格、取得文凭。记得同学朱谦之曾反对学校考试，向校当局申明自己不参加考试。蒋梦麟代校长有书面答复张贴出来，说不参加考试是可以的，不过没有成绩分数，将来便没有毕业文凭。像这样不计较分数和文凭者颇有其人，非只朱一个。同时，我还清楚记得张贴出来的答复上面，竟称他"谦之先生"。这位校长先生又未免太客气了吧！

蔡校长在北大的一段历史意义不寻常

今天的新中国必以新民主主义革命为其造端，而新民主主义革命则肇启于五四运动。但若没有当时的北京大学，就不会有"五四运动"出现，而若非蔡先生长校，亦即不可能有当时的北京大学。直截了当地说，1921年中国共产党的诞生，1924年孙中山先生改组中国国民党，国共第一次合作，都是从五四运动所开出的社会思想新潮流而来的。毛主席曾说过这样一些话，可以为证：

> 自有中国历史以来，还没有过这样伟大而彻底的文化革命。当时以反对旧道德提倡新道德、反对旧文学提倡新文学，为文化革命的两大旗帜，立下了伟大的功劳。
> "五四运动"是在思想上和干部上准备了一九二一年中国共产党的成立，又准备了五卅运动和北伐战争。（以上均见《新民主主义论》）

如所周知，这是远从世界历史、近从中国历史当其时机运会到来所起的一大变化，自有许多人聚合参与其间，不能归功于任何一个人。然人必有主从，事必有先后。论人则蔡先生居首，论事则《新青年》出版在先。许多人的能以聚合是出自蔡先生的延聘，而《新青年》的言论倡导正都出自这许多人的手笔。

陈独秀创刊《新青年》，始于 1915 年，经过一年多，1916 年蔡先生聘他为文科学长。蔡先生一向主张办大学要以文、理两科为主，所有其他法、商、工、农、医等科都是在这两科学术基础上的发挥应用。故而，作为全国最高学府的北京大学，其任务全在把文、理两科办好。两科比较，文科尤为蔡自己兴趣所在，则其聘陈，非出一时随便可知。据我当时见闻，事情却又凑巧，蔡来京就校长职，居南城官菜园上街。陈适亦为上海亚东图书馆（一个出版社，《新青年》初由其印行）募集股款来京，住于旅馆中。两位先生虽早相识，然对于文科学长人选，蔡初未有意于陈，旁人力荐，经访谈几次极洽，乃定局。陈是反封建的一位闯将，是新文化运动的急先锋。其为人圭角毕露，其言论锋芒逼人，恰与蔡先生的为人态度不相似而极相反。人人皆知蔡先生长北大，于新旧各派人物兼收并蓄，盛极一时。然其内心倾向坚持在新的一面，我们从其用陈见之，尤于其后一力支持陈氏见之。校外固然把陈当作洪水猛兽来反对，校内亦有不少人对他有反感，因为他往往说话得罪人（例如在会议席上当面给理科学长夏元瑮以难堪之类），而且他细行不检，更予人以口实。然以有蔡先生自己出面对外承担一切，对内包容不疑不摇，故卒能俾陈发挥其作用。

胡适到北大，即由陈引来。行严先生与蔡与陈皆相熟至好，很快经邀聘到校，任教逻辑一课兼图书馆主任，但未能久于其事。[1]

李大钊则由章行严力荐而来，并且以所任图书馆主任让李。鲁迅（周树人）则是早先经蔡先生引用于教育部，此时又请其来校兼课的。此外的人物当然还多。还有同学中亦出了不少有力人物，皆与当时运动有关。然人物尽多，其中要以陈、胡、李、周四人起的作用最大，其影响所及不限于校内，抑且不限于北京一地而能风动全国者，则以种种刊物是不胫而走的。这些刊物，《新青年》而外，如《每周评论》《新潮》《努力》等等尚多，然其中要以《新青年》起的作用最大，又不待言。以时间计之，"五四""六三"是 1919 年 5 月、6 月的事，其时《新青年》刊行既满三年有

---

① 据章行严先生谈，清末革命，他与蔡先生同搞"爱国学社"，与陈同办《国民日报》，多年相熟交好。蔡、陈于 1916 年接北大事，他恰去日本，经函电邀聘，立即应聘到校。但次年广东护法方面七总裁拥岑春煊为主，发表他为秘书长，事前并未征求他同意。在南北对抗局中，使他不得安于北大，遂尔离去云。——漱注

半。正为在事前有这三年多的酝酿发酵而后乃有北京八校的学生行动和上海各地的罢工、罢市那些风潮出现，不是吗？

试看，毛主席之从湖南来北京大学旁听各课①，不正是被新思潮吸引而来，不正是在五四运动发生的一年之前吗？那时非独青年学子多被吸引北来，就是年纪大很多的，亦有不少人其思想有烦闷、生命有活力亦一样抱着为解决问题的心情而北来。例如今天年过九旬的张难先这位老人家，就是其中之一，当时他且将五旬了。据我所知，不一其例，且不多举。

核论蔡先生一生，没有什么其他成就，既不以某种学问见长，亦无一桩事功表现。然而他所成就之伟大，却又非寻常可比。这就是：他从思想学术上为国人开导出一新潮流，冲破了社会旧习俗，推动了大局政治，为中国历史揭开新的一页。在这里，他并非自己冲锋陷阵的。他之所以能成其功，全在他罗致聚合了上述许多人物，倾心倾力维护他们，并从而直接间接培养出了许多青年后起人物。

雄 辩 会

雄辩会是当时北大同学间发起成立的一种组织，主要以练习做讲演和彼此辩论为务。据我记忆，起始于 1918 年春季，参加者以法科同学居多数。我当时担任着印度哲学讲席，而在古印度社会公开辩论哲理之风最盛，其"因明"之学即发端并发展于此。因此同学们曾邀我在他们会上讲过一次话。其会务主要负责人，记得是方豪、雷国能等同学。此会后来发展如何，延续下去有多久，不详。

---

① 毛主席在长沙师范求学之时，最受知于教师杨怀中先生（昌济），情谊极深。1917 年间，杨任北大哲学系教授，讲西洋伦理学史等课，住家地安门鼓楼东豆腐池胡同。毛主席北来，即投住其家，一面经杨介绍为图书馆职员，一面缴费做旁听生听课。正值五四运动之时，毛主席却未在北京。我在当年与杨先生曾彼此互有过从，顾未及结识毛主席。

行 知 会

"行知会"抑或为"行知社",其名称我记不明确。其发起成立似较晚,大约在 1922 年或 1923 年了。这是由哲学系同学们所发起,而参加者亦以哲学系同学居多。当时北大同学中间的种种组织非常之多,或注意知识方面,或注意艺术方面,或注意社会问题而有志于社会运动。唯此会则以个人的品德行谊为其注意所在,只要求各人就其所知所信而勉行之,故称"行知会"。参加的同学人数不多,约二三十人。不过教员方面被邀请参加者亦颇有人,我本人即其中之一。据记忆,还有徐炳昶先生(旭生)、屠孝寔先生(正叔);乃至其时在校任课的德国人卫礼贤先生亦参加。凡会员初次出席与会者,即自己谈其所知所信和过去生活经历,以及今后如何自勉。记得我曾亲听到卫礼贤自谈其早年如何来到中国传教,久而久之,如何如何大大佩服了中国文化和学术,今后回国将以毕生精力从事译述宣传云云(他的中国语文很好)。其时负责会务者,只记得一个同学是河南人,姓杨,而忘其名。事隔十数年后,抗战期间忽遇其人于开封,似改名杨一峰。屠先生故去多年,现在谈及往事只有徐先生尚可为证。

回忆我从事的乡村建设运动①

　　我的家庭，从曾祖父、祖父、父亲，到我，都是生活在城市中，没有在乡村生活过。我是怎样去搞乡村建设的呢？怎么起了这么个念头呢？这要从我的中学时代说起。

　　我在中学读书的时候，就很关心国事。那时候，中国很落后，经常遭受到帝国主义的侵略和欺侮。我认为，要改变这种局面，中国的政治必须改造，救国也必须从政治入手。根据当时的知识，我心目中好的政治模型，就是英国式的宪政。英国宪政一开始不是靠广大人民，是靠中产阶级，靠有钱的人，后来范围逐渐扩大，工人和劳动人民都有选举权和被选举权，广大的人民有权与闻政治。因此我认为英国式的宪政是最理想的政治。这种认识现在看来，当然是很粗浅的想法，但是在当时，这不仅是我一个人的认识，可以说是要求改造中国政治者的共同认识。举例来说，清末中国许多人要求君主立宪，辛亥革命后，民国二年开国会，国会分参议院和众议院；袁世凯称帝后，全国要求宪政，这些都是学习英国。还有，中国同盟会改组为中国国民党时，国民党的党章，也是参照英国式宪政政党的。

　　当时，我还有一种认识，或叫觉悟，就是认为英国宪政成功、有效，是靠英国人民争取来的。英国公民的公民权、参政权、对国事的参与过问权，都是英国人自己要求和争取来的。自己不要求、不争取，是不能实现的。在民众没有要求的情况下，靠赏赐是不行的，一纸公文，没有用。当时，中国的民国宪法中也规定了公民的一些权利，但不过是白纸黑字，广

---

　　① 选自《乡村建设理论》。

大民众不懂这个事。选举时，让他们走几十里地去投票，他们不去，没有时间，把选举权送给他们，他们还不要。我看到这一点，感到要改造中国政治，必须从基础做起。国家宪政要以地方自治为基础，省也是地方，但是太大。从基础做起，就要从最基层开始做，搞乡村的自治，一乡一村的地方自治。一乡一村的自治搞好了，宪政的基础也就有了。具体的做法，我设想是把农民首先组织起来搞合作社，由低级到高级，由小范围到大范围；引进先进的科学技术，把它运用到生产和生活中去，进行农业的改革和改良，进行农村的各种建设事业，搞工业化的农业。科学技术的运用和生活的提高是互为因果的关系，生产技术改革了，生产就会发展，也就使生活得到改善；生活改善了，对先进的科学技术的要求也就更强烈了。科学技术的运用和组织生产团体也是互为因果的两面，互相影响，互相促进。运用新式的科学技术，个人的力量不行，需要团体组织的力量。有一个团体组织，才能引进一份科学技术；有一份科学技术，才能促进一个团体组织。团体组织越大，能够引进和运用的科学技术就越先进、越多。这样团体组织也会进一步巩固和发展。

经济上的合作组织和政治上的地方自治团体是相因而至的。随着经济上合作组织的建立，农业生产的发展，农民生活的改善，他们参与过问国事的要求和可能就增强了。这样政治上的地方自治团体也就会搞起来。总之，乡村工作搞好了，宪政的基础就有了，全国就会有一个坚强稳固的基础，就可以建立一个进步的新中国。

我就是基于这样一种想法去搞乡村工作，以这样一个主观愿望为指导离开城市到乡下去的。这是我二十岁到三十岁时候的事。

搞乡村工作的理想、志愿确定后，我总想找一个地方试试看。首先我选择了广东。我生长在北京，工作以后，又在北京大学教书，怎么选择广东实践我的理想呢？因为我看广东有一个方便条件，就是我的朋友、孙中山先生的部下李济深在广东掌握政权。他希望我去，我也想去，我就从北京去了广东。

我在广东时，没有用乡村建设这个词儿，用的是乡治，这是从中国古书上借用的一个名词。我想在广东收一批学生，办乡治讲习所，把我的乡治主张和办法讲给他们听。后来，办乡治讲习所的设想没有实现，在一个叫"地方武装团体训练员养成所"的机关，我以《乡治十讲》为题，做了十次讲演，讲了乡治的意义和办法。

地方武装团体训练员养成所是干什么的呢？广东这个地方，地方绅士很有力量，他们建立了武装力量，叫民团。名曰保护地方，防止土匪，实为保护自己。广州与香港相近，商业发达，商界的势力很强，也组织有武装力量，叫商团。1924年，国共合作，广东的革命空气很浓厚。共产党在农村搞农民运动，组织农民协会，建立农民的革命的武装，叫农团。李济深领导搞"地方武装团体训练员养成所"就是想要训练一批人，毕业后到各县地方当武装训练员，把民团、商团、农团搞在一起，避免左派和右派武装力量的冲突。我讲课时，听讲的训练员有千数人。

可是，不久政局发生了变化。当时，中国有不少的军事政治巨头，蒋介石是一个巨头，李济深是一个巨头，阎锡山、冯玉祥、张学良也都是巨头。南京国民党政府成立后，蒋介石成为国民党政府的头儿，占据中央的领导地位，成了中国的第一个巨头，其余的都成了地方巨头，要听蒋介石的。蒋介石若是可以信任人，本来是可以团结住这些人的。但是，蒋介石不是这样，他排除异己，要把这些巨头一一铲除掉。这样就先后爆发了蒋介石同桂系、同晋系阎锡山和西北军系冯玉祥等的战争。蒋介石要除掉李济深的势力，把李济深软禁在南京城外的汤山，共囚禁了两年。李济深倒了，我的乡村建设计划在广东搞不成了。于是，我离开了广东。这是我搞乡村工作的第一阶段。

1929年正月，我离开广州北上，沿途考察了各地的农村情况，写了一篇论文《北游所见纪略》，后来发表在《村治月刊》上。

是年春天，我回到北京。这时，北方有一批朋友，在思想上与我共鸣，也在搞乡村工作，但不叫乡治，叫村治，在北京出版《村治月刊》，在河南创办村治学院。《村治月刊》是王鸿一先生创办的。王鸿一，山东人，曾任山东省议会副议长，很有名望。他与阎锡山、冯玉祥等都是朋友，给他们提建议，是他们的座上客，但是他不当官，不做他们的部下。《村治月刊》在北京出版，钱主要是由阎锡山捐助的。那时，阎锡山在山西省搞村政运动，省政府设有村政处。村政处的任务有两个：一是禁吸毒品，即禁抽大烟；二是禁妇女缠足。1929年我从广东回北京途中，曾往江苏昆山、河北定县和山西考察当地农村工作。

河南村治学院是王鸿一先生向当时占据河南的冯玉祥建议，得到冯玉祥的赞助搞起来的，创办人大部分是河南人，经济上主要是靠河南地方上的力量。村治学院的院长是彭禹廷，副院长是梁耀祖（字仲华）和王怡柯，都是河南人。为什么一批河南人倡导和支持村治呢？河南省地处中原，自古以来是主要战场，战争给河南造成严重的破坏，人民经受了很大的痛苦。战争中，败兵逃兵四散，很多人落草为匪，更多的变卖枪支，所以河南土匪多，乡间散失的枪支多，社会秩序很不安定。为了自卫农村建立了一种武装组织，叫红枪会。它是凭借宗教迷信把人团聚在一起的，常常被人利用。红枪会的领袖大都是当地有钱有势的人。这些人掌握了红枪会后更有势力。红枪会被有钱有势的人利用，相互之间经常发生摩擦。建立红枪会本来是好事，但是也有很大的流弊。所以，地方上的一些开明人士、知识分子就想改变这种局面，教育农民，破除迷信，不被利用。基于这种动机，他们办村治学院。

由于我搞的乡治，与他们搞的村治差不多，他们欢迎我参加，请我接办《村治月刊》，担任河南村治学院教务长，主持学院的具体工作。我很高兴地接受了他们的邀请。当时，河南村治学院正在筹建，我便把筹建工作抓起来。首先起草了《河南村治学院旨趣书》，阐明了河南村治学院的宗旨。这篇文章收入我的文集中。我还起草了村治学院的章程等。1929年底，河南村治学院招收了第一批学生，有四百人左右。正在搞的时候，蒋、阎、冯中原大战爆发，河南是主战场。战火纷飞，村治学院难以继续办下去，学生学习了不足一年，便草草结业，1930年10月，学院也就结束了。这是我搞乡村工作的第二阶段。

第三阶段，是在山东，在这里搞的时间最长。从1931年初到1937年底，日军侵占山东以后结束。

我们在河南办村治学院时，河南的当权者是冯玉祥。他的部下韩复榘任河南省政府主席。韩复榘的省主席只是一个名义，因为事事都要听冯玉祥的，省政府的事冯玉祥又派薛笃弼主持。韩复榘虽然不掌省政府的实权，但他也关心村治学院的事，并同我们相熟悉。

中原大战前，冯玉祥有二十多万军队，占据着山东、河南以及整个西北地区。冯玉祥在蒋介石的压迫下，放弃了山东、河南，向西北撤退。部队撤入陕西潼关以后，冯玉祥在陕西省华阴县召开军事会议，韩复榘在会上反对他的西撤计划，冯很生气，怒斥韩复榘并打了他一个耳光。这时，韩复榘在政治上已经是省主席，在军事上是几万人的总指挥，冯玉祥对他的态度，使他很受不了。韩复榘回到部队以后，便带他的嫡系部队一万多人，出潼关向东开去，脱离了冯玉祥。这正是蒋介石与阎锡山、冯玉祥的矛盾即将爆发之际。蒋介石看见冯玉祥内部分化，很是高兴。1930 年 9 月，蒋介石任命韩复榘为山东省政府主席。

中原大战爆发后，河南村治学院匆匆结束。院长彭禹廷回到本乡河南镇平县，我回到北京。副院长梁仲华到济南，向韩复榘报告河南村治学院的结束情况，因为如前所说，河南村治学院是韩复榘任河南省主席时办的。韩复榘对梁仲华讲，欢迎你们大家都来山东，在山东继续河南的事业。梁仲华到北京找我，说韩复榘欢迎我们大家都去山东。当时，河南村治学院虽然已经结束，但是人员还没有散伙，大家便聚集山东。这是 1931 年 1 月。

我们在山东的做法与在河南的做法略有不同。在山东不叫乡治，也不叫村治，叫乡村建设。这个名称是我在《山东乡村建设研究院办法概要》这篇文章中第一次用的。为什么叫乡村建设？因为当时人们都在提倡建设，建设有许多方面，我想我们搞的工作是乡村的建设工作，所以用了乡村建设这个名称。

我们的机关叫乡村建设研究院。院长是梁仲华，副院长是孙廉泉，名则让。我担任研究部主任。不久，梁仲华、孙廉泉二位正副院长相继调任济宁专区专员等职，负责菏泽乡建院分院工作，由我接任院长。

乡村建设研究院分三部分，另外还有一个附属农场。

一、乡村建设研究部

研究部是高级研究机构，任务是研究乡村建设理论。它招收的对象是大专院校的毕业生，或者虽未取得大学文凭但学识有相当根底者。这些人都作为研究生，学习一年，每期招收四五十人。

二、乡村服务训练部

训练部的任务是训练到乡村服务的人员。招收的学员都是有相当中学文化程度的年轻人。因为他们毕业后，要去乡村工作，年龄一般不能太小，也不能太大，大都是二十岁左右的。收的人数比研究部多一些，每期约三百人。

三、乡村建设实验区

为了实施我们的乡村建设计划，经山东省政府同意，以邹平县为乡村建设研究院的实验区。这个县的全部事情都由研究院管，县长由我们提名，省政府照提名任命。县政府的机构设置、行政区域的划分，完全由研究院根据需要决定。那时，各县县政府都设有四个局：民政局、财政局、建设局、教育局。我们改组了县政府，废去四个局，改为设置五个科。全县划分为十个区，县城内一个区，县城外九个区。

邹平县自然条件、地理位置都较好，是我们搞实验理想的地方。它交通方便，在胶济铁路沿线，县城离周村火车站只有三十多里地。县不大，人口不多，当时有十七万多人。

实验区确定之后，我们对全县的情况进行了全面的了解，对人口做了普查。县政府设立了户籍室，掌握全县的户籍情况。各区政府都和县政府装有直通电话，我们要求各区政府及时报告本区人口变动情况。全县的户籍情况，户籍室都有档案。有两种人，作为特殊人口，另立卡片：一种是有文化知识的人，即受过小学以上教育的；一种是乡村中的坏人和不务正业的人，像流氓、盗窃分子、赌徒、好吃懒做的人等等，以便对他们的使用与管理。

我们在县城办了卫生院，设有病床。医院的大夫，均聘请济南齐鲁大学医学院的毕业生。

我们的实验工作，是从发展生产入手的。邹平县是产棉区，我们首先帮助农民改良棉种，同时，还推广优良麦种和畜禽良种，植树造林，疏通河道，努力发展生产，改善农民的生活。当地的棉花都是运到青岛纱厂去纺纱的。我们以孙家镇为点收购棉花，经初加工运往青岛。我们还计划在邹平建设纱厂，就地加工。因为抗日战争爆发，没有来得及办。这是推广科学技术，发展生产方面的建设。

我们还积极倡导和支持发展合作社，即搞团体组织。合作社是从信用合作社到生产合作社这样发展的。组织合作社的工作，是由罗子为负责。

他带几个助手在乡村奔走，帮助农民组织起来。当时，乡村中建立了不少的合作社。为了支持发展生产合作社，县里设立金融流通处，兼县金库。什么人都可以存款，但是借款必须是集体，也就是合作社才能借，不借给个人，以资助集体引进和使用新式科学技术发展生产。

我们的实验区，开始在邹平，后来菏泽县也划为我们的实验区。

乡村建设研究院先设有出版股，后改为乡村书店。乡村书店在七七事变后，迁到了武汉，后又迁至重庆，在重庆还办了一个时期。与我们在山东搞乡村建设的同时，全国有不少的人也在搞乡村工作，影响较大的除我们之外，还有三个点：河北省定县的平民教育促进会；江苏省无锡的江苏省立教育学院；江苏昆山中华职业教育社。以上三个机构均有实验区，中华职业教育社的实验区在江苏省昆山县徐公桥。

设在河北省定县的平民教育促进会，创办的时间比我们早。它是由晏阳初先生主持的。晏先生是四川省巴中县人。这个地方是比较苦的。晏先生自幼在当地美国教会办的学校读书。由于他天资聪明，教会资助他去美国留学，又由美国转到欧洲。他到欧洲正赶上第一次世界大战。大战期间，法国男子大部上前线作战，国内劳力不足，工厂缺乏工人，资本家便到中国来招收华工。这些华工全部是在青岛集中，乘船到法国的。他们中的绝大多数人是农民，没有文化，不识字，远离家乡，往家写信也写不了，很是苦恼。晏阳初在法国看到这种情况，很是同情。于是创办平民教育会，在华工中搞识字运动，教华工识字。很多人识字以后，可以往家写信了。晏阳初的这种做法，深受华工的欢迎。他自欧洲回国以后，还继续搞识字运动。人们告诉他，最需要识字的是农村的农民。于是，他便选定河北省定县为他的平民教育促进会的实验区。他的经费主要是从美国的慈善机关募捐来的，来得比较方便，也很充足。我们的经费主要是靠中国的地方政府，在河南靠冯玉祥，在山东靠韩复榘。但是，晏阳初也遇到另一个问题，那就是在解放战争后期，他去美国募捐，美国的捐款人对他说，你只许站在国民党一方，不许站在共产党一方。他从美国回到国内时，蒋家王朝的覆灭已成定局。黄炎培在上海对他说，蒋介石不行了，共产党将取得全国政权，你不要跟国民党跑，劝他留在大陆。他说，不行，我的捐款人都要我只能站在国民党方面。结果，他没有听劝告，随国民党逃到台湾。他在台湾的国民党农村复兴委员会搞了一段，后来转到菲律宾，继续搞乡村工作。晏先生今年八十八岁，仍健在。

设在江苏省无锡市的江苏民众教育学院，后改称江苏教育学院，创办人是俞庆棠女士。俞先生是美国留学生，在美国学习民众教育。民众教育又称成人教育，或叫社会教育。民众教育的对象是广大民众，是成年人，不是小孩，也不是少年。成年人，不论工人、农民、店员、职员等等，都有职业，从事社会生产，不能像小孩那样进学校读书，只能在工作之余进行学习，进学校也只能进夜校。中国的民众主要在农村，在中国搞民众教育，主要的对象是农民。教育的目的在于推动农业发展，改造农村，也就是发展乡村建设事业。俞庆棠先生从美国回国以后，在江苏省无锡开办民众教育学院，后来取消民众二字，叫江苏教育学院。俞庆棠先生辞去院长职务以后，由高阳先生接任。高先生任院长多年，一直到抗日战争开始。日本帝国主义占领江苏省后，学院撤到广西省继续办。

黄炎培当时在搞职业教育运动，团体叫中华职业教育社。职业教育社本来在城市办职业教育学校，后来他们的工作逐渐发展到农村，在江苏省昆山县徐公桥搞了建设农村的实验区。

以上是几个重点，那个时期全国搞乡村工作，做乡村建设的人很多，形成一种社会运动。

俞庆棠先生在办江苏省民众教育学院之后，发起组织一个团体，叫社会教育社。这是一个从事社会教育的人自愿结合起来的组织，相当于现在的一种专业的研究学会。由于当时许多有志改造农村的人在搞乡村工作；全国各省、市政府都办有民众教育馆，也有一批人，所以参加社会教育社的人相当多。社会教育社大约于1933年正式成立。大家推选出三个主要负责人为常务理事，有俞庆棠、赵步霞，我也是一个。

社会教育社成立后，曾召开过几次年会。每次开会都登报，欢迎各界人士参加，是会员的可以参加，不是会员的也可以参加。

此外，我们还举办过三次全国乡村工作讨论会。这三次会是在邹平、定县、无锡先后举行的。

1937年七七事变后，上海、南京相继失守。12月22日，韩复榘对日本的侵略不作抵抗，退出济南，接着退出山东。邹平的乡村建设事业被迫

278

结束。我们从山东退到武汉，又退到四川。在四川，我没有再搞乡村建设，除参加政治活动外，办了一所中学，目的是使我的朋友在四川有一个落脚的地方。

河北省定县平民教育会的晏阳初先生，退到四川以后，继续从事乡村工作，改用了乡村建设的名称，在重庆北碚歇马场办了四川省乡村建设学院。

关于乡村建设工作，我的主要著作有两本：一本是《乡村建设理论》；一本是《乡村建设论文集》。这两本书都是在抗战前由乡村书店出版的。

重读马一浮先生《濠上杂著》①

重读马一浮先生《濠上杂著》，摘取一些，略加按语，以志敬佩。

一、儒佛等是闲名，心性人所同具（下略）。

漱按：此语真好！儒也，佛也，都是不相干的名词或称谓。但生而为人，如果想要明白人心人性是如何的，却不妨向古儒家古佛家去探讨探讨。假如资借古人而复有得有己，那么，这些透悟便是自己之所有，更不须说儒说佛——当然说儒说佛亦自不妨耳。如我夙日所指出东西学术是分途的，近世西洋人站在人生立场向外察物，发展了利用厚生之学，而古东方人如中国如印度却反躬内省乎人类生命，分别成就得儒学和佛学，为后此学术发展之先导。质言之，他们都是人类未来文化之早熟品。他日学术风气转变发达，对于人类生命有深彻认识之时，古儒家古佛家所发明之学理及其应用，将逐一为世所公认且加发展，而儒佛之名却不须存矣。

原文在"儒佛等是闲名，心性人所同具"之下，再摘取数语：

古来达德莫不始于知性，终于尽性；众庶则囿于气质，蔽于习俗，不能知性故不能率性，谓之虚生浪死。唯知性而后能率性（原注：循理由道，不随习气），率性而后能践形（原注：极聪尽明，不存身见），践形而后能尽性（原注：察伦明物，不限时劫），如此则庶几矣。

---

① 选自《人生至理的追寻》。

280

漱按：孔门之学无他，只是践形尽性而已。如我所了解，一切事物时时在发展变化中，人的心性形体举莫能外也。所不移不易者，则向上奋进是已。从乎社会文化之迁进，将来继儒学而兴者佛学也。

二、从上圣贤别无他道，只能一性纯真，应物无失而已。（原注：上句是廓然而大公，下句是物来而顺应。）

三、（上略）然此非意识能缘境界，纵晓会得亦只是义解，不中用。

漱按：众生大惑在第七识缘第八深隐的俱生我执上，而流俗每以第六意识上不存我念便为无我，那是很不够的。唯识法相家言在马先生著作中未见谈及，然类如此处所说则能祛俗病，通于唯识学理。

四、时时住于正念则杂念无自而生。寻常以杂念为患者，只是心无主宰。（略）凡读书不得力者，只为务多闻而不求义理耳。圣人之学无他，只是气质清明，义理昭著，逢缘遇境一切时皆作得主，不被他人惑乱耳。时人大患莫过于气昏，障碍自心虚灵，遂使义理无从显现。能祛得一分昏蔽，必还得一分清明。此乃心体之本然，不从外得也。

漱按：近世西方学术以增多外界知识为务，正如这里所云唯务多闻者是。古中国印度的学术固非同路而反躬于自身生命，其所务在深彻心体，如这里所云"逢缘遇境一切时皆作得主"者却有些相类近。在人生践履上，西方人皈依宗教奉行教诫，正不外孟子所谓"行仁义"而非"由仁义生"，以义理为外在，从不晓得率性之谓道。东西学术之分异即在偏内偏外不同上。

怀念熊十力先生①

1919 年我任北京大学讲席时，忽接得熊先生从天津南开中学寄来一明信片，略云：你在《东方杂志》上发表的《究元决疑论》一文，我见到了，其中骂我的话却不错；希望有机会晤面仔细谈谈。不久，各学校放暑假，先生到京，借居广济寺内，遂得把握快谈——此便是彼此结交端始。

事情的缘起，是民国初年梁任公先生主编的《庸言》杂志某期，刊出熊先生写的札记内有指斥佛家的话。他说佛家谈空，使人流荡失守，而我在《究元决疑论》中则评议古今中外诸子百家，独推崇佛法，而指名说：此土凡夫熊升恒……愚昧无知云云。

因此，见面交谈，一入手便是讨论佛氏之教，其结果便是我劝他研究佛学，而得他同意首肯。不多日，熊先生即出京回德安去了。

1920 年（民国九年）暑假，我访问南京支那内学院，向欧阳竟无大师求教，同时即介绍熊先生入院求学，熊先生的佛学研究由此开端。他便是从江西德安到南京的。附带说，此次或翌年，我还先后介绍了王恩洋、朱谦之两人求学内院。朱未久留即去；王则留下深造，大有成就，后此曾名扬海外南洋云云。

我入北大开讲印度哲学始于 1917 年，后来增讲佛家唯识之学，写出《唯识述义》第一第二两小册。因顾虑自己有无知妄谈之处，未敢续出第三册。凤仰内学院擅讲法相唯识之学，征得蔡校长同意，我特赴内学院要延聘一位讲师北来。初意在聘请吕秋逸（澂）君，惜欧阳先生以吕为他最得力助手而不肯放。此时熊先生住内学院约计首尾有三年（1920 年至

---

① 此文选自《我生有涯愿无尽》。

1922 年），度必铱（yù）闻此学，我遂改计邀熊先生来北大主讲唯识。

岂知我设想者完全错了！错在我对熊先生缺乏认识。我自己小心谨慎，唯恐讲错了古人学问，乃去聘请内行专家；不料想熊先生是才气横溢的豪杰，虽从学于内学院而思想却不因袭之。一到北大讲课就标出《新唯识论》来，不守故常，恰恰大反乎我的本意。事情到此地步，我束手无计。好在蔡校长从来是兼容并包的，亦就相安下去。

熊先生此时与南京支那内学院通讯中，竟然揭陈他的新论，立刻遭到驳斥。彼此论辩往复颇久，这里不加叙述。我自审无真知灼见，从来不敢赞一词。

计从 1922 年熊先生北来后，与从游于我的黄艮庸、王平叔等多人，朝夕相处者历有多年。1924 年夏我辞北大，应邀去山东曹州讲学，先生亦辞北大同往；翌年我偕诸友回京，先生也是同回的。居处每有转移，先生与我等均相从不离，其事例不必悉数。然而踪迹上四十年虽少有别离，但由于先生与我彼此性格不同，虽同一倾心东方古人之学，而在治学谈学上却难契合无间。先生著作甚富，每出一书我必先睹。我读之，曾深深叹服，摘录为《熊著选粹》一册以示后学。但读后，心有不谓然者复甚多，感受殊不同。于是写出《读熊著各书书后》一文甚长，缕缕陈其所见！

如我所见，熊先生精力壮盛时，不少传世之作。比及暮年则意气自雄，时有差错，藐视一切，不惜诋斥昔贤。例如《体用论》《明心篇》《乾坤演》，即其著笔行文的拖拉冗复，不即征见出思想意识的混乱支离乎？吾在《书后》一文中，分别地或致其诚服崇敬，又或指摘之，而慨叹其荒唐，要皆忠于学术也。学术，天下之公器，忠于学术即吾所以忠于先生。吾不敢有负于四十年交谊也。

1983 年 4 月 23 日于北京

283

致熊十力的一封信[①]

力兄如晤：

连得一片两信，知兄动气。（苦哉。）弟前信未陈出所见，一面实是忙碌，欲写而未成，一面正为兄年高，怕有所刺激，不谓寥寥一二语竟亦使兄动气。推想或是宰平先生有信提及我如何如何邪。若宰老果已提及，而兄今又迫我必须说出，我再不说那就更不好了。今于开会忙中写此信，乞兄教之。

我今问兄：兄将谓兄玄想（此词出《体用论》）之"空"与《般若经》"照见五蕴皆空"是一事抑否耶？菩萨照见之空度一切苦厄，兄玄想之空果曾除得自己身心痛苦否？我以为一则当真证会本体，一则犹在六识缘影之中，远远不可相比。然兄似乎竟把佛家亦看同在作玄想，于是赏之曰奇慧，斥之曰诡辩。当然我不否认佛徒末流（印度论师在内）亦有修证实际不足而从玄想构思来作帮衬者，但总是末流，未可代表佛家；是佛家之所贱，非其所尚。纵然兄之玄想构思有胜于此辈，亦何贵？而兄顾高谈大睨自居于佛之上，明明还是个凡夫，何能令人心服？弟窃谓兄于书中对佛家偏处（注：我不觉其偏），若委宛以申其疑问，最合自己身份，而且较之剑拔弩张之凶狠词句亦更有力量。未知兄以为如何也。

至《成物》章中有昧于科学常识处似不一其例。弟之科学只是正不多于兄，自不能备举。盖事属科学范围而以推论出之，犹自己说"这个推论

---

① 此信写于1958年。选自梁培宽编注的《梁漱溟往来书信集》。信中"宰平""宰老"是指林宰平。梁漱溟写给熊十力的信很多，但只留下这一封。熊十力对此信有回复，读者可参看编者同时所编的《融宇宙人生于体用——熊十力文选》。

或不至远离事实"（见原书），岂不难哉？《成物》一章失败在此。

匆覆不尽。

弟漱溟

附录：

梁漱溟先生年谱简编

1893 年（光绪十九年）　1 岁

10 月 18 日（农历九月九日），生于北京安福胡同的一个书香官宦世家。汉族。其父为之取名为焕鼎，字寿铭。早年曾用寿民、瘦民等笔名，20 岁后取字漱溟。

祖籍广西桂林，自曾祖中进士后，宦游于北方。

其父梁济，字巨川，曾为清朝内阁中书。其母张滢，字春漪，晚清直隶候补道宣化府知府张铨的长女，通史书，工翰墨。有一长兄、两妹妹。

1894 年（光绪二十年）　2 岁

中日甲午战争爆发，外侮日逼。

1895 年（光绪二十一年）　3 岁

其父梁济将满腔热情均放在关心国事上，潜移默化地影响着梁漱溟。梁漱溟后来在《中国文化要义》自序中称："我生而为中国人，恰逢到近数十年中国问题极端严重之秋，其为中国问题所困恼自是当然。我的家庭环境和最挨近的社会环境，都使我从幼小时便知注意这问题。我恍如很早便置身问题之中，对于大局时事之留心，若出自天性。"

是年，中日签订《马关条约》。

286

1898 年（光绪二十四年）　6 岁

开始读书。由一位孟老师在家中教读。读《三字经》后，按照父亲的意思，不读四书五经，而读《地球韵言》。

是年维新变法，父亲崇尚维新，讲求实效，厌弃虚文，对儿子的教育完全是宽放的，很少正颜厉色地教训。

1899 年（光绪二十五年）　7 岁

就读于北京第一个"洋学堂"——中西小学堂，学习中文、英文。

1900 年（光绪二十六年）　8 岁

随中西学堂停办而辍学。到街上发传单。
是年庚子国变，八国联军进入北京。

1901 年（光绪二十七年）　9 岁

入南横街公立小学堂学习。

1902 年（光绪二十八年）　10 岁

改入父亲挚友彭翼仲主办的蒙养学堂。

彭翼仲开风气之先，在北京创办第一家报纸《启蒙画报》，该报图文并茂，介绍科学常识、历史掌故、名人逸事等，不仅使梁漱溟得了许多古今中外的知识，而且启发了胸中很多道理，对其影响很大。

1903 年（光绪二十九年）　11 岁

继续在蒙养学堂学习。蒙养学堂和报社在一处，走同一个大门。因美国排斥、虐待华工，梁漱溟随大人们在街上散发传单，抵制美货。

1904 年（光绪三十年）　12 岁

因病辍学。紧接着，由亲友各家合请一家庭教师，在家中读小学课本。

287

1905 年（光绪三十一年）　　13 岁

入江苏小学堂学习。梁漱溟后来回忆："我大约从十岁开始即好用思想。""十岁前后，在小学里的课业成绩，比一些同学都较差，虽不是极劣，总是中等以下。"

1906 年（光绪三十二年）　　14 岁

考入顺天中学堂，学习国文、英文及数理化各科。向上心切，不论何事，很少须要人督迫，智力乃见发达，有些课业成绩进入前三名。

1907 年（光绪三十三年）　　15 岁

继续就读于顺天中学堂；不仅完成老师所教，还与几位同学一起自学。好读报纸，喜欢梁启超的著作，好谈论时局。也读一些佛学方面的书籍。

1908 年（光绪三十四年）　　16 岁

常到北京图书分馆（前青厂）看大部头佛书。

1909 年（宣统元年）　　17 岁

一方面留心时事，对中国问题非常热心；一方面对人生问题有所烦闷，仍旧在佛典探求人生的苦乐。

1910 年（宣统二年）　　18 岁

思想由倾向维新转向革命。由同学甄元熙介绍，开始参加革命活动。

1911 年（宣统三年）　　19 岁

中学毕业。

读《社会主义神髓》（日人幸德秋水著，张继翻译），受书中反对私有制主张的影响，热心社会主义，有感而作《社会主义粹言》，自己油印数十份。

288

开始茹素。产生过极度矛盾与悲观心理，后在《究元决疑录》中回忆："辛亥之冬壬子之冬，两度几取自杀。"

1912 年（民国元年）　20 岁

参加中国革命同盟会京津支部，在支部主办之天津《民国报》任编辑及外勤记者，亲睹当时政坛上种种丑行。

母亲病逝，极悲痛。

1913 年（民国二年）　21 岁

退出《民国报》，自动脱离国民党。居家潜心研究佛经，由醉心社会主义而转为倾向出世，一度想要出家为僧。

1914 年（民国三年）　22 岁

继续居家研索佛典，同时也阅读一些中国古籍以及报纸。梁漱溟称："从民国元年至民国五年，为完全静下来自修思考的第一时期。"

1915 年（民国四年）　23 岁

编成《晚周汉魏文钞》，在该书自序中称："夫一民族之与立，文化也；文化之中心，学术也；学术所藉以存且进者厥为文字。存者叙述故典，综事之类也；进者扬摧新知，布意之类也。今举国以治古文，图耀观览而废综事布意之本务，则是斫毁学术阻逆文化而使吾族不得竟存于世界也！"曾请黄远生为该书写序言，并将书稿交商务印书馆，最终因商谈发行具体条件未洽而没有出版。

1916 年（民国五年）　24 岁

经司法总长张耀曾推荐，担任南北统一内阁司法部机要秘书。张耀曾是梁漱溟的近亲。同时任秘书的还有沈钧儒等人。

有感于报人黄远生之死，作《究元决疑论》，发挥佛家出世思想，"愿为世间拔诸疑惑苦恼"。文章在《东方杂志》连载后，以此文求教于北京大学校长蔡元培，受邀到北大讲授印度哲学，因无法从司法部脱身，暂未去。

1917 年（民国六年）　25 岁

5 月中旬，张勋复辟。紧接着，政府改组，张耀曾下野，梁漱溟亦去职南游。

目睹南北战争之祸后，回京写《吾曹不出如苍生何》，自费印刷千册散发，呼吁制止南北军阀内战。

10 月间，担任北京大学哲学系讲席，先后讲授"印度哲学概论""儒家哲学"等课程，并开始东西文化的比较研究。

从 1917 年至 1924 年，梁漱溟在北大任教七年。

1918 年（民国七年）　26 岁

11 月 10 日，其父梁济在 60 岁生日前三天，自沉于北京净业湖（积水潭），留下遗书，思以自己一死挽世道人心。

对父亲自杀原因，梁漱溟认为："先父以痛心固有文化之渐灭，而不惜以身殉之。捐生前夕，所遗敬告世人书，其要语云：国性不存，我生何用！国性存否，虽非我一人之责，然我既见到国性不存，国将不国，必自我一人先殉之，而后唤起国人共知国性为立国之必要——国性盖指固有风教。"

1919 年（民国八年）　27 岁

暑假前，突然接到熊十力从天津南开中学寄来的明信片，大意为：你在《东方杂志》上发表的《究元决疑论》一文，我见到了，其中骂我的话却不错；希望有机会晤面仔细谈谈。不久，各学校放假，熊十力来到北京，二人遂在广济寺见面交谈，开始了一生的交往。

《印度哲学概论》出版。

是年，五四运动爆发。

1920 年（民国九年）　28 岁

作《东西文化及其哲学》讲演。在北大添讲佛家唯识学。《唯识述义》

（第一册）出版。

暑假期间，访问南京支那内学院，向欧阳竟无求教，同时介绍熊十力入院求学，熊十力的佛学研究由此开端。

梁启超、蒋百里由林宰平引导，前来访谈。

1921 年（民国十年）　29 岁

《东西文化及其哲学》一书首次出版。该书在比较中阐述人类生活的三大路向及人类文化三大体系，指出世界最近未来将是中国文化的复兴，堪称经典，是现代新儒家的开山之作。

放弃出家念头，与黄靖贤结婚。

是年，中国共产党成立。

1922 年（民国十一年）　30 岁

继续在北京大学任教。也到外地讲学，曾在山西讲“东西人的教育之不同”，在山东讲“孔学旨趣”。

与李大钊就倡议裁兵运动同访蔡元培，其后在蔡元培家讨论“我们的政治主张”，并在胡适提出“好政府主义”的时局宣言上签名。

介绍熊十力到北京大学讲授佛家唯识学，熊十力从此开启大学任教的生涯。

1923 年（民国十二年）　31 岁

开始在北京大学讲授“孔学绎旨”，为期一学年。

春季曾到山东曹州中学讲演，提出“农村立国”的主张。

夏秋之交，陈铭枢北来相访，谈佛学，从此结交。

1924 年（民国十三年）　32 岁

夏，在徐志摩的邀约下，与泰戈尔交谈，就泰戈尔的问题阐述儒家道理。

暑假期间，因日益不满于学校只是讲习一点知识技能的偏向，辞去北大讲席，应邀前往山东办学，主持曹州高中，并试图恢复重华书院，筹办曲阜大学。熊十力等好友也参与了办学。

1925 年（民国十四年）　33 岁

春，因山东政局发生变化，返回北京，与熊十力及一些学生在什刹海东煤厂租房，大家互勉互励，同住共学。"朝会"即从此时开始。

一度暂住清华园，校对整理父亲梁济的遗著，又成年谱一卷，作《思亲记》一文。

农历九月十日，长子梁培宽诞生。

是年为北伐前夕，南方革命空气高涨。李济深、陈铭枢、张难先三位好友来信，以革命大义相责勉，促其南下。

1926 年（民国十五年）　34 岁

春初，在颐和园附近的大有庄租房，与熊十力、卫西琴及门生十余人共住共学，研讨儒家哲学与心理学。开始写《人心与人生》一书。

秋，离京南下，原拟去武汉会见统帅北伐先锋军的陈铭枢，未成；只是到了上海、南京，随后北返。

1927 年（民国十六年）　35 岁

春，为北京学术讲演会讲《人心与人生》三个月。

5 月，应邀前往广州。

7 月，南京国民政府发表其为广东省政府委员，辞未就职。

12 月底，与时任广东省政府主席的李济深常作夜谈，认为宪政应以地方自治为基础，而地方自治又应由基层（乡村）入手，以此可以替中国民族在政治上经济上开出一条路来。李济深同意可以在广东试办乡治。

1928 年（民国十七年）　36 岁

在广州作《乡治十讲》；接办广州第一中学，任校长。筹办乡治讲习所，未成。

王鸿一等人在北京筹办《村治月刊》，电催梁漱溟北上，梁未能遽行。

次子梁培恕诞生。

1929 年（民国十八年） 37 岁

离广州，北上考察乡村工作，写出《北游所见纪略》一文。

在南京参观考察晓庄师范，与陶行知结交，十分相投。

在山西会见正在养病的阎锡山，认为阎锡山"颇愿望着做到自治地步，然而自治大概是说不上的"。

因广州政局变化，不再南返。

经王鸿一介绍，与筹办河南村治学院的梁仲华、彭禹廷等人相识，并受聘为该院教务长；写出《河南村治学院旨趣书》，从村治（后改称乡村建设）入手谋求民族自救、振兴中国的主张已基本成熟。

1930 年（民国十九年） 38 岁

1 月，河南村治学院开学，讲授乡村自治组织等课。因中原大战，村治学院开办未满周年即告结束。

6 月，接办北京《村治月刊》，在该刊一卷一期发表《主编本刊之自白》，分四节阐述："我是怎样一个人？""过去几年的烦闷，产生今日的主张""最近努力所在和主编本刊的由来""我对国民党的态度"。

写出《中国民族自救运动之最后觉悟》，连载于《村治月刊》二至四期。发表《我们政治上的第一个不通的路——欧洲近代民主政治的路》《中国问题之解决》。

1931 年（民国二十年） 39 岁

与梁仲华等河南村治学院的部分同人、学生到山东邹平，创办山东乡村建设研究院，任研究部主任，写出《山东乡村建设研究院设立旨趣及办法概要》。邹平县被当时的山东省政府划为乡建实验区，乡村建设研究工作与具体实验工作同时展开。

1932 年（民国二十一年） 40 岁

10 月，《中华教育界》发表《梁漱溟先生述山东乡村建设研究院工作》。

12月，应邀参加国民党内政部召集的全国第二届内政会议，会议期间做"地方自治问题"的发言；同月，南京市政府公报发表此发言。

1933年（民国二十二年）　41岁

2月，应邀赴南京参加教育部讨论民众教育问题的会议。

3月，被教育部聘为民众教育委员会委员。

4月，《中国民族自救运动之最后觉悟》一书出版。

5月，在无锡教育学院讲"民众教育何以能救中国"。

7月，第一次全国乡村工作讨论会在邹平召开，主持开幕式并致开幕词，做《山东乡村建设研究院工作报告》。报告中说："此时而言求治，非从根底上重新建立其自身所适用之一种组织构造不可。……所谓村治或乡村建设者，意在新组织构造必于乡村中养其端倪，植其苗芽。"

8月，参加中国社会教育社在济南举行的年会，发表《社会本位的教育系统草案》。

1934年（民国二十三年）　42岁

8月，在国民党政府首次举办的孔子诞辰纪念会上，做"孔子学说的重光"讲演。

10月，参加在河北定县召开的第二次全国乡村工作讨论会，做"乡村建设旨趣"的讲话。

接任研究院院长。

12月，为邹平实验小学教职员讲"目前中国小学教育方针之商榷"。

《乡村建设论文集》出版。

1935年（民国二十四年）　43岁

8月20日，夫人黄靖贤在邹平因难产病逝，深为悲痛。

10月，应邀参加在无锡教育学院举行的全国乡村工作讨论会第三次大会，提出书面报告《一年来的山东工作》。

由唐现之汇编的《梁漱溟先生教育文录》一书出版。

10月至12月，与梁仲华、孙廉泉等，推动山东省政府拟定以改革地方行政和民众自卫训练为主要内容的"三年计划"（1936—1938），以应付日寇入侵，为实行自卫做准备。

1936 年（民国二十五年） 44 岁

年初，应邀赴广州讲学，途经上海访蒋百里。蒋百里谈日本大举入侵将不在远，而我方应有之应付策略应植基山东、山西之农村。

春，赴日本考察农村工作。从日本回来后，在山东乡村建设研究院系统讲述《中国社会构造问题》。

是年，《乡村建设理论》（一名《中国民族之前途》）一书出版；并发表《乡村工作中一个待研究待试验的问题——如何使中国人有团体组织》《我在日本参观后的感想》《民众教育路线问题》等文章。

1937 年（民国二十六年） 45 岁

6 月，《朝话》一书印行。

6 月 13 日，在成都省党部大会做"我们如何抗敌"的讲演。

6 月 29 日经武汉北上，到北平（北京），见到紧张之形势。

7 月 4 日南下，7 月 7 日，卢沟桥事变爆发，从此之后，"即为抗战奔走，东西南北，没有休息"。

8 月，在上海《大公报》连载《怎样应付当前的大战》，提出抗战的三条大原则。

8 月 17 日，首次应邀参加最高国防会议参议会，自认为这是参与上层政治活动的开端。

12 月，山东形势危急，率同人一千多人撤退到河南。带出来的人在接受集中训练后，于 1938 年秋整队返鲁进行抗敌。

山东乡村建设研究院建院七年后结束。

1938 年（民国二十七年） 46 岁

1 月初，为促进全国团结抗战，自武汉赴延安访问，了解当地人民生活情况、教育设施，参观政府、党部及司法机关。与毛泽东前后交谈八次，其中两次通宵达旦。

3 月初，在徐州写完《敬告山东乡村建设同人同学书》，书中附《山东乡村工作人员抗敌工作指南》。

7 月，参加在汉口召开的国民参政会第一届第一次会议，被选为参政员。自此任参政员至该会结束（1947 年）止。

在四川创办南充民众教育馆。

1939 年（民国二十八年）　47 岁

2 月，自重庆，经西安、洛阳，深夜过黄河，去游击区巡视，历经豫东、皖北、苏北、鲁南、冀南、豫北、晋东南，前后 8 个月，备尝艰辛；亲见国共摩擦，抗战前途受到威胁。返回大后方，得悉党派关系同样恶化，于是与第三方面人士成立"统一建国同志会"，致力于推动两大党合作，求得全国团结的局面。

1940 年（民国二十九年）　48 岁

3 月底，写出《抗战与乡村——我个人抗战中的主张和努力的经过》，发表于《师友通讯》。

年中，发起创办勉仁中学。

年底，与黄炎培、左舜生、张君劢商定将"统一建国同志会"改组为"中国民主政团同盟"。盖认为第三方面任务重大，非加强组织不可，而且必须在国民党控制不到而又极接近内地的香港建立言论机关，然后以独立姿态出现。

1941 年（民国三十年）　49 岁

1 月发生皖南事变，因不能坐视国内分裂之发展，与同人奔走于国共双方，直至 3 月 27 日。

5 月 5 日，飞抵香港，筹办民盟机关报《光明报》。

9 月 18 日，《光明报》创刊；为社长。

双十节，《光明报》发表了民盟成立宣言及十大纲领，正式公开民盟成立。

年底，太平洋战争爆发，香港陷敌，报纸被迫停刊。

1942 年（民国三十一年）　　50 岁

年初自香港脱险，到达桂林。

2 月，写《香港脱险寄宽恕两儿》信，被《文化杂志》发表。

3 月，为蔡元培先生逝世二周年发表《纪念蔡元培先生》一文。

4 月，写成《论广西国民中学制度》一文，并发表。

5 月，写成《教育的出路与社会的出路》一文，并发表。

6 月，着手撰写《中国文化要义》。

10 月，为桂林《自学月刊》撰写《我的自学小史》，发表前 11 节。

12 月，发表《理性与宗教之相遭》一文。

是年，与陈树棻结婚。

1943 年（民国三十二年）　　51 岁

1 月，写成《纪念梁任公先生》一文，发表于桂林《扫荡报》；写成《理性与理智之分别》一文，发表于桂林《文化杂志》。

6 月，写《中国文化问题略谈》，发表于衡阳《大刚报》；所写《民主的涵义》，发表于桂林《时代知识月刊》。

初秋，重庆以筹备成立宪政实施协进会，函邀梁漱溟参与其事。

10 月 8 日，发寄《答政府见召书》，重申欧美式宪政不合中国需要。同日将《为政府以宪政协进会见召答复邵力子先生信》寄出，信中称："其在大后方，则执政党对于党外之压制，转迫转紧，浸至无所不用其极。人不入党，几不得以自存；言不希旨，绝难宣之于笔口。""如漱溟者正同处此境地，而身受其苦之一人。""政府诚有取于民主精神，政府自实践之，何用许多人来筹备。""实施宪政，非所愿闻；践行民主，宁待筹备。"拒赴重庆。

1944 年（民国三十三年）　　52 岁

1 月，写出《中国以什么贡献给世界》，发表于桂林《大公报》。

5 月，在《大公报》发表《宪政建筑在什么上面》。《漱溟最近文录》一书在中华正气出版社出版。

8 月，日军进犯桂林，避难于贺县八步，曾策划在两广湖南三省交界处展开战时民众动员工作，同时树立对内政治革新旗帜，号召改造全国政局，但时局多变，尽管苦心孤诣，最终一事无成，留下来的只有一本《战时动员与民主政治》讲演小册子。

9 月，发表《社会演进上中西殊途》。

是年，还在《民宪》杂志连载《中国到宪政之路》，因敌侵桂林，未能终稿。

1945 年（民国三十四年） 53 岁

1 月，写出《追忆广州往事》《记十八年秋季太原之行》。

6 月，《梁漱溟教育论文集》由开明书店出版，同年 11 月再版。

8 月，获闻日本投降的消息后，以为"今后问题，要在如何建国。建国不徒政治、经济之事，其根本乃在文化。非认识老中国即莫知所以建设新中国""今后愿离开现实政治稍远一些，而潜心以深追此一大事"。

11 月，为参加重庆政协，年底由粤飞渝。

12 月，参加陪都各界反内战联合会，呼吁政治解决纠纷。发表《中国统一在何处求》一文。

1946 年（民国三十五年） 54 岁

1 月，作为中国民主同盟九位代表之一，参加重庆政协会议。

3 月，再次访问延安。

5 月初，受任民盟秘书长。此后到 10 月底，整六个月，除一度去昆明调查李闻案外，都在京沪间为和谈尽力。

11 月，看清楚自己无可为力的时候，辞去民盟秘书长，前往重庆北碚，闭户著书，撰写《中国文化要义》一书。

1947 年（民国三十六年） 55 岁

3 月，在《观察》杂志发表《树立信用，力求合作》，称："我与共产党之间显然有很大距离。……然而根本上还是相通的。……我对于民族前途，对于整个人类前途，有我的看法及其远大理想，除掉这远大理想，便没有我。而他们恰是一个以远大理想为性命的集团。"

6 月，奔走营救民盟机关报《民主报》被捕全体人员，最后救出了绝大多数员工，其中有八九位共产党员。发表《中共临末为何拒绝和谈》一文。

9 月，发表《预告选灾，追论宪政》一文。

是年，在撰写《中国文化要义》的同时，为勉仁国专学生讲授该书内容。

1948 年（民国三十七年）　56 岁

7 月，奔走营救被关在重庆渣滓洞集中营的革命青年雷子震。

8 月，在重庆北碚创办勉仁文学院。

年末，写成《过去内战的责任在谁？》，备发表。文中指出："过去内战的责任不在中国共产党"，"今天好战者既已不存在，全国各方应该共谋和平统一，不要再打"。

1949 年（中华人民共和国成立）　57 岁

发表《过去内战的责任在谁？》《敬告国民党》《敬告中国共产党》。

年初，先后写信致"民盟主席张澜先生转诸同人"和"中共中央毛周诸公"，"勉励诸先生为国家大局努力负责，而声明自己决定三年之内对国事只发言不行动"；"对民盟则许我离盟；对中共则恕我不来响应新政协的号召"。关于脱离民盟原因，说："我知道我此时言论主张在盟内未必全同意。要我受拘束于组织而不得自由发言，我不甘心；使组织因我而受到破坏，尤非道义所许……"

11 月，《中国文化要义》出版。书中《自序》说："要认识中国问题，即必得明白中国社会在近百年所引起之变化及其内外形势。而明白当初未曾变的老中国社会，又为明白其变化之前提。"同月，《梁漱溟先生近年言论集》出版。

1950 年　58 岁

由重庆北碚来北京。

3月12日晚，应毛泽东主席邀请谈话，毛主席问其是否可以参加政府，答复是"自己愿在政府外效力"，并建议设置一中国文化研究所或世界文化比较研究所。毛主席当时未置可否，而劝其参观新老解放区。于是赴山东、河南、平原及东北六省参观，历时近半年。

1951 年　59 岁

在《光明日报》发表《两年来我有了哪些转变》一文。
任全国政协委员。
自请赴四川合川县云门乡参加土改。

1952 年　60 岁

写完《何以我终于落归改良主义》一长文，回顾多年从事社会活动的经过，并试做检讨。

1953 年　61 岁

9 月，在会上发言不慎，遭受大批判，历时一年多。

1954 年　62 岁

继续担任全国政协委员。
着手写《伍庸伯先生传略》，未完稿。

1955 年　63 岁

第二次写《人心与人生》自序。
写《至情动人——读〈卓娅与舒拉的故事〉》一文。

1956 年　64 岁

在早年所作《悼王鸿一先生》一文后批注："此文写于 1930 年，其时吾于共产党缺乏了解，且有偏见，故尔出语不合。然此文可存，此语不必改，以存其真，且志吾过。"

1957 年　65 岁

周恩来总理召集少数知名人士座谈，梁漱溟应邀出席，并在发言中赞成成立广西壮族自治区，说："一让两有，一争两丑。汉族与少数民族都要互以对方为重。"

1958 年　66 岁

3 月 15 日，参加广西壮族自治区成立大会。大会前后，受周恩来委托，与陈迩冬等人先后到梧州、南宁、桂林、柳州等地，广泛接触各界人士，宣传民族团结，积极促成自治区成立。

1959 年　67 岁

动笔写《人类创造力的大发挥大表现》一文。

1960 年　68 岁

春夏之交，前往山东济南、菏泽、郓城、邹平农村视察。继续写《人类创造力的大发挥大表现》一文。

1961 年　69 岁

写完《人类创造力的大发挥大表现》。

1962 年　70 岁

写《读熊著各书书后》长文，对熊十力的作品予以评论。写出《略记当年师友会合之缘》一文。

1963 年　71 岁

阅读并研究伍庸伯、严立三讲《大学》的不同。

1964 年　72 岁

参加全国政协的一些活动，包括学习讨论会及视察工作。

曾在访问章行严后，撰写《访章行严先生谈话录》一文。

1965 年　73 岁

写出《答李觉同志追论上年我在太原的一次发言》。

1966 年　74 岁

9 月下旬，在手头无任何资料的情况下，撰写《儒佛异同论》，11 月完稿，共万余字。

是年 5 月，"文化大革命"爆发。

1967 年　75 岁

开始思考并撰写《中国——理性之国》。

1968 年　76 岁

5 月 4 日，被作为"黑五类"斗争；善于调整自己的情绪，散步、习拳，继续借读书报，继续写作。

5 月 24 日，得知熊十力病故的消息，颇感伤。

1969 年　77 岁

4 月 30 日，政协送来"五一"节晚上在天安门观礼花的票证，并派车接送。

5 月 5 日，政协通知参加政协学习组学习。

写成《自述早年思想之再转再变》《我早年思想演变的一大关键》两篇文章。

1970 年　78 岁

4 月间，写完 17 万字的《中国——理想之国》。

下半年，参加重新恢复的政协直属组学习。学习讨论时，对"宪法草案"提出两点意见。

12 月上旬，写出《我的思想改造得力于〈矛盾论〉》一文；14 日，在全国政协学习小组发言，读事先写好的发言稿《请王克俊同志再指教并望各位同志赐教的一篇话》。

1971 年　79 岁

写出《学习五十年党史所得的感想和认识》。

1972 年　80 岁

12 月 26 日，毛泽东 80 岁生日那一天，将《中国——理性之国》手抄本亲自送到南长街新华门传达室，请毛主席收阅。

1974 年　82 岁

写作《我们今天应当如何评价孔子》和《批孔运动以来我在学习会上的发言及其经过的事情述略》。

是年，补写《我的自学小史》；写出《读有关圣雄甘地事迹各书》《试论中国从古以来的社会发展属于社会发展史上所谓亚洲社会生产方式》《司马迁史记不可信》《五四运动前后的北京大学》等文章。

1975 年　83 岁

3 月 2 日，在写给田慕周的信中，谈及熊十力辞世事："二十八日寄来信件均收得无误。信中叙述熊师逝世前后情况，读之感喟良深。……熊师缺乏学养，我更无学养（只在知见上稍胜），殆秉赋之不同也。熊师晚年著作如《体用论》《明心篇》《乾坤衍》皆诋斥佛法……我崇信佛法，老而弥笃。"

5 月，写《今后国内政治局面之预见》一文。

7 月初，《人心与人生》撰写完毕。在此书后记中说："书虽告成，自己实不满意。"又说："竟尔勇于尝试论述""自己不能胜任的学术上根本性大问题——人心与人生"，是因为"第一，年方十六七之时对人生不胜其怀疑烦闷，倾慕出世，寻究佛法。由此而逐渐于人生有其通达认识，不囿于世俗之见，转而能为之说明一切"，"第二……当今人类前途正需要一种展望之际，吾书之作岂得已哉"。

改写《东方学术概观》。

1976 年　84 岁

写《老来回忆此生多有非自己早年意料之事》《追忆在延安、北京迭次与毛主席的谈话》《略记当年师友会合之缘》等文章。

是年，毛泽东逝世。

1977 年　85 岁

写《我致力乡村运动的回忆和反省》《今后国内政治局面之预测》《论毛主席的晚年》《毛泽东对于法律作如是观——访问雷洁琼同志谈话记》等文章。

1978 年　86 岁

5 月 15 日，在政协学习小组宣读《宪法与专政》一文。

12 月，复阅《毛主席对于法律作如是观》，在文末写："法制与民主的呼声渐起，其前途必逐步展开；无疑也。"

1979 年　87 岁

3 月，做《欧美各国社会最近情况一般》的报摘。

9 月，夫人陈树棻病逝。

11 月，在 1977 年写的《今后国内政治局面之预见》一文后，写了一则后记。

是年，美国芝加哥大学历史系教授艾凯著作《梁漱溟传》在美国出版。

1980 年　88 岁

接受美国学者艾凯的采访，二人长谈十余次。部分录音，后来整理成《这个世界会好吗——梁漱溟晚年口述》《吾曹不出如苍生何——梁漱溟晚年口述》。

先后被推选为全国人大宪法修改委员会委员、全国政协常委会委员。

1981 年　89 岁

写出《试论宋儒朱熹氏在儒家学术上的贡献及其理论思维上的疏失》

《对毛主席一生功过的我见》等文。

1982 年　90 岁

继续过着读书看报等有规律的生活。

1983 年　91 岁

写《忆熊十力先生》短文。写《蒋百里轶事数则》一文。

1984 年　92 岁

1 月，写《沈钧儒先生与政学会——兼记袁世凯死后的南北统一内阁》一文。

9 月，《人心与人生》一书出版。

是年，应邀参与中国文化书院的创办，并担任院务委员会主席、学术委员会委员、发展基金会主席。

1985 年　93 岁

3 月，为中国文化书院筹委会和九州知识信息中心在北京举办的第一期"中国文化讲习班"讲学，主要讲"中国传统文化"。同月，香港里仁书局再版《东西文化及其哲学》，至此，该书已是第九版。

4 月，三联书店香港分店出版《人心与人生》。

7 月，写《读〈诸葛亮集〉有感数语》。

是年，为《我的努力与反省》一书付印写了序言。

1986 年　94 岁

1 月，应邀为中国文化书院举办的第二期"中国文化讲习班"讲"东西文化比较研究"，最后称："我六十多年前就曾预测，中国文化必将复兴。"

6 月 10 日，应邀出席北京师范大学西方文化研究中心和太平洋史学会联合召开的文化座谈会，并在会上发言。

8 月，为新版《梁漱溟教育文集》写了序言。

11 月，巴蜀书社出版《东方学术概观》。

1987 年　95 岁

10 月 31 日，由中国文化书院发起、组织的"祝贺梁漱溟从事教学科研七十周年国际学术讨论会"，在北京二七剧场举行开幕式。梁漱溟出席并致谢辞，这是在公众场合最后一次发言。

写《我和商务印书馆》一文。

1988 年　96 岁

2 月间，为香港举行的"中国宗教伦理与现代化"研讨会撰写了《父慈子孝，兄友弟恭》的短文。主办方邀请出席研讨会，因年迈不便远行，费孝通建议民盟中央机关派人到梁漱溟住处录像。于是梁漱溟在家中宣读《父慈子孝，兄友弟恭》一文，然后由费孝通将录像带到香港，作为研讨会开幕后的第一个节目。这是梁漱溟最后一次发言。

4 月 13 日，由家人陪同，到良乡祖坟扫墓，回寓所即感身体不适。

4 月 25 日，病情加重，由两个儿子送往协和医院看病，然后便是住院治疗。

5 月 17 日，台湾《远见》月刊记者尹萍来京采访，恳切请求梁培宽让她见梁老一面。当尹萍问先生对台湾青年有什么希望时，梁漱溟困难地回答："要注意中国传统文化……要读我的《中国文化要义》。"尹萍再问"对中国的未来有什么期望"时，梁漱溟较快地回答："要顺应世界潮流。"然后就闭目不语了。

6 月 20 日，台湾大学教授韦政通来访。

6 月 23 日 11 时 35 分，在说了最后一句话"我太疲倦了，我要休息"后，便溘然仙逝。

（张建安编写于 2022 年）

后　记

以前，我曾编辑过梁漱溟先生的《忆往谈旧录》，曾与梁培宽先生一起合编过《阅读梁漱溟》，那些都已成为美好的记忆。此次接受中国文史出版社的邀约，不仅要选编一本梁漱溟先生的文选，还要同时选编熊十力先生、马一浮先生的文选，对我而言，既是幸运的，也着实感受到巨大的挑战。

两年前，首先向我提出这一邀约的是唐柳成先生，他当时正担任中国文史出版社的副社长。本来我们并不认识，只是因为唐社长见到我写梁漱溟的文章，便通过韩淑芳老师加上我的微信，彼此间建立了联系。见面交谈时，才知他很重视梁漱溟等文化大家的思想，当年在北京大学读书时便购买过一套《梁漱溟全集》。这样，我们虽然没有说太多的话，但在心底产生一种较深的认同感。我很佩服他的识见，他也约我为他主管的《纵横》杂志撰写文章。

对于《纵横》杂志，我有着很深的感情。因为我曾经在那儿长期工作，担任过《纵横》编辑、记者，乃至担任过一段时间的主编。后来离开那儿后，还是一直关注着。不过，我再没有给《纵横》写过一篇稿子，总觉得离开就离开了，不必"藕断丝连"。直到唐社长向我约稿，我才重新重视起这个问题。之后，我陆续写了数篇文稿，发给我以前的同事于洋女士，经过她的精心编辑，再经过唐社长等人的审核，都一一刊登出来。其中一篇是写马一浮的，还有一篇是为纪念梁漱溟发表《东西文化及其哲学》一百年而撰写的，发表后均产生较好的反响。也许，就是在这么一个过程中，唐社长对我有了更多的了解。承蒙他看得起，最终提出由我同时选编梁漱溟、熊十力、马一浮文选的想法。

说实话，我当时是有些吃惊的。虽然阅读、研究三人著作很多年了，但究竟对他们的思想有多全面多深入的理解，自己都有些吃不准。而且，这么一项艰巨的任务，国内学术界似乎还没有哪位学者单独完成过，我能完成吗？但我还是很快决定啃这块硬骨头。因为它对我的诱惑实在太大了——我大可以借着这个机会，逼着自己全面深入地梳理三人的著作，进而选编出三本独具特色并能让读者广为受益的图书。然后，我便一头扎入三人的著作以及与著作相关的其他资料当中。

为了加深理解，很多重要文章，我都一个字一个字地录入到电脑，然后再对比着图书进行核校，并在旁边加上批注，随时记下自己的心得。对于那些特别不好理解的文字，比如熊十力《新唯识论》文言文本的部分文字，我已经不知道阅读、琢磨过多少次了。在不断的阅读与思考中，在多次与其他文章做比较之后，我的头脑渐渐露出亮光，真正地深入地理解了其中的含义与价值。而在这个过程中，我也切实感受到普通读者对熊十力、马一浮的代表作既想理解又很难深入的原因——不只是因为他们的文字奥义深刻，而且因为很多文章都是文言文，比文言文版的《史记》《资治通鉴》都要难懂很多。这怎么能普及呢？于是我决定在自己选编的文选中尽力解决如何普及的问题。至于如何解决，我在三本书的"导言"中予以了说明。这三本书的其他特点，也在"导言"中做了阐述。总之，选编这三本书可谓费力费时，但受益也是巨大，非常感谢唐柳成先生！

还想说明的是，由于版权缘故，如要出版梁漱溟先生的文选，需要他的家属同意。为此，2020年冬季的一天，我特地给梁培宽先生（梁漱溟先生的长子）写了一封信，并附上梁漱溟文选的基本目录，希望得到他的授权。大约一个星期后，我给梁先生打电话，接电话的是张颂华老师（梁培宽先生的夫人）。她告诉我，由于身体状况不好，梁先生没有精力处理这些事了，但是已经将我的信转给了他的弟弟梁培恕先生，由梁培恕先生处理。接着，张颂华老师还热情地将梁培恕先生的电话告诉我。过了两三天，我第一次给梁培恕先生打电话，他说已经给我写了一封信，刚刚寄出。一天后，我收到梁培恕先生的来信。梁培恕先生的来信很是客气，不干涉我选哪些文章，但表示自己很重视《中国民族自救运动之最后觉悟》。这样，选编《为人类文化开前途——梁漱溟文选》的这个事就基本定了下来。

因为疫情等缘故，相关事宜被拖了一段时间。2021 年 7 月 10 日上午 12 时 30 分，享年 96 岁的梁培宽先生辞世。在不胜惋惜之余，我希望加快推动这三本书的出版。2022 年 3 月 14 日下午，我与责任编辑一起到梁培恕先生家中，与他签订了《为人类文化开前途——梁漱溟文选》的出版合同。与此同时，我与中国文史出版社签订了另外两本书的出版合同。这样，这件事便完全确定下来。

此后，我继续投入到三本书的选编当中，经过反复比较、取舍之后，终于在 2022 年 5 月 13 日，将齐清定的三本电子书稿发给出版社。再过三个月，将三本书的导言也发了过去。

本来，写完导言之后，觉得编这三本书费时太多，而且书稿也算很完整了，就不再想写"后记"，也不再想增加三个人的年谱了。只是最近收到责任编辑的微信，问我"后记"与"年谱"完成了没有。我颇有点脸红，想到人家那么辛苦地编辑书稿，自己竟然想偷懒，真是岂有此理！于是赶紧回复："这几天完成。"然后再次回到电脑桌旁……

可以说，之所以能顺利完成书稿并出版这三本书，与很多人的支持和信任是分不开的。感谢梁培宽、梁培恕两位先生以及张颂华老师的信任！感谢中国文史出版社！

张建安写于 2022 年 9 月 3 日